CONCHA DE BÚFALO

CONCHA DE BÚFALO

ÁNGELA TAYLOR

First Edition

Cover Art by Roderick Taylor

Nota del autor,

Todos los nombres de los personajes que aparecen en esta novela son ficticios.

Printed in the United States of America.

Agradecimientos

Para mis padres Elvira e Inocente, su amor ha sido mi mayor bendición. Y para mi amado esposo Jeff, un regalo del cosmos en mi vida, gracias por tu paciencia y amor inteligente. A mis queridos hijos Mario, Luis y Lili, por su enorme amor por mí, su comprensión y apoyo. Gracias Luis, por el tiempo que dedicaste a revisar mi libro y por tu valiosa ayuda. A Roddy, gracias por tu hermosa portada, me encantó tu arte. Y a todos mis queridos maestros, gracias por vuestras luces y conocimientos que han alumbrado siempre mi camino.

Tabla de Contenido

Primera Parte..1

Capítulo 1 El Guía...1

Capítulo 2 Platinum...9

Capítulo 3 El Paseo...19

Capítulo 4 La Aldea...25

Capítulo 5 Acuamarina..38

Capítulo 6 El Infierno de los Prisioneros.......................................43

Capítulo 7 Ariadna en las Cuevas..48

Capítulo 8 Los Johnson...55

Capítulo 9 El Refugio...63

Capítulo 10 La Cápsula..68

Segunda Parte...75

Capítulo 11 El Trato...75

Capítulo 12 Las Miserias Humanas de Ariadna.............................86

Capítulo 13 Las Fronteras de Verona..112

Capítulo 14 Los Hilos de Cristal..116

Tercera Parte...142

Capítulo 15 La Peregrinación..142

Capítulo 16 El Llamado al Luxor Septentrional............................151

Capítulo 17 La Escalera...181

Capítulo 18 El Luxor Oriental..200

Capítulo 19 El Luxor de Magenta..212

Capítulo 20 Los Regalos..228

Cuarta Parte..233

Capítulo 21 El Descenso al Valle de la Muerte.............................233

Capítulo 22 El Campamento..244

Capítulo 23 La Escena del 33..260

Capítulo 24 La Chica del Casco Excéntrico............................270

Capítulo 25 El Navío Z11..280

Quinta Parte..299

Capítulo 26 Las Medusas...299

Capítulo 27 El Templo..315

Capítulo 28 El Valle de la Muerte..330

Capítulo 29 El Cardenal Rojo..339

Capítulo 30 La Zona 22..355

Capítulo 31 El Límite del Valle..369

Capítulo 32 La Carnada..380

Capítulo 33 Luz en la Oscuridad...388

Biografía...393

"La belleza de las cosas existe en el espíritu de quien las contempla".

– David Hume

"Cuando te pienso, te veo. ¡Oh!, dulce Estrella Imperecedera del Norte. Por ti soy. Por ti muero y por ti vivo. Y es tu brillo la ruta que sigue esta nave".

– Ángela Taylor

Concha de Búfalo

Primera Parte

Capítulo 1 El Guía

Aquella mañana, con la autorización de su padre, el rey Mat, la dulce Ariadna salió a bordo de su nave, Concha de Búfalo, con dirección a la galaxia Nube de Acero X250393.

El rey Mat gobernaba un hermoso planeta ubicado en la galaxia de los Faros Dorados EAT011112, cuyo nombre era Mayo. Este planeta estaba habitado por seres altamente evolucionados y de nobles ideales. Y el rey Mat, su líder, era conocido y amado por su bondad, sabiduría y justicia intachable para gobernar en uno de los muchos planetas con vida inteligente que habitaban el cosmos –como lo era el bellísimo planeta Mayo.

"¡Oh!", suspiró Ariadna, al mismo tiempo que dejaba caer su espalda en el cómodo asiento de Concha de Búfalo.

"¡Aquí vamos otra vez!", dijo animadamente. Recordaba las dulces palabras de su padre y sus sabias recomendaciones que solía siempre hacerle antes de partir, cuando de pronto sintió una sacudida.

"¿Qué es esto? ¿Qué cosa es esa masa tan extraña color azulada que parece una nube de polvo que se extiende?", se preguntó Ariadna asombrada.

Segundos después. "¡Oh! Nos está absorbiendo. ¡No responden los controles de Concha de Búfalo!", gruñó Ariadna ante ese fenómeno tratando sin éxito de conservar la calma.

Entonces, fuera de control, Concha de Búfalo, dio varios giros agresivos atravesando esa masa de azulado color.

"¡Soy Ariadna!", el eco de su voz retumbaba en sus oídos.

Ya casi sin aliento, pero consciente todavía, Ariadna logró estabilizar a Concha de Búfalo. Había perdido la noción del tiempo; su cabeza le daba vueltas y tenía náuseas.

"¿Dónde rayos estoy?", se preguntó, al ver que sobrevolaba en un lugar semidesértico.

Concha de Búfalo aterrizó cerca de un lago. No había mucha vegetación, apenas algunos matorrales en la orilla de este y unas cuantas chozas destartaladas regadas por doquier.

Observó Ariadna propio de su entrenamiento cada detalle que pudiera darle alguna idea del punto donde se encontraba, y detuvo su mirada justo en una de las chozas que estaba a un lado de un camino rustico, como de cuatro metros de ancho.

Todo parecía estar muy quieto ahí.

De pronto, Ariadna divisó unas sombras apenas moverse en el agua y en la choza.

Atenta a todo lo que sus brillantes ojos castaños pudieran ver, cuidadosamente se acercó a la choza.

"¡Oh!, pero si son hombres primitivos", pensó una vez verlos de cerca.

Había varios pequeños grupos de personas en distintos puntos. Algunos estaban en esa choza, y otros más en el agua, cerca de los matorrales, ahí se concentraban la mayoría de ellos.

Ariadna calculó tres centenares de personas aproximadamente.

"¿Qué es este lugar?", preguntó sorprendida a un joven que estaba parado cerca de las ruinas de una ventana de la choza.

Él respondió sin mirarla: "¡Estamos esperando a nuestro guía!".

Los ojos del joven parecían solamente estar observando el camino de cuatro metros que justo a un lado de esa choza es que empezaba. Ariadna observó la vereda de ese camino que a simple vista le pareció sencillo y de un libre transitar.

Se llevó las manos a la cabeza, todavía le daba vueltas. Y ante la austera respuesta recibida de ese joven pensó que lo mejor sería preguntar al grupo que estaba en el lago.

Apenas unos cuantos pasos había dado Ariadna en dirección al grupo que estaba en el lago, cuando el joven la alcanzó y le mostró un libro. Ariadna lo tomó en sus manos y lo abrió.

"¡Oh!", exclamó asombrada: "¡Formas de un fino trazo, parece ser una arcaica escritura del planeta Tierra!".

Luego notó que un hombre la observaba de manera discreta, y ocultaba parte de su rostro con su sombrero.

"¿Quién será ese hombre que trata de ocultarse de mí, y por qué?", se preguntó Ariadna inquieta. "¿Me conoce, pero se oculta de mí?".

Observó otra vez cuidadosamente a esos grupos de personas.

Notó que mantenían un semblante calmado; parecían estar atentos, pero tranquilos a la vez. El joven con el libro, de nombre Justino, continuaba a su lado cuando suavemente le susurró en el oído: "¡Tú puedes ayudarnos!".

"¿Qué dijiste?", respondió Ariadna sin perder la compostura ante tal afirmación.

Ella estaba consciente de que no tenía la menor idea del lugar dónde se encontraba, ni quiénes eran esas gentes. De lo que sí estaba segura es de que algo ahí extraño estaba sucediendo; así que, se mantuvo serena como estrategia de supervivencia.

Por su entrenamiento, Ariadna sabía guardar la calma. Y bien sabía ella que el discernimiento venía siempre con la calma.

De pronto, sintió un movimiento semejante a un ligero temblor.

Se escuchó entonces un ruido como de pisadas muy fuertes en la lejanía. Todos los presentes ahí se colocaron en posición de alerta. No dijeron nada, sólo entrecruzaron miradas como señal de entendimiento, luego rápidamente se fueron a ocultar entre los matorrales del lago.

No había mucho donde elegir para ocultarse, dado la poca vegetación del terreno, y que este además era plano.

El joven con el libro —Justino- y otros cuantos más permanecieron en la choza junto con Ariadna. Luego se acercó un grupo de mujeres a la choza, y una de ellas con timbre autoritario en su voz le dijo a Justino: "¡Nos tenemos que ir ya, y es necesario que sea ahora!", subió el tono de su voz. "¡Tomaremos otro camino! ¡Pero tenemos que hacerlo ahora mismo!".

Entonces, Ariadna pensó en lo que el joven con el libro le había dicho minutos antes: "Estamos esperando a nuestro guía". Esas fueron sus palabras; empezaba a tener sentido para Ariadna lo que estaba ocurriendo ahí.

"¿Acaso esta gente está escapando de algo?", pensó Ariadna preocupada. "¿Por qué? ¿A dónde llega ese camino?", se preguntó exaltada

Justino movió la cabeza en señal de negativa ante la demanda de aquella mujer.

"¡Aquí me quedo con ella!", dijo a ese grupo de mujeres con firmeza.

Se escuchaban las pisadas más cerca. Ariadna percibió más nerviosa a la gente, sus rostros reflejaban espanto. Eso le provocó a ella una sensación extraña en el estómago, y por un momento no supo que hacer.

Pasó por su mente la idea de echarse a correr por ese camino y buscar un refugio donde ocultarse para observar desde otro ángulo lo que estaba sucediendo.

"Pero si esta gente no puede pasar por ese camino sin un guía, entonces, ¿qué hay ahí adentro?", se preguntó inquieta.

Sin más que pensar, Ariadna salió de la choza decidida a enfrentar la situación. De pronto un grito aterrador le puso en alerta máxima.

"¡Búsquenlos!", escuchó Ariadna.

"¡Qué nadie escape, ya saben el blanco, que no escape nadie!", una voz enérgica dijo, y agregó:

"¡Son los de la nave, el Pescador 14!".

"¡Y ese grupo no debe pasar de aquí!".

"¡Atrápenlos sin ninguna consideración!".

Ante aquellos gritos tan desagradables que escuchaba, Ariadna estaba realmente indignada por tan crueles palabras. Y se preguntó qué clase de civilización monstruosa era esa que se expresaba de aquella forma tan poco gentil para con los niños, mujeres y ancianos, quienes formaban parte de ese grupo.

5

"La vida de todo ser inteligente representa la vida inteligente del cosmos". Recordó de pronto bien claro Ariadna esas palabras de su padre, el rey Mat.

Sintió un dolor profundo en su corazón, y el amor por lo justo se hizo presente. Ariadna registró como un caso vital todo ese acontecimiento.

Repentinamente, una de las niñas, como de 9 años, le jaló a Ariadna el brazo izquierdo, indicándole que debía de ocultarse atrás de la destartalada puerta de esa choza. Ahí estaba ya oculto Justino –fue el primero en hacerlo.

Permaneció por unos instantes todo en silencio, y de pronto se escucharon chillidos, lamentos y ruidos extraños por doquier. Todo lo que estaba aconteciendo en ese momento, Ariadna lo veía por medio de el reflejo de las sombras sobre el agua del lago, a manera de espejo.

"¡Parecen ser bestias furiosas que saben hablar, quienes están atacando a esta gente!", susurró Ariadna, sintiendo una punzada en el estómago ante tal escenario.

Permaneció quieta por un rato, pero su corazón tenía dolor y se había ya desbordado en infinita misericordia para con ese miserable trío de centenar de personas que como ratas estaban siendo exterminados.

De pronto, vio pasar velozmente a una sombra cerca de la destartalada choza donde estaba.

Ariadna estaba lista, nada la perturbó.

Y sin más que con el corazón en la mano, al ver que una de esas sombras se aproximaba a la entrada de la cabaña, de un solo brinco dio frente al enemigo.

Un silencio absoluto se hizo presente seguido de un resplandor de luz que cegó la vista del adversario. Concha de Búfalo se había activado, y protegía a su dueña, compañera y amiga con su potente caparazón; y éste, a manera de escudo resplandecía como la más poderosa e inigualable fuente de luz nunca vista.

Ariadna, luego del acontecimiento comenzó a caminar muy ligera, apenas y pisaba de puntillas el suelo. Y ya protegida por Concha de Búfalo se dirigió a la entrada de esa vereda.

Nadie de esas bestias osó levantar el rostro y mirarle. Parecían estatuas, no se movían en lo absoluto ni pronunciaban palabra alguna.

Ya una vez en la entrada de la vereda, Ariadna extendió su brazo, a manera de señal. Los pequeños grupos de gente rápidamente entendieron el llamado de Ariadna. Una a una de esa gente esperó pacientemente la hija del rey Mat. Y, hasta que el último de ellos cruzó el paso y entró a la vereda fue que Concha de Búfalo retiró la protección.

Entonces, todos, incluyendo a Ariadna, corrieron por ese camino de cuarto metros de ancho.

En ese momento, Ariadna corría velozmente al grado de no sentir pisar el suelo, y redujo su paso poco a poco para esperar por la gente.

"¿Ya han pasado todos?", gritó enérgica Ariadna sin voltear a ver. "¿Cuánta gente viene?" preguntó.

"¡Todos vienen en camino!", respondió Justino, quien estaba casi sin aliento, pero seguía corriendo el hombre.

Ariadna de pronto se observó sus pies y se echó a reír a carcajadas al notar que estaba descalza, no traía zapatos.

"He corrido tan rápido, que he dejado hasta los zapatos en la entrada de este camino sin darme cuenta", reía y hablaba para sí misma, mientras Justino la veía de una forma graciosa.

De pronto, el camino comenzó a cambiar de forma. Fueron apareciendo tonos en color ocre por todas partes pintando armoniosamente la atmósfera de aquel lugar.

Hermosas construcciones labradas en las mismas montañas imponían y mostraban al mismo tiempo el poderío de un pueblo rico en arquitectura, misma que reflejan sus elegantes y majestuosas líneas y formas bellamente esculpidas en la roca. Miles de escalones comunicaban las distintas áreas de esa construcción, a manera de estar toda esa cordillera comunicada por medio de escalones esculpidos.

La parte de abajo, es decir de donde emergían esas montañas rocosas esculpidas, era un cañón, éste hacía parecer aquel escenario natural realmente majestuoso ante los ojos de Ariadna.

Los tonos ocre amarillentos, y el aire que sentía rozar su rostro cuando iba corriendo por aquellas tierras, le provocaron una sensación de tranquilidad.

Capítulo 2 Platinum

"¡Es la constelación del Arpa la que se ve allá!", dijo Justino, y señaló unas brillantes luces con destellos en tono verde reflejadas en el cosmos. "¡Y parece estar contenta este día!", añadió con notable alegría.

Continuaron el trayecto un poco más despacio. Ariadna estaba realmente fascinada admirando aquel mundo en el que se encontraba.

"¿Dónde estamos?", preguntó Ariadna.

"¡En Platinum, un planeta muy frío!", respondió Justino. "¡Estamos ubicados en la galaxia de la Gota Púrpura!", recalcó.

Se acercaban ya a la entrada de una de esas construcciones, cuando Ariadna reflexionó en lo que Justino le había dicho sobre Platinum:

"¿Un planeta frío?", pensó. "¡Qué extraño, no siento frío!", dijo.

En la entrada de aquella construcción rocosa, Ariadna vio algunos objetos que llamaron su atención; parecían herramientas antiguas de hierro, estaban acomodadas en un orden perfecto, como decorando el lugar.

La gente que venía con Justino los había alcanzado ya. Estaba todo el grupo sobreviviente reunido ahí.

Con paso firme Ariadna entró al interior de lo que parecían grutas de origen natural, pero con una alta tecnología de alumbrado.

"¿Han venido para celebrar con nosotros la boda de los señores de estas tierras?", una gentil voz masculina preguntó de pronto.

"¡No, caballero!", Justino respondió. "Solamente estamos de paso por estas tierras. Nos dirigimos al punto del Estandarte Neutral, allí nos recogerá nuestra nave, el Pescador 14. Pero con mucho gusto agradecemos su hospitalidad. ¡Hay niños y mujeres que necesitan descansar antes de continuar el viaje!".

Continuó hablando Justino por un rato más con la cortesía propia que llevaba en su investidura de gran líder.

El hombre aquel, luego de escuchar atento las palabras de Justino los condujo por un pasillo estrecho. Enseguida cruzaron un puente que comunicaba al otro extremo de esa construcción; ahí había más gente concurrida.

Justino ordenó a su grupo que esperaran ahí mientras él y Ariadna se dirigían a la parte de enfrente.

Como gesto de gratitud, Justino puso una moneda de oro dentro del bolsillo del delantal blanco que portaba aquel hombre, quien amablemente les conducía por aquellos bellos y enigmáticos pasajes.

En seguida, aquel hombre de carismática sonrisa que dejaba ver una dentadura perfectamente cuidada señaló unos enormes escalones labrados en la misma roca. Entonces Ariadna y Justino caminaron rumbo al punto señalado.

Los escalones bajaban a la entrada de un museo que era también una tienda. Ahí había distintos tipos de artesanía colgada en el alto techo del salón; también había frutas y verduras en los pasillos.

"¡Qué interesante lugar!", pensó Ariadna.

De pronto un hombre de amable gesto se acercó y preguntó si deseaban alguna cosa de ahí.

Les mostró una rica variedad de máscaras y animales disecados: como ciervos, aves exóticas de bellos colores brillantes, jaguares, panteras, leones, osos y muchísimos otros más. Ariadna observó con devoción el arte ancestral de algunos grupos del planeta Tierra engalanando la decoración de aquel enigmático espacio.

El arte del arcaico planeta Tierra remarcaba majestuosamente su presencia en aquel sitio.

"¡Si desean algo de aquí!", repitió el hombre, "estaré en el Salón Electra".

Ariadna le siguió con la mirada.

El hombre dio la vuelta completa al salón, luego subió por unos bellísimos escalones labrados con el más fino de los gustos. Dichos escalones estaban construidos a modo de figuras geométricas que se levantaban imponentes, así como los pilares que los sostenían.

"¡Tomaremos lo necesario para la travesía, pero recuerden no llevar de más, porque en este tipo de travesías hay que ir siempre ligeros!", advirtió entre juego y seriedad Justino a su grupo. "¡El camino es largo y peligroso!", recalcó.

Mas tarde, luego de explorar el museo-tienda, se dirigieron ambos, él y Ariadna a buscar al hombre que dijo estaría en el Salón Electra. Escucharon risas alegres provenientes del Salón Electra antes de entrar. Ariadna se relajó ante ello, y expresó: "¡Porque siempre sea bueno para el alma reír un poco!".

El Salón Electra reflejaba en su interior un agradable tono fresco. Tenía grandes cascadas que a manera de fuentes decoraban ese espacio. Había una mesa larga cuidadosamente decorada, y sobre ella una singular cantidad de manjares a simple vista deliciosos.

Se estaba llevando a cabo ahí una gran celebración. La gente estaba vestida con túnicas de seda verde y cinturón revestido de diamantes.

"¡Porque vuestra felicidad sea eterna!", se escuchaba por doquier. Felicitaban a una pareja por su aniversario de bodas.

"¡Qué mujer tan hermosa!", expresó Ariadna en voz alta cuando la vio.

Le impactó la belleza de aquella finísima mujer; ésta tenía la piel muy blanca y un rostro súper interesante. Caminaba erguida del brazo de su esposo, un hombre moreno, de cabellos alborotados y grandes ojos expresivos.

Enseguida, el caballero se acercó y extendió su brazo para ofrecerle su mano a Ariadna, e inclinó su rostro en señal de respeto para con ella. Luego los invitó a disfrutar de la fiesta y a unirse con ellos en su celebración.

Ya más tarde, después de haber disfrutado de los manjares en la mesa. "Todos a bailar!", anunció el caballero.

Se tomaron todos los presentes de la mano y formaron un gran circulo. Comenzaron a bailar un tipo de danza de lo más encantadora; armoniosamente bailaron tomados de las manos.

Luego de haber disfrutado de una velada encantadora, Ariadna y Justino agradecieron a la pareja por haberles permitido formar parte de su celebración.

"¡Me honra tener a tan caros huéspedes!", dijo el caballero con encantador tono en sus palabras.

"¡Verán!, un lazo de unión como el que estamos celebrando hoy en estas tierras, es muy bendecido cuando el extranjero es testigo de ello, según una antigua tradición nuestra", dijo el caballero de esas tierras, con un tono tan humilde que Ariadna no dudo ni por un instante que estaba frente a "un hombre de ciencia y virtudes elevadas". –Como solía decir el tío de Ariadna cuando de finísimas personas se hablaba.

Más tarde, después de haber disfrutado de la fiesta, un mayordomo les asignó una habitación para su descanso.

Una vez sola, Ariadna se comunicó con Concha de Búfalo esperando tener noticias de su padre, pero nada nuevo había.

Sentía sus pies hinchados, cuando recordó que no había dormido en horas. Entonces, se tumbó sobre un tapete de colores con divertidos dibujos y una grata sensación invadió todo su ser, una vez que la seda blanca de las almohadas acarició su bello rostro.

"¡Mañana hablaré con Justino!", pensó la dulce Ariadna mientras se dejaba envolver en el silencio y confort que le brindaba aquel espacio.

A la mañana siguiente, una suave melodía armonizaba aquel cálido dormitorio que ocupaba cuando una pequeña niña pelirroja pecosa entró gritando: "¡Ariadna, Ariadna!, nos han invitado a dar un paseo por los alrededores después del almuerzo".

Todavía media dormida, escuchó a la niña marcharse a paso apresurado.

"¡Niños, todos los niños son tan lindos!", expresó con dulzura.

Algunas veces Ariadna se veía así misma a través de ellos, porque le recordaban mucho aquellos años de su niñez, cuando junto a su padre, el rey Mat, recorría los alrededores de su querido planeta Mayo. Y mientras su padre atendía sus diligencias, ella, con el entusiasmo puesto siempre en el saber y la alegría de su carácter, aprovechaba esos recorridos para buscar flores silvestres; para luego hacer un estudio minucioso de su origen en el laboratorio del tío Burton. −Un astro biólogo graduado con los más altos honores académicos y digno hermano del rey Mat.

El tío Burton amaba tanto a Ariadna como su propio padre.

Ambos, el tío Burton y Ariadna pasaban horas charlando sobre el origen de muchas de las plantas que crecían en el planeta traídas desde tiempos ancestrales de otras galaxias, principalmente de la galaxia Nube de Acero X250393.

La galaxia Nube de Acero X250393 poseía una masa aproximada de 300 masas de la galaxia de los Faros Dorados EAT011112; su diámetro medio se estimaba en 2 millones de años luz. Tenía setenta mil planetas con vida inteligente y contenía 900 000 millones de estrellas. Formaba parte de un conjunto de unas ochocientas galaxias, llamado grupo local. La galaxia Faros Dorados, donde estaba ubicado el planeta Mayo, era parte de ese grupo local; y ésta era la segunda galaxia, después de Nube de Acero, más brillante de ese grupo de galaxias.

El tío Burton era el favorito de Ariadna, pues además de ilustrarla en la Ciencias de la Naturaleza también estaba a cargo de su educación en el campo de la música. Tocaba para Ariadna las más bellas melodías. Y solía cerrar con broche de oro tan valiosas enseñanzas preparando las mejores hamburguesas que solamente el tío Burton podía preparar.

Decía Ariadna con orgullo a sus amigos que nadie era mejor que su tío en esos temas de hamburguesas.

Suspiró profundamente Ariadna al recordar al tío Burton. Un hombre siempre contento con lo que era y con lo que hacía.

Aterrizando sus pensamientos, se apresuró entonces la dulce Ariadna a tomar el baño que ya el mozo había preparado para ella.

"No sé cuánto tiempo permaneceré en este lugar, pero como diría mi padre, 'no hay casualidades'. Sé que Concha de Búfalo está conmigo, y aunque parezca que estoy sola no lo estoy realmente", pensó ya más relajada por el agua tibia del baño.

Luego se puso un simpático vestido de lino de color rosa pálido que el mozo dejó para ella ahí, entre otras cosas. Y con toda la calma del mundo peinó su larga cabellera castaña con un cepillo de cerdas naturales de jabalí y mango de marfil, con diminutas esmeraldas incrustadas, el cual tomó de la tienda - museo el día anterior.

Justino y gran parte de los adultos del grupo ya estaban en el salón de banquetes cuando Ariadna llegó.

A los niños les habían permitido explorar por los alrededores.

"¡Bueno!", dijo Ariadna a Justino con peculiar tacto, consciente de que estaba en una tierra extranjera y desconocía las leyes de ésta. "Esta gente ha sido muy amable al ofrecernos su hospitalidad. Nosotros, la gente del planeta Mayo, valoramos mucha la hospitalidad que se le brinda al viajero cuando a éste se le recibe en tierras extranjeras".

Justino movió su cabeza aprobando las palabras de Ariadna. "Se dice que los Grandes Señores que han habitado el planeta Platinum, por milenios, se han caracterizado siempre por permitirle al viajero descansar en sus aposentos y disfrutar de suculentos platillos en su mesa", comentó.

"No tenía conocimiento de la existencia de este planeta, y me gustaría conocer más de el y de su gente", dijo Ariadna entusiasmada. "¡Después de todo, sé que no estoy aquí por casualidad!, y, bueno, pues aprovecharé esta oportunidad para aprender de este planeta y de su gente".

Luego de disfrutar el almuerzo donde dignamente las tartaletas repletas de fruta exótica se llevaron los aplausos en el salón de banquetes, Ariadna y Justino en seguida tomaron el camino subterráneo que rodeaba la bellísima cascada de aguas cristalinas que majestuosamente salpicaba las rocas amarillentas. Se dirigieron al Salón Electra —el camino conducía a la tienda-museo. Ahí estaba aquel hombre bonachón de amable gesto.

"¿Cómo están amigos? ¿Necesitan algo del museo-tienda?", preguntó el hombre amablemente.

"¡Qué tal señor! ¿Cómo está?", respondió Justino. "Dormí toda la noche con la tranquilidad que no había tenido en mucho tiempo", dijo de buen humor.

El apacible hombre los observó a ambos de reojo y continuó limpiando unos pequeños objetos de forma extraña – compuestos de distintas aleaciones de un material que se parecía al acero.

Eran unos juguetes de origen muy antiguo, Ariadna se percató de ello. Contó sesenta y tres de esas pequeñas piezas que aquel hombre con tanta calma limpiaba minuciosamente.

"¿Están disponible esas pequeñas piezas que estás limpiando?", preguntó Ariadna.

"¡No, no lo están!", respondió el hombre, y soltó espontáneamente una carcajada. "Estas piezas han estado aquí desde hace milenios, pero no están disponibles en el museo-tienda. Fueron un regalo muy especial para Platinum, de parte de unos viajeros que necesitaron cruzar también por estas tierras, al igual que ustedes. Estos juguetes pertenecen a este reino desde entonces".

"¡Qué interesante!", murmuró Ariadna.

"¡Fueron niños quiénes nos los obsequiaron!", dijo el hombre con énfasis. "¡Cada uno de estos objetos es único, y poseen tal mecanismo que ni los Grandes Señores de estas tierras conocen de ello!".

"¡Oh!", exclamó sorprendida Ariadna y echó un vistazo de halcón a esos objetos.

Era obvio que aquellos juguetes estaban diseñados con un mecanismo súper interesante y de muy avanzada tecnología.

De pronto, se escucharon voces que interrumpieron su análisis, eran los Grandes Señores de Platinum.

"¡Esperábamos encontrarlos aquí!", dijo el caballero animadamente, e inclinó gentilmente el torso al saludar a Ariadna.

El saludo de ese caballero le pareció a Ariadna de muy buen gusto, pero también un poco chistoso.

"¡No porto una corona para recibir semejante reverencia!, entonces debe de ser esto por sus usos y costumbres, o por tratarse de una dama el viajero", pensó animadamente Ariadna.

"¡Los Grandes Señores de estas tierras reconocen de inmediato a una reina!", dijo el caballero sin pronunciar palabra.

¿Conocía ese hombre los misterios de la telepatía? Se alegró Ariadna al percibirlo; y, guardó silencio, pues era éste siempre la más noble carta de presentación.

Así era ella, digna hija del rey Mat, su sabio y dulce padre que tanto la amaba, quien estaba orgulloso de ella. Noble como él, y siempre obediente a las más altas virtudes. –Desde temprana edad Ariadna encaminó sus pasos al progreso de toda vida inteligente. Se graduó en la Academia de Ciencias más importante de la galaxia de los Faros Dorados EAT011112; y le fue otorgado, por derecho propio, a Concha de Búfalo. Digna de poseer tal majestuoso honor, Ariadna y Concha de Búfalo a partir de ese momento serían inseparables, compartiendo las más extraordinarias aventuras en sus múltiples viajes por el cosmos; y registrando en sus memorias todo lo que fuese de vital importancia al progreso de vida inteligente, aun arriesgando la propia vida en el acto.

Ese linaje al que pertenecía Ariadna estaba vinculado a una moral de virtudes muy elevadas. Los Mayosinos poseían billones de años de historia en sus registros, por ello habían logrado alcanzar una forma de vida súper evolucionada, lo que les permitía llevar sus conocimientos a otras galaxias. De esa manera, pudieron continuar aprendiendo de los otros planetas que conformaban el cosmos y lograron enriquecer su conocimiento en la historia de los pueblos, y en todas las ramas de la ciencia, tecnología, arte y poesía.

Los Mayosinos respetaban la autonomía de los otros pueblos como si esta fuese la propia. Se conducían de una manera neutral para con todos. Y con la bienaventuranza de la paciencia y la virtud que les caracterizaba, el pueblo del planeta Mayo propagaba esa clase de moral que conservaba la vida de esos pueblos que habitaban el cosmos, logrando con ello estrechar lazos de verdadera e inquebrantable alianza.

Capítulo 3 El Paseo

Lucas, el Gran Señor de Platinum, sonrió gentilmente a Ariadna sintiéndose honrado ante la presencia de un ser tan especial, como lo era ella. Unos minutos luego, llegó la Gran Señora de Platinum y ambos invitaron a Ariadna y a Justino a pasar al salón contiguo. Estuvieron en ese recinto hablando por horas. Los Grandes Señores de Platinum comentaron sobre aquellos niños que un día cruzaron por sus tierras.

"Esos pequeños iban con dirección al planeta Coral, así lo anunciaron", dijo Lucas, el Gran Señor de Platinum. "¡Comentaron que irían a buscar sus antepasados al Coral!", añadió.

"Era un grupo de veintidós niños acompañados por siete ancianos", interrumpió Dulce, la Gran Señora de Platinum. "Esos viejos, por cierto, nunca pronunciaron palabra alguna. ¡Supusimos que eran mudos! Dijeron que su misión era la reconstrucción del planeta Coral, porque éste tenía milenios que la falta de su cuidado se había hecho presente, y ya solamente quedaban pocas posibilidades de reanimarlo".

"¡Se quedaron unos días aquí!", continuó narrando Lucas, el Gran Señor de Platinum. "¡Era un grupo muy peculiar de pequeños niños con habilidades súper interesantes!".

Luego de esas últimas palabras, Lucas caminó en dirección a una de las cascadas que decoraban aquel salón. Ahí había una escultura de acero que se componía de dos manos entrecruzadas. En seguida, introdujo una llave en un punto de la escultura y se abrió una puerta, ésta los condujo a un subterráneo. Bajaron al subterráneo los cuatro por una tosca escalera de piedra. Una vez abajo, abordaron una especie de góndola y se introdujeron por un canal estrecho. Más adelante el canal se iba haciendo más ancho, y finalmente era ya un océano abierto.

En todo su esplendor los rayos del sol de Platinum se reflejaban en sus aguas con majestuosa autoridad. El aire era fresco y agradable, como una caricia en el rostro en un cálido día veraniego. Ariadna pensó en registrar ese momento con la importancia que tal belleza ameritaba.

Continuaron por esas serenas aguas durante cuarenta minutos; luego arribaron a un muelle, donde se alzaba en una colina un imponente castillo con terminados de marfil y púrpura en sus torres.

En el muelle ya los esperaban un par de mozos con graciosos sombreros amarillos en forma de cono.

En seguida, tomaron un camino empedrado cuesta arriba a bordo de un carro tirado por caballos con elegantes crines trenzadas.

Justino parecía un chiquillo de tan emocionado que iba.

"¡Justino!", lanzó un grito Ariadna. "¡Parece que te has quedado hipnotizado, amigo!".

"¿Te has ido de la mente o es qué todavía estás aquí?", le preguntó a su nuevo amigo, soltando una gran carcajada y dando rienda suelta a su alegre sentido del humor.

Llegaron a la entrada principal de ese castillo. Se abrió una puerta gigante, compuesta de dos hojas en un bello tono azul claro con relieves dorados. El interior era un salón con diferentes niveles; todo era de mármol blanco en ese recinto.

"¡Bueno, ya estamos aquí!, presten atención y abran su mente si quieren ganar información", dijo Lucas, el Gran Señor de Platinum a Ariadna y a Justino. "¡Aquí solamente vienen amigos y familia! Como ya han visto por ustedes mismos, la capa que protege a estas tierras solamente pueden penetrarla ellos –los amigos. Platinum fue diseñado justo para proteger y darle descanso al viajero. Pero también fue diseñado para que no puedan penetrar en ella seres carentes de moral, dado que Platinum está ubicado en medio de un punto estratégico para la sobrevivencia de miles de pueblos vecinos. Los viajeros que han logrado encontrar este paso, han poblado o repoblado planetas de gran importancia en la historia del cosmos".

Comenzaba a tener algo de sentido para Ariadna lo que ocurrió en el lago con Justino y su gente luego de escuchar lo que el Gran Señor de Platinum narró; y se preguntó por qué aquellos seres del lago querían a toda costa detener al grupo de Justino –pertenecientes a la nave, el Pescador 14– antes de que lograran llegar a aquel camino rustico de cuatro metros de ancho, cercano a la cabaña destartalada donde los encontró.

"¡Solamente quien posee un Concha de Búfalo, es quien puede desactivar la capa que protege a Platinum y entrar libremente por esa entrada!", dijo Lucas, interrumpiendo los pensamientos de Ariadna que vagaban en el mundo de las posibilidades.

Se fueron más tarde los cuatro, los Grandes Señores de Platinum, Justino y Ariadna con dirección a un salón alumbrado con un suave tono de luz ocre, ahí los invitaron a ponerse cómodos. Era un espacio amplío, con grandes esculturas de mármol blanco.

"Cuando cruzaron por aquí aquellos niños y ancianos, hace milenios de esto, dijeron que estaban dispuestos a buscar el túnel del que les habían hablado sus ancestros, porque por dicho túnel podían tener el acceso directo a su lugar de origen, y de esa manera evitar su desaparición total", narró Lucas con notable admiración para con aquellos viajeros. "No dieron muchos detalles de su ubicación, ni de su forma de vida.

Temían que al estar éste, su lugar de origen, vulnerable, fuera aprovechado por mentes tiranas. Por consiguiente, evitaron dar detalles de su ubicación. Entonces, esos valientes héroes decidieron aventurarse, aun con todos los riesgos que ello implicaba y se atrevieron a desafiar los peligros que de aquel túnel se rumoraba".

"¡Oh!", exclamó Ariadna. "¡Así que estamos cerca de esos túneles! Mi padre recibió también algo de esa información de nuestros ancestros, pero...,", hizo una pausa y reflexionó. "Un momento, entonces Concha de Búfalo y yo debimos haber atravesado por uno de estos túneles, pues en los documentos ancestrales del planeta Mayo está grabado un punto en la galaxia Nube de Acero X250393, que indica dónde se cruza un túnel que conduce a otro, y ese otro se comunica con las regiones de riquezas vírgenes naturales de mayor importancia en el cosmos. ¡Pero esa información ha permanecido velada desde tiempos arcaicos!".

"¡De hecho, este planeta es uno de ellos!", interrumpió Lucas. "Platinum es el medio, es decir, este es el segundo túnel de los que hablas, Ariadna. Estamos en medio del camino dentro de un túnel –curvatura del espacio tiempo–. Y como ya les había dicho anteriormente, Platinum no tiene acceso directamente a no ser por un Concha de Búfalo, porque éste tiene el poder de abrir su campo magnético y cruzar por su estrecho camino de cuatro metros de ancho".

"¡Justino, dime algo! ¿Sabías qué yo vendría?", preguntó Ariadna, luego de analizar el tema.

Recordó Ariadna que cuando aterrizó Concha de Búfalo cerca del lago –justo en la entrada del camino– Justino le dijo que esperaban a un guía.

"¡Todos los miembros del Pescador 14, por milenios hemos conservado esa información intacta en nuestros libros!", Justino respondió. "Cuando arribara un Concha de Búfalo procedente de otro túnel, es que podríamos continuar nosotros nuestro camino para encontrarnos con nuestra nave, el Pescador 14, que estará esperando por nosotros en el punto del Estandarte Neutral. Estuvimos varias generaciones esperando a que esto fuese posible. Nos ha costado muchas perdidas dolorosas, muchos han muerto en nuestra espera, pues como tú misma viste, nos atacan bestias que saben hablar. Nos capturan para luego enviarnos lo más lejos del punto, y lamentablemente para nosotros el único acceso que tenemos a nuestra nave es por aquí".

"¡Chispas, debo de estar a billones de años luz de casa!", pensó Ariadna luego de escuchar lo que narró Justino.

En la galaxia de los Faros Dorados EAT011112, donde se ubicaba Mayo, no existía esa clase de tiranías; y ésta tenía siete mil planetas, súper avanzados todos. Tampoco en la galaxia vecina, Nube de Acero X250393, donde había setenta mil planetas con vida inteligente viviendo en armonía. Sí había habido pequeñas rencillas, por supuesto, pero nada serio que pudiera poner en peligro el equilibrio de dicha armonía.

"Bueno, la charla está muy amena, pero es tarde ya, sugiero irnos a descansar porque mañana a todos nos espera un grato amanecer. Porque justo es en este tiempo cuando los amaneceres de Platinum son de una exquisitez absoluta desde esta colina", dijo Dulce, la Gran Señora de Platinum con cálido timbre de voz.

Luego de pasar varios días conociendo Platinum y disfrutando deliciosos manjares en la mesa, acordaron Ariadna, Justino y su grupo que partirían al amanecer del día siguiente.

Justino y su gente disfrutaron de esa última cena contentos por la importancia de poder encontrarse nuevamente con su nave, el Pescador 14.

Se marcharon al día siguiente como lo previsto, y sintieron una extraña nostalgia al escuchar en la lejanía al viento soplar las cuerdas de los violines que los despedían.

Capítulo 4 La Aldea

La máquina de los Grandes Señores de Platinum los llevó hasta la frontera del otro túnel. Ahí los tonos de la roca eran de un matiz rojizo, se notaba un ligero polvo en su atmósfera, y el viento soplaba intensamente.

Al grupo se unieron un par de los hijos de los Grandes Señores de Platinum, Samanta y Santino, con la intención de guiar al grupo hasta el puente que comunicaba con el túnel.

Pronto estuvieron en frente de una construcción que parecía estarse derrumbando.

"¡Parece una vieja estación de trenes subterráneos como de las primeras que hubo en el planeta Tierra!", pensó Ariadna.

Una vez adentro, todo el grupo percibía aquel lugar como detenido en el tiempo.

"¡Nadie ha pasado por aquí en mucho tiempo o es que han borrado la evidencia de ello!", expresó Ariadna al grupo sus observaciones.

Escaleras abajo, encontraron la entrada de un túnel polvoriento y se adentraron por ahí.

Caminar por aquel túnel no era una tarea fácil. Por momentos las ráfagas de un calor intenso les hacían ver su suerte conforme avanzaban. Las gotas de sudor no se hicieron esperar y pronto todo el grupo estaba enfrentando una posible severa deshidratación. De pronto, algo brilloso en el suelo llamó la atención de Ariadna, parecía como un tipo de organismo viscoso.

"¡No toques eso!", gritó Samanta, pero fue demasiado tarde la advertencia y Ariadna se desvaneció al sentir una fría humedad en la palma de su mano con lo que tocó. Perdió el sentido, al mismo tiempo que era transportada por un portal a través de ese molusco viscoso desapareciendo sin dejar rastro alguno aparente de su existencia.

Ariadna cayó en un sueño profundo sin poder evitarlo durante el trayecto de transportación. Y atravesando las colinas de su arcaica memoria por alguna razón desconocida, soñó que vivía en las montañas del planeta Tierra con un grupo de sabios nativos de la América del Sur. Nadaba con la tranquilidad de un niño en un río de agua cristalina donde una cascada caía de lo alto de una montaña.

Se sumergió una y otra vez en aquellas aguas placenteras dejándose envolver en el encanto de tan singular paisaje por un buen rato. Salió del río sintiéndose muy fresca y animada después de tan grato momento y levantó su mirada en dirección este como por intuición. Vio en la distancia que un grupo de guerreros quienes traían puesto solamente un pedazo de tela cubriendo su desnudez venían a su encuentro.

Aquellos hombres de mirada penetrante, rasgos muy bellos y notoria musculatura corporal caminaban hacia el lugar donde ella estaba. Los acompañaba una niña de piel muy pálida, y un hombre de edad madura que tenía una barba roja muy pronunciada.

Se aproximó a Ariadna uno de aquellos guerreros de notables y atractivas facciones, quien parecía ocupar la más alta jerarquía del grupo. La miró fijamente a los ojos y tocó su hombro. Y sin dejar de mirarla le dio una lanza muy ligera con puntilla dorada. "¡Esto es lo único que podrá mantenerte con vida aquí!", le dijo, refiriéndose a el arma. "No lo olvides, jovencita".

Luego de ese extraño acontecimiento, aquellos guerreros sin chistar palabra comenzaron a comer plátanos. Había dicha fruta en abundancia en aquel trópico.

"¡Qué extraño es todo esto aquí!", pensó Ariadna, y le pareció gracioso el cuadro en general. Comenzó a reír espontáneamente como una chiquilla loca. La seriedad de aquel guerrero que la miraba sin cuestionarla le parecía demasiado gracioso, y no dejaba de reír.

Ahí estaba la dulce Ariadna, entre los mundos del sueño y realidad, reía y balbuceaba.

"Espero que no haya en este trópico muchos mosquitos", pensó en lo mal que la pasaba con la picadura de dichas criaturas.

De pronto despertó del sueño. "¿Dónde rayos estoy?", se preguntó alterada. "¿Cómo llegué aquí? ¡No recuerdo nada!", se respondió así misma de malas, estaba irritada por el dolor que sentía.

Luego escuchó como un susurro zumbando en sus oídos. Se sentía muy cansada y apenas y podía respirar.

Ese susurro se trataba de Concha de Búfalo, su compañero y más fiel amigo, quien estaba tratando de hacer contacto con ella.

"¿Cómo es que pude llegar hasta aquí, Concha de Búfalo?", preguntó Ariadna con dificultad al hablar.

"No lo sé todavía, querida Ariadna. ¡Mantén la calma!, estoy trabajando en ello, dando todo lo mejor de mi para sacarte de ahí lo más pronto posible. No desesperes y prométeme que no te meterás en problemas, por lo menos hasta que halle el código de tu ubicación para abrir un puente y sacarte de ahí", respondió Concha de Búfalo dándole ánimo con sus palabras a Ariadna.

"Me duele todo el cuerpo, Concha de Búfalo. ¡No recuerdo haber recibido una paliza!, pero siento el cuerpo mallugado justo como si hubiese recibido una severa tunda", dijo Ariadna, recuperando un poco su habitual sentido del humor que tanto le caracterizaba.

"Estás un poco débil debido a la atmósfera de tu ubicación", dijo Concha de Búfalo; "ésta no te sienta bien, y agrégale a esto el modo en que fuiste transportada".

"¡Chispas!", exclamó Ariadna.

"¡Ariadna! ¿Comprendes la gravedad de esto? ¡Pudiste haber muerto!", dijo Concha de Búfalo con voz quebrada.

"¡Es por ello por lo que me siento tan rara, Concha de Búfalo!", respondió ella.

"¡Así mismo es, querida Ariadna! ¡Perdiste la noción del tiempo!", dijo Concha de Búfalo, y le preguntó si recordaba alguna otra cosa.

"No recuerdo nada hasta ahora, Concha de Búfalo, y este dolor está calándome duro", respondió ella con esfuerzo.

La pobre Ariadna, tirada ahí junto a sus miserias humanas –como diría Justino si la viese en ese estado– se esforzaba para mantenerse consciente y seguir escuchando a Concha de Búfalo, su siempre fiel amigo y compañero en sus viajes por el cosmos.

"¡Ariadna! ¡Te estuvimos buscando durante veintidós días!", dijo Concha de Búfalo. "Tengo apenas una leve señal de ti, y no logro hacer contacto con el código de tu ubicación. Debemos regresar pronto a nuestro planeta, Mayo. ¡No olvides quién eres!" añadió con énfasis.

Afortunadamente, Ariadna alcanzó a escuchar a Concha de Búfalo antes de perder la comunicación.

"¡Yo soy Ariadna, un eterno viajero procedente del planeta Mayo!", balbuceó débilmente, se sentía mareada y confundida.

Como pudo, observó todo a su alrededor con su habitual vistazo de halcón –como solía ella llamar a sus observaciones minuciosas–. Todo parecía en calma aparente en ese momento.

"¡Bueno! Creo que hoy no es un buen día para el combate", dijo entre broma y seriedad al notar su vulnerabilidad en esas tierras lejanas.

Permaneció ahí, tumbada boca abajo sobre una roca lisa por largo rato, trataba de guardar la calma a pesar de saberse tan vulnerable. De pronto, vio a una mujer en la distancia venir en dirección suya. Quiso levantarse, y, sintió literalmente que se le rompían los huesos. Por tal motivo, no se pudo mover, y optó por tumbarse en esa roca para ahorrar energía.

Poco apoco fue recuperando la cordura, se fueron yendo las nubes de su cabeza, y se fue aclarando su memoria.

Pasado un rato reaccionó. Todavía deliraba a causa de lo que mencionó Concha de Búfalo. Una atmósfera que no le sentaba nada bien. Y la manera como fue transportada abruptamente al tener contacto directo con ese molusco contaminado del portal dimensional debilitó tremendamente las defensas de Ariadna.

Esos moluscos eran peligrosísimos puentes dimensionales. Estaban contaminados con ciertos gases químicos que afectaron tremendamente el estado inmunológico de Ariadna. Desprendían éstos un olor súper potente a cloro, provocando en ella ese estado que le pudo haber llevado a una muerte inmediata.

Para poder usar esos moluscos como medio de transporte seguro, se debía de acceder previamente a su código, dicho código encapsulaba al viajero, y de esa manera quedaba este protegido de esos gases. Ese tipo de puentes abundaban en aquella galaxia, registrada en ese vecindario como la Gota Púrpura. Por su compleja naturaleza, dichos puentes tenían fama de ser algunas veces benévolos para unos, y terroríficos para otros.

"¿Dónde están todos?", se preguntó al tener más claridad en su mente.

Pronto su memoria comenzó a ajustarse; recordó a Justino y su gente, los del Pescador 14. Recordó también a los hijos de los Grandes Señores del planeta Platinum, Santino y Samanta. Eso era una buena señal, después de todo su mente estaba lúcida.

Afortunadamente, una jovencita que había visto arribar a Ariadna en la distancia se acercó para auxiliarla. La encontró desmayada en la roca, y ante aquello inesperado la chiquilla regreso corriendo a su aldea para advertir a su gente sobre su presencia.

No tardó mucho en llegar a la roca donde Ariadna estaba tumbada de panza un grupo de hombres que usaban una especie de taparrabo cubriendo apenas su desnudez. Eran hombres de estética complexión y caminaban muy erguidos. Tenían lanzas primitivas con ellos, todos tenían una de ellas en sus manos. Ariadna prestó atención a quien supuso era el líder del grupo, éste le veía fijamente. Su rostro denotaba una seriedad poco común ante la percepción de Ariadna. El líder se aproximó a Ariadna, y antes de que ella pudiera decir una sola palabra, él se llevó el dedo índice a sus labios, como señal de silencio. La miró directo a los ojos, y tocó su hombro izquierdo al mismo tiempo que le ofreció una de esas lanzas primitivas. "¡Esto es lo único qué te puede salvar aquí! No debes olvidarlo. ¡Esto es lo único qué te salvará!", dijo el serio guerrero con firmeza.

Ariadna asistió con la cabeza en señal de comprensión, pero se sorprendió al recordar un poco su sueño, o delirio previo. "¡Chispas! ¡Dónde han andado mis neuronas!", pensó.

Concha de Búfalo justo estaba ya enviándole información del lugar donde estaba. "¡Escúchame bien, querida Ariadna! ¡Estás en un lugar donde no hay leyes más que la ley de la sobrevivencia!", le advirtió muy preocupado. "¡Estás en una jungla donde las fieras salvajes asechan por todos lados! No es lugar seguro para ti, y debes salir pronto de allí, porque la atmósfera o esas fieras acabaran contigo".

Parte de esos hombres permanecieron alrededor del líder y de Ariadna formando un círculo. Murmuraban algo que Ariadna no lograba comprender. Minutos después, el líder hizo una extraña señal con su mano, y un par de esos hombres se introdujeron en la espesa selva; pasado un rato, salieron con unas enormes hojas frescas.

Ariadna sudaba a cántaros en ese momento, causado ello por el clima del lugar tropical y por sus dolencias. La acomodaron en una camilla hecha con cuerdas naturales y nudillos amarrados en unos báculos, y cubrieron su cuerpo usando las enormes hojas frescas, a manera de manta. Luego cuatro de esos hombres levantaron la camilla y se la llevaron a su aldea. Se sintió a salvo por el momento, porque Concha de Búfalo ya le había informado también que esa gente, con la que estaba ella ahora era gente buena.

Esa manera de comunicarse con Ariadna era una de las más extraordinarias capacidades entre muchas otras que Concha de Búfalo poseía.

Ahí en esa serena aldea, Ariadna permaneció bajo los cuidados de esa amable gente, quienes por cierto hablaban poco, y cuando lo hacían era siempre en tono muy quedo, casi en secreto. Ariadna notó también que esa gente estaba como triste, algo pasaba con ellos porque su mirada estaba como ausente por momentos.

Pasaron tres días, la pobre Ariadna seguía entre el delirio de la realidad y el sueño.

Luego que se le pasaron un poco sus dolencias, se levantó y pudo comer algo. Eso último lo advirtió como una buena señal.

El punto donde se ubicaba la aldea de esa extraordinaria gente era un sitio muy hermoso, cuyo trópico constituía una fuente riquísima de biodiversidad y belleza natural. Había una impresionante cadena montañosa que se extendía hacia el Norte rodeando el fértil valle central. El panorama al ojo desnudo era una gama de colores en todo su esplendor. A Ariadna le impresionó el tipo de plantas que crecían ahí, eran tan bellas como las mismas que crecían en el planeta Mayo, su planeta.

Nunca había visto tanta belleza junta en sus múltiples viajes por el cosmos. El agua de los ríos y cascadas se escuchaba por doquier, y es que llovía mucho en ese lugar. A cántaros parecía el cielo caerse durante horas y horas.

"¡Ariadna, Ariadna! ¡Despierta Ariadna! ¡Levántate! Tienes que salir de allí lo más pronto que puedas", dijo Concha de Búfalo al hacer contacto con ella nuevamente. "Sé que aún te encuentras débil, pero debes salir pronto de allí. Busca otro punto donde pueda haber un mejor enlace para nosotros, porque está muy baja la señal donde te encuentras ahora", agregó en tono sutil.

"¡Lo qué me faltaba, Concha de Búfalo!", replicó ella.

"Lamentablemente, no he logrado encontrar el código para abrir el canal de tu ubicación", dijo Concha de Búfalo afligido. "Mantente preparada para cuando logre acceder al código, ¡por favor, Ariadna!", remarcó con tono dramático.

No sonaban nada bien las palabras de Concha de Búfalo. Era más que obvio que él estaba preocupado por ella, pero tenía que ser prudente para no asustarla. Ya tenía la pobre demasiado con sus dolencias que no dejaban de sacarle una mala palabra cada vez que éstas le calaban los huesos.

Ariadna percibió el pensamiento de Concha de Búfalo y lo agradeció en silencio.

Mas tarde, se aproximó el líder de la aldea con una vasija de barro entre sus manos, cuya bebida caliente ofreció a Ariadna quien estaba tiritando de frío, y estaba tan pálida como un muerto. "Deberías tratar de dormir más. ¡El sueño siempre nos repara!", dijo el líder con serena voz. "¡Esta bebida te ayudará a soportar tus dolencias, Ariadna!".

Ariadna notó en el líder, que, a pesar de la fuerza que tenía su mirada, una tristeza profunda también reflejaban sus bellísimos ojos obscuros. Tuvo ganas de saber un poco más de ello, pero dado su estado —su condición delicada de salud— ella no estaba para cargar con demonios ajenos. Por lo menos, no por el momento, y bien sabía ella que debía de guardar energía para poder salir de ahí.

Aquella noche fue terrorífica para la pobre Ariadna, se enfrentó a sus peores enemigos en una lucha que parecía no llegar a su fin. El tiempo detuvo su marcha, según la percepción de Ariadna, aquella noche, y le pareció haber estado en combate durante toda una vida. "¡Concha de Búfalo, espero que sepas pronto dónde estoy amigo mío!", pensó desconcertada cuando despertó.

Meditando todo lo ocurrido, Ariadna preocupada se llevó las manos a la cabeza abruptamente al recordar lo que pasó en el túnel. Se sintió muy inquieta por la suerte de Justino y su grupo, los del Pescador 14, y los hijos de los Grandes Señores de Platinum, Samanta y su hermano Santino. "Si yo caí en un sueño profundo después de haber tocado aquel organismo que abrió este portal en el túnel por donde veníamos todos, entonces...," hizo una pausa y respiró profundo. "¡Oh no!", exclamó Ariadna afligida. "Espero que todos los del Pescador

14, Justino, Samanta y Santino estén a salvo; porque si mis sospechas son ciertas estoy en un punto de los túneles del que se sabe poco hasta ahora, dada su compleja naturaleza".

Al no recibir respuesta de Concha de Búfalo pasado un largo rato, luego que le envió la última señal de socorro, Ariadna empezó a inquietarse.

"¡Guarda la calma Ariadna, guarda la calma!", se repetía constantemente a sí misma.

JUSTINO EN LAS MINAS

Del otro lado de la cordillera, de las minas estaba siendo extraída por esclavos cristales de turmalina. Dichas minas estaban siendo comandadas por un grupo de personajes conocidos como los Morrus.

Los Morrus eran seres malévolos que habían perdido gran parte de su humanidad. Eran ambiciosos y terriblemente crueles. Los males del planeta comenzaron cuando éstos lograron tener el suficiente poder, entonces sometieron a la mayoría de los habitantes bajo el yugo de la esclavitud. Tan sólo un pequeño grupo de esa gente pudo escapar y sobrevivir oculta en la jungla, pero siempre bajo el asecho de esos desalmados. Los Morrus habían sido la orden militar del planeta antes de esclavizar a la población.

Justino estaba siendo azotado por esos crueles personajes conocidos como los Morrus, lo mantenían encadenado y apenas le daban agua. "¡Confiesa que eres un espía! ¡Y será mejor que hables pronto antes de qué se nos agote la paciencia, y sirvas de comida a las hienas!", dijo con hostilidad su insano verdugo a Justino.

Insistían aquellos torturadores de mente enferma una y otra vez al pobre y casi moribundo Justino, quien no comprendía el por qué insistían esas personas tanto con lo mismo. "¿Quién te manda? ¿Por dónde entraste, y por qué estás aquí?", lo bombardearon con preguntas.

"¡Ya les he dicho mil veces! ¡Soy Justino!", respondió histérico ya cansado de tanta necedad. "Mi grupo y yo nos dirigimos al Estandarte Neutral, para reunirnos con nuestra nave, el Pescador 14 que espera por nosotros allí", repitió.

A los Morrus no les gustó la respuesta de Justino y le llovió al pobre una severa paliza, porque no le creyeron ni una sola palabra.

"¿Cómo voy a encontrar a Ariadna estando encadenado aquí? ¿Cómo?", se preguntó Justino atormentado al observar su miserable escena.

El olor repugnante que se respiraba en esa atmósfera por las condiciones inhumanas en la que los presos estaban, y los gemidos lastimosos de los esclavos, le desgarraban el alma al pobre Justino, quien a pesar de que estaba medio dormido por el cansancio y el dolor no dejaba de escuchar.

En medio de aquellos dolorosos lamentos, se encogió como un chiquillo indefenso; y lloró tanto hasta que se agotó su fuerza, y al fin se durmió. Y es que, además del amor puro y sincero que ya sentía Justino por Ariadna, también le pesaba la responsabilidad que como líder del grupo del Pescador 14 cargaba sobre sus hombros. Debía de encontrar a Ariadna, pues solo quién poseía a un Concha de Búfalo podía acceder por los túneles que era necesario transitar para llegar al Estandarte Neutral, donde su nave, el Pescador 14 esperaba por ellos.

Ese grupo del Pescador 14, comandado por Justino como su líder, llamaban el guía a quien era digno de poseer a un Concha de Búfalo, de acuerdo con su libro sagrado antiguo. Dado eso, es decir siguiendo sus instrucciones, es que estuvieron esperando pacientes en aquel camino de cuatro metros; hasta que, de acuerdo con el libro –el que Justino traía siempre con él en la mochila que cargaba en la espalda– arribaría un Concha de Búfalo procedente de otro túnel y les abriría el primer camino. Tal cuál, como lo hizo Ariadna con Concha de Búfalo, aquel día, cuando fueron absorbidos sin poder evitarlo en aquel agujero azul, llegando al punto donde Justino y los del Pescador 14 ya esperaban por su famoso guía.

Fue por esa vital razón, que, Justino sin dudarlo se lanzó por el portal tras Ariadna luego que ella cayera en el accidentalmente. No podía permitirse el lujo de perder a su guía y quedarse varados en mitad del camino. Y es que ya habían esperado por tanto tiempo.

Samanta y Santino, los hijos de los señores de Platinum, se ofrecieron con gusto a cuidar del grupo, los del Pescador 14. Determinaron, que, lo mejor sería regresar a Platinum; mientras Justino se atrevía a atravesar el portal por donde se fue Ariadna, pero no sin antes acceder al código de dichos organismos.

Tener acceso al código de ese tipo de organismos dimensionales, significaba la activación del capullo que protegía de sus gases químicos con penetrante olor a cloro a quienes lo atravesaban, si se tenía acceso a sus registros antes de tocarlos. Por eso fue por lo que Justino logró ubicar el punto de Ariadna, aunque no fue del todo exacto, porque él salió por el otro lado de las cordilleras del planeta Acuamarina, para su desgracia, y pasó a ser una víctima más de los Morrus. Y, por lo tanto, ambos, Ariadna y él estaban en peligro porque Concha de Búfalo no había logrado aún encontrar el código de ubicación de Ariadna y abrir el puente para el contacto de enlace.

En las minas de turmalina había un aproximado de tres millones de esclavos. Era lo que quedaba de cien millones de almas registradas en ese planeta antes de que ocurriera tan penosa desgracia. No había ya casi niños ni ancianos. El trabajo forzado de los mineros esclavos y las condiciones tan miserables en las que vivían había acabado con los viejos, o no llegaban nunca a serlo. Los niños eran muy vulnerables, y morían por montones, por lo tanto, sólo los más fuertes lamentablemente lograban sobrevivir.

Capítulo 5 Acuamarina

Ese punto en el cosmos llamado planeta Acuamarina, no se conocía todavía en el planeta Mayo, hasta ese momento. Eso era debido a que su ubicación estaba muy lejana del vecindario que componían las galaxias Nube de Acero X250393, y Faros Dorados EAT011112. Por lo tanto, su señal era muy pobre, y por ello mismo es que a Concha de Búfalo le costaba tanto trabajo hacer contacto con Ariadna, su única y más preciada amiga, quien ahora sufría en aquél lejano mundo.

El planeta Acuamarina no era muy grande, y no era relativamente una tierra muy joven, pero no se conocía mucho de ese planeta dada su lejanía del vecindario; y, porque estaba de alguna forma todavía oculto por el velo que lo cubría, a manera de un capullo misterioso en el cosmos.

"He recibido la señal de mi amigo, Concha de Búfalo, ¡y debo de ir del otro lado de la cordillera!", comunicó Ariadna una mañana soleada a ese amable grupo de individuos de la selva, quienes estuvieron cuidando de ella mientras se recuperaba.

Por el gesto de espanto que sus rostros reflejaron ante sus palabras, Ariadna supuso que algo muy malo pasaba allí.

"Es un camino muy peligroso, Ariadna, y no tenemos la forma de ayudarte en ello", dijo el líder con sinceridad. "Lo único que te podemos garantizar es qué si logras llegar a un refugio que está ubicado en el lado norte de las minas, allí uno de los nuestros te podrá dar cobijo, si llevas contigo la señal de esta tribu".

"¿¡Serían ustedes tan buenos de proporcionarme vuestra señal!?", exclamó Ariadna animadamente.

"¡Sí!, te la daremos como símbolo de nuestra amistad. Y porque sabemos que eres un viajero universal. ¡Y porque dada la honorabilidad de tu estampa sé que nunca darás la clave de ubicación de ese refugio al enemigo, aun estando en peligro tu vida!", dijo el líder con firmeza. "Pero has de prometernos que solo acudirás a el refugio en caso de ser necesario", agregó con énfasis.

"¡Así será!", respondió Ariadna.

Luego de que aquel pequeño grupo de habitantes de esa aldea pusiera a Ariadna al corriente de los peligros a los que se enfrentaría en su carrera para poder llegar a las minas, Ariadna estaba lista para emprender su camino con el ánimo qué le caracterizaba, siempre contenta y valiente en sus misiones. Ya estaba ahí, y debía aprovechar ese momento para llevarse consigo toda esa información y registrarla en sus archivos. Todo en bien del orden y del progreso de los mundos que componían el cosmos.

Llevaría consigo la lanza primitiva, cuya puntilla dorada hecha de misteriosas aleaciones era de gran poder. Se trataba de la misma lanza que el líder le dio cuando llegó a la piedra, moribunda, luego de atravesar el portal que la condujo hasta esa jungla del planeta Acuamarina.

"Como te dije cuando llegaste, Ariadna, esto que vez aquí", señaló el líder el arma. "¡Es lo único que puede salvar tu vida en este lugar! El filo de esta lanza está hecho con un tipo de aleación diseñada para dar muerte al enemigo de un solo golpe, es decir, cuando la puntilla de esta arma toca al enemigo, ¡éste es calcinado al instante! Pero es muy difícil enfrentar al enemigo, porque éste asecha silenciosamente desde las sombras y te toma desprevenido", aclaró el líder.

Ariadna tragó saliva al escuchar las palabras del líder.

"¡No es fácil enfrentarse a ese tipo de monstruos ciegos y hambrientos, Ariadna!", le advirtió el líder nuevamente. "Si logras cruzar la cordillera con bien, no bajes la guardia. No vayas a confiarte creyendo falsamente que has vencido ya al enemigo, porque una vez llegando allá, Ariadna, creédmelo. ¡Allí estarás en el mismísimo infierno si te llegan a capturar esos desalmados! En pocas palabras, jovencita, si te ponen las cadenas será muy difícil que salgas de allí. Así que, si estas en peligro y puedes, corres al refugio que te mencioné".

El líder continuó dándole instrucciones a Ariadna por un largo rato. "Verás una puerta de dos hojas de metal desgastado por el tiempo, del lado norte, Ariadna. Una vez allí tocas muy fuerte para que puedan escucharte los de adentro, pero tienes que hacerlo con el arma, es decir golpeas fuerte la puerta con el mango de esta lanza. ¡Ellos, los de adentro, sabrán quién eres si tocas como te lo indico! Una vez así, entonces verás que se enciende una luz adentro, lo notaras a través de las grietas del carcomido metal. ¡Si ellos reconocen la señal de esta tribu, entonces te abrirán las puertas y podrás entrar al refugio!".

Luego de haber recibido la instrucción tan precisa de parte de aquel líder, Ariadna emprendió su camino al norte, rumbo a esos peligrosos picos piramidales.

Había recibido previamente la señal de la misión a seguir y estaba lista para continuar con sus misiones por el vasto cosmos. Concha de Búfalo había podido hacer un ligero, pero valiosísimo contacto con ella, dadas las circunstancias vitales del caso; éste le indicó que, en el otro lado de la cordillera, encontraría una cápsula oculta. Dicha cápsula había estado ahí velada al ojo durante largo tiempo. Concha de Búfalo hizo hincapié en abordar lo más pronto posible esa cápsula, misma que trasladaría a Ariadna a un punto destinado previamente por los diseñadores de dicha cápsula. Es decir, alguien esperaba en un punto del cosmos por esa cápsula, porque estaba programada para ese momento.

Para su camino, la amable gente de esa aldea le puso a Ariadna en una bolsa hecha de panza de animal unas hogazas de pan, y le dieron un bule —una vasija— rebosante de leche fresca para que tuviera fuerza y energía en su camino a transitar.

Ariadna se sintió profundamente agradecida por la hospitalidad que recibió de ese pueblo. La habían cuidado mientas recuperaba su fuerza, y la habían mantenido con buena temperatura, gracias a sus conocimientos en las plantas medicinales que crecían en ese punto de ese pequeño planeta.

"¡Y no olvides que debes estar muy atenta, para qué ni en sueños sueltes la vigilia durante tu camino, Ariadna!", dijo el líder con firmeza.

En su camino, Ariadna no dejaba de pensar en Justino y el grupo. Solo pensar en la suerte que podrían haber corrido sus nuevos amigos le estremeció hasta la médula. Sintió un frío filoso recorrer su espina dorsal mientras se repetía a sí misma, "¡mantén la calma Ariadna, mantén la calma Ariadna!".

De las minas se extraían grandes cantidades de cristales de turmalina sandía, combinación de tono rosa y verde, que era transportada a un gigantesco galerón, y desde ahí, era recogida por naves de transporte, dichas naves eran propiedad de los Piratas del Cosmos.

Esos personajes, conocidos como Piratas del Cosmos, eran famosos por ser buenos comerciantes, entre otras cosas. Tenían contactos de toda índole en todas partes del cosmos. Esto les había permitido una forma de vivir muy a su estilo. No habitaban en ningún planeta permanentemente, y permanecían en sus naves, mismas que fungían como sus hogares. Tenían una nave madre, a la cual se adherían a ella todas sus naves, a manera de engranes, cuando hacían convocatoria. Los vínculos que solían sostener esa gente con todos los pueblos exteriores a ellos eran meramente comerciales. No les importaban mucho las leyes que garantizaban la soberanía de los pueblos, o las condiciones del medio ambiente de los planetas con vida inteligente. Solían decir ante eso que no era su guerra. Así que, poco les importaba a los piratas entonces rentar sus naves y dar servicio de transporte a quienes se dedicaban a saquear las riquezas naturales de los planetas en el cosmos con fines meramente lucrativos. Esos personajes –los Piratas del Cosmos– habían hecho contacto con los Morrus, por esa razón, dado que la ambición de los Morrus había llegado al punto de esclavizar a su pueblo, y hacer alianza con compañías quienes explotaban los recursos naturales de planetas vulnerables.

Los cristales de turmalina sandía, tenían un valor muy importante en el uso de tecnología avanzada en aquellos tiempos, eso era bien sabido desde tiempos arcaicos.

Cayó la noche, Ariadna estaba muy cansada, había caminado durante todo el día. El cielo estaba bellísimamente decorado de estrellas. Ariadna admiró esa impresionante bóveda celeste coronada de estrellas. Se sintió contenta por un momento al contemplar aquello tan bello, pero recordó dónde estaba, y recordó su fragilidad al estar lejos de Concha de Búfalo, y sabía ella lo que eso significaba, y por eso mismo debía tener la suficiente cautela en todo momento. No es que no le apeteciera por momentos literalmente pasar la pelota, pero bien sabía la dulce Ariadna que debía mantenerse en pie, y al orden del deber.

Capítulo 6 El Infierno de los Prisioneros

Justino por otro lado, estaba sufriendo a lado de los despiadados y crueles Morrus. "¡Será mejor pedir clemencia a una deidad, si acaso crees en la existencia de alguna!", dijo un moribundo, quien estaba encadenado en seguida de Justino.

"¡Pobre miserable gente!", exclamó Justino. "Están sufriendo la desdicha que sufren las masas, los desamparados, los pobres en las manos de los que con mezquina habilidad han logrado controlar y abusar del débil", pensó angustiado al contemplar aquel cuadro; y no pudo evitar sentir nostalgia por su grupo, los del Pescador 14, quienes justo estaban tratando de llegar al Estandarte Neutral escapando del mismo sufrimiento. Del mismo infierno estaban escapando de alguna manera.

Los Morrus eran una raza de seres malévolos, aunque no siempre fue así. Tuvieron un tiempo de armonía sus vidas, antes de haber degenerado, dada la ambición que les comió la cabeza cayendo en tan gran desgracia. Al grado de haber sometido a un pueblo entero a la esclavitud, su propio pueblo.

Cuando comenzó la trágica historia de ese pequeño punto del cosmos llamado Acuamarina, la gente estaba muy incrédula de lo que estaba realmente ocurriendo. Tal vez eso se debió de alguna forma, a que en aquellos tiempos no había mucha tecnología por aquellos puntos del cosmos; y la red de comunicaciones que tenían hasta entonces, era muy primitiva. Solamente había dos grupos encargados al frente del pequeño planeta. Y uno de ellos era muy reducido en miembros, por cierto. Ese último grupo estaba encargado de atender los asuntos de índole general. Eran los médicos, así se les llamaba a aquellos sabios de Acuamariana, pertenecientes a la clase sacerdotal. Se decía que eran descendientes directos de las etnias sacerdotales que habitaron en el arcaico planeta Tierra. Esos peculiares individuos, conocían los ciclos astronómicos del planeta y sabían servirse muy bien de ese conocimiento. Mantenían con orgullo bien merecido repletos los graneros con el trigo que brillaba en los campos de la Acuamarina de antaño. Nadie en Acuamarina sufría entonces por el pan. Ese grupo también tenía conocimiento en plantas con propiedades medicinales, y sabían cómo preparar la medicina para curar los males. Esa clase sacerdotal, tenía un conocimiento heredado de las civilizaciones ancestrales de los nativos del ya inexistente, pero inmemorial planeta Tierra. Y, por lo tanto, poseían el sello legítimo perteneciente a su tribu ancestral.

Y, por otro lado, estaba el otro grupo formado por miembros militares. Ese grupo era muy superior en número a la clase sacerdotal porque se trataba del ejército de Acuamarina. Los militares controlaban las fronteras y las negociaciones con el exterior del planeta a fin de beneficiar a la población de Acuamarina con esos recursos.

En aquellos tiempos se comenzó a extraer de las minas cristales de turmalina sandía. Era muy requerido ese mineral para la industria en el exterior del planeta. Todo caminaba en buenos términos, hasta que les ganó la ambición, y cayeron en corrupción. Luego quisieron exterminar a la clase sacerdotal, cuando esta se opuso a la tiranía. Hubo entonces una masacre. Los militares de Acuamarina por órdenes de su superior dieron muerte a casi todos los miembros de la clase sacerdotal. Los despojaron de su riqueza y de todos sus bienes. Era muy rico ese grupo de los médicos porque era muy disciplinado en lo que se refería a sus empresas.

Afortunadamente, algunos miembros de ese clan fueron advertidos de tan desalmado plan con tiempo, y lograron escapar haciendo uso del ritual heredado de sus antepasados, los nativos del arcaico planeta Tierra. Dicho ritual, solamente era conocido por la clase sacerdotal.

Por consiguiente, se llevaron consigo el secreto de la tribu sacerdotal los que lograron escapar cuando hicieron el ritual que abrió el portal, quedando invisibles al enemigo, del otro lado de la cordillera. Estaría ese clan desde entonces ahí, del lado de la jungla, en una aldea rodeada de manantiales y cascadas, cuidando de su gente de alguna manera. Esos grupos peculiares de la jungla estaban en conexión siempre entre ellos, y mantenían de esa forma ese saber heredado de sus antepasados.

Fueron ese mismo grupo quienes cuidaron de Ariadna, cuando llegó a Acuamarina en calidad de moribunda. Luego la protegieron dándole el arma, el báculo, con la señal de su tribu —misma que le abriría las puertas del refugio, si ella obedecía las instrucciones que le fueron dadas en la aldea–.

Ese grupo de extraordinarios seres podía entrar y salir de ese punto haciendo el ritual correspondiente a ello. También tenían súper protegida su aldea, a manera de escudo invisible. Vivían de alguna manera tranquilos, pero estaban tristes por lo que aconteció en Acuamarina desde entonces. La gente en la Acuamarina de antaño, en general, vivieron en forma simple. Estuvo muy identificado ese pueblo con la naturaleza que rodeaba las villas de los habitantes en aquellos tiempos. Fueron buenos agricultores. Seguían usando el viejo ritual de los pueblos ancestrales del arcaico planeta Tierra durante las cosechas. Practicaban los rituales de los solsticios y equinoccios alrededor de las fogatas que ardían con esplendor en tales fiestas. Entonces por aquellos tiempos, Acuamarina gozaba de una mejor democracia; hasta que cayó el pueblo en desgracia, dada la codicia que se apoderó de la debilidad del corazón de los ancestros del actual comandante Morru. La tentación les tocó la cabeza, cuando estos recibieron la propuesta de la red de personajes oscuros que operaban siempre bajo la sombra, y quienes se encargaban de saquear los recursos naturales de los planetas débiles. La propuesta se les hizo llegar por medio de los Piratas del Cosmos.

El planeta estaba compuesto de un enorme yacimiento de turmalina sandía. Y esclavizar al pueblo para trabajar las minas fue la solución a sus demandas para el primer comandante Morru del antaño planeta Acuamarina. Fue así, de ese modo, como ese grupo de personas fue perdiendo su humanidad hasta convertirlos en lo que eran en la actualidad. Y es que eran tan despiadados que no tenían ningún respeto al amor. Ni una pizca de moral o de virtud se asomaba ya de su amargo ser. Tenían trabajando en esas minas a los niños, y gente enferma; lejos estaban ya de su humanidad por tal acto.

Un acto de esa índole no existía en el planeta Mayo, ni en sus alrededores. Para los sabios del planeta Mayo, ese acto era calificado con más enfoque a sentir pena por el individuo que lo causaba, quien, por dicho sentimiento tan miserable, decían, sufría su alma, porque sufría la pena de estar vacía.

"¡Sufre mucho el ser humano cuando éste pierde la virtud del amor!". Rezaban los refranes en Mayo, el bello planeta de Ariadna, cuando se comentaba lo que aún pasaba lamentablemente en muchos de los pueblos que conformaban la vida en el cosmos.

Desde un tiempo ya casi olvidado, los esclavos habían estado extrayendo los cristales de turmalina sandía de las minas de aquel lejano planeta llamado Acuamarina. En esas minas había niños en desnutrición extrema y morían por montones cada día. Las madres desoladas veían morir a sus hijos, y como si de una penitencia se tratase ya no les lloraban, e incluso hasta parecía que se alegraban de que así fuera, ya que estos dejarían de sufrir la surte de haber nacido esclavos.

La comunidad donde vivían los esclavos tenía una enorme cerca eléctrica que imposibilitaba cualquier intento de escape.

Desde la distancia, se veía aquella prisión como un enorme monstruo lanzando bocanadas de humo negro de las minas.

Así era el infierno de las minas, con olor a rancio, mismo que ya nadie percibía.

El pobre de Justino en ese momento estaba sufriendo esa terrible pesadilla. "¡Qué estoy viviendo, santísimo cielo!", exclamaba —era religioso el hombre— y le dolía ver ese cuadro tan miserable hasta lo más profundo de sus entrañas.

Conocía el significado del sufrimiento que desgarra el alma el pobre Justino, porque tenía la experiencia de haber visto sufrir a su pueblo por la opresión de las manos poderosas. Quién más podría decirle a él lo que eso dolía, cuando él mismo conocía en carne propia su significado. Cuánta gente amada para él le fue arrebatada tantas veces durante sus batallas. Batallas que debía siempre de alguna forma librar, sin amedrentarle la idea de cuantos más de ellos tenían que perecer en el acto. Porque hasta poder llegar al Estandarte Neutral y encontrarse con su nave, el Pescador 14, que estaría ahí esperando pacientemente por ellos, su batalla terminaría. Y eso lo tenía Justino siempre presente en su mente.

Capítulo 7 Ariadna en las Cuevas

Aquella primera noche, Ariadna acampó según las indicaciones que le dio el líder de la aldea. La recomendación que le dio fue buscar las cuevas y pasar la noche protegida de la intemperie, y no salir de ellas después de la media noche. Pero lo más importante que le dijo, fue, que escuchara lo que escuchara afuera no abandonara esas cuevas hasta que la puesta del alba se asomara. Ariadna entonces siguió por el arroyo, río arriba, según la instrucción, y se encaminó por un área de rocas ígneas. Ahí, enormes moles imponentes de granito se levantaban anunciando su autoridad. Todo el corazón de esa cordillera estaba formado por rocas plutónicas. Esas rocas ígneas se componían esencialmente por cuarzo, feldespato y mica. Dicho procesó, supuso Ariadna en sus observaciones, ocurrió cuando al solidificarse lentamente y a muy alta presión el magma ascendió de zonas interiores de la tierra.

Pasado de las siete, al fin halló la entrada a las cuevas, luego de haber atravesado la primera cordillera y divisar en el horizonte la zona de piedra caliza donde se ubicaban dichas cavernas naturales. Se sintió afortunada cuando las vio. Había luz de luna, y aunque no era luna llena, fue suficiente ésta para visualizar la entrada de las cuevas. Llamó la atención de Ariadna durante el camino un tremendo ruido, se trataba de un enjambre de abejas. El eco que producía el enjambre de abejas en la roca, y el agua corriente del riachuelo se fundían en un solo sonido, bellamente armónico y placentero, pero a la vez escandaloso y aturdidor, al grado de marearla un poco.

Una vez adentro de las cuevas, Ariadna se tumbó por el cansancio. No tenía ganas de pensar en nada, solo se le antojaba dormir y desconectarse de todo pensamiento.

Continuó haciendo la misma rutina durante los próximos días. Avanzaba a paso rápido en su camino rumbo al norte durante las horas del día, y antes de que el sol diera el último suspiro de luz ella ya estaba metida en las cuevas.

Dormía mucho para recuperarse, porque ella tenía la peculiaridad de regenerase de todo mal por medio del sueño. Así era cómo funcionaba el sistema inmunológico de quien poseía a un Concha de Búfalo.

La séptima noche, pasadito de la medianoche, la despertaron los sollozos de un niño.

"¿Qué demonios es esto?", pensó al darse cuenta de que no había nadie ahí, y el llanto venía de adentro de esas cavernas. "¡Debo de estar soñando, porque no es razonable que un niño esté aquí llorando!", dijo incrédula. "¿O es esto posible?", se preguntó inquieta.

Recordó de súbito, sobresaltada, la advertencia que le dio el líder de la aldea. "Escuches lo que escuches y veas lo que veas, ¡quédate quieta, Ariadna! No intentes averiguar de qué se trata, y mucho menos salgas de las cuevas hasta que no haya comenzado a aclararse el día con los primeros rayos de sol". Fueron las precisas recomendaciones a seguir.

"¡Pero es el llanto de un niño! ¿Cómo voy a ignorar esto?", gruñó Ariadna, y sintió amarga la boca. "¡Concha de Búfalo, amigo mío!, ojalá y estés enterado ya de esto y puedas enviarme alguna señal. Porque tú, mi fiel y más preciado amigo, tú más que nadie sabes lo duro que es guardar la calma para mí cuando hay niños de por medio", dijo sinceramente, dando un profundo suspiro lleno de amor infinito por la creación, por la vida inteligente, por todos los seres que habitaban el cosmos.

Ese sentimiento que solía inflamar el corazón de Ariadna era justamente el amor que ella sentía por la obra tan maravillosa que veía en la creación. Dicho sublime sentimiento, fue una de las razones por la cual le fue otorgado a Concha de Búfalo.

El llanto del niño no cesó por un buen rato. Ariadna trataba de no desesperar, porque apenas podía ver dentro de esas cuevas; los escasos rayos de luna que por algunas grietas penetraban no servían de mucho.

Las formaciones de esas grutas eran formaciones de roca sedimentaria compuesta mayormente por carbonato de calcio y pequeñas cantidades de minerales: como la arcilla, hematita, siderita, cuarzo y algunos otros.

Ante el asunto del llanto del niño, tomó la decisión sin pensarlo más y se introdujo con valor al centro de esas cuevas.

"Bueno, me dijeron que no saliera de las cuevas durante la noche, y no lo estoy haciendo, después de todo", se dio ánimo la dulce Ariadna con sus mismas palabras.

Así era ella, digna hija de rey Mat, su sabio padre, quien tanto la amaba, y quien estaba orgulloso de ella. Porque, a pesar de haber podido quedarse a vivir en palacio y evitarse muchas complicaciones en su vida, ella había decidido salir a explorar los mundos con Concha de Búfalo para contribuir al progreso de los Planetas Unidos del Cosmos –PUC–, registrando toda la vital información durante sus viajes continuos por el cosmos.

Así era simplemente Ariadna, una valiente jovencita, tan dulce como lo fue su madre y tan noble como lo era su padre.

Después de haber avanzado un poco más de cuatrocientos metros dentro de esas cavernas, Ariadna notó un grupo impresionante de columnas formadas por estalagmitas y estalactitas. Las delgadas formaciones de piedra caliza colgando del techo, habían crecido lo suficiente para encontrarse con las estalagmitas, dando origen a un bello conjunto de pilares que componían esa primera cámara. Dichas formaciones, por lo tanto, dificultaba el camino, porque en un punto de esa primera cámara las columnas ya no permitían el paso seguro; pero Ariadna no desesperó, a pesar de las dificultades encontradas en el camino a transitar. Hubo un momento en el que las formaciones no le permitieron avanzar más, pero el llanto desconsolado del niño   que se escuchaba desde en el interior de esas cavernas le hicieron sacar el coraje sabrá el cielo de dónde; y de pronto Ariadna ya estaba escalando las estalagmitas, a pesar de la poca luz que había.   Ello significaba peligro a flor de piel.   Un pie mal puesto, y no la libraría esta vez, le quedó bien claro una vez analizado el panorama, pero ni eso la detuvo.

Avanzaba despacio porque estaba súper resbalosa la piedra, así que, para pasar a la siguiente cámara, tenía que ser además de muy prudente en cada uno de sus movimientos, también debía de ser muy paciente.

En varias partes de esa caverna, los cristales de calcita, yeso y otros minerales precipitados cubrían las formaciones rocosas, formando bellos y llamativos paisajes con la poca luz de la luna que se lograba filtrar por las grietas. Tal belleza no pudo pasar desapercibida para Ariadna, quien a pesar de todo se deleitó con tal escenario.

Afortunadamente logró pasar a la siguiente cámara a pesar de las condiciones tan desfavorables del terreno. Una vez ahí, se dispuso a trepar por otra de esas columnas. De pronto, notó a una sombra moverse entre la oscuridad. Rápido reaccionó, pero se llevó una sorpresa. "¡Oh no, se han robado mi comida!", gimió y dijo exaltada al ver que el morral con las hogazas del poco pan que quedaba, el que le habían puesto en la aldea para su camino, había desaparecido en un pestañeo. Apenas y dejó su morral en el suelo por un momento y se habían llevado sus provisiones.

"¿Esto querrá decir qué hay algún un animal o persona aquí?", se preguntó preocupada. "¿Quién eres?", le gritó a la sombra que se desplazaba a toda prisa.

No recibió respuesta, pero eso no le importó a Ariadna, y ya estaba corriendo tras de ella. Se introdujo entonces esa sombra por otra de las cámaras de esas cavernas. Ariadna alcanzó a ver el punto por donde entró y la siguió hasta ahí. En ese punto, las cavernas tenían más luz debido a que había más grietas. Pero lo más extraordinario que Ariadna notó ahí, fue una sima, es decir, una cavidad en la roca calcárea que se abría al exterior mediante un cono vertical, por el que se filtraban los rayos de luna en todo su esplendor. También notó en ese punto el cauce de un riachuelo.

La sombre, se fue por el riachuelo, y Ariadna la siguió tratando de no ser descubierta.

Gracias a los rayos de luz provenientes de la luna que penetraban al interior de esa galería, Ariadna se percató de que esa sombra no era la de un animal, sino la de una persona. Pensó en el llanto del niño, tenía sentido haber escuchado a una criatura llorar. Para su sorpresa, vio que la sombra entró en el interior de otra cámara, la cual no era muy visible, por cierto, y cubrió la entrada con ramas de arbusto, a manera que ese lugar pareciera ser justo parte del follaje que componía ese punto, donde había bastante vegetación.

Ese punto en el planeta Acuamarina tenía una formación geológica de origen hídrico. Las dimensiones de ese cámara en esas cavernas eran aproximadamente de unos 400 metros de circunferencia. Las caprichosas paredes calcáreas azuladas formaban un patio natural que asemejaba un cono piramidal. Y la cavidad, abierta al exterior en la parte más alta, era como un ojo de luz, a una altura de 700 metros, aproximadamente. Se filtraba majestuosamente la luz de la luna desde ahí. El cauce del riachuelo y la magia del tiempo geológico, y todo el componente atmosférico del sitio en general, ofrecían al espectador un deleite de lo más singular. Un espectáculo natural de los más impresionante que había visto Ariadna en sus múltiples viajes por el cosmos.

De pronto, ya no se escuchó el llanto del niño, Ariadna ya estaba dentro de esa cámara.

El primer cuadro que vio al entrar fue a una pareja con trapos deshilachados cubriendo su desnudez, y a un niño, tirado en medio de ellos en condición bastante crítica. El niño veía las hogazas de pan con júbilo.

Notó que el niño todavía podía comer, a pesar de su condición de salud. Lucía ese pequeño muy desnutrido, pálido, y tembloroso.

"¡Las minas están cerca, debo de tener cuidado!", pensó Ariadna al ver a esas tres miserables personas en tales condiciones.

"¡Escapamos hace unos días de las minas de turmalina sandía!", dijo con voz temblorosa un hombre que parecía más viejo de lo que era. "Originalmente éramos doce esclavos prisioneros en total. Ya habíamos avanzado un buen trecho al norte, pero nos echaron a las bestias, y, pues solamente logramos escapar nosotros tres. ¡Espero qué nos den por muertos! Pero, conociendo la crueldad de quiénes operan las minas, a estas alturas nos deben de estar buscado hasta por debajo de las piedras", contó el desdichado hombre a Ariadna, pasando un trago de saliva como si su relato se tratase de una sentencia de muerte. "Disculpa por haber tomado el pan sin tu permiso, pero estaba desesperado. ¡Mi hijo y mi esposa tienen mucha hambre!, estamos enfermos y muy hambrientos los tres", dijo con tristeza. "¡Nacimos siendo prisioneros en las minas de turmalina sandía! Muchos de los nuestros ya han perdido la fe de llegar a ser un día libre; esto, dada la lejanía que percibimos de esa posibilidad al estar mezquinos intereses de por medio, entre otras cosas. Vi consumirse poco a poco a mis padres, hermanos y amigos en las minas, y ahora tal parece que es el turno de mi hijo", sollozó el hombre en silencio. "¡Mi pequeño hijo está pasándola mal!", dijo el hombre afligido y se le quebró la voz. "Hubo una explosión en una de las minas y eso le causó daño en sus pulmones".

La dulce Ariadna, sintió mucha pena escuchar las palabras de aquel hombre de semblante fantasmal y cabello semejante a la tela de las arañas. La invadió un sentimiento de tristeza y se le encogió el estómago al contemplar la imagen de esos tres desdichados.

Capítulo 8 Los Johnson

Ariadna escuchó paciente el relato del señor Johnson sin interrumpirle.

"¡No se disculpe por el pan, señor, de cualquier forma, estoy a dieta!", dijo Ariadna en broma para liberar la tensión que se respiraba en el ambiente. No podía hablar acerca del pequeño grupo de la selva con esas personas, porque al hablar de ellos ponía en peligro su incógnita. Y porque le prometió al líder de la aldea que jamás revelaría por ninguna causa la ubicación de su aldea, y eso era más que suficiente. Por lo tanto, selló sus labios y guardó silencio.

"¿Por qué lado entraron ustedes a estas cavernas?", preguntó Ariadna.

"¡No sabemos!", respondió asombrado el hombre. "Nos lanzamos al río escapando de las hienas que nos echaron para acorralarnos. Entonces el río nos arrastró por un cañón subterráneo, y venimos a dar a este punto. ¡No sé cómo es que todavía seguimos vivos! Pero, un momento", rectificó el hombre. "Ahora que lo preguntas, jovencita, recuerdo que estábamos caminando los doce en dirección norte, antes de que esto pasara".

"¡Me llamo Ariadna, vengo del planeta Mayo, y me dirijo al lado norte de las minas!", dijo Ariadna entonces, a modo de presentación.

"¡Nosotros somos los Johnson, ella es mi amada esposa Catalina, y él es Teodoro, nuestro pequeño hijo!", se presentó el hombre y su familia.

"¿Cuántos días estuvieron caminado, señor Johnson?", preguntó Ariadna.

"Estuvimos caminando durante cuatro días en dirección Norte", respondió el señor Johnson. "Lamentablemente, las hienas nos encontraron y se dieron un festín con los otros nueve compañeros. Nosotros tres, estábamos cerca del río, y nos dimos cuenta de lo qué estaba pasando con nuestros nueve compañeros a tiempo, así que, sin más, nos lanzamos al agua. Nos persiguieron por un largo rato, hasta que ya no fue posible, dado que la corriente nos arrastró por diversos causes, y bueno, pues aquí estamos".

"¿Por qué se dirigen al norte, señor Johnson?", preguntó con asombro Ariadna.

"Sabemos que en un punto de lado norte podemos encontrar ayuda, según nuestra leyenda. Así que, quien logra escapar de las minas se dirige siempre al norte", respondió con convicción. "Esa esperanza de libertad, se ha ido transmitiendo oralmente, de generación en generación entre los nuestros, pero desafortunadamente, no tenemos más información de ello", dijo melancólico el señor Johnson.

Después del relato del señor Johnson, Ariadna no podía dormir, y se preguntó si acaso esa gente se estaba refiriendo a la cápsula que yacía oculta en el lado norte de las minas; misma que debía ella de abordar para salir de ahí, según la instrucción de Concha de Búfalo. "¿Será eso posible?", pensó y reflexionó la dulce Ariadna, abriéndose al mundo de las posibilidades.

Los quejidos del niño obligaron a Ariadna a aterrizar sus pensamientos.

Ya amanecía, y apenas había dormitado un poco la pobre. Había estado pensado demasiado en la suerte de esa gente de las minas. Y estaba sintiéndose de alguna forma inquieta por ese niño. Sabía que no viviría ese pequeño por mucho tiempo en esas condiciones tan delicadas de salud. Necesitaba ese niño a un médico y ser atendido urgentemente.

"¡Escuche, señor Johnson, sí ustedes lo consideran a bien pueden venir conmigo, me dirijo al norte de las minas!", dijo Ariadna.

Meditando los hechos, por supuesto que, sin pensarlo dos veces, los Johnson se encaminaron con Ariadna en dirección Norte.

¡Qué podía perder más después de todo esa pobre gente!, quienes habían estado bajo el yugo de la esclavitud desde que tuvieron uso de razón.

Siguieron los cuatro el cauce del riachuelo. Más tarde, ese riachuelo ya era un río embravecido súper peligroso por sus recias corrientes.

Pronto estuvieron afuera de esas cavernas. Esos tres, los Johnson, ya llevaban más de una semana ocultándose ahí.

La mañana estaba fresca, y el cielo cargado de nubes grises anunciaba un imponente aguacero por venir. El pequeño Teodoro, quien tiritaba de frío a causa de sus males necesitaba ir en brazos. Ariadna optó entonces por montarse al niño en el lomo. La madre de Teodoro, quien apenas podía andar porque estaba muy débil, y además tenía una pierna rota mal pegada, cojeaba mucho al caminar, pero no dejaba salir ni un chillido de su garganta. Nunca se quejó, pero era más que obvio su dolor al caminar. Lucían un aspecto tan deplorable a la luz del día esa familia de tres, que Ariadna no pudo evitar derramar algunas lágrimas de pena por ellos. Aunque era muy fuerte, siempre le calaba duro ser testigo de la desdicha ajena.

Pronto, la tormenta en puerta se dejó venir con escandalosos relámpagos que hacían temblar hasta las mismas cordilleras. Una niebla espesa comenzó a descender sobre el horizonte. Drásticamente el panorama cambió para los señores

Johnson ante tal evento; comenzaron a caminar más despacio y torpemente, porque aquella espesa niebla no les permitía ver bien por donde pisar. El terreno era difícil de andar, dado los pronunciados acantilados rocosos; pero, aun así, continuaron caminando hasta poco antes de que la noche cayera.

Lograron pasar una noche más, refugiados en otra de las tantas cuevas que había por ahí. Esa noche, a pesar del escalofriante escándalo proveniente de los gritos extraños de afuera, y el espacio disponible para ellos en esa cueva –era bastante reducido– el sueño los venció pronto, y se perdieron en sus sueños profundamente.

Por la mañana, Ariadna fue la primera en despertar y se percató que la madre del niño no se movía. Había muerto durante la noche la pobre desdichada.

"¡Mi pobre y dulce esposa, ya descansa en los 'juncos y ríos de miel y leche'!", expresó el señor Johnson, una vez verle, y derramó unas lágrimas y dio un profundo suspiro.

"¡Ay, Concha de Búfalo! ¡Espero verte pronto amigo mío, porqué este trago es muy amargo para digerirlo yo sola!", susurró Ariadna para sí misma, al ver ese triste cuadro frente a ella.

Como pudieron cubrieron el cuerpo de la señora Catalina Johnson. Lo cubrieron con tierra y colocaron algunas piedras encima de éste. Trataron de no dejar rastros de su presencia. Continuaron con su camino dirección norte. El señor Johnson, a esas alturas ya lucía un semblante bastante preocupante. Ariadna sospechó que no lograría ese hombre pasar la noche vivo. Ya no podía el pobre miserable y arrastraba sus pies al andar, y estaba como ido de la mente. Ariadna llevaba al pequeño Teodoro en sus brazos, caminaba en silencio, preocupada al ver al padre de esa criatura en tales condiciones, físicas y mentales.

"¡Este pobre niño estará huérfano y completamente desamparado en cualquier momento!", pensó la dulce Ariadna, sintiendo un nudo en el estómago por la suerte de ese niño. Respiró profundo para que no le ganara la angustia. El hecho de no tener la mínima señal de Concha de Búfalo en esos momentos tan tensos era para Ariadna súper difícil, y mantener la calma ni qué decir.

"¡Descansemos aquí, señor Johnson!", dijo Ariadna, señalando un punto entre las rocas, a una distancia no mayor de cincuenta metros de ellos. El señor Johnson asistió con su cabeza en señal de aceptación.

Una vez en ese espacio, el pobre hombre se tendió sobre el suelo, Ariadna le ayudó a acomodarse, su respiración era ya muy lenta, el fin de ese hombre era inevitable, supuso Ariadna.

"¡Escúcheme, señor Johnson!, no puedo prometerle mucho, porque yo misma estoy en peligro aquí", dijo Ariadna con sinceridad en sus palabras. "Estoy todavía muy débil, dado que la atmósfera de este planeta no me sienta bien, y porque gasté mucha de mi energía al llegar hasta aquí. Pero si logro llegar al lado norte de las minas", dijo entusiasta a pesar de las circunstancias, "allí podré hacer contacto con mi nave, Concha de Búfalo para recibir ayuda".

"Yo ya no podré seguir acompañándolos en el viaje, bella criatura del planeta Mayo", respondió, y sonrió con dulzura el señor Johnson. "Pero si puedes llevar a mi hijo contigo, hazlo por favor. ¡Qué él cuente a los mundos lo qué ha pasado con nosotros desde que la ambición de los Morrus invadió Acuamarina! ¡Qué cuente que fuimos esclavizadas las masas del planeta, por quiénes tenían la obligación de haberse ocupado del bienestar de su pueblo! ¡Qué él cuente a los mundos que fue un golpe planeado cuando el cuerpo militar de Acuamarina estaba bajo las órdenes del primer comandante Morru!", relató el señor Johnson con mucha rabia la tragedia de su pueblo, hundido en el letargo desde entonces.

Ariadna escuchó con calma la tragedia de esa gente. "Todo lo que esté en mis manos hacer por el pequeño Teodoro, lo haré, señor Johnson, no tenga pendiente", dijo con sinceridad.

"El lado norte de las minas es donde los Morrus tienen su guarida principal. Y no solamente tienen una, te aclaro, sino que tienen muchísimas guaridas pequeñas circundando a la principal", advirtió el señor Johnson a Ariadna. "Así que, si te atrapan, no quiero asustarte, Ariadna. Pero sé de un hombre que fue encontrado hace más de un mes por esos lugares. Ese pobre desdichado fue tomado como un espía, y no tienes idea de lo que los Morrus hacen con aquellos que consideran espías".

"¡Un momento!", interrumpió Ariadna al señor Johnson. "¡Yo llegué aquí hace un poco más de un mes, también, pero entre sola, a menos qué! ¿Vio usted a ese hombre, señor Johnson?", preguntó Ariadna, abriendo semejantes ojos ante tal coincidencia.

"No, no lo vi en persona", respondió el señor Johnson. "Solamente sé que se lo llevaron a los calabozos de las minas, dónde se llevan a los rebeldes, y a todos los que consideran peligrosos para el sistema que los Morrus han fincado en el planeta. De ese individuo que llegó hace un poco más de un mes, los Morrus sospechan que fue enviado desde afuera del sistema planetario de Acuamarina, en calidad de espía", dijo el señor Johnson. "Se escuchó el rumor entre los mineros esclavos, que él suplicaba le dejaran ir; por qué tenía la responsabilidad de guiar a su gente hasta un tal Estandarte Neutral".

"¡Es Justino!", exclamó Ariadna. "¿Qué demonios hace Justino aquí?", se preguntó exaltada.

"¿Lo conoces entonces?', preguntó el señor Johnson.

"¡Sí, señor Johnson, yo conozco a ese joven!", respondió Ariadna. "¡Se llama Justino, él y su grupo se dirigen al Estandarte Neutral, porque ahí los aguarda su nave, el Pescador 14! Seguramente, me siguió por el portal que abrió el organismo que toqué, el mismo que me condujo accidentalmente hasta aquí, hace ya más de un mes, si mis cálculos están bien", dijo preocupada.

"No hay forma de que entres en las mazmorras de las minas, Ariadna. Es de alta seguridad esa zona, si es que estás pensando hacerlo", remarcó el señor Johnson. "¡En otras palabras, sería un auto suicidio!", dijo espantado.

"¡Debo de ir por él, no me puedo ir de aquí sin mi amigo, Justino!", pensó con firmeza Ariadna al enterarse de la suerte que había sufrido el pobre Justino.

Pasado de la medianoche, comenzaron a escucharse tremendos gritos provenientes de las mazmorras de las minas. El viento soplaba tan recio, que llevaba aquellos tormentosos lamentos hasta los oídos de la angustiada Ariadna, quien nerviosa se preguntaba si era Justino el que gritaba así. Los Johnson, el padre y el hijo, no parecieron escuchar nada, ambos estaban muy débiles y los venció el sueño.

Ariadna no lograba conciliar el sueño aquella noche a pesar de sentir los pies molidos de tanto caminar, con carga extra en la espalda. Llevó ella en brazos al pequeño Teodoro durante toda la jornada. Aunado a ello, sirvió de bastón también, para que el señor Johnson pudiera seguir andando. La pobre no podía dormir porque estaba sumergida en la idea de cómo rescatar a Justino de las minas. La charla que mantuvo con el señor Johnson le había puesto a pensar. Haberse enterado de las condiciones tan lamentables de su amigo Justino le provocó angustia y le arrancó el sueño.

Con la adrenalina hasta el tope a causa de semejante sorpresa, a Ariadna se le antojó salir a echar un vistazo, pero recordó la advertencia del líder de la aldea, acerca de permanecer siempre dentro de las cuevas durante la noche, refunfuñó por eso. Afortunadamente, todavía quedaba algo del pan en el saco, comió un poco y se sintió mucho mejor. Recordó que no había probado bocado durante el día. La leche se la había estado dando al pequeño Teodoro, de sorbos, poco apoco. Así que, como ya no había ni una gota de tal preciada bebida en la bolsa, se conformó con un bocado de pan.

Ariadna entre sueños escuchó el llanto de Teodoro; dio un brinco rápido para levantarse y ver qué ocurría; entonces, vio que el pequeño lloraba a un lado del cuerpo del señor Johnson, su padre, quien lamentablemente había muerto durante la noche a causa de tantas dolencias acumuladas.

Capítulo 9 El Refugio

Continuó su caminó Ariadna con el pequeño Teodoro sobre sus hombros con dirección norte por dos días más, resguardándose dentro de las cuevas durante la noche; hasta que el pequeño fue visto y raptado por un par de mujeres procedentes de una de las colonias que habían fincado los Morrus por aquel punto. Se lo llevaron mientras Ariadna estaba buscando algo para comer. Dejó Ariadna al pequeño recostado bajo la sombra de un arbusto grande, no muy lejos de ella, pero, apenas un parpadeo y pasó todo.

Afortunadamente, Ariadna alcanzó a ver parte del evento. Se llevaron al pequeño Teodoro esas mujeres en sus carros. Sorprendió a Ariadna mucho que dichos carros iban custodiados por animales entrenados de extrañísimo aspecto.

Por otro lado, al encontrar esa gente a un niño esclavo en esos terrenos, supusieron que había más esclavos tratando de escapar, dieron la alerta, y pronto llegaron al lugar más fieras de esas rarísimas, físicamente. "¿Serán acaso estas bestias a las qué se refirió el líder de la aldea cuando me advirtió permanecer dentro de las cuevas durante la noche?", se cuestionó Ariadna al pasarle esa idea por la mente y recordar las palabras de aquel sabio líder.

Un frío inaudito estremeció el cuerpo de Ariadna al percatarse de la presencia de dichas bestias pisándole los talones. Corrió a velocidad de rayo alejándose de ese lugar. Ya estaba por caer la noche y no visualizaba todavía ninguna cueva para protegerse. Las fieras seguían persiguiéndola, Ariadna estaba exhausta, casi desfallecida, pero ni ella misma sabía de dónde le venían las fuerzas que le impulsaban para seguir corriendo.

Cayó la noche, pero esa noche, era especialmente más oscura que ninguna otra noche desde que Ariadna llegó al planeta Acuamaria. Parte porque la luna era nueva, parte por la adrenalina al tope que traía, y parte al saberse ella misma lo vulnerable que era cuando Concha de Búfalo estaba ausente.

En un parpadeo, de pronto ya no supo por dónde seguir. Todo a su alrededor se oscureció al cien por ciento. Cesó el ruido repentinamente, y una extraña sensación la invadió. Comenzó entonces a caminar a ciegas, por momentos, notaba algunas luces encenderse, cercanas a ella, pero extrañamente esas luces provenían del nivel del piso, y alumbraban solamente por segundos; pero cuando Ariadna fijaba su vista, tratando de discernir qué fenómeno podía ser aquello, inmediatamente se apagaban esas chispas relampagueantes, y volvía a oscurecerse todo por completo. Haciendo uso de la razón, Ariadna pensó en la posibilidad de que fueran luciérnagas las que provocaban esos pequeños relámpagos de luz a ras del suelo.

"¡Cuidado, Ariadna!", gritó Concha de Búfalo. "¡Estás llegando a una esquina, y del lado derecho, a tres metros de distancia te toparás directo con el enemigo!", alertó Concha de Búfalo a Ariadna en ese vital momento.

La señal que envió Concha de Búfalo fue débil, pero suficiente para informar a Ariadna que no siguiera por esa ruta. Afortunadamente, ella alcanzó a girar su cuerpo en un movimiento casi espiralado, y dio un tremendo brinco, antes de quedar atrapada dentro de una celda que fue activada, apenas una fracción de segundos después de haber sido ella alertada por Concha de Búfalo.

Observó con más claridad la orilla del lado derecho donde estaba, y vio con asombro a esas pequeñas luces que se movían repentinamente a ras de suelo. Se trataba en realidad de unas criaturas que se movían desde el suelo, cuyos ojos de extrañísima luz relampagueaban y chispeaban velozmente de un lado a otro. Corrió Ariadna como pudo en medio de esa oscuridad. Esas extrañas criaturas le seguían muy cerca la espalda. Podía sentir su resuello por momentos cerca de ella, y eso le helaba la sangre, porque estaba en desventaja con esos chispeantes ojos acechándola tan cerca, dada su vulnerabilidad en ese planeta, pero principalmente por la ausencia de Concha de Búfalo.

Esos monstruos eran esclavos rebeldes, sometidos y transformados en laboratorio para ser usados como fieras asesinas. Andaban sueltos por los alrededores de las minas, y solo obedecían ordenes de los Morrus. Pero no podían entrar en las cuevas, tenían terror sólo de verlas; debido a que un código de su memoria no pudo ser borrado, y las relacionaban con las mazmorras de las minas, donde fueron sometidos como esclavos desde antaño.

Horas transcurrieron en esa persecución aquella noche sin luna. Ariadna estaba a punto de desfallecer, poco le faltaba para perder el aliento. Estaba asustada, sabía que se la comerían esas criaturas si la atrapaban. Recordó entonces nuevamente las palabras del líder de la aldea, cuando éste le advirtió que debía permanecer oculta dentro de las cuevas durante la noche, y por ningún motivo salir de ahí.

Más de un mes había pasado desde que llegó a ese bellísimo, pero extremo planeta lleno de irregularidades, llamado Acuamarina.

Bajo esas circunstancias tan desfavorables en que se encontraba la dulce Ariadna en aquella tierra lejana, y sintiendo mucha tristeza por el dolor ajeno, derramó unas lágrimas en silencio. Pensó en la suerte de esa pobre gente, se vio ella misma reflejada en uno de ellos. Y sintió una infinita compasión por el pequeño Teodoro, quien lamentablemente había sido descubierto y estaba secuestrado en algún lugar, en una de las villas de los Morrus. Recordó con mucha nostalgia también a los señores Johnson, los padres del pequeño, quienes valientemente trataron de escapar de su esclavitud, pagando con su vida tal osadía.

Tenía Ariadna que ser fuerte, estaba en una misión y lo tenía muy claro. No podía darse el lujo de flaquear, no sin antes dar todo en la batalla, "vencer o morir". Para ello había sido entrenada, de cualquier manera. Estaba lista para el combate, pero debía de ser prudente, y tenía que pensar en un plan bien calculado.

De pronto, sintió unas garras rozar su espalda. Y con la velocidad de un rayo tomó con fuerza el arma –el báculo sagrado que le dio el líder de la aldea– y se quitó a esa criatura de encima de un solo golpe. Vio algunas chispas caer al suelo inmediato a eso, pero ella misma sabía que no estaba a salvo, y nuevamente se escucharon murmullos súper cercanos a ella. Los ojos de esas criaturas, entre la oscuridad, que por todos lados la asechaban, le estremecieron hasta la médula; de alguna forma la pobre se sentía como presa de coyotes.

Afortunadamente, vio en la distancia un pequeño fuego que alumbraba sin cesar. Corrió en esa dirección, y ahí se topó con una pared de metal. El fuego ya no alumbraba en ese momento, y, como no se podía ver nada, dada la oscuridad a falta de luna, Ariadna dedujo al tacto que se encontraba frente a una pared de metal. Impulsada casi por intuición, puso ambas manos sobre esa pared, a manera de estar segura de ello. Estaba favorablemente para su sobrevivencia frente a la entrada de aquel refugio del que le habló el líder de la aldea. "¡Soplan buenos vientos después de todo!", pensó ella al notarlo.

Ariadna le dio tres golpes fuertes a esa pared de metal con el arma, el báculo sagrado de la tribu de los aldeanos. Siguiendo la instrucción, tal como le había indicado el líder de la aldea hacerlo, una vez estando ahí.

Pronto estuvo Ariadna a salvo de esas fieras. El refugio, abrió sus puertas inmediatamente al reconocer la clave impresa en el báculo, con el que dio los tres golpes.

En ese refugio, semejante a un enorme galerón metálico, aparentemente no parecía haber nada especial. Pero Ariadna notó que en ese punto había escombros de metal regados por doquier. Parecía aquello como si hubiese ocurrido una explosión ahí adentro.

Ariadna atravesó en silencio dicho galerón acompañada de un joven de elevada estatura y constitución rigurosa, el mismo que la recibió. Al final del salón, había una escalera y subieron al siguiente nivel. Una vez ahí, notó que el joven era ciego.

"¡Tú debes de ser Ariadna!", dijo el hombre. "¡Soy Sam!", se presentó. "¡Me informaron qué vendrías, pero no pensé que fuera tan pronto! ¡Debes de estar muy cansada! ¡Casi te atrapan, jovencita, pero eres veloz como los jaguares!", dijo exaltado.

Sam, el ciego, formaba también parte del grupo oculto en la jungla de Acuamarina. Dignos guardianes de un conocimiento ancestral del arcaico planeta Tierra.

Capítulo 10 La Cápsula

Ariadna escuchaba nerviosa el gemido en la distancia de un niño. "¡Has de darte prisa, si quieres entregar al niño!", dijo Concha de Búfalo, haciendo una débil conexión. "La negociación está ya hecha, tú saldrás de aquí usando el código que te abrirá el camino de escape, y una vez fuera de aquí, ambos, el niño y tú estarán a salvo", dijo exaltado. "Los recogerá una nave, que ya les aguarda en un punto destinado previamente", le dio instrucciones.

"¡Pero! ¿Y Justino?", se preguntó Ariadna inquieta. "¿Cómo podré irme sabiendo lo qué le ha ocurrido a mi amigo aquí?".

Qué tormento tan grande le acongojaba a Ariadna en ese momento; y, aunque no era esa la primera vez que pasaba por ese trago amargo que la obligaba a mantenerse entre la espada y la pared, le dolía no poder despedirse de Justino, y más aún, dejarlo ahí, en esas condiciones tan lamentables. Pero, se trataba de un niño, ese pequeño niño esclavo, hijo se los señores Johnson. ¿Cómo podría ella dejarlo en un lugar con tanta miseria humana? No podía permitir que el pequeño sufriera tal surte, porque si ella no lo rescataba de ahí, iba esa pobre criatura a ser sometido a ese cruel experimento que los Morrus usaban para con los esclavos rebeldes; por medio de laboratorio los transformaban en algo semejante a bestias feroces.

Era más que obvio que no solamente el problema ahí era de índole material. "¿Qué ocurrió con esta gente que perdió de esta forma su humanidad?", se preguntó con tristeza Ariadna. "¡Sagrados son todos los niños para los Mayosinos!", exclamó, dando un gentil suspiro. Enseguida, una agradable sensación invadió a la hija del rey Mat al recordar los nobles principios que como dignos Mayosinos que eran abrigaban en su noble corazón.

Los habitantes del planeta Mayo eran conocidos por su intachable comportamiento; habían alcanzado un grado alto de conciencia, misma que mantenían en libertad, alejándose de lo que pudiera corromper y atormentar al alma. Solía escucharse que eran dignos de poseer el conocimiento de la moral que propagaba la conservación de la especie inteligente en todos los puntos que formaban el vecindario del cosmos.

Siguiendo las indicaciones de Sam, el hombre del refugio, Ariadna caminó por un lapso de ocho minutos en dirección norte. Se detuvo frente a un agujero que estaba en lo que parecía haber sido una laguna salada. Tenía éste un diámetro aproximadamente de tres metros. En virtud de lo acordado, se introdujo por ese agujero saliendo al instante frente a unos deteriorados edificios. Entró al interior de uno de ellos por un callejón, ahí, una muchedumbre se concentraba en un salón que tenía forma de un cuadrado. Había mucha gente, la mayoría eran jóvenes. Todos convivían animadamente, y entraban y salían por las distintas puertas que tenía dicho salón. La gente concurrida en ese espacio no parecía notar la presencia de Ariadna, como si ella fuera invisible, o ellos estuvieran idos de la mente, algo así dedujo ella al ver la indiferencia que denotaban aquellos personajes.

Decidió concentrarse en su objetivo, y buscó la escalera según la instrucción. Una vez hallada la escalera, dejo escapar un suspiro de alivio. Escalera arriba, pasó cerca de un joven barbudo, igual a Sam, el ciego del refugio, éste murmuro algo que Ariadna no comprendió. "¡Qué rayos es esto!", expresó Ariadna, al ver la proyección de Sam cerca de ella, y se preguntó cómo podía ese hombre estar en dos lugares a la vez. Guardó silencio, supuso que era lo mejor.

Continuó subiendo la escalera, la figura de Sam, el ciego, la guiaba. Todo en ese hombre denotaba un temperamento perfectamente sosegado. La imaginación de Ariadna se perdió en un lío de combinaciones al examinar a Sam, pero tenía que mantenerse serena para no llamar la atención, y concentrarse exclusivamente en la misión. Y sintiéndose presa de una alucinación ante aquello, sabía que debía de trabajar en mantener la calma, para ello acudió a su entrenamiento mental de Yogi; era menester hacerlo en esos casos de vital importancia. Una vez arriba, pasaron por las ruinas de un spa y un gimnasio, ahí subieron otra enorme escalera. Ariadna notó que ese lugar era un teatro en ruinas, y reconoció que había sido un bello lugar en su momento. Al final de la escalera había un pasillo, y el pequeño Teodoro Johnson estaba ahí. Al pequeño niño de cabellos dorados −Teodoro− se le llenaron los ojos de lágrimas, que como chispas brillaron en sus bellos ojos inocentes cuando vio a Ariadna llegar.

Debía Ariadna darse prisa en sacar al niño de ahí antes de ser advertida su presencia. Después de todo, era un niño, y podría delatar la complicada misión si no controlaba la emoción de saberse estar siendo rescatado por Ariadna. "¡Controla tus emociones, Ariadna!", se dijo a sí misma, ante el enorme deseo que sintió ella también de abrazar al pequeño inocente.

Se apresuró y tomó al niño de la mano sin chistar palabra, "no es este el tiempo para mimos", pensó firmemente ante su enorme deseo; miró el reloj. "¡El tiempo se agota y no he recibido la señal de Concha de Búfalo! ¡Por dónde rayos voy a salir de aquí con el niño!", dijo inquieta.

Por otro lado, no supo a qué hora la figura de Sam, el ciego del refugio se esfumó.

Caminó con el niño de la mano tratando de hacerlo normal, sin prisa a pesar de lo contrario. Pasaron por un punto semejante también a un teatro, estaba ese lugar repleto de jóvenes en plena fiesta.

Ariadna y el niño cruzaron el puente que atravesaba el teatro, por la parte de arriba, y una vez ahí, se dirigieron por unos escalones hacia abajo. Los escalones ahí eran más grandes de lo normal, dobles, por lo tanto, era difícil bajarlos para Ariadna, y para el pequeño ni que decirlo. Tomó la mano del niño procurando su seguridad, y por supuesto su propia sobrevivencia. Siguieron bajando hasta llegar al punto más bajo de esos escalones. Una vez ahí, abajo, el teatro ya no se veía, porque esos escalones terminaban en un punto afuera del edificio, al aire libre. Sin embargo, el camino seguía bajando, pero ya sin escalones, a manera de rampa. Todo ahí en ese lado estaba bellamente emblanquecido de nieve. Los picos piramidales cubiertos de blanco dominaban la llanura.

Ariadna y el pequeño Teodoro continuaron caminando por la rampa. "¡La cápsula está lista para el despegue!, debes darte prisa, los trasportaremos en cuanto la cápsula llegue al sitio indicado. Allí, en ese punto, estarán esperando al niño, y nosotros debemos de regresar a Mayo", comunicó Concha de Búfalo a Ariadna.

"¡Estamos en camino ya, Concha de Búfalo!", respondió ella.

Una vez que Ariadna se sintió a salvo, fuera del alcance de la vista de esa gente, apresuró su paso. El puente cubierto de nieve con pendiente hacia arriba era el camino por seguir.

Concha de Búfalo le estaba transmitiendo las coordenadas al punto exacto donde la cápsula estaba oculta, y Ariadna seguía al pie de la letra sus indicaciones. De pronto, escuchó unas voces provenientes del lado izquierdo, por donde iban. Giró la cabeza, y vio a dos hombres que salían a toda prisa del espeso bosque, cuyos pinos lucían bellamente cubiertos de nieve.

El puente por donde ella iba con el pequeño Teodoro se hacía más angosto conforme avanzaban, y apenas y cabían. Optó por llevar al niño montado en su espalda y mantener el equilibrio para seguir adelante. Esa rampa, o puente, o ambas cosas, estaba por encima del nivel del bosque a veintisiete metros, y se iba elevando sin final, aparentemente. Ariadna sabía de antemano lo que implicaría ser atrapados, entonces sin permitir que el miedo la paralizara, aceleró su paso a pesar de la altura del puente. Escuchó murmullos de esos hombres, pero según las coordenadas de orientación estaban ella y Teodoro acercándose ya a la cápsula, afortunadamente.

"¡No me alcanzarán! ¡No dejaré a este pequeño abandonado aquí, no señor, primero pasan sobre mi sombra hasta arrancarme la vida! ¡Sólo así dejaré de luchar, y eso tampoco lo prometo, por qué aún ahí, en el valle de la muerte, seguiré dando batalla como hija digna del rey Mat!", expresó con solemne valentía la dulce Ariadna.

Pronto llegaron a la pequeña cápsula varada en un punto del puente. Estaba esa cápsula completamente cubierta de nieve. Ariadna removió con el antebrazo la parte de nieve que cubría el acceso a la cápsula. Inmediato a ello, rápidamente registró el código de autorización, mismo que fue aceptado.

La cápsula era pequeña, revestida de metal platinado y vidrio. Estaba dividida en dos cámaras.

Ariadna colocó al niño dentro de la cápsula, acostado, en posición boca arriba dentro de una de las cámaras. Una vez que colocó al niño se cerró la cámara automáticamente, haciendo un remarcable sonido de engrane. En seguida, se introdujo ella a la otra cámara, quedando en posición de pie, porque así estaba diseñada esa cápsula. Se escuchó entonces el clic de los seguros seguido de un ligero movimiento. Pronto la cápsula despegó, rampa arriba, pasando justo en el punto donde se abrió el portal, de acuerdo con el código registrado previamente.

Antes del despegue, Ariadna vio el panorama afuera, todo era hermoso ahí abajo. Los enormes picos piramidales nevados se imponían solemnemente. "¡Qué majestuoso es el color blanco desde las alturas!", pensó con admiración.

Volvió a su realidad drásticamente cuando se acordó de la recomendación. "Nadie nos vio salir del teatro, pero lamentablemente ese par de hombres que salieron del bosque saben de nuestra presencia, y escape, ellos nos vieron", pensó preocupada. Concha de Búfalo le había hecho hincapié en no dejar huellas por qué la podían rastrear, y no era conveniente, dado que necesitaba volver para rescatar a su amigo Justino de las minas. Entonces, saberse haber sido vista le inquietó muchísimo.

Afortunadamente lograron llegar a la cápsula con bien.

Las montañas blancas de nieve se fueron perdiendo en la lejanía conforme la cápsula fue ascendiendo, hasta desaparecer.

Aterrizó la cápsula en lo alto de una colina, ahí los recibieron con una salva de aplausos.

El niño llevaba toda la información de lo que había ocurrido en Acuamarina, su planeta, eso le permitiría de alguna forma reconstruirse.

Ariadna le hizo hincapié al pequeño antes de abandonar la cápsula en el silencio de su incógnita, y su sello. Por instrucción de Concha de Búfalo, le entregó al niño el báculo que le dieron los aldeanos con el sello legítimo de su linaje. El pequeño Teodoro era descendiente del grupo de la clase sacerdotal.

"¡Muchas gracias, hermosa jovencita!", dijo exaltada la líder, quien comandaba a un equipo formado por un centenar de personas de cabello dorado y bellos ojos castaños, quienes esperaban por el niño. "¡Nunca hemos perdido la esperanza de ver subir a uno de los niños por este puente!", dijo, dándole una gentil palmada en la espalda a Ariadna "Todos los días, yo, personalmente, he estado observando desde aquí con la esperanza en el corazón de que un día esto sucediera. ¡Y hoy ha sido ese día tan esperado!", dijo con verdadero júbilo la líder que recibió al niño.

Ariadna escuchó con cuidado cada palabra sin chistar; tenía muy claro el entrenamiento que recibió con respecto a ser siempre discreta y moderada con la palabra en casos tan especiales, como lo ameritaba el momento. Y se limitó entonces solamente a admirar el paisaje donde estaban ambas, la líder y ella, de pie, paradas en la orilla de la colina viendo cuesta abajo por donde subió la cápsula.

Era una diagonal –dicho portal– un puente que comunicaba a los mundos en ese punto del cosmos.

Segunda Parte

Capítulo 11 El Trato

Después de la cena de despedida que tuvo con aquel grupo de personas que recibieron al pequeño Teodoro, Ariadna entró a la taberna dispuesta a calmar su sed de tantos sustos.

"¿Así qué conoces a Justino?", preguntaron a Ariadna un par de infiltrados en la taberna.

"¿Cómo, ustedes saben algo de él?", replicó Ariadna sorprendida al escuchar el nombre de Justino.

"Bueno, no sabemos mucho, pero sabemos que Justino, el joven del Pescador 14, está prisionero en el planeta Acuamarina, en las minas de turmalina sandía. Sabemos que su gente, quien espera por él, está clamando por su presencia y sufre al no saber nada de su paradero", dijeron esos personajes a Ariadna en tono punzante. "¡Por qué sabemos tu interés en ese testarudo hombrecillo tenemos una propuesta para ti! ¡Y si llegamos a un acuerdo podremos beneficiarnos mutuamente!", agregaron.

"¡Mi amigo Justino está en serios problemas, efectivamente!", dijo Ariadna con tristeza. "Está atrapado en el planeta dónde rescaté a el pequeño Teodoro de su esclavitud, y no sé qué hacer en este momento porque estoy un poco confundida respecto a ello. Pero escucho vuestra propuesta, y si ésta pudiera ayudar a salir a mi amigo de tal tormento en donde se encuentra, por supuesto que colaboraré con ustedes", dijo Ariadna, continuó. "¡Pero es menester rescatarlo, porque

Justino debe de conducir a su gente, los del Pescador 14 al estandarte Neutral!", dijo con fuerza en la palabra.

Aquellos individuos, luego de escuchar las palabras de Ariadna, se percataron que efectivamente estaban sentados frente a quien poseía dignamente a un Concha de Búfalo. Era obvio la nobleza que les caracterizabas a dichos poseedores.

Por supuesto que no dejarían ir esa oportunidad. Les habían pagado mucho por esa valiosísima información. Dicha información la obtuvieron gracias a la red de contactos que tenían esos personajes en todo el cosmos. Ese grupo de personajes era conocido como los Piratas del Cosmos, y habían estado siguiendo el rastro de Justino, y al guía que activó el código para acceder por el camino de cuatro metros de ancho. Dicho camino era el primero de los tres túneles que debían de cruzar Justino y su gente para llegar al Estandarte Neutral, donde los esperaba su nave, el Pescador 14.

Entonces, para que su empresa tuviera éxito, los piratas tuvieron que rastrear el paradero de Justino, con la esperanza de que Concha de Búfalo continuara a su lado, protegiéndolo, como solía ser. Porque una vez hecho el contacto con un Concha de Búfalo y su dueño, éstos no terminaban la misión hasta llegado el final de ésta. Era una especie de comunión ese compromiso que se echaba Ariadna muchas veces a espaldas en tales misiones. Ya que proteger al desamparado en apuros de esa naturaleza, era lo menos que podía hacer un Concha de Búfalo.

La red de los informantes de los piratas entonces ubicó el paradero de Justino, luego de que Ariadna —el guía, registrado en el libro sagrado de Justino— le abriera el primer túnel de regreso a casa.

El código de ese túnel —la entrada a Platinum— sólo podía ser activado por un Concha de Búfalo, eso era algo ya por todos conocido en el cosmos.

Después que los piratas ubicaron el paradero de Justino, rastrearon la posición de Ariadna desde la cápsula que abordó con el pequeño Teodoro. Se filtró información. Tenían esos personajes en las manos un negocio jugosísimo que no desaprovecharían. No vacilarían, iban a vender caro el informe que tenían. Sabían muy bien que los líderes del planeta Verona estaban dispuestos a pagar lo que fuese necesario para recuperar su nave. Por lo tanto, la triangulación y el enlace correspondiente a ello, lo cobrarían carísimo.

De inicio, ese peculiar grupo de piratas estaba queriendo negociar con los líderes de Verona por un porcentaje de la nave a rescatar. Pero los cabecillas encargados de esa empresa, cuando leyeron el contrato que los piratas redactaron consideraron que era demasiado abusivo, y más aún, consideraron que era peligroso ese contrato porque les daría poder sobre la nave, y por supuesto que no aceptaron tal contrato. Y como buenos negociantes que eran los piratas, entonces se conformaron con menos. De cualquier manera, se firmó un contrato menos arbitrario con un montón de reglas en letras diminutas. El monto por pagar ese servicio era de cualquier modo una millonada, pero el caso lo ameritaba, de ello estaban convencidos ambas partes.

Pronto los piratas estaban haciendo lo que mejor sabían hacer, y la triangulación correspondiente se llevó a cabo sin esperar mucho, dado lo vital del tiempo.

En virtud de lo acordado, Ariadna fue llevada frente a frente con los cabecillas del planeta en apuros. Todo apuntaba que el camino a ese planeta en apuros llamado Verona era un hecho. "¡Mira qué casualidad tan grata conocerte, Ariadna!", dijeron los líderes de Verona al verla. "Nosotros, lideres primarios de Verona, hemos estado buscando ayuda porque nuestro planeta ha sido bombardeado 3 veces por meteoritos. Y el planeta ha sufrido graves consecuencias debido a ello. Y es por ello mismo que es inevitable su destrucción. Lamentablemente, nuestra gente, los sobrevivientes, no han podido salir aún. Están refugiados dentro de los túneles, los cuales han servido de hogar desde antaño, cuando comenzó el primer problema del bombardeo".

"La nave, el Caminante SV200621, puede dar cobijo a gran parte de la población. Esta nave está bien protegida dentro de los túneles, pero lamentablemente no tenemos acceso al código que la pone en marcha", contaron esos hombres.

Ariadna escuchó atenta sin interrumpir lo que le comunicaban.

"Supimos de un hombre, llamado Justino, nos informaron que él había encontrado al guía que le abrió el acceso a uno de los túneles en su peregrinaje a casa, con los suyos", dijeron con mucho tacto en sus palabras, casi sospechoso.

"Verás, Ariadna", continuaron, "nosotros logramos salir de Verona, nuestro bello planeta, rico en recursos, con una historia cultural increíble. Nuestra gente es buena y muy alegre. Y es triste ver cómo está siendo destruido todo allá por esa ola de bombardeos".

Ariadna escuchó con mucha calma todo lo que le contaban de dicho planeta.

Esos personajes con los que hablaba Ariadna habían escapado de un planeta llamado Verona, y se refugiaron en una de las estaciones que mantenían en otra órbita, y desde ahí seguían paso a paso lo que acontecía en su planeta. Manifestaron tener mucha preocupación por sus habitantes, y dada la naturaleza de Ariadna luego de escucharlos no dudo ni un instante en brindar su ayuda para esa gente, y pronto estaba ya todo listo para atender esa misión.

Concha de Búfalo no había hecho contacto aun, así que Ariadna solamente sabía lo que esa gente le informó, y se preguntó por qué habría de dudar de su palabra.

El plan era descender al planeta en apuros en una de las naves, propiedad del grupo de piratas.

Como era de esperarse, la misión no era nada sencilla. El planeta entero estaba siendo bombardeado por meteoritos, y eso había provocado la reacción de calentamiento global al máximo. La atmósfera era una bomba de presión, la radioactividad había hecho imposible la estancia afuera de los túneles, mismos que se convirtieron en ciudades con el tiempo.

Ariadna aceptó la enmienda porque su amigo Justino estaba sufriendo mucho en las minas, pero principalmente la aceptó dado la magnitud del problema, pues se trataba de un caso de vital importancia. Y ella jamás se negaría a darle una mano al prójimo cuando éste está en desgracia, y mucho menos cuando éste la solicita.

Entonces aquel día, sin dudar de sus principios, por los mismos por lo que le fue otorgado Concha de Búfalo, Ariadna aceptó tripular la nave destinada a penetrar la peligrosa atmósfera del planeta Verona; y, una vez ahí, acceder al código de la nave, el Caminante SV200621.

La nave destinada para que Ariadna llevara a cabo semejante misión era propiedad de los piratas, dado que ese grupo de personajes tenían una de las mayores flotas de trasporte operando en varios puntos del cosmos. Entre otros de los muchos negocios que manejaban, ese era uno los más lucrativos. Rentaban las naves con todo y tripulación, esos individuos, los trabajadores que tripulaban las flotillas de trasporte para llevar a cabo esas gestiones complejas, era gente con problemas económicos que solían buscar esos puestos porque la paga era buena, y eso era bueno, en aquellos casos.

"¡No hay nada qué temer, Ariadna, a nuestras naves las respalda un prestigio caro!", dijo Roco, el pirata que estaba encargado de esa operación.

A Ariadna nunca le había simpatizado del todo el ideal de esos personajes –los piratas– aunque no era general el caso, es decir no aplicaba su descontento a todos. Esos peculiares individuos se caracterizaban porque, en primera instancia, solía gustarles mucho el placer del oro. No solían pensar mucho en problemas ajenos, por lo tanto, era algo rarísimo recibir una mano gratuita de ellos. Aunado a lo anterior, algunos de sus negocios o negociaciones no mostraban empatía por el otro, solían decir que eso no era su negocio.

Pero a pesar de toda esa aparente frialdad comandando la vida de esos personajes, Ariadna reconocía que ellos también tenían sus penas y pesares; y que ciertamente, las naves que fabricaban los piratas eran muy eficientes.

Sobre la nave que comandaría, le dijeron que estaba bien diseñada para entrar en la roja atmósfera del planeta bombardeado. Ariadna, quien estaba bien consciente que nada andando en esos puntos del cosmos era seguro, estaba decidida a intentarlo, y no refutó ninguna palabra de desacuerdo; ya estaba decidida.

La tripulación que acompañaría a Ariadna sería un grupo de 12 personas procedentes de distintas zonas planetarias. Los piratas reclutaban gente con especiales habilidades para llevar a cabo casos complejos. Los entrenaban si tenían la habilidad y el coraje para desempeñarse en tales empresas. Esas personas, los contratados para ese fin, eran regularmente personas sin formación académica, por lo tanto, eran pieza suave de manejar para los piratas, quienes cobraban una millonada por ofrecer ese tipo de servicios.

Cuando la nave penetró en la dañada atmósfera de Verona, nueve integrantes de la tripulación literalmente se desintegraron. El diseño de la nave era bueno, pero no lo suficiente como para evitar el daño por la radiación que sufrió ésta. El resto de la tripulación quedó seriamente dañada, con quemaduras de nivel preocupante. Ariadna luego de hacer el análisis correspondiente a tal evento, dedujo que en cualquier momento pasarían esos seres a formar parte de la historia que formaba el cosmos, y se sintió con suerte que después de todo ella seguía viva.

Esa fue una clara advertencia de la alta radioactividad latente que estaba sufriendo el planeta Verona.

La pobre de Ariadna estaba pasando por las de Caín, porque una vez dentro de la atmósfera de ese planeta, ella también sufrió quemaduras gravísimas alrededor de los ojos.

Cuando se miró al espejo, notó con asombro que sus ojos estaban al rojo vivo, y sus mejillas parecían dos tomates reventados. Sus pestañas por la radiación se hicieron polvo. Sus ojos parecían sangrar. No sentía dolor, por la adrenalina que se le disparó hasta el tope por tal acontecimiento. Y, cuando se miró al espejo quedó impactada por el reflejo de sus miserias. No tenía cabello, y sus ojos estaban despellejados y sangraban, parecían dos estrellas chispeantes, semejantes a carbones ardientes.

Ese cuadro, mirar su reflejo en el espejo, de alguna manera le movió una parte de sus entrañas. Reconoció que el hecho de estar viva, y al frente de una misión sin concluir, tenía la obligación de terminarla. Debía de mantenerse de pie y dar lo mejor de sí hasta el final. Por ello mismo se le había otorgado a Concha de Búfalo.

Entonces, recobrando la fe en sus ideales, el reflejo que vio en el espejo de sus ojos ensangrentados despellejándose, ya no le espantó. "¡Ya se regenerarán con el tiempo!", pensó Ariadna luego de su profunda reflexión.

Mientras la nave descendía descontrolada por los daños sufridos, todos los integrantes que quedaban vivos, incluyendo a Ariadna, estaban hechos un manojo de nervios viendo los meteoritos impactarse en el planeta por todos lados.

La nave estaba sufriendo de un calor insoportable. Y, a pesar de las condiciones de Ariadna, con los ojos irritadísimos y despellejándose su piel, la pobre se mantenía en pie, al frente de la misión.

Parte de la nave estaba en llamas cuando por fin pisó el suelo de Verona, pero dado el desajuste que sufrió a consecuencia de la alta radiación que estaba sufriendo el planeta, ésta aterrizó en un punto no esperado. Una vez ahí, Ariadna y los tres integrantes de la tripulación que quedaron vivos abordaron la máquina integrada en la nave, la cual afortunadamente no sufrió daños muy grandes. Dicha pequeña nave, integrada en la principal, estaba destinada para entrar por la red de túneles de las colonias subterráneas, y hallar la nave, el Caminante SV200621.

Pronto los cuatro entraron en las colonias subterráneas de Verona por uno de los túneles que había en la entrada norte cinco. Circulaban en la pequeña máquina Ariadna y los tres sobrevivientes pacíficamente entre otros carros que circulaban también por aquel túnel, hasta que llegaron a una zona de semáforos y se tuvieron que detener.

Las señales de tránsito en ese sitio estaban siendo dirigidas por unos individuos de especto áspero. Ariadna pensó que algo extraño marchaba ahí cuando sorpresivamente fueron abordados por dichos sujetos, quienes parecían tener el control del área.

Todo ese punto parecía un infierno a causa de los meteoritos que se impactaban constantemente sobre la superficie del planeta que ya habían hecho estragos en ese punto de las colonias. Así también como por los ataques internos que estaban sufriendo las colonias subterráneas por los grupos que se habían formado por la disputa del control. Dichos grupos con sus revueltas estaban causando división y más dolor del que ya había entre la población del planeta.

Esos hechos, se estaban dando dadas las circunstancias tan desfavorables que estaba sufriendo el planeta desde un tiempo considerado. Los líderes principales abandonaron el mando y se fueron a la estación espacial para esperar allí una solución. Y la población del planeta comenzó a entrar en pánico, luego se desencadenó una ola de males que terminó en algo semejante a una guerra civil.

Todos esos cambios y desajustes se comenzaron a vivir en Verona desde que el planeta comenzó a sufrir el último impacto de meteoritos –hubo dos anteriores de menor intensidad.

Ariadna se percató cuando fueron abordados por esos individuos en ese punto de las colonias, que, ese grupo, estaba súper organizado; detenían a quienes circulaba por ahí, y tenían varios carros comandando en puntos estratégicos de esas colonias subterráneas; y, por ende, tenían controlado el acceso de varios túneles. Esos grupos estaban siendo comandados por un personaje de nombre Yuyin.

El comandante Yuyin, conocía muy bien la red de túneles que conectaban a todas las colonias subterráneas de Verona, porque en el pasado él fue uno de los lideres principales del planeta también, hasta que por desacuerdos interinos fue removido de su trono, luego lo desterraron enviándolo como prisionero a una isla. Pero sus seguidores eran fieles a él, y lo rescataron, y desde entonces el comandante Yuyin se convirtió en un dolor de cabeza para los actuales líderes de Verona; refugiados éstos en una estación espacial y esperando por la nave.

Yuyin tenía tanto conocimiento de la nave, el Caminante SV200621, como los mismos lideres actuales del planeta Verona.

La manera como estaban operando era poco digna, dado lo que acontecía al planeta, no habría palabras suficientes que describieran semejante acción. Se colocaban aquellos malsanos individuos en puntos estratégicos y se hacían pasar como voluntarios para asistir a los heridos. Pero eso era solamente una apariencia, es decir, era como una carnada. Los pobres miserables que por alguna razón transitaban por ahí en sus carros, eran abordados amistosamente por dichos grupos, les pedían hacer fila en otra área, la cual no daba la impresión de desconfianza porque había muchos carros ahí también estacionados.

"Te toca formarte en ese lugar", les decían a los carros que iban llegando. Los carros obedientes se estacionaban en el punto indicado, luego ahí eran rápidamente intercedidos por ese comando; los despojaban de sus bienes, los reclutaban o les daban muerte. De esa horrenda forma estaba operando aquel grupo en medio de tanto caos.

Había una rebelión claramente. Verona no tenía un líder quien pudiera poner orden. Algunos miembros del planeta habían tratado sin éxito de organizarse armónicamente. Y como todo problema de esa naturaleza, era de esperarse los estragos que estaba causando entre la población dicho fenómeno, el cual había provocado entre la población tal descontrol. Aunado a eso, la locura de Yuyin por el poder, y el desquicio de las masas asustadas, estaba presente a flor de piel un planeta en crisis total.

Ariadna percibió inmediatamente que algo andaba mal cuando entraron en la máquina a la cuidad subterránea por uno de sus túneles de la entrada cinco. Ya estaba en alerta máxima cuando llegaron a la zona de semáforos y tuvo que detenerse. Aquellos individuos le indicaron que tomara un lugar específico, en un área de estacionamiento que estaba en un costado. Observó que a cada una de las máquinas que pasaban por ahí le indicaban lo mismo. Era un grupo de hombres de áspera expresión los que estaban llevando a cabo dicho acto.

Se estacionó en el punto que le indicaron sin refutar. Estaba súper herida por la radiación que sufrió. Estaba mareada y se sentía enferma. Sabía que algo malo estaba sucediendo con esos individuos, y pensó en lo difícil que era planear un escape bajo esas circunstancias. "¡Oh, Concha de Búfalo! ¡Mi más fiel y querido amigo!", exclamó. "¡Estoy comenzando a sentirme desprotegida sin ti!", dijo melancólica. "¿Dónde estás? ¿Por qué no has hecho contacto conmigo todavía?", le habló Ariadna a su amigo ausente, y no pudo evitar que un par de lágrimas rodaran por sus mejillas. Se sintió vulnerable, sola, y muy triste al estar sin su querido amigo, Concha de Búfalo en ese caótico mundo.

De pronto, como si Concha de Búfalo hubiese escuchado la súplica de Ariadna, ésta se levantó impulsada por una fuerza que no supo de dónde le vino, tomó aire, y de un solo brinco se salió de la máquina antes de que le dieran muerte esos individuos.

Sí, era más que obvio, Concha de Búfalo se había activado y sacaba intacta a Ariadna de ese carro.

Entre las nubes de polvo que había por doquier, Ariadna se pudo camuflar perfectamente y logró llegar hasta donde había una casona blanca, ubicada en una calle larga, muy tranquila, aparentemente. Y dado lo acontecido, no dudó en entrar a esa casa para descansar de tanto susto y calmar su alocada mente. Era una casa muy bonita. Tenía espacios muy amplios, y toda la decoración era en tono blanco. No había nadie en esa casona, por lo menos no en esa área. Ahí dentro, parecía no pasar nada, era una casa blindada, pero se podían escuchar los bombardeos en las colonias circundantes, éstos eran ligeros, pero se escuchaban; y temblaba a cada rato la casa a causa de los meteoritos que se impactaban en la superficie del planeta.

"¡Por dónde rayos comienzo!", pensó Ariadna ante aquel escenario.

Capítulo 12 Las Miserias Humanas de Ariadna

Todo le daba vueltas a su alrededor a Ariadna. Tenía la presión bajísima. Sabía que debía de conservar la calma para estabilizar su sistema y auto curarse así misma de esa manera, ahorrando energía, y conservando reservas de ésta, de lo contrario todos sus niveles se dispararían y eso le causaría más daño.

De pronto, unas fuertes pisadas en la entrada de la casa seguido de un escándalo de voces le sacaron de órbita sus pensamientos. Era el momento de abandonar esa morada, aparentemente segura hasta entonces. Debía salir y darle frente a lo que viniera, porque el comando de Yuyin estaba ya rastreando su pista. Ella era la clave a sus ambiciones. Uno de los tres integrantes que quedaron vivos de la tripulación, contó a esos grupos quién era Ariadna, y por qué había sido enviada al planeta. El pobre miserable les dio información a esos individuos, pensando que con ello salvaría su vida.

Por supuesto que, con dicha información, la buscarían hasta por debajo de las piedras. Cómo iban a dejar pasar dicho tesoro. Ariadna lo sabía, y lo sabía muy bien. No le sorprendió ese acto de traición, era de suponerse; aunque siempre solía ella decorar tal comportamiento, es decir, algunas veces justificaba dicha actitud de las personas, porque consideraba que muchas veces ese acto era un sentimiento propio de las circunstancias. Pero, aun así, no pudo evitar sentirse triste por ello.

Salió de la casona apresuradamente entonces, pero alcanzó a ver al comando que ya la buscaban como sabuesos por los corredores y patios de la casona. Una vez afuera, pensó que debía de caminar con paso normal, sin prisa, para no llamar la atención de esos grupos regados por doquier en las colonias. Observó con dificultad todo a su alrededor, dado que la luz artificial que alumbraba a esa colonia era excesivamente blanca. Esa luz le lastimaba muchísimo los ojos, porque estaban demasiado sensibles luego de haber sufrido los daños de la alta radiación.

No había árboles o vegetación en ese sitio; solamente el frío concreto de esas calles y la luz blanquísima predominaban en ese punto. "¿Cómo podré pasar desapercibida con tanta luz por aquí?', pensó de mala gana y con decepción, ante aquella escena tan desfavorable para ella.

Vio con decepción en la distancia a los agentes del comando de Yuyin que ya estaban montando guardia por el punto donde ella iba caminando, justo de frente venían ellos. Afortunadamente, como era una calle larga, Ariadna se dio cuenta de la situación e inmediatamente se giró en u, aunque no pudo evitar toparse de frente con uno de esos cabecillas. Dicho individuo, era un soldado de brillantes ojos color celeste, de complexión mediana, no muy alto, tenía su piel un bello tono durazno, y la línea de sus labios dibujaba una sonrisa discreta; estaba armado de los pies a la cabeza literalmente. Impulsada por la razón, ante aquello inesperado, Ariadna actúo como si fuese ella parte de la masa en desgracia de Verona, y comenzó a caminar como ida de la mente para que ese individuo la ignorara. Él le observó a los ojos tratando de escudriñarla. Ariadna pensó en que, si pronunciaba alguna palabra, él detectaría su acento extranjero inmediatamente. Entonces, cuando él le preguntó por su número de identificación, ella se expresó como si fuese muda, y solo balbuceaba palabras incoherentes.

Ante el comportamiento de Ariadna –mismo que era de suponer que se trataba de una pobre loca más de Verona– por alguna razón desconocida para ella, no le insistió el soldado más, y, por el contrario, Ariadna notó que de sus bellos ojos celestes un destello de compasión se asomó. Ella entonces pudo percibir, que, a pesar de todo las circunstancias latentes en el ambiente, en ese hombre había amor. Sintió inmediato a ello la esperanza de no estar completamente sola en ese mundo, el cual estaba literalmente desbaratándose en pedazos.

Para su grata sorpresa, el soldado comenzó a guiarla. De una manera muy discreta le indicaba por dónde seguir. Ariadna movió gentilmente la cabeza en señal de agradecimiento. Tuvo la extraña sensación por un momento de conocer a ese individuo. Por alguna razón le era familiar su mirada; y sintió inmediato a dicha sensación el profundo deseo de volver a verlo. No hicieron falta palabras, ambos, parecían entenderse sin necesidad de ellas.

Después de aquel breve instante que sostuvo con el soldado de bellos ojos celestes, Ariadna entró a un pequeño callejón, una vez ahí, echó un profundo vistazo antes de seguir adentrándose. "¿Cómo voy a poder entrar por ese lugar tan estrecho?", se preguntó. A simple vista parecía no tener sentido. Pero aquel bello soldado la estaba protegiendo, y si la había conducido hasta ahí, era porque ahí tenía que haber una entrada segura para ella. Le estaba dando Ariadna crédito a aquel individuo. ¿Sería eso por qué estaba sintiéndose muy sola? ¿O por qué le gustaron sus ojos celestes? Sin duda Concha de Búfalo le estaría bromeando todo el día con eso.

Para sorpresa de Ariadna, una vez que se adentró en ese pequeño callejón, el cual por cierto estaba perfectamente camuflado –semejando un pequeño hueco en una solitaria pared de lo que fue alguna vez una casa– se activó el mecanismo, y se hicieron las paredes de ese callejón más anchas, a manera que ella pudo pasar deslizando su cuerpo por ahí sin problema.

"¡Creo que el susto me ha quietado unos kilos de encima!", dijo Ariadna de buena gana.

El agujero la condujo a otro punto de las colonias de Verona. En dicha colonia, los habitantes estaban asustados tanto por los cabecillas que estaban tomando el control, como por lo que estaba pasándole al planeta entero. Esa colonia subterránea de Verona era de la clase trabajadora de distintas clases sociales. Gozaban algunos de ciertos privilegios, pero sin llegar a ser ricos. Los habitantes de esa colonia estaban cooperando con el comando de Yuyin —los cabecillas que querían tomar el control de la nave y el planeta. La gente en esa colonia estaba cooperando porque quería de alguna manera conservar su estatus, que hasta ese momento no les había sido arrebatado.

En un parpadeo Ariadna pronto deambulaba por aquellas calles. Ya estaba por apagarse la luz blanca que formaba el día en esas colonias. Esa luz era sustituida por otra de menor potencia que formaba la noche, esa otra luz era casi nula, pero aún se lograba tener visión en aquel punto.

La escasez de comida era evidente, el comando de Yuyin tenía ese control en varias colonias.

Al ponerse la noche, Ariadna entró en una de las casas de esa colonia con la esperanza de recibir alguna ayuda de esa gente; pero una vez verla, los habitantes de esa casa parecieron haber visto a un fantasma, palidecieron, y la cara de espanto que pusieron la incomodó de alguna forma. Ni una sola palabra mencionaron, como si el espanto los hubiera dejado mudos, se quedaron paralizados viéndola con una expresión notabilísima de susto en sus rostros. Ariadna pensó entonces ante aquella escena de espanto, que debía ella en verdad parecer un muerto viviente ante los ojos de esa gente, o de otro modo, es que ya estaba esa gente enterada que la estaba buscando el comando de Yuyin, y temieron ser acusados por haberla ayudado.

Afortunadamente para Ariadna, y por alguna razón desconocida, no la delató esa gente, por el contrario, le ofrecieron comida y agua. Pero esa gente la veía con miedo, era más que obvio el pavor que les causaba su presencia. Parecían estar hechos un manojo de nervios por ello, pero no le decían nada, como temiendo por su reacción.

Ariadna dada la prudencia que le caracterizaba para con los otros le preocupó esa gente. "¡No se sientan mal por mi causa, por favor, yo entiendo su situación, y no los pondría en peligro de ninguna manera!", dijo con sinceridad. "Muchas gracias por el agua y la comida que me han dado, ya me voy, ahora mismo lo haré. No sientan pena por mí, sé que mi presencia aquí los compromete", dijo con gentileza, y salió de esa casa apresuradamente luego de esas últimas palabras.

Esa pobre gente se quedó sin pronunciar una sola palabra, como si sus labios se hubieran quedado tiesos por el espanto que les causó la presencia de Ariadna, pero fue clarísimo que ellos se sintieron mal por no poder asistirla. Más aun, cuando Ariadna les quitó ese peso de encima y salió por la puerta para no comprometerlos. La mirada inquieta y de alguna manera culpable de los integrantes de esa casa era evidente.

Ariadna parecía algunas veces completamente ida de su mente, estaba cansada y enferma debido a la alta radiación a la que fue expuesta, pero, aun así, luchaba y trataba de dar lo mejor de sí misma; estaba en una misión, y tenía que mantenerse en pie y al orden del deber.

Todo era un caos a su paso. La noche estaba verdaderamente aterradora. Se veían columnas de humo por todos lados. Y las provocaciones entre los distintos grupos quienes estaban en desacuerdo los unos con los otros iban en aumento. Era una guerra la que se estaba viviendo en Verona a ojos cerrados. El planeta era una bomba de presión por el lado por el que quisiese vérsele. La dulce Ariadna, al contemplar todo ese caos reinando en las colonias subterráneas de Verona no pudo evitar sentirse perdida en ese mundo tan desolado. Y tuvo dudas por primera vez desde que llegó al planeta de lograr llegar al punto donde estaba la nave, el Caminante SV200621, y salir ilesa de ese mundo subterráneo.

Continuó su paso entre una multitud de rebeldes. Esos rebeldes, traían máquinas –carros– súper ruidosas, y andaban armados, todos, como tratando de imponer el temor entre los habitantes de la colonia. Esos grupos reñían entre ellos, y varios de ellos eran completamente opuestos. Algunos eran enemigos de antaño y su comportamiento era bastante agresivo. En algunos otros, era muy notorio verles una rebeldía casi adolescente, a las claras se notaba en esos jóvenes que no estaban midiendo la magnitud del problema de Verona; se les veía contentos de no ser controlados y de tomar la ley en sus manos. Esos grupos participaban con el comando de Yuyin, pero todavía eran independientes de alguna forma; de cualquier manera, el comandante Yuyin los usaba.

Esos jóvenes adolescentes, habían tenido acceso a los carros y al armamento de alto poder desde que comenzó el ataque más intenso de los meteoritos en el planeta. Cuando los cabecillas principales que lideraban al planeta abandonaran Verona, los buques repletos de máquinas y armamento estuvieron a disposición en medio del alboroto; asunto que aprovecharon esos jóvenes, quienes se agruparon para tener éxito. Comenzaron a formarse primero para defenderse por lo que estaba viviendo la población en las colonias. Pero luego de pelear por sus objetivos, lamentablemente desesperaron y perdieron la ruta del camino.

Decidió entrar nuevamente a otra casona la dulce Ariadna con la esperanza de poder descansar un poco. Se sentía como un zombi viviente caminando en medio de tanto caos. Mientras deambulaba dentro de aquella construcción que le apeteció como refugio, volvió a toparse con aquel agente –el soldado que la protegió dándole acceso al portal del callejón. Dicha casa donde entró antaño fue la casa de la justicia de Verona. Y para sorpresa de Ariadna, ahí estaba aquel bellísimo soldado de ojos celestes acompañado de un hombre más viejo que él; ambos, hablaban con otro grupo de personas, cuyas vestiduras que portaban denotaban tener un rango superior.

No tenía idea Ariadna sobre qué acuerdo o desacuerdo discutían el soldado, el viejo y los principales, pero era obvio que algo de vital importancia se estaba tratando ahí. Ante su percepción Ariadna así lo dedujo, dada la solemne seriedad que emanaba en aquel punto casi detenido en el tiempo. Se mantuvo al margen, tenía que proteger la misión, así lo demandaba la instrucción, y en virtud de lo acordado cerró la boca. Por otro lado, la gente dentro de aquel recinto al ver a Ariadna no le dijeron palabra alguna, de hecho, la ignoraron. "¿Acaso me mirará esta gente como a un ser andrajoso deambulando por ahí, cargando con sus miserias humanas?", se preguntó al ver esa escena.

Adoptada una resolución, Ariadna dio un giro completo para evitar quedar de frente a ellos, se alejó rápido y tomó otro camino. Minutos después, el soldado la alcanzó discretamente. "¡Solamente dime si te gusta lo qué ves que traigo puesto!", preguntó con queda voz el soldado. "¿Te gusta mi investidura?", preguntó insistente.

Ariadna se detuvo y lo observó de reojo. Sabía ella bien como parte de su entrenamiento, que una vez identificándose la primera vez, ya no debía hacer contacto directo con la mirada de aquel personaje. Esa medida era para protegerse a sí misma y protegerlo a él también. Concha de Búfalo le estaba al mismo tiempo informado que era confiable ese agente. También le había hecho hincapié en tener el sumo cuidado para manejar el tema de la nave, el Caminante SV200621.

Pasar inadvertida era el mejor plan hasta ese momento.

Acerca del soldado, era evidente que ese hombre era un infiltrado o un arrepentido. Ariadna llegó a tal conclusión luego que Concha de Búfalo le dijera que confiara en aquel soldado de bellos ojos celestes –mirada que por cierto cautivo a Ariadna en el primer instante.

"¡Sí, sí me gusta lo qué traes puesto!", respondió Ariadna exaltada. "¡Y me gusta mucho cómo te queda, combina muy bien con el reloj blanco y negro sin números que usas en la mano derecha!", agregó con el entusiasmo de una chiquilla. Estaba Ariadna respondiendo en código, de acuerdo con la instrucción que Concha de Búfalo le envió. Posterior a ello, prosiguió su camino, pero antes, le miró por el rabillo del ojo los zapatos negros con punta fina bien pulidos que calzaba el soldado. Vestía en ese momento un traje gris de corte impecable. Lo portaba muy bien, le hacía ver muy distinguido.

De pronto, una anciana alcanzó al soldado y lo pilló del brazo repentinamente de una forma graciosa. La anciana vestía de forma clásica; parecía estar nerviosa y se apoyó en el brazo de él, mallugandolo un poco. Intercambiaron palabras, luego de unos minutos, ambos, la anciana y el soldado, pasaron junto a Ariadna, el soldado rozó su cuerpo junto al de ella y sin hacer contacto visual directo el agente le dio a Ariadna en ese acto una nota con una dirección escrita en su contenido. Ariadna salió apresurada del recinto con el papel metido en su puño, bien apretado. Afortunadamente, había podido hacer contacto con Concha de Búfalo, y eso le tranquilizó un poco; porque en Verona todos los habitantes parecían estar al punto de la locura, por lo menos en ese lado de las colonias donde estaba.

Esa misión estaba pesándole en demasía a la pobre Ariadna, porque estaba bien consciente cómo debía de trabajar en los casos cuando una misión era de vital importancia para el progreso de los pueblos que componían el cosmos. Debía evitar siempre a toda costa ser descubierta, como número uno. Debía ser siempre discreta, prudente y silenciosa en cada uno de sus movimientos para protegerse ella misma primero, y eso debía de recordarlo siempre.

Afuera, en las calles de la colonia, seguía reinando el caos, la crisis aumentaba segundo a segundo. Los rebeldes con sus carros y armas estaban haciendo de sus fechorías, ya tenían las calles con carros encendidos por todos lados. Gritaban eufóricos y echaban balas al aire desde sus carros, como locos. Ariadna vio con tristeza aquella escena. Eran tan jóvenes aquellos pandilleros sin control.

"¡La gente en esta zona de las colonias se ha contaminado! ¡En este punto ya no hay nada qué hacer! ¡Lo qué viniste a buscar no está aquí, por tu seguridad date prisa y aléjate pronto de aquí!". Decía la carta que de su puño y letra el soldado escribió, también tenía una ubicación en clave.

Sin más, Ariadna se encaminó en la dirección indicada. En la lejanía divisó enormes columnas de humo levantándose en el lejano horizonte, dedujo que se trataba de la próxima colonia. Se ubicó en ese camino, y se dio paso entre la multitud que la ignoraban por el aspecto de zombi viviente que tenía. Con dirección a las columnas de humo que se elevaban en el horizonte se apresuró entonces sin perder tiempo. Ya estando entre el límite de la colonia por dejar, y el campo abierto que dividía a la siguiente colonia, vio en la lejanía a un par de bultos que venían transitando por el mismo camino por donde ella iba, se trataba de dos mujeres de rostro triste y asustado. Pasaron junto a ella sin detener su paso; se cruzaron en el camino esas dos mujeres y Ariadna literalmente. Y curiosamente ellas venían del punto hacia donde Ariadna iba.

"¿Hay una colonia en aquel punto de dónde ustedes vienen?", preguntó Ariadna amigablemente, y señaló con el dedo índice el lado donde se elevaban las columnas de humo en el horizonte.

"¡Sí, sí hay una colonia allá!", respondieron ese par notablemente nerviosas. "Nosotras venimos escapando justamente de allí, de esa colonia, porque la gente ya está contaminada; está perdiendo el control de sí misma y está agresiva. Ya no es seguro permanecer con vida por mucho tiempo allí porque hay una gran escasez de alimento", dijeron con alarmado tono. "Todos se están peleando, buscando la forma de llegar a la nave principal del planeta, ya que dicha nave, representa el corazón del planeta, dado que su interior alberga la esperanza de que este pueblo sobreviva", concluyeron exaltadas la conversación.

"¡Oh!", dejó un suspiro escapar Ariadna al escuchar sobre la nave, el Caminante SV200621. Pensó por un momento contar a ese par de mujeres su razón de estar ahí. Pero recordó las indicaciones que le hizo Concha de Búfalo acerca de pasar inadvertida; y pensó también en la clave en la carta que recibió del soldado. Tenía que ir al punto indicado y buscar la entrada que le conduciría hasta un lugar cercano a la nave.

"¡Cosas raras, ustedes vienen escapando de allá, y yo voy para allá escapando de aquí por lo mismo que ustedes!", se limitó a decir a ese par en tono sarcástico.

Las mujeres no detuvieron su paso en ningún momento durante su breve conversación con Ariadna, de hecho, las tuvo que seguir mientras ellas hablaban.

Con la prisa que llevaban aquellas mujeres de rostro agotado y descompuesto, a las claras se notaba que estaban escapando de algo que para nada podría ser agradable.

Mientras ese par de mujeres se perdían adentrándose a la colonia, Ariadna permaneció de pie, parada en medio del camino viendo en el horizonte las columnas de humo que se elevaban en lo alto de aquella colonia vecina. Luego giró su rostro para mirar a la colonia que estaba dejando atrás, y contempló lo mismo, caos por doquier, las columnas de humo en ambos lados evidenciaban una amenaza letal para la nave, porque si la gente enloquecía ocurriría una barbarie.

La asaltaron de nuevo sus terrores, y Ariadna se quedó varada en medio del camino con la incertidumbre de no saber para donde seguir. La noche se iría pronto, y si no se daba prisa, quedaría expuesta a la luz blanca que alumbraba las colonias subterráneas para anunciar el día en Verona.

Reaccionó pronto, afortunadamente, y pensó en la posibilidad que hubiera muchas colonias con gente bien organizada, listos todos para abordar en armonía la nave, el Caminante SV200621. "¡Voy a salir de esta como siempre lo he hecho!", se echó ánimo a sí misma. "Concha de Búfalo, mi querido fiel amigo siempre me recomienda no gastar mi energía pensando de más. ¡Qué atrocidad!", dijo, "¿Será esto por qué se contaminan mis neuronas? Siempre le preguntó lo mismo cuando me hace hincapié en ello. ¡Qué demonios!, hablando de contaminación, y yo aquí, hecha trizas por la radiación a la que fui expuesta al comienzo de la misión", expresó nerviosa repitiéndose una sarta de conjeturas, hablaba y hablaba, traía un diálogo interno súper intenso.

Aquello era para volverse loco, estaba claro que Ariadna estaba padeciendo un cuadro de estrés que la llevaba por momentos a los territorios más oscuros de la imaginación y de la mente.

Cuando se recuperó un poco de esa repentina crisis, dio un giro de 360 grados para dar un vistazo a su alrededor antes de emprender su camino adentrándose en el campo abierto que había de atravesar para llegar a la siguiente colonia. Llevaba un ritmo de paso rápido y decidido cuando cruzó sin ningún percance aquel campo. Pronto estuvo otra vez entre una muchedumbre desatada en una calle larga con casas cerradas en ambos lados de la cera. Parecían esas casas como jaulas, la gente estaba armada y custodiaba sus casas.

"¡Ariadna, mantente atenta!, se activarán las luces del día en cualquier momento en las colonias", dijo Concha de Búfalo haciendo contacto con ella. "¡Debes darte prisa, y salir de aquí!", demandó con energía. "Se ha ofrecido una recompensa por tu cabeza. No van a dejar que llegues a la nave", comunicó Concha de Búfalo con preocupante tono para prevenirla de lo que estaba por venir.

"¡Concha de Búfalo, mi querido fiel amigo, estoy muy cansada y me siento perdida aquí en medio de tanto caos! Por si no lo has notado, te lo hago saber", respondió Ariadna en broma para levantar el ánimo.

"¡Lo sé, Ariadna!", respondió Concha de Búfalo con preocupación. "¡Supe qué te dieron una nota!", preguntó.

"¡Sí, me la han dado! ¡Fue el soldado!", respondió ella. "Tal parecerse que está súper interesado en que llegue yo con bien al Caminante SV200621, ¡o por lo menos completa!", dijo, y rio por su propio comentario sarcástico. "¡Logré descifrar el código secreto oculto en la nota!", agregó exaltada por su descubrimiento. "Hay una puerta por el Sector Azul, por medio de unos túneles que quedaron en el olvido desde que se construyeron otros con tecnología más avanzada que los suplieron. Si logro llegar hasta ese punto de las colonias, entonces podré estar más cerca del acceso a la nave para activar su código. Es la única forma que hay para evacuar a la gente del planeta, Concha de Búfalo", dijo sin titubear.

"Estoy de acuerdo totalmente contigo, querida Ariadna", respondió Concha de Búfalo con notable orgullo ante las palabras de Ariadna. "¡El planeta entero ahora mismo es una bomba de tiempo!", añadió consternado. "¡No estás sola! ¡No te debilites!, recuerda que me tienes a mí.", recalcó lo último con dulcísimo tono en sus palabras para reanimarla. Solía hacerlo para tranquilizarla porque él sabía la fuerza que tenían sus palabras ante sus ojos.

Una vez que llegó al punto indicado, Ariadna siguió las indicaciones descifradas de la nota. Y como pudo, se coló por esos agujeros por donde apenas y cabía su cuerpo mallugado. Tomó de buena gana que se podía mantener de pie, por lo menos. "¡Creo que sigo en pie!", dijo en broma para apaciguar sus nervios. Poco a poco fue penetrando esos pasajes con la esperanza de llegar a tiempo a su objetivo. Mantener la respiración ahí dentro no era tarea fácil, dado que no había la suficiente ventilación.

Luego de batallar entre ratas, fango, y cuanta cosa más que se topó en el camino, llegó por fin a un punto donde se encontraba un hombre de edad madura con abundante barba grisácea. Estaba pacíficamente sentado ese bonachón en una silla custodiando una puerta; su rostro reflejaba un gesto completamente relajado. Ariadna por instrucciones de Concha de Búfalo, le extendió la mano y le dijo quedamente las palabras con el código correspondiente, para tener el acceso libre por ese portal. Dicho personaje miró a Ariadna sin chistar, inicialmente, pero cuando Ariadna hizo lo correspondiente a la instrucción que le dio Concha de Búfalo, el pacífico hombro se levantó y se dirigió a una pequeña puerta que estaba a su lado izquierdo, y cuya entrada era muy angosta.

Concha de Búfalo le envió la señal a Ariadna indicándole que estaba a salvo por el momento.

"¡Oh, pero a quién tenemos aquí!", exclamó el hombre. "¡Es Ariadna, la bella hija del rey Mat!", dijo sorprendido el noble personaje que custodiaba esa puerta.

Ariadna siguió las instrucciones de Concha de Búfalo y le entregó un anillo. "Hay un par de jóvenes, Fredo y Eduard, se llaman. Agradeceré tu intervención para que esos jóvenes logren completar sus estudios en la Academia de Ciencias más importante de la galaxia Faros Dorados EAT011112", le dijo Ariadna al noble hombre.

"¡Espero que un día esta gente por quién estás haciendo esto sepa apreciar la belleza de joya que está recibiendo, y sepa cuidar de ella!", susurró él hombre con indescriptible emoción.

Ariadna no chistó palabra al comentario, tenía instrucciones de guardar silencio. Ella sabía que ese caballero era uno de los agentes especiales del cosmos, quienes sabían entrar y salir de los mundos dado su avanzado conocimiento en esos temas. Y justamente por tales conocimientos es que esos agentes tenían reglas súper estrictas; se mantenían al margen de todo.

"¡Siempre será un honor para mí poder estrechar la mano de tan bellos hijos!", dijo aquel noble personaje de nombre Ray Morales, a Ariadna. Luego le dio un abrazo sincero deseándole éxito en su misión y la despidió cerrando tras de sí la puerta.

Esa puerta la comunicó inmediato a un túnel larguísimo. Ariadna estaba de pie y lista para encontrar el paso para acceder a la nave, el Caminante SV200621, la nave en espera para ser puesta en marcha.

Posterior a ello, Concha de Búfalo se activó para acompañar a Ariadna y se adentraron en las misteriosas profundidades de aquel túnel con paso firme. Ariadna dado todo lo vivido se mantenía en todo momento bajo extrema cautela. "¡Respira, Ariadna!", dijo Concha de Búfalo con gracia. "¡O cuándo salgamos de aquí necesitaras un masaje en la mandíbula!".

"¡Qué gracioso estás hoy, amigo! ¿O es qué sabes ya a dónde nos dirigimos?", replicó Ariadna de buena gana.

Continuaron por algunas horas más en esa ruta. Ariadna notó que el túnel empezaba a tornarse curvo, y a lo lejos divisó gente en ambos lados del túnel. Dedujo que estaban pidiendo algo porque mantenían el brazo estirado. Era gente vestida con harapos, y estaba justo en el punto donde el túnel se curvaba.

"¡Oh! ¿Qué es eso?", expresó Ariadna con espanto. "¿Son personas pidiendo qué?", se preguntó inquieta.

Ante aquello tan inesperado, se detuvo por unos momentos como precaución, y pensó si sería prudente pasar por ahí. Lo pensó porque era un número considerado de personas las que estaban en esas condiciones tan lamentables. Dichos personajes no tocaban a la poca gente que transitaba por ahí, incluso ni siquiera se movían de su lugar, es decir, se mantenían casi pegados a las paredes de ese túnel, en ambos lados. Solamente era su brazo el que estiraban, y murmuraban algo. Reflejaban en su rostro un gesto de profundo dolor. Observó Ariadna que la mayoría eran ancianos, o parecían serlo, porque lucían rostros arrugados, tristes y esqueléticos, y cabellos largos descuidados.

Después de una mejor observación, consideró que era seguro el paso por ahí y decidida se echó a andar. "¡Ayuda, por favor, ayuda!", con lastimoso tono exclamaron aquellas miserias humanas cuando Ariadna estuvo próxima a ellos. Ante aquello tan escalofriante, Ariadna tomó una bocanada de aire para mantener la calma. Divisó en la lejanía la luz donde se alcanzaba a ver la salida de dicho túnel. Ahí había un pequeño balcón con un barandal de metal, y desde ese balcón se apreciaba un imponente cañón. Había más gente en dicho punto, pero a diferencia de los viejos con harapos, esa otra gente sí caminaba en libertad de un lado a otro.

Ariadna se preguntó por qué esa gente que se ubicaba al final del túnel estaba tan concentrada en su labor —estaban haciendo pulseras con cristales de colores. La ignoraron y siguieron en lo suyo cuando se acercó, "Debe ser por el aspecto de muerto que traigo", se limitó a pensar. Repentinamente, una de esas joyas cayó de las manos de su operario yéndose al precipicio. Ariadna siguió con la mirada las piedras que rodaron, sorprendida, abrió tremendos ojos al darse cuenta de que estaba ese pequeño balcón volando literalmente, es decir en la cumbre. Se preguntó tantas cosas al mismo tiempo, que por un momento pensó mejor quedarse quieta antes de hacer un análisis más profundo sobre ese balcón de veintidós metros cuadrados donde se encontraba.

Súbitamente, se presentó la claridad en su cabeza luego que un rayo de luz la alcanzara, Ariadna estaba en un punto de las puertas secretas, en un ala de la nave, pero debía de ser muy prudente con su descubrimiento. "Esta gente vive aquí en terribles condiciones", pensó afligida. "Sé que no debo meterme en problemas, más de los que ya tengo, pero soy Ariadna, digna hija del rey Mat, y mi deber es investigar a fondo lo qué aquí está pasando con la vida inteligente".

"¡Son prisioneros, Ariadna! ¿Qué no habéis visto las cadenas que atan sus pies?", dijo en seguida Concha de Búfalo al percibir la profunda reflexión de Ariadna. "Lo mejor será estudiar el ángulo dónde nos encontramos, y así tener una mejor visión de lo que aquí estamos contemplando", sugirió Concha de Búfalo.

"¡Tienes razón, mi querido Concha de Búfalo! ¡Tienes toda la razón!", respondió Ariadna meditando el comentario. "¿Pero acaso alguna vez no la has tenido?", se echó a reír con su propio comentario, como lo hacía siempre cuando bromeaba con Concha de Búfalo.

"En medio de tanto caos te hace bien reír, Ariadna", dijo Concha de Búfalo para apaciguar los nervios latentes.

Ariadna tomó la decisión de acampar en algún punto del cañón, tenía que pasar desapercibida, no dio muestra de ninguna cosa en particular que pudiera delatar su interés por aquellos prisioneros.

Del pequeño balcón de esa salida o entrada de aquel extraño túnel –dependiendo la perspectiva– había que bajar por unas escalinatas muy prolongadas. Era un acceso bastante peligroso, principalmente para aquellos que no tuvieran experiencia, o no tuvieran consigo un equipo especial para andar en ese tipo de terreno acantilado rocoso. Mientras Ariadna bajaba, el aire resonaba en sus oídos con una fuerza tan ponente como si se tratase de la misma respiración del cañón.

"¡Chispas, parece qué estuviera viva esta enorme mole, y me habla!", dijo Ariadna con asombro, al intuir que estaba dentro de la nave, el famoso Caminante SV200621. "¡No me veas así, Concha de Búfalo!, no he enloquecido, amigo, aunque es verdad que algunas veces me gusta la idea de estarlo. Tal vez porque ello me recuerda los cuentos infantiles del pájaro loco que me fascinaba escuchar de mi madre en mi tierna infancia" dijo melancólica, dando rienda suelta a sus recuerdos.

"¡Eso es bueno, Ariadna!", replicó Concha de Búfalo. "Siempre es bueno para el espíritu no olvidar vuestra infancia, pero por ahora concéntrate dónde pisas, y te sugiero qué no veas para abajo", dijo bromeando de buena gana.

Se desprendían pedazos de roca por doquier mientras Ariadna bajaba airosa por esas escalinatas, demostrando haber recibido un buen entrenamiento en esos temas. Horas tardaron en bajar. Llegaron luego de un buen rato a un terreno menos fragmentado; empezaba la tarde a caer. No parecía haber un lugar seguro para acampar, pero no desesperó y mantuvo su ánimo siempre alto.

Más adelante, notó que el terreno que pisaba había cambiado drásticamente. "¡Piedras de río!", exclamó con asombro. Levantó su rostro enseguida y contempló en la distancia un lindísimo manantial de aguas cristalinas; nunca había visto tan singular belleza, no dentro de una nave diseñada con tal perfección. Se quedó completamente quieta, maravillada ante aquello, jamás en todos sus viajes por el cosmos había contemplado tal superioridad. No podía ella misma describirlo, no había palabra alguna en ninguna lengua existente que pudiese hablar, comparar o describir tal magnitud.

Como encantada por aquel lugar de indescriptible belleza, Ariadna se fue acercando poco a poco a ese bellísimo manantial y se sentó en una roca que parecía brotar del mismo. Y con el ánimo de un niño, introdujo sus pies descalzos en aquellas cálidas aguas y admiró complacida el musgo verdoso pegado a las rocas. El viento soplaba suave, y era tan refrescante estar ahí después de tan cansado andar, que, Ariadna no tardó en quedarse dormida; se tumbó de panza abrazada a esa roca. Despertó ya entrada la noche, y fue solo para apreciar cuán bella era la luna reflejada en aquel manantial. Percibió aquel cielo estrellado como velas encendidas alumbrando la cálida noche.

Hermosa fue aquella apacible noche para la dulce Ariadna, quien afortunadamente pudo dormir después de tantos sustos y cansancio acumulado, luego que contemplara ese maravilloso universo reflejado en aquel espejo de aguas cristalinas, mismo que se llevó a su sueño.

A la mañana siguiente, el sol apareció acompañado de un frescor dulzón en la atmósfera. Ariadna con ojos de asombro no ocultaba su fascinación por el paisaje. De pronto, se acercaron a ella tres damas que aparecieron repentinamente, traían un diálogo súper intenso entre ellas, y hablaban y hablaban. "¡Hola, soy Flavia!", se presentó una de ellas.

"¡Qué tal!", respondió Ariadna, lanzándoles su habitual vistazo de halcón.

"¿De dónde has venido?", interrumpió otra de ellas. "¿O también vives aquí como nosotras?".

"¡Qué extrañas mujeres!", pensó Ariadna al ver ese cuadro.

Eran criaturas físicamente perfectas, hablaban y hablaban sin parar en una lengua que Ariadna no lograba comprender. Por un momento, Ariadna las comparó con las aves exóticas que había en su planeta, y que tanta gracia le hacía a su tío Burton escucharlas cuando solían pasear por los bosques de su planeta natal. A el tío Burton le encantaba crear cuentos inventados nada más oír a esas aves, que, como decía él, nunca paraban de hablar. Los niños del planeta Mayo solían preguntar al tío: "¡Pero, tío Burton! ¿De dónde sacas tanta imaginación?" El viejo divertido respondía siempre lo mismo: "Yo no lo dije, fueron las aves del bosque, esas que nunca paran de hablar".

Interrumpió Ariadna abruptamente sus pensamientos al escuchar a una de esas damas hablar insistente. "¡Yo vivo ahí!", dijo, y señaló con el índice de la mano derecha en dirección a una cascada que caía en un enorme pozo rodeado en sus laterales por una espesa arbolada.

"¿Por qué no la vi antes?", pensó Ariadna con sorpresa.

"¡Nosotras también vivimos ahí!", dijeron inmediato las otras damas. "¡Ven con nosotros, hay té caliente ya listo en casa!", agregaron con encantador acento.

Ariadna aceptó la invitación y se encaminó con ellas. Notó que esas criaturas eran realmente muy altas, pasaban de los dos metros de altura.

Una vez que llegaron al pozo, la invitaron a sentarse en unos troncos de roble que hacían el papel de sillas. Ariadna tomó asiento sin chistar y soltó de un golpe toda la carga acumulada de su tormento en un profundo suspiro; rendida de tantos sustos y fatiga, se dejó envolver en la atmósfera y el frescor propio de la espesa arbolada que rodeaba aquel lugar.

"¡Son seres inofensivos!", dijo Concha de Búfalo. "Habitan en este lado de cañón ajenas a lo que pasa fuera de aquí. No se dejan ver mucho. De hecho, se pensaba que estas criaturas eran solamente un mito", comentó Concha de Búfalo.

"Pues yo las veo muy reales, Concha de Búfalo, amigo mío. ¡A menos que de tanto susto ya me falte un tornillo!", replicó abriendo sus chispeantes ojos.

Terminó Ariadna de beber el té de exquisito aroma. Tenía todavía un pequeño pedazo de galleta de jengibre en la mano recién horneada que amablemente esas damas le habían invitado cuando se levantó y dijo que ya era tiempo de continuar su camino. Les dio las gracias por su hospitalidad, y se marchó.

"¡Es Ariadna!, la hija del rey Mat, el viejo sabio que gobierna en el planeta Mayo, cuya ubicación se haya en el centro de la galaxia de los Faros Dorados. Allí, en ese planeta, velan día y noche por la protección de los pueblos débiles y por toda la vida inteligente que conforma al cosmos. Los Concha de Búfalo son viajeros activos, éstos se encargan de llevar a cabo misiones que permiten mantener el equilibrio en los sistemas estelares", comentaron entre ellas aquellas peculiares damas.

A Ariadna se le puso la piel de gallina escuchar tal comentario en lengua del arcaico planeta Tierra. "¡Tienen el don de la telepatía estas criaturas, es increíble!", expresó exaltada.

"¡Cuida el Castillo, Ariadna, cuídalo siempre!", las escuchó decir por un largo rato mientras se alejaba de aquel encantador sitio.

"Bueno, Concha de Búfalo. ¿Dónde estás tú, amigo? Parece que este día te has perdido de mucho", dijo Ariadna entusiasmada, luego que un destello de luz se asomara en su cabeza. "¿Y qué crees que descubrí, carísimo amigo mío?".

"¡Ariadna, relájate, y explícame con calma!", gritó histérico Concha de Búfalo al notar que Ariadna estaba tan exaltada que no respiraba.

"¡Carísimo amigo mío, creo que ya sé algo de los niños del planeta Coral! No me preguntes cómo lo sé, ya te dije que te perdiste hoy de mucho", dijo, y se echó a reír a grito abierto como una chiquilla loca.

"¡Qué graciosa estás hoy, Ariadna!", refutó Concha de Búfalo.

"¡Estoy bromeando, ya sabes! ¿Cuándo no te he contado alguna aventura, Concha de Búfalo?".

"¡Sí, Ariadna, lo sé con certeza! ¡Nosotros no tenemos secretos!", dijo Concha de Búfalo dando un profundo suspiro en virtud de lo que ello significaba.

Más tarde, con la seriedad absoluta que usualmente tomaba ante las misiones que emprendía, Ariadna se ajustó el cinturón para estar en pie y al orden del deber. Y casi de puntitas, es decir, sigilosamente, llegaron al punto donde según las coordenadas de Concha de Búfalo estaría una de las entradas para acceder a la siguiente cámara. Continuaron con buen ánimo por un largo rato más por aquel túnel.

El plan de la misión era acceder a los códigos de la nave y sacarla del planeta en desgracia con su gente a bordo. Y una vez terminada esa misión, rescatar a Justino de las minas según lo convenido.

Luego de haberse regenerado lo suficiente a través del sueño, Ariadna estaba recuperándose satisfactoriamente. Se sentía bien para seguir en el campo de batalla, dispuesta a dar toda su fuerza y vigor para sacar adelante la misión.

Inesperadamente el clima comenzó a cambiar dentro de esos túneles y se tornó húmedo el ambiente. Se sentía súper bochornoso y había muy poco oxígeno. El calor que se sentía ahí adentro podría desquiciar a muchos, pero no a Ariadna. Era más que obvio que ella había recibido un alto entrenamiento y estaba preparada para más que eso. Concha de Búfalo se sentía muy orgulloso de ella. Valiente, siempre dispuesta, siempre en acción. Tropezó en su paso con algunos individuos quienes al verla levantaban su mano en señal de solidaridad y buenaventura; cosa que Ariadna agradecía con un gesto amable.

De pronto, frente a ella estaban aquellas criaturas miserables con ojos hundidos que suplicantes la miraban fijamente sin decir palabra alguna. "¿Cómo puedo yo interferir para sacarlos de aquí?", les preguntó con mucho tacto. "¿A qué colonia, o a qué pueblo pertenecen? Pueden decirme, ¿por qué los han abandonado aquí?".

"¡Somos seres horrendos!", gimieron envueltos en un aura triste esos miserables. "¡Y merecemos estar aquí, pagando nuestro terrible crimen!", respondieron con pena.

" ¿Qué les ha hecho a estas criaturas sentir tanto desprecio por sí mismas?", se preguntó Ariadna al escucharlos.

"Fuimos nosotros quienes acabamos con la vida en el Coral. Y nuestros niños, los pocos que quedaron fueron abandonados a su suerte en distintas partes de cosmos. Desde entonces estamos aquí, sufriendo nuestra penuria. Y nadie puede hacer nada por nosotros, porque nadie puede vernos, excepto tú, que te has detenido a contemplarnos sin miedo", dijeron esos extraños personajes en calidad de agonía.

"¿Qué?, no lo entiendo", replicó Ariadna ligeramente perturbada, ya tenía demasiado. "¡A menos que los que transitan por aquí estén ciegos, o es que tanto calor me ha agotado!", dijo, tratando de mantener un pie en la tierra para no caer en la locura.

Concha de Búfalo intervino al verla tan exaltada. "¡Solamente escúchalos, Ariadna, no te inquietes!".

"¡De acuerdo, Concha de Búfalo!". respondió ella, y tomó una gran bocanada de aire para calmar su agitada mente que ya vagaba en el mundo de las posibilidades.

"Supe la historia de 22 niños que hace milenios cruzaron por un planeta ubicado en la galaxia de la Gota Púrpura. Platinum, es el nombre de dicho planeta. Y es gobernado por los Grandes Señores de esas tierras, Lucas, y su bella esposa, Dulce. Esos niños cruzaron Platinum con dirección a la galaxia Coral", narró Ariadna más serena, luego que logró apaciguar sus nervios. "¿Tiene alguna relación eso con ustedes?", preguntó a esa miserable gente.

"¡Sí!", respondieron con un chillido estremecedor.

"No quiero darles falsas esperanzas", les aclaró Ariadna, "porque ni los señores del planeta Platinum saben qué sucedió con esos niños. Y parece que el planeta Coral se perdió en el tiempo también, porque no hay registro de ese planeta ni de esa galaxia en ningún lado del cosmos, hasta ahora", dijo, luego de una brevísima pausa esbozó una sonrisa. "Aunque, pensándolo bien tengo una ligera idea", reflexionó y sacó apurada de su morral un objeto. "¡Mira, Concha de Búfalo!, mira esto que encontré en mi morral esta mañana cuando nos marchamos del manantial. Alguien tuvo que haberlo puesto cuando me quedé profundamente dormida", dijo exaltada, y mostró el objeto descubierto en el interior su morral.

¡Ariadna!, pero si es uno de esos juguetes de extraño mecanismo, semejante a los que dejaron aquellos niños en Platinum", exclamó sorprendido Concha de Búfalo.

Como por intuición, Ariadna fijó nuevamente sus ojos en uno de aquellos hombres de harapienta vestidura, y se maravilló al mismo tiempo que se sintió confundida al mirar su propio rostro reflejado en aquellos ojos color ámbar, dichos ojos emanaban una bellísima luz. "¡Cuida el Castillo, Ariadna, cuida el Castillo!", las palabras de las damas del manantial en lengua terrestre arcaica llagaron hasta sus oídos, luego que un potente viento sopló. Ariadna parecía haber comprendido el vínculo que había entre esos seres y aquellas damas que no paraban de hablar.

Ariadna logró   con éxito el acceso a un ala de la nave que por su complejidad era súper secreta. Fue el agente Ray Morales el gentil hombre que le dio el acceso. Ese punto del manantial era una copia exacta del planeta Verona, antes de que sufriera de los primeros bombardeos. El diseño de esa ala de la nave era un enigma porque contenía registros complejos y de vital importancia. Por lo tanto, dado el acceso a los registros que tuvo Ariadna en dicha ala, supuso que los Verunos tenían relación con los juguetes y los niños del planeta Coral, y se preguntó tantas cosas al mismo tiempo que acabó con dolor de cabeza.

"¡No hay casualidades, Concha de Búfalo! Estamos aquí más que por una razón vital, pero sabes una cosa, amigo mío", dijo Ariadna con incertidumbre. "Algunas veces siento que el piso donde estoy parada tiembla".

Nuevamente en el andar, Ariadna iba muy callada, horas permaneció en silencio como solía ser cuando se adentraba en los profundos territorios de su mente. Mas adelante, encontró un refugio bajo un puente, lo consideró propio para poder descansar y regenerarse un poco por medio del sueño. Ella más que nadie sabía que era menester recuperar fuerza para continuar con la misión. Concha de Búfalo que bien la conocía, respetó su silencio, ya que ella solía pensar con más claridad después de permanecer en completo silencio. Así era ella, se adentraba tanto en sí misma, que muchas veces Concha de Búfalo preocupado le echaba un vistazo para comprobar que estuviera respirando todavía.

Pasaron tres días, y Ariadna embelesada con sus conjeturas no dejaba de estudiar los mapas que trazaba, borraba y volvía a trazar. Dormía hasta que la vencía el cansancio y cuando se acordaba del hambre mordisqueaba las galletas de jengibre – las que le dieron las damas del manantial. Y, por otro lado, debía aprovechar ese momento al máximo para regenerarse mientras esperaba la instrucción a seguir. Dotada de una fuerza descomunal, hizo caso omiso a la fatiga, y hasta que al fin logró descifrar el código en el mecanismo de aquel extraño y complejo juguete, soltó la rienda y se relajó. "Aquí está, Concha de Búfalo, lo tengo. ¡El mecanismo de este juguete es el mapa con las coordenadas de la galaxia Coral!", exclamó con su alegría particular. "¡Lo tengo, amigo, lo tengo ya!", expresó con júbilo; cantaba y tarareaba su favorita melodía. "A nuestro amigo Justino le dará mucho gusto saberlo", dijo entusiasta. "Tal vez quiera venir con nosotros también. Debemos darnos prisa en activar el código de esta nave para echarla andar y salir pronto de aquí para ir a rescatar a Justino", se le llenaron los ojos de lágrimas nada más pronunciar el nombre de su amigo Justino.

El inocente y pobre Justino estaba pasando por las de Caín prisionero en las minas de turmalina sandía, en el planeta Acuamarina, en manos de los desalmados Morrus. Y, muy lejano todavía del Estandarte Neutral, donde esperaban por él y por su gente, los de su nave, el Pescador 14.

"Pero ¿cómo vamos a salir de aquí, Concha de Búfalo? Si no logro recuperarme pronto. ¡Mírame cómo me estoy despellejando!", dijo Ariadna preocupada, dada su lamentable condición. "La gente solo de verme pareciera que ven a los muertos andar. Estoy dando todo lo mejor de mí, trato de dormir, pero, no me deja este diálogo interno que traigo con tanto susto", dijo la pobre con un nudo en la garganta que la asfixiaba al hablar.

A las claras se notaba que la pobre entraba y salía de los terrenos más oscuros de su mente. Tal parecía que luchaba contra una dificultad insuperable. Concha de Búfalo veló por ella; preocupado elevó sus plegarias deseando la pronta recuperación de su querida y única amiga.

Luego de una noche que parecía no tener final, despertó Ariadna con un ligero dolor de cabeza esa mañana; había tenido un sueño muy intenso, y aunado a que se mezclaban un sin fin de cosas en su cabeza, que, si bien no le atormentaban completamente, sí le molestaban. Solía Ariadna llamar a esos amargos días: "un día difícil de entender".

Decidió dar marcha al plan que tantas horas de trabajo había gastado. Sabía cuán tan cautelosa debía ser en adelante en su proyecto. No debía fallar en ningún punto que pudiera debilitarla en tan importante misión. Ella misma debía de darse los ánimos correspondientes para lograrlo. "¡Quién dijo qué fuese fácil, Ariadna!", dijo Concha de Búfalo. "¡No olvides nunca tu estirpe! Toma el mando, como lo que tú eres, una hija digna del rey Mat. Pule ese ánimo, Ariadna, como solo tú sabes hacerlo. Y sigue de frente, dale la cara a lo que viene, y que no te aflija lo que has visto, que, antes que nada, recuerda que tú eres quien posee un Concha de Búfalo", dijo Concha de Búfalo al ver a su amiga en tan desfavorables condiciones.

"¡Tú lo has dicho, amigo, nada es fácil! Aún para mí que tengo ya algunas millas recorridas, pero es que muchas veces extraño a mi gente", respondió Ariadna melancólica.

"Extrañar a los nuestros es un sentimiento muy humano, Ariadna", dijo dulcemente Concha de Búfalo.

"No te preocupes, Concha de Búfalo, todo está bien conmigo, amigo", dijo alarmada por su mal genio. "Descansaré un rato más, y estaré lista para buscar la entrada al corazón de esta nave para echarla andar. Ya luego estudiaremos estos mapas que he trazado con precisión, y te prometo que no me distraeré más con cosas tontas", dijo molesta consigo misma por su anterior pesimista actitud.

Capítulo 13 Las Fronteras de Verona

La gente del planeta Verona vivía en colonias subterráneas. Dichas colonias se conectaban por una sofisticada red de túneles cuya precisión en términos de tecnología era sorprendente.

Verona tenía tres fronteras, y los habitantes en cada una de éstas tenían diferentes ideales, ya que tenían un nivel de vida completamente diferente entre sí. Esa división social se incrementó de forma acelerada desde que Verona perdió en antaño a sus verdaderos líderes. Aquellos líderes intachables que gobernaron en el pasado con rectitud amaron sumamente a su pueblo. Esos mismos lideres, fueron capaces de crear a la Verona subterránea existente; la crearon debido al constante bombardeo de los fragmentos de roca que sufría desde entonces el planeta, dado que estaba perdiendo fuerza el gigante cuerpo celeste que servía a manera de escudo para Verona y el vecindario aledaño. Desde aquellos tiempos esos nobles líderes comenzaron a planear la edificación de la nave, el Caminante SV200621. Y fue la nave creada justamente previniendo el desastre que en la actualidad amenazaba a Verona.

La actual Verona, estaba ya compuesta, o mejor dicho dividida en tres sectores. Un sector, pertenecía a la clase política, empresarial, científica, y a las bellas artes. Todos los bienes materiales e históricos del planeta se concentraban ahí, en ese sector, llamado Sector Zafiro. Del mismo modo, ahí se desarrollaban los proyectos de tecnología y avances de ciencia. Solamente tenían acceso a esos datos los miembros de ese sector. Y la nave, el Caminante SV200621 se encontraba dentro de dicho sector.

El segundo sector estaba compuesto por la mayoría de las masas del planeta. Más del setenta por ciento de la población se concentraba en ese sector. Ese sector, era nombrado Sector Cobre, y era un lugar súper marginado. Las colonias en ese sector estaban súper llenas de gente. Sus viviendas parecían jaulas apiladas. Chillaban los niños y los perros callejeros al mismo tiempo. Dicho sector, tenía una tasa de violencia general entre sus habitantes muy alta. Eso debido a que en ese sector se había abandonado a la población. El progreso en ese lado del planeta por lo tanto se detuvo, por ende, no llegó ningún beneficio de adelanto para sus habitantes. Así fue cómo poco a poco esas masas fueron convirtiéndose en trabajadores, obreros baratos al servicio del sector político-empresarial, quienes mantenían sus colonias estables en el Sector Zafiro.

Los líderes políticos que habían controlado internamente al Sector Cobre prometían siempre lograr un acuerdo para beneficiar a los trabajadores con un salario más digno, o ayuda material para construir viviendas con mejores condiciones, o el acceso a medicamentos. Lamentablemente, para los miembros de ese sector de Verona, esos líderes eran siempre lo mismo, eran corruptos y estaban muy contaminados y por lo tanto acababan siempre vendiéndose al opresor. En ese mismo sector operaba la zona industrial, la cual ocupaba una gran parte de esas colonias subterráneas.

La corrupción que imperaba entre los dirigentes del Sector Cobre no les había permitido a las masas pelear y defender los derechos correspondientes como ciudadanos del planeta Verona, con los mismos derechos y obligaciones que tenían todos quienes lo habitaban. Lamentablemente, los cabecillas que controlaban ese sector eran tan corruptos que siempre acababan haciendo negociaciones oscuras con el sector político-empresarial, quienes astutamente solían prometer a los trabajadores una mejora para sus vidas, pero solamente eran palabras muertas, sin contenido verdadero. Por lo tanto, nunca llegaba lo prometido, dado que ninguna cosa prometida de esa corrupta gente era real.

La gente que vivía en el Sector Cobre no tenía permitida la entrada al Sector Zafiro, ya que dicho sector estaba reservado exclusivamente a la clase de éste. Y la Academia de Ciencias tenía súper restringida la entrada. Pretender entrar al Sector Zafiro, era pasar por una serie de obstáculos negativos que acababan desanimando su intento al interesado.

El Sector Zafiro astutamente fue poco a poco teniendo bajo su poder los recursos de Verona.

El tercer sector, era el Sector Azul, dicho sector se ubicaba en una zona libre, es decir, en una zona neutral. Ahí, podía entrar cualquier miembro de Verona sin necesidad de portar un pasaporte. Esa zona del Sector Azul también tenía dirigentes internos, quienes eran subyugados por los del Sector Zafiro, del mismo modo que eran subyugados los dirigentes del Sector Cobre.

El Sector Azul tenía aparentemente un gobierno interno autónomo. Ese sector era escandalosamente llamativo. Literalmente era como ver a un elefante blanco en una zona árida, desértica, bien plana. En ese sector, las luces azuladas se mantienen encendidas durante todo el día y la noche. Y como era una zona libre, los integrantes de ambos sectores –zafiro y cobre– podían transitar por ahí y hasta conversar los unos con los otros en libertad de hacerlo. En las calles, se veían algunos vagabundos deambular, y los músicos callejeros expresaban sus amores y desamores. Las calles mal hechas repletas de bares ofrecían sus entretenimientos. Letreros grandes y coloridos anunciaban los servicios que daban. También había lujosos hoteles con salones de juego en varios puntos. Ese sector pagaba un impuesto carísimo al Sector Zafiro para mantener su empresa en pie. Los casinos, bares y hoteles pagaban muchos impuestos por la electricidad, dado que mantenían ese sector siempre alumbrado de azul.

Capítulo 14 Los Hilos de Cristal

A brió los ojos Ariadna cuando estaba sintiéndose tiesa por el frío. Estaba en un callejón, luego que pasara por la puerta con el código de acceso que le dio el noble hombre bonachón, el agente Ray Morales, quien custodiaba la compleja angosta puerta del túnel. Después de permanecer por tres días en un ala especial de la nave, cuya semejanza era una copia del planeta Verona de antaño, y donde se encontraban registros de suma vitalidad, Ariadna recibió parte del código de las coordenadas de ubicación de la galaxia del Coral, oculto éste en el mecanismo de los juguetes, y contactó con los guardianes, o lo que quedó de ellos –sus miserias. Posterior a ello, comenzó a sentirse súper cansada, había caminado mucho en la oscuridad de esos túneles y estaba desorientada.

"Concha de Búfalo, amigo mío, no te quiero asustar, pero me estoy sintiendo muy mal", dijo Ariadna con dificultad al hablar. Estaba sufriendo la pobre un ataque de vómito, llevaba un par de días así; estaba muy débil y no pudo soportar más, y perdió el sentido.

Cuando estaba sintiéndose tiesa de frío entonces fue que abrió los ojos, no tenía ya conciencia del tiempo transcurrido. Estaba en algún punto del Sector Azul. En ese sector nunca se apagaban las luces que alumbran esas colonias, las cuales nunca dormían. Ariadna estaba más vulnerable que nunca. Sus dolencias iban en aumento. Era muy pronto para pensar en su regeneración y debía de resistir hasta que ese proceso fuera posible.

Buscó algún rincón que le permitiera cerrar los ojos por un momento, porque le ardían de sueño, además de sus graves heridas ocasionadas por la radiación a la que estuvo expuesta.

Por medio del sueño profundo ella se regeneraba, así funcionaba su sistema.

Se despertó, y sintió que el frío de ese lugar le calaba hasta la médula. No supo cuántas horas permaneció dormida, pero fue lo suficiente para que no muriera, y, se regenerara por lo menos un poco para poder continuar con la misión y lograr salir de ahí; afortunadamente, antes de quedarse tiesa de frío se levantó para seguir con su peregrinaje.

El grupo comandado por Yuyin estaba tras sus huellas. Se había filtrado esa información hasta el Sector Azul, y, a esas alturas, la cabeza de Ariadna ya valía las perlas de Verona.

Mientras tanto, dado el aspecto de zombi viviente que traía la pobre, ésta provocaba a su paso lástima y náuseas a la muchedumbre que le veía con indiferencia y desagrado.

"¡Resiste, Ariadna, resiste!", dijo Concha de Búfalo, que desde la distancia estaba haciendo un leve enlace con ella.

"¡Concha de Búfalo, amigo de mi alma, no sé si podré llevar esta misión hasta el final!", respondió Ariadna con cierto pesar.

Concha Búfalo percibió inmediatamente en qué estado se encontraba Ariadna a esas alturas de la misión y se alarmó.

De pronto, las luces que nunca se apagaban en ese sector fueron apagadas por completo, seguido de un chillido de alarma. Ariadna había llegado un rato antes de que eso ocurriera a sentarse junto a un grupo de vagabundos alrededor de un fuego. "¡Algo grave debe de estar ocurriendo en el sector!", dijo uno de ellos, pero ninguno de ese grupo mostró el más mínimo interés por saber algo más de lo que estaba ocurriendo. Ariadna dedujo ante ese cuadro, que el desinterés de esa gente se debía posiblemente al estado actual por el que pasaba el planeta.

Luego que el apagón del sector ocurriera, Ariadna quiso levantarse para ponerse de pie, y para sorpresa suya no pudo moverse. "¡Oh! ¡No!, ¡Concha de Búfalo!", gritó angustiada, sintiéndose por un momento presa de un sueño infernal. "¡No permitas por favor qué me quede varada aquí, envíame la señal pronto, amigo mío!" le habló con el corazón en la mano a su amigo ausente.

Ariadna perdió el sentido del tiempo y no supo cuánto tiempo pasó, y cuando volvió a abrir los ojos, no vio a nadie a su alrededor ya. Y, aunque ajustó sus ojos a la oscuridad en la que el sector permanecía, no logró ver nada. Negrísimo yacía todo el panorama en aquellas colonias de ese sector de Verona luego que las luces azules permanentes fueron desactivadas.

De pronto, Ariadna como cosa de advertencia sintió como si hubiera recibido la descarga de un rayo recorrer su espina dorsal. Los perros dejaron de ladrar, cesaron todos los ruidos de la calle y un frío inaudito envolvió la atmósfera. Se levantó y corrió hacia el otro extremo de la oscura calle como impulsada por un presentimiento. No veía a nadie, pero tenía la sensación de que estaba siendo observada.

Corrió por esa calle oscurísima sintiendo mucho miedo, temiendo lo peor. Estaba angustiada y trataba sin éxito de calmar su agitada mente.

Cuando llegó a lo que supuso que era el cruce de dos calles, es decir, una esquina, su presentimiento se materializó, y sintió que el mundo se le venía encima cuando repentinamente fue emboscada por el comando de Yuyin. La cazaron como si de un animal salvaje se tratase. Ariadna no se había dado cuenta que al estar entre la vida y la muerte se había activado su código, y con ello su cabeza destellaba como chispas de diamantes. En la luz no era percibida claramente esa condición, pero en la total oscuridad era evidente. Las finísimas hebras largas de hilos de diminutos diamantes salían de su cabeza.

Cuando la atrapó el comando de Yuyin por sorpresa, Ariadna quiso poner resistencia, pero la sometieron tocando un punto vital de su cabeza con un tipo de pinzas raras que le colocaron. Con esas pinzas pellizcándole el cerebro, no se pudo mover, quedó paralizada, y si se movía un milímetro, aumentaba ese dolor, que ya de por sí era inmenso en el interior de su cabeza.

Le colocaron un aparato semejante a una pinza puntiaguda directamente en el punto desde donde emanaban las chispas de diamantes en su cabeza. Ariadna no puso más resistencia a sus opresores al percatarse de sus malsanas intenciones y guardó silencio. "¡Jamás revelaré nada!", bramó furiosa, y les lanzó una mirada de advertencia. Estaba llena de cólera, como no lo había estado desde un tiempo ya olvidado. Sintió mucho coraje por el atrevimiento que tuvieron al tocarla y someterla de esa forma. Lloró de consternación. Se sintió impotente y le ardió la sangre al máximo.

Después de tal atrocidad, se la llevaron a un sitio donde los esperaban un par de individuos vestidos de doctores, era un espacio reducido, apenas una lucecilla alumbraba ese lugar. Cuando ese par vieron a Ariadna llegar, sin poder evitarlo dejaron escapar un exclamado gemido, entre sorpresa, espanto y admiración por lo que vieron en su cabeza; y abrieron semejantes ojos por el impacto que eso les causó.

Ariadna sitió ahí mismo que se le caía el mundo encima cuando esa gente se la llevó a un laboratorio para tratar de obtener información sobre los hilos con aquellos diminutos diamantes que emanaban de su cabeza.

Pasado un eterno rato, el comandante Yuyin se presentó al laboratorio con un destello maniático en sus ojos rasgados. Ariadna estaba inmovilizada, pero estaba completamente consciente de todo lo que sucedía, y más lúcida que nunca, eso último por el efecto que le produjo tremendo coraje que sintió al ser ultrajada y sometida como una rata de laboratorio.

Con el mínimo movimiento que Ariadna hacía, una oleada de finísimos cristales se escuchaba. Las diminutas cadenas de hilos de diamantes como campanas de cristales vibraban produciendo un bellísimo sonido con el mínimo movimiento de cabeza que ella intentaba hacer.

En ese momento de cólera, con esa gente invadiéndola, Ariadna estaba que echaba chispas de coraje al no poder moverse mientras se atrevían a husmear en su cabeza.

Por otro lado, Ariadna tenía el conocimiento que, nadie, absolutamente nadie podría obtener información del código de esos diamantes. Éstos estaban protegidos con el poder —la fuerza— de Concha de Búfalo. Aun si lograban desprender los diamantes que crecían en su cabeza por ser poseedora de un Concha de Búfalo, éstos se regenerarían y volverían a crecer. No podían obtener la información de sus registros porque estaban protegidos justo por las mismas hebras de diamantes, y por Concha de Búfalo.

Luego de haber sido ultrajada de esa forma, fue sometida por medio del dolor que le provocaba el metal de esa pinza pellizcándole un punto específico en su cabeza. Terrible fue la tortura que recibió Ariadna del comandante Yuyin por no acceder a darle información del código del Caminante, y de otros códigos secretos que le pedían revelar.

"Justino está pasándola mal, igual que yo, está sufriendo en las minas de turmalina sandía en el planeta Acuamarina. Me pregunto si nos volveremos a ver algún día", pensó Ariadna con tristeza al contemplar su mísero cuadro.

"¡Te vas a quedar aquí, y perecerás junto con nosotros, Ariadna!, a menos que cedas tu postura y nos otorgues el código del Caminante. Y nos hables del mecanismo de los diamantes serpenteantes que emanan de tu cabeza", exigió fríamente el comandante Yuyin, dando un azotón a la puerta tras de sí.

La tormenta de Ariadna se prolongó hasta la madrugada de otro día.

El comandante Miguel Ángel, era el nombre del bello soldado de ojos celestes, quien la ayudó recién entró en las colonias. Ese soldado, Miguel Ángel, estaba al tanto de Ariadna y le había llegado la información del punto de su ubicación, por lo tanto, tenía la obligación moral de ir a su recate.

Cuando la encontró, el soldado rompió en llanto. "¡Oh! ¿Pero qué te han hecho, criatura mía?", dijo consternado.

Qué cuadro habrá visto ese buen soldado —el comandante Miguel Ángel— como para que éste rompiera en llanto.

La tomó en sus brazos y la sacó de ahí.

"¡No he dicho nada! ¡No lograron obtener ninguna información de mí!", balbuceaba Ariadna con orgullo por su valor.

Atravesaron, ambos, los pasillos de ese complejo de notorias paredes revestidas de mármol blanco. La mirada de espanto de quienes los veían pasar era evidente. Nadie se atrevió a pronunciar palabra alguna ni a detener su paso. Todos ahí se quedaron quietos cuando la vieron, como si temieran que un movimiento suyo alterara la situación. Estaba claro que temían ser atacados por Ariadna, o por lo que vieron en ella.

Una vez afuera de ese complejo no se visualizaba luz en ninguna dirección; estaba completamente oscuro.

"¡Mantente aquí, Ariadna, mantente aquí!", susurró el soldado. "¡No te vayas a ir por favor, preciosa, mantente aquí!". Sonaron alarmantes las palabras de Miguel Ángel hablándole a una moribunda Ariadna quien yacía en estado de alarma.

Cuando Ariadna estaba entre los dos mundos —el de los vivos y el de los muertos— una de las características que tenía es que su sistema neurológico se desconectaba de su cuerpo físico, de alguna manera, y veía todo como un observador, pero ya no sentía dolor, ni físico, ni psicológico. Solamente era un observador de sí misma y de todo lo que le rodeaba.

"¡Pronto, por aquí!", se escuchó repentinamente una voz varonil en medio de la oscuridad. Ariadna sintió que alguien más la tomó de la mano. Se trataba de un joven, agente también, quien rápido los guío entre la oscuridad. Entraron por una pequeña puerta a ras de suelo, bien camuflada, en un paredón, en el otro extremo del ala del complejo recién abandonado.

Una vez ahí, Ariadna fue recostada gentilmente en una de las camas que había en ese sitio. Era una cámara semi-oscura, muy singular, estaba llena de personas dormidas en camas individuales, y una lámpara de aceite que ardía en medio de ellos alumbraba dicha cámara.

Ariadna estaba por vencerla el sueño, pero todavía estaba consciente, y de manera automática pensó al ver ese cuadro que no quería quedarse mucho tiempo ahí. Aunque reconocía la necesidad de desconectarse un rato para recuperase por medio del sueño, como solía ser, pero temió quedarse dormida de más, y que le ganara el tiempo que tenía para sacar a la nave del planeta en desgracia. Estaba inquieta, y tomando en cuenta su autonomía pensó que nadie podía forzarla a quedarse ahí. Tenía que seguir su peregrinaje con o sin ayuda, pero al final la venció el sueño. Aunque estuvo abriendo los ojos a cada rato porque no podía desconectase completamente, dada su preocupación.

Miguel Ángel la contemplaba sin chistar. Y Ariadna cada vez que abría los ojos lo primero que veía era la mirada dulcísima del soldado; éste estuvo en la cabecera de la cama al tanto de ella todo el tiempo mientras dormía.

Ariadna perdió la noción del tiempo mientras estuvo dormida en esa cámara con toda esa gente bajo los cuidados de Miguel Ángel. Y cuando despertó, luego de su letargo, se le iluminó el semblante; lo primero que vio fueron los ojos de Miguel Ángel quien no se había movido de su lado. Seguía el hombre con la misma postura, sentado en la cama, a la altura de su cabeza.

Todos los demás en ese cámara, a excepción de Ariadna y el soldado, seguían dormidos tranquilamente en sus camas, sin moverse, casi en calidad de momias.

La cálida mano de Miguel Ángel sostenía la mano de Ariadna para mantenerla tranquila. De pronto, Ariadna levantó la cabeza y miró en torno suyo con estupefacta mirada; se le paró el corazón de susto al estar en esa cámara con toda esa gente dormida en espera de algo. "¿Qué es esto?", preguntó recobrando el habla.

Miguel Ángel percibió el sobresalto que sintió Ariadna, y con prudencia trató de disipar el temor que la dejó muda de espanto. "Es gente hibernando, esperando por el Caminante SV200621", respondió el buen soldado con apaciguado tono.

Ariadna meditó un rato el escenario, y después de un reflexivo silencio, pensó en el riesgo que esa gente correría si el comandante Yuyin estuviera siguiendo sus pasos y la encontrara ahí, con esa gente indefensa bajo el sueño en esa cámara. Pensó en que Miguel Ángel fue muy valiente en sacarla del laboratorio. Pero no podía poner en riesgo a esa gente y resolvió en su interior irse. "¡Debo marcharme a terminar mi misión!", dijo tajante Ariadna a Miguel Ángel, porque fuera cual fuera el caso, Concha de Búfalo ya le había enviado el recordatorio de enfocarse en la misión, dejando fuera las cosas personales.

Recién en ese momento, y por alguna razón ajena a su conocimiento, Ariadna sintió súper extraña la conexión que tuvo con esa gente dormida en esa cámara.

Los lechos que ocupaba esa gente en esa cámara curiosamente estaban colocados todos en posición circular.

Cuando Ariadna se incorporó para levantarse del lecho que ocupó, una piedra de cristal del tamaño del puño de su mano brilló en el cabezal. Miguel ángel tomó la piedra en sus manos, y admiradísimo la contempló sin habla. Ariadna no le dio mucha importancia al tema y se dio prisa en marcharse. Consideró prudente limitarse a preguntar quiénes estaban hibernando en esa cámara repleta de camas, y cuánta gente era, y por qué.

"¡Ven, Ariadna!", dio Miguel Ángel. "Permíteme mostrarte algo, sé bien que debes de descansar y recuperar tu fuerza, pero es importante que veas esto antes de dejar este recinto".

Ariadna no chistó nada y se dejó guiar por el soldado, quien la introdujo por una cámara que conectaba a un pasillo. Contó Ariadna en ese pasillo veintidós puertas, y entraron en la puerta número trece. Observó que en el interior de esa cámara —número trece— solamente había camas, es decir no había personas hibernando, como en la primera donde estuvo previamente.

Las camas de esa cámara tenían puestos bellos cobertores de piel de animal. Ariadna fue observando detalladamente una a una de esas camas, y contó siete en total. Las pieles puestas a manera de cobertores en las camas eran: uno de vaca, en tono blanco y negro, otro de oso, de jaguar, de leopardo, de cebra, de tigre y bisonte. El salón no tenía mucha luz, pero había un fuego encendido y éste era suficiente para ver el interior. El sitio estaba muy fresco, tenía revestidas las paredes de piedra, y el poco mobiliario que había se componía de esas camas con cabeceras talladas de madera, y una escalera en una pared, colocada a manera de adorno con un par de pequeñas torres de juguete que hacían el papel de sostén. A un lado de la escalera estaba pintado un fresco en la pared, en cuyo arte destacaban infantes. Ariadna fijó sus ojos en la obra con mirada pensativa, y escudriñó detalladamente la escena pintada del fresco, descubriendo que en realidad aquello se trataba de un mapa.

Pasmada frente a ese cuadro, congratulándose dedujo que estaba frente a un mapa divinamente burilado en clave. Entonces hizo las conexiones correspondientes a ello, mientras sus ojos capturaban los códigos de dicho mapa.

La visión revelada en el fresco le pareció tan misteriosa que por un momento se sintió presa de una alucinación.

"¡Veintidós niños, acompañados de siete ancianos! ¡Veintidós puertas, siete camas revestidas con diferentes pieles!", expresó asombrada, abriendo tremendos ojos ante su descubrimiento.

Una vez encontrada la combinación en el fresco, dedujo que el punto final del mapa era un cometa fugaz en la estrella A, la ruta a la galaxia del Coral.

Después de un reflexivo silencio, frente a todo aquello, la mente de Ariadna voló entre el tiempo y la distancia. Recordó su paso por el planeta Platinum, acompañando a Justino y a su grupo, para encontrarse con su nave en el punto conocido como el Estandarte Neutral. "¿Acaso los niños que pasaron por Platinum y quienes dejaron allí los extraños juguetes de complejo mecanismo tienen algo que ver con esta cámara de gente hibernando?", se preguntó en estado de sobreexcitación, al notar ahí la presencia de los juguetes de los niños que pasaron en antaño por Platinum.

El fresco era un mapa en clave con las coordenadas de ubicación de la galaxia Coral, mismas que previamente ella descubrió en el mecanismo del juguete que ocultaron las damas del manantial —los guardianes— en su morral.

Era un hecho, había huellas de la presencia de aquellos 22 niños ahí.

Ariadna, se percató abruptamente luego de su descubrimiento, que estaba en la nave, el Caminante SV200621, dentro de una de sus cámaras ocultas.

Casualmente, estaba frente a frente con aquel caso misterioso de los niños que un día cruzaron por el planeta Platinum y dejaron 63 juguetes de extraño y complejo mecanismo allí. Ese complejo mecanismo de los juguetes, entre otras cosas, se componía de veintidós engranes que daban siete vueltas colocado en cierta posición.

Se sumergió en su mente con todo eso frente a ella, y recordó la información que le dieron los Grandes Señores de Platunum acerca de esos niños: "Veintidós niños, milenios atrás pasaron por Platinum para hacer conexión con los túneles que conectaban con la galaxia Coral, para buscar a sus antepasados. Esos niños comentaron que llevaban información vital con ellos, les custodiaban siete ancianos mudos".

Dada la naturaleza de Ariadna, registró el mecanismo de los juguetes desde el día en que el hombre del museo en Platinum se los mostró. No tenía duda de la conexión que había en ambos casos. Y le aguijoneó la cabeza la posible idea de que esos niños sabían de alguna manera que llegaría un Concha de Búfalo a la nave.

"No te dije nada antes, Ariadna, porque sabía que necesitabas dormir para recuperarte,", interrumpió el soldado. "Y porque no tengo autorización de hacerlo, de hecho, pero te puedo comentar que mi misión era que una vez que te identificara te guiara hasta el túnel, donde te dio acceso el guardián bonachón de barba gris, Ray Morales, encargado de custodiar esa entrada, para que tuvieras acceso a los registros de esa ala oculta de la nave", dijo, recobrando aire y lanzando un profundo suspiro.

"¿Qué quieres decir?", preguntó ella intrigada.

"¡Ya te esperábamos, Ariadna! Era menester que tuvieras acceso a esa ala de la nave. Como notaste, es complejo, porque una vez que tuviste contacto con lo que hayas visto ahí, se activaron los códigos de la gente que está aquí, en la cámara contigua, bajo el sueño por ahora", respondió Miguel Ángel agitado. "¡Es un tema vital! ¡Como podrás darte cuenta!", dijo con mucho tacto, temiendo defraudarla.

Ariadna con un ceño fruncido echó un vistazo en lo profundo de su memoria para acceder con todos los registros vividos desde su llegada al planeta Platinum.

"Es menester que sepas que, al activar esta nave, esta gente despertará del sueño, es decir, de su letargo", dijo Miguel Ángel, buscando una chispa de compasión en los ojos de Ariadna. "Esta cámara es el santuario de nuestros antepasados!", prosiguió, "reposan aquí hasta que la nave, el Caminante SV200621 sea activada. Así fue diseñado el plan, según los registros de los originarios Verunos", explicó el soldado con calma.

"¿Y cómo fue todo esto posible?", preguntó Ariadna quisquillosa.

"Porque fueron ellos quienes llegaron a poblar el planeta antes de que éste fuera golpeado por los bombardeos de meteoritos. Esta primera gente que se asentó desde los inicios le dio vida al planeta, y lo nombro Verona", respondió Miguel con potente timbre de voz "Trabajaron mucho para lograr obtener la carta patente y garantizar su autonomía como planeta libre y soberano", dijo con énfasis.

"Pero, Miguel Ángel, no me lo tomes a mal, pero no logro comprender la conexión de estos juguetes, y el mapa y toda esta gente", dijo Ariadna con exquisita prudencia, no debía revelar nada hasta no estar segura del terreno que estaba pisando.

"Según los registros que hay del linaje, ellos, esta gente ahora hibernando, ocultos aquí en esta cámara, deben continuar su viaje con ruta a la galaxia Coral; y asimismo encontrar allá el planeta Coral, si éste aún existe, o en el peor de los casos buscar un nuevo planeta que se ajuste a sus necesidades de vida, como en su momento lo fue Verona; pero su destino es la galaxia del Coral", dijo el soldado con la esperanza puesta en el corazón. "Es menester encontrar otro planeta habitable para que esta gente pueda continuar su linaje; ¡es menester qué esta gente siga existiendo!", recalcó el soldado Miguel Ángel con fuerza.

El comandante Miguel Ángel y los suyos, pertenecían a un grupo de gente de un linaje puro, súper inteligente y a la vez complejo. Estaban mezclados con otras razas en diferentes puntos del cosmos, pero, ocultos a los ojos ajenos por seguridad y protección a su linaje. Se decía de ellos, aunque no se tenía la certeza, que eran descendientes de los auténticos líderes de Verona, aquellos que yacían hibernando, y quienes crearon la nave-planeta, el Caminante SV2000621, y las ciudades subterráneas de Verona. Tenía esa extraordinaria gente la capacidad de recrease, y sus registros no se perdían al poseer estos personajes un tipo de organismo inteligente y complejo. Eran muy nobles, de pensamiento creativo y limpio.

"No tengo la fuerza suficiente todavía para entrar a los registros de la nave y acceder al código para tomar el control completo y ponerla a andar", dijo Ariadna, tallándose sus despellejados ojos y sintiendo pesadez en todo el cuerpo, eso último supuso que era debido a tantos sustos y cansancio acumulado.

"No te desgastes ahora pensando en ello, querida Ariadna, debes dormir ahora tú también para recuperar tu fuerza. Ya luego planearemos cómo acercarnos al corazón de la nave. Porque no quiero sonar antipático, pero por todos lados hay gente del comandante Yuyin", dijo Miguel Ángel. "Como ya lo habrás notado, Ariadna, Yuyin está enfermo de odio; formaba parte del consejo de Verona, junto a los líderes principales actuales, hasta que fue desterrado y enviado a la isla de los prisioneros cuando se descubrió que estaba fincando una conspiración, porque quería el poder de la nave para sí mismo", contó con tristeza el soldado.

"¿Cómo pudo lograr tanto? Tiene prácticamente tomadas las colonias en ambos sectores. La gente está literalmente en sus manos, le siguen sin chistar", replicó Ariadna meditando los hechos.

"Bueno, Ariadna, te informo que Yuyin ha tenido el control del Sector Cobre y parte del Sector Azul desde que escapó de la isla, gracias a que la gran mayoría del ejército de Verona estuvieron con él en dicha conspiración. Y más aún, Yuyin formaba parte de la comunidad científica también, y fue uno de los más destacados científicos del planeta. Pero, sabes algo, Ariadna", dijo melancólico. "Sobre todas las cosas, Yuyin supo manipular a esos sectores, los cuales han estado en desgracia porque fueron abandonados desde tiempos remotos. La gente del sector más desgraciado por lo tanto no se siente parte de los descendientes de Verona, al no tener ellos las ventajas que tienen los del Sector Zafiro. Y todo este lío ocasionó la rebelión de esas masas, quienes de alguna manera han estado inconformes con la actual Verona", contó Miguel Ángel.

"Menuda tarea tiene que hacer este pueblo entonces para salir adelante si se logra sacar la nave con éxito", se limitó Ariadna decir solamente eso. No estaba ella ahí para juzgar a nadie, sino para rescatar una nave-planeta con cuánta gente a bordo fuera posible.

La revuelta en Verona con el comandante Yuyin tenía ya bastante tiempo. Le cerraron el acceso al corazón de la nave, al complejo de ciencia, y por supuesto al Sector Zafiro en general. Pero ello no detuvo a Yuyin, quien pronto fincó su guarida en un punto que protegió de la vista ajena gracias a sus conocimientos en esos temas. Supo abrir un canal súper cercano al punto donde estaba la nave, y desde ese complejo lleno de computadoras operaban él y sus gentes.

A Ariadna no le había ido nada bien en ese complejo de Yuyin, donde fue sometida a tortura en el laboratorio por él y sus científicos desalmados.

"Bueno, Ariadna, hay esperanzas de salir de esta después de todo, porque una vez que llegues a la cámara principal, que es el corazón de esta nave, estaremos todos a salvo", dijo animado el soldado.

"¡Qué así sea!", respondió ella entusiasta.

"En los alrededores de esa sección comandos de buenos ciudadanos han estado trabajando arduamente en la recolección de la gente. Y gracias a ello muchos han logrado llegar a las colonias que tiene la nave". dijo el comandante Miguel Ángel con tono optimista.

"Me da gusto saber que ya hay un número significante de personas listas para partir, pero me entristece saber que se quedará aquí mucha gente", dijo Ariadna lo último con un nudo en la garganta.

"Lamentablemente, ha sido muy difícil trabajan en ello, Ariadna, dado que Yuyin prefiere hacer estallar la nave antes que cederla, condenando con ello a los suyos, quienes ven por sus ojos", dijo furioso el bueno de Miguel Ángel.

"Hay varias alas, niveles y cámaras de la nave que están ya siendo ocupadas por personas preparadas para partir; y todos esperan el momento indicado ansiosamente. Afortunadamente, como te dije, Ariadna, hemos podido juntar a mucha gente. Pero en los puntos donde el comandante Yuyin opera ha sido casi imposible, dado que esa gente de alguna manera ha sido, y está manipulada por Yuyin, y no podemos hacer nada al respecto", con notabilísima molestia repitió Miguel Ángel.

"Sé muy bien que no puedes decirme muchas cosas, dada tu posición, y porque sé lo qué significa el código del silencio, Miguel Ángel", dijo Ariadna con mucho tacto. "Pero es menester que tenga yo información sobre lo que significa todo esto. Te recuerdo que yo entré aquí por una misión, y esta misión es lograr acceder a los códigos de la nave y sacar a cuanta gente sea posible de aquí. Mi misión termina al entregar esta máquina a los líderes principales del planeta, quienes me contactaron para tal efecto", dijo Ariadna con solemne autoridad.

"Esta cámara es vital para el pueblo de Verona", respondió Miguel Ángel. "Aquí descansan los miembros originales, los creadores de Verona. Ellos han sido resguardados aquí porque tienen en sus códigos todos los registros del pueblo de Verona. Y, ciertamente, tú lo has dicho bien, Ariadna, yo no tengo autorizado hablar de ello. Pero te puedo informar que esta gente dormida aquí, ahora, una vez que la nave sea activada para salir del planeta se despertará de su letargo. Es parte del programa que planearon sus diseñadores, los creadores de esta nave", explicó Miguel Ángel.

"¿Por qué no me informaron tan vital situación los líderes que me contactaron?", preguntó Ariadna con notable tono dudoso.

"El acceso a esta cámara solo la conocen los guardianes que custodian a esta gente. ¡Yo soy uno de ellos!", respondió Miguel tajante, a las claras se notaba que no podía hablar de más sobre el tema. "Por instrucciones que dejaron, se dio la tarea de traer a este recinto a la gente que dio vida a Verona", prosiguió. "Y cómo te dije, en el momento indicado, ellos se levantarán de su letargo. Muy pocas personas saben del caso, ya que se mantuvo siempre bajo un estricto silencio", continuó informando. "Lo manejó un ala de la ciencia, pero bajo la estricta vigilancia de los guardianes que han estado custodiando el área desde entonces. Se ha mantenido en secreto para proteger a sus creadores, y de esa forma asegurar su descanso, hasta llegado el momento indicado", dijo lo último preocupado.

Después del extenso diálogo donde Ariadna fue puesta al tanto de lo ocurrido en Verona, Miguel Ángel adoptó la resolución de llevarla a una isla, la misma isla que en antaño sirvió de prisión —el comandante Yuyin escapó de ahí en el pasado. La llevó para ocultarla, porque era menester que recuperara un poco de fuerza la pobre Ariadna, quien a esas alturas de la misión parecía ser más un zombi que una persona. Pasó unos días bajo los cuidados del comandante Miguel Ángel en aquella isla. Durmió mucho y logró estabilizar sus niveles. Y aunque no estaba recuperada aún, se sentía mucho mejor.

Días después, llegaron de manera abrupta a la isla parte del comando que lideraba Miguel Ángel para comunicar que habían tenido bastantes bajas en un enfrentamiento con el comandante Yuyin y sus grupos, quienes estaban como enloquecidos dando muerte masiva a la población. Informaron también que parte del equipo de los científicos de Yuyin, los mismos que participaron en la tortura de Ariadna, habían sido encontrados sin vida cercanos a un ala principal de la nave. De Yuyin no se tenían noticias.

Debido al acontecimiento que sufrió el cuerpo celeste que servía de escudo en ese vecindario estelar, el planeta sufrió las consecuencias desde los primeros bombardeos, y las ciudades subterráneas de Verona fueron construidas como refugio durante esa primera lluvias de meteoritos. Los líderes que antaño gobernaban al planeta en aquel entonces fueron queridos y muy respetados por su pueblo por al trabajo tan pulcro que llevaron a cabo, y su desempeño como tal. Fueron aquellos mismos líderes quienes sabiamente idearon la construcción de la nave, el Caminante SV200621, para proteger a su pueblo en caso de una emergencia, tal como estaba ocurriendo en Verona.

La nave, el caminante SV200621, estaba diseñada para soportar a la población de Verona de la actual era. Aquellos sabios líderes de antaño previeron el crecimiento de la población a escala. La nave fue diseñada para tal capacidad. La perfección de semejante proyecto sería la clave para lograr sobrevivir y permitir que su linaje continuara poblando el cosmos. La nave poseía una tecnología digna de admirar.

En aquellos tiempos pasaderos, los habitantes de Verona habían logrado la prosperidad y habían hecho mucho progreso, gracias a que tenían en aquel entonces una constitución que les garantizaba el bienestar por igual. Y fue así, que bajo esas leyes que imperaron en antaño en Verona, que el pueblo logró hacer mucha prosperidad en aquellos tiempos buenos, como su gente solía llamar a ese período de progreso en Verona. La construcción de la nave, el Caminante SV200621, se llevó a cabo dentro de los primeros túneles. Esos mismos túneles también sirvieron como base y refugio durante aquellos primeros bombardeos que comenzó a sufrir el planeta. Todo ese terrible dilema ocurrió cuando el gigante cuerpo celeste que le daba estabilidad a Verona y al vecindario estelar comenzó a perder fuerza.

Verona fue uno de los planetas más afectados a causa de ese fenómeno natural registrado en el cosmos de antaño.

Los científicos en base a sus cálculos consideraron la situación del planeta de vital importancia. Poco a poco iría en aumento la lluvia de meteoritos sobre Verona. Entonces, los científicos alarmados calcularon el tiempo que podría el planeta soportar hasta llegada la gran explosión, la cual se esperaba tuviera lugar en un futuro próximo no muy lejano, dado que el gigante cuerpo celeste, quien jugaba el importantísimo papel de escudo para ese vecindario estelar, estaba sufriendo la inevitable transformación que todo cuerpo celeste debe de afrontar llegado su tiempo.

Concluyeron optimistas los científicos que podían vivir en colonias subterráneas para protegerse durante el periodo de bombardeo, y que desde los túneles comenzarían a trabajar en la obra hasta terminar la nave.

Estaban convencidos que la nave bien planeada en su edificación le permitiría a la gente del planeta mantener su autonomía cuando fuera el tiempo llegado.

En su construcción, bajo observación súper minuciosa, trabajaron arduamente todos los hombres de ciencia, ingenieros, mecánicos, físicos, etc. Todos los genios de Verona se dieron cita en el proyecto durante siglos, hasta aquel día, cuando el trabajo desempeñado con tanta esperanza vio la luz. La nave, el Caminante SV200621, estaba exitosamente edificada y lista para desempeñar su lugar como segundo planeta para el pueblo de Verona.

En aquellos tiempos también se comenzaron a construir las colonias subterráneas. Fueron tiempos de mucho aprendizaje para la población. Ese periodo fue de vital importancia para el desarrollo del pueblo. Crecieron sus avances científicos y tecnológicos a una velocidad increíble en el último par de siglos.

La edificación de la nave fue todo un éxito, aquel día quedó inscrito en los registros del cosmos el nacimiento de un pulidísimo trabajo realizado.

Una vez terminada la nave la población de Verona comenzó a sentirse más cómoda. Habían decidido quedarse en el planeta hasta que éste les permitiera su estancia ahí. Habían ya edificado una red de conexiones súper segura en las colonias subterráneas bien urbanizadas.

Todo ese desarrollo ganado en ese periodo les había otorgado importantísimos conocimientos. Y ello trajo un enorme crecimiento para el pueblo, quienes a pesar de lo que estaba ocurriendo en Verona, no dejaban ir la esperanza de que el planeta soportara los golpes de las piedras. Amaban a su planeta como buenos ciudadanos de Verona, y deseaban poder quedarse en el, y seguir con sus planes de avance y desarrollo que hasta ese momento seguían fincando arduamente. El hecho de tener lista la nave para su protección y garantizar su sobrevivencia dio mucha paz al pueblo de Verona. Y fue en ese período justamente cuando comenzaron a desempeñarse en la mejora de las colonias.

Luego de una pausa que el gigante planeta amenazante dio, cesaron los bombardeos por un período de tiempo, y todo el pueblo de Verona comenzó a gozar de una buena vida, de la cosecha de los frutos del progreso. En dicho periodo no había pobres, porque había suficiente reserva de comida, y una organización bien transparente garantizaba el buen manejo de esa vital empresa. Ese desarrollo le permitió al pueblo de Verona también gozar de la ciencia y el arte. Había en Verona muy buenos atletas, filósofos, poetas, escritores, músicos, pintores, y artistas en general. La población gozaba de las luces del conocimiento. Y el planeta logró alcanzar un alto grado de adelanto.

Cuando comenzó el actual ataque mortal de meteoritos, ya era ese el tercer período de bombardeo desde que comenzara en sus inicios ese fenómeno. Ese tercer periodo era más severo que los dos periodos anteriores. Sin lugar a duda, Verona estaba por llegar a su fin tal como lo calcularon los científicos de antaño.

Entonces, llegado ese límite, fue que los lideres principales que gobernaban a la actual Verona quisieron activar la nave, el

Caminante SV200621, pero fue en vano. La nave había activado por seguridad el código de perfección –un código secreto– que se iba pasando oralmente, líder tras líder, si éstos fuesen los verdaderos herederos al trono de Verona.

Lamentablemente, en algún punto de su historia hubo fraude en sus elecciones y se perdió el código de perfección.

A ese terrible dilema, solamente tuvieron acceso los más cercanos a la maraña, y por supuesto nadie sospechó nada de lo que había ocurrido con la nave, porque estuvo oculta esa información, hasta el momento en que el planeta estaba siendo bombardeado por tercera vez por esa lluvia de piedras, y era ya menester echar en marcha al Caminante SV200621.

Entonces, lo que ocurrió fue que los actuales líderes, los cabecillas usurpadores, trazaron un plan para recuperar la nave al no poder ellos acceder a dicho código, porque ese código, llamado código de perfección, se había perdido desde antaño, cuando se dio en Verona el primer fraude electoral y los lideres perdieron su legitimidad moral.

Los actuales líderes de Verona y un gran porcentaje de gente del grupo empresarial emprendieron su escape como parte de su plan. No pudieron llevarse mucho, pero en sus pequeñas naves se llevaron lo más valioso que pudieron, la carta patente que garantizaba la autonomía del planeta-nave, el Caminante SV200621. Quisieron llevarse los registros y avances del planeta, pero no pudieron porque esa información quedaba solamente registrada en la nave, en los códigos del Caminante SV200621, y en los registros de los Verunos de origen puro, quienes yacían dormidos en una de las cámaras bien custodiada por el comando llamado La Unión. El comandante Miguel Ángel estaba al frente de ese comando.

Esa peculiar gente dormida en una cámara especial de la nave se levantaría de su letargo cuando la nave fuera activada, como lo habían planeado por ellos mismos desde el inicio.

Los actuales cabecillas usurpadores entonces astutamente se fueron a las estaciones espaciales que mantenían en órbita en otros cuerpos celestes; y desde esos otros puntos planearon el contacto con un Concha de Búfalo, para que éste hiciera el trabajo de acceder a los códigos de la nave para activarla. Y para dicha delicada operación, tuvieron que contactar los servicios de Los Piratas del Cosmos con el fin de buscar la manera de acceder a la nave y sacarla de Verona.

Esos grupos, conocidos como los Piratas del Cosmos, eran famosísimos porque tendían a viajar por el vasto cosmos sin un lugar fijo que les atara. Solían hacer negocios raros, de espionaje, o de origen dudoso. También manejaban bancos y daban prestamos financieros; y poseían una de las flotas de transporte más grande en el cosmos. Eran súper hábiles haciendo triangulaciones en temas de negocios. Esos grupos de piratas cobraban caro los servicios de índole de espionaje que manejaban, dado la red de contactos que esos personajes habían adquirido durante su existir. Por ello mismo, su trabajo era una garantía. En algunos puntos del cosmos era un buen negocio tratar con dichos personajes.

Los piratas tenían muchísimo conocimiento del cosmos, y conocían a mucha gente. Tenían una tecnología bastante avanzada. Sus naves eran enormes moles de metal bien diseñadas con una buena combinación de aleaciones; se dividían éstas en múltiples formas. Eran comandadas como escudos de protección una parte de esas naves para con la madre de estas, es decir la nave principal, conocida como el Corazón Pirata.

Esos grupos de personajes navegaban en todo el cosmos. Ellos sabían de la existencia del joven Justino y su espera por el guía que le abriría el paso al primer túnel para lograr reunirse con su gente, los de la nave, el Pescador 14, quienes esperaban por él y su grupo en el Estandarte Neutral. Sabían también que Justino y su grupo habían logrado el acceso a dicho túnel. Toda esa información la obtuvieron los líderes de

Verona de parte de los Piratas del Cosmos. Y fue así la manera como esos cabecillas contactaron con Ariadna y Concha de Búfalo.

Por otro lado, los agentes en cubierto que estaban operando en Verona sabían de la llegada de Ariadna al planeta. Eran éstos un grupo de soldados que formaban una organización secreta infiltrada en los tres sectores. La Unión, era el nombre de dicha organización secreta de agentes en cubierto, y uno de los agentes principales de esa organización era el soldado de ojos celestes, de nombre Miguel Ángel, el mismo que guío a Ariadna para que ella tuviera acceso a el ala de los túneles oculta en la nave, cuando recién entró a las colonias subterráneas de Verona para echar a andar la nave. Esos agentes en cubierto tenían conocimiento de lo que se había estado gestando con respecto a dicha nave. Sabían que los cabecillas principales de Verona tratarían de alguna manera de encontrar a un Concha de Búfalo para sacar la nave del planeta. Y sabían también cómo reaccionaba un Concha de Búfalo cuando se acudía a él pidiendo socorro. Esperaban por lo tanto la llegada de Ariadna a Verona. Y, por otro lado, pero a manera ultrasecreta, sabían de cierto código que activaría los cristales de la gente hibernando en la cámara oculta llegado su momento.

Nadie sabía con certeza quién comandaba la cabeza de esa organización secreta de soldados. Nadie sabía con exactitud para quién trabajaban. Todo indicaba que era una red de espionaje con intención de capitular y recapitular todo lo relacionado a Verona.

El comandante Miguel Ángel luego de haber rescatado a Ariadna de las manos del comandante Yuyin y sus científicos desalmados, y de haberla ayudado para su pronta recuperación, le dijo a Ariadna que le tenía preparada una sorpresa aquella tarde.

Ariadna se entusiasmó tantísimo que apenas y pudo dormir aquella noche.

Miguel Ángel, el bello soldado –agente– de ojos celestes que tanto le gustaba a Ariadna la había invitado a su refugio.

"¡Estás lindísima, Ariadna!", dijo Miguel Ángel cuando la recogió en una máquina roja. "¡Te quedan excelente las flores de tu vestido!", dijo con dulzura, misma que fascinó a Ariadna desde que lo conoció.

Ariadna se enrojeció un poco por el coqueteo abierto que mostró Miguel Ángel aquel día; pero le agradó muchísimo que él se mostrara así.

La cabaña que ocupaba el soldado en ese punto de la nave era pequeña pero muy cálida. Tenía solamente lo básico. Y olía a pan, y a café de grano recién molido.

"¡Todo está listo para pasar un inolvidable fin de semana en las montañas!", dijo Miguel Ángel sonriente, mientras servía una taza del aromático café que aguardaba en la estufa encendida con leña. Luego el soldado sacó el pan del horno y cortó un par de rebanada que untó con miel mientras tarareaba una melodía. Después envolvió amorosamente la espalda de Ariadna con un pedazo de lana para cubrirla del frío, y la invitó a sentarse con él, a un lado de la chimenea, en un viejo sofá de tela cuadrada.

Ariadna olvidó por un rato los mundos y sus problemas. Necesitaba descansar para recuperar fuerzas, así que optó por relajarse en aquella cálida atmósfera que el bello soldado previamente había arreglado para ella.

Tomaron café de grano recién molido y comieron pan con miel aquella fresca mañana, ambos, cobijados por el fuego que ardía en la chimenea y el aroma de cedro rojo que perfumaba delicadamente aquel sitio. Todo el conjunto hizo muy grata la estancia en aquellas montañas creadas a la perfección en un ala de la nave subterránea.

No cabía de gusto la dulce Ariadna con la noticia aquel último día en la cabaña del soldado, estaba súper exaltada con la sorpresa que Miguel Ángel le había preparado. Le enseñaría a preparar la mejor cerveza artesanal IPA inglesa.

Paso a paso como un buen estudiante Ariadna observó y siguió las indicaciones de acuerdo con el método personal que él bello soldado tenía para su elaboración. Cuatro tipos de grano molió en un molino rustico según las indicaciones. Se llevó a cabo el proceso en estufa al aire libre, y al final se guardó el contenido en un sótano para que la fermentación finalizara su función. Todo el día estuvieron ambos trabajando en la elaboración de la cerveza. Bebieron, bailaron y comieron; y se divirtieron en la elaboración de su cerveza, a la que el comandante Miguel Ángel llamó: "Ángel 22".

LA EVACUACIÓN DE VERONA

La red de túneles que circundaban al Caminante estaba diseñada justo para abordarlo desde los cuatro puntos cardinales. Y una vez que se activó la alerta por el tercer bombardeo de meteoritos, la nave activó su campo de protección, a manera que quedó protegida cerrando sus cámaras principales, quedando estas completamente selladas.

La gente del Sector Zafiro por sí misma comenzó a llegar al punto donde estaba la nave desde que comenzó el ataque de esa tercera ola de meteoritos. Por otro lado, la gente del Sector Cobre y del Sector Azul, fueron recolectados y organizados por el Comando de La Unión, que lideraba Miguel Ángel. No fue fácil esa tarea, porque el comandante Yuyin tenía el control casi total en ese par de sectores. Por lo tanto, no fue fácil sacar a la gente de esos sectores sin ser vistos por los comandos de Yuyin.

Afortunadamente, una multitud considerada de personas logró concentrarse en las distintas ciudades y colonias circundantes a la nave. Estaban todas esas personas hechas un manojo de nervios; de alguna manera también sintieron miedo abordar la nave y decirle para siempre adiós a su hogar, a su planeta. Y, por otro lado, se sintieron bendecidos de poder continuar sus vidas en otro espacio.

Se supo luego que el comandante Yuyin y parte de su gente abandonaron el planeta en sus pequeñas naves, pero no se supo si lograron salir con vida de Verona.

El planeta no tardaría mucho en despedazarse literalmente. La nave, el Caminante SV200621, tenía que partir inmediatamente, o perecer.

El juguete de extraño y complejo mecanismo que los guardianes del ala oculta de la nave le dieron a Ariadna, estaba compuesto por veintidós engranes, y tenía burilado en dorado los números 7 y 3. Ariadna con asombro descubrió, que, el cuadrado de tres multiplicado por siete era el número exacto de los juguetes que los niños dejaron en Platinum. Y, descubrió casi por intuición, que girando esos engranes siete veces, y colocando el juguete a manera de llave en las cámaras principales de la nave —selladas éstas desde que comenzó el último bombardeo —era la clave para abrir esas cámaras. Una vez el logro, Ariadna tuvo acceso al corazón de la nave, el Caminante SV200621; y sin perder un segundo más de tiempo colocó la palma de su mano en los registros, entonces se activó la nave al reconocer el código de perfección.

'¡Qué grata esperanza!', exclamaba con júbilo la gente. '¡Qué alivio, qué agradecimiento a quiénes se preocuparon por nosotros!', se escuchaba decir a la multitud presente.

Tercera Parte

Capítulo 15 La Peregrinación

De acuerdo con el significado de la lealtad y de la palabra dada, Ariadna estaba entregando la nave, el Caminante SV200621 a los líderes principales del planeta Verona. Dicho planeta estaba padeciendo tremendamente a causa de serios bombardeos, causados por qué   el cuerpo celeste que le daba estabilidad a ese vecindario galáctico estaba perdiendo fuerza. Tal fenómeno natural ocasionó la lluvia de meteoritos que estaba destruyendo al planeta.

La nave llevaba las suficientes reservas para que toda la gente rescatada del planeta pudiera vivir dignamente hasta acondicionar un nuevo planeta. O regresar al mismo, una vez que éste se hubiese regenerado si no hubiese sido mucho el daña sufrido por tal evento. De cualquier forma, no sería ya seguro habitarlo, por lo menos por un largo tiempo. Muchísimas generaciones debían de pasar antes de ser posible cualquier intento de esa naturaleza.

Afortunadamente, Ariadna con la ayuda de Concha de Búfalo logró poner a salvo a muchísimos de los habitantes del planeta Verona en aquella trágica misión. Pero lamentablemente, por la mente enferma de Yuyin y sus comandos no pudieron salvar a todos; y porque que no hubo la coordinación ni el tiempo suficiente y la nave debía de partir en el momento preciso.

"¡Les hago entrega de la nave, el Caminante SV200621!", dijo Ariadna con solemnidad en sus palabras. "Esta nave me impresionó muchísimo, porque trae reservas suficientes para todos los que están a bordo", comentó entusiasta Ariadna a los líderes de Verona –eran estos dos centenares de personas aproximadamente.

Los líderes de Verona estaban sentados en distintos niveles dentro de la cámara principal de la nave, el Caminante SV200621 cuando Ariadna les hizo entrega de dicha nave. En el lado derecho, que era el lugar más alto en ese punto de la cámara, estaban sentados el mayor número de esos dirigentes. Los tronos que ocupaban dichos dirigentes estaban acomodados en forma diagonal, y tenían vista a otra cámara, esa otra cámara tenía las paredes de cristal.

Ariadna y el equipo de rescate –parte del comando La Unión– que participó con ella estaban cercanos a la cámara de cristal, del lado izquierdo del punto donde estaban los líderes.

Inesperadamente se produjo un gran movimiento, y aquellos lideres comenzaron a hablar entre ellos ignorando a Ariadna por completo.

"¿Qué está pasando?", preguntó Ariadna al ver que la gente recién despierta de su letargo junto a las demás personas rescatadas del planeta Verona estaban siendo llevadas a esa cámara de cristal. Estaban siendo seleccionadas por ese grupo de dirigentes infamemente, como si de ganado se tratase.

Observó furiosísima que esos líderes tenían una lista ya preparada en sus manos, y en base a esa lista era su selección.

Todo estaba planeado por esas mentes siniestras.

Se estaba llevando a cabo un acto de traición de la más baja moral para con la población de Verona, quien estaba literalmente siendo despojado de su herencia ancestral. Eran ellos, los diseñadores de la nave y sus descendientes tan dueños de la nave, el Caminante SV200621 como lo eran los líderes y sus seleccionados.

Se sintió Ariadna indignada ante tal escena, tenía amarga la boca. "¡Teníamos un trato, no pueden hacer esto con esta gente!", dijo con tono rabioso. "¿Cómo es qué no se les va a permitir ser parte de esta nave? ¡Cuándo todos gozaron por igual del mismo derecho de ser rescatados del planeta en destrucción!", alegó una y otra vez indignada. "Yo misma rescaté a todos los sobrevivientes, a los que por fortuna no mató la lluvia de meteoritos, o la mente enferma del comandante Yuyin y lograron abordar la nave a tiempo", gritó furiosa.

"¡Tenemos nuestras razones para seleccionar a la gente que será parte de esta nave!", dijo con tono altanero una de las líderes a Ariadna.

"De acuerdo con el código que rigen, en estos casos, los Planetas Unidos del Cosmos, rescaté a toda la gente que pude sin seleccionar a nadie, y sin tener preferencia por castas o estatus", dijo Ariadna, lanzando un tono de advertencia. "¡Dicho código, respeta los derechos por igual, y estos derechos garantizan y sostienen el progreso de los mundos en el cosmos!", hizo énfasis en tan sublimes ideales.

"Y ahora ustedes, aquí", dijo indignada, no dando crédito a semejante atrocidad, "frente a mí y frente a los representantes enviados de los planetas que integran a los Planetas Unidos del Cosmos (PUC) en este vecindario estelar, pretenden llevar a cabo las firmas correspondientes con la carta patente que tienen arbitrariamente en su poder. Pretenden expulsar a la gente originaria de Verona. Quieren continuar siendo el pueblo autónomo de Verona, libre y soberano, aún ya sin poder habitar el planeta, pero con la garantía que representa tener un planeta-nave, como lo es el Caminante 200621. Pero están echando fuera a gran parte de su población", dijo con marcado tono descompuesto ante tal injusticia. "¡Están echando fuera a quienes hicieron posible la vida en esta nave!", gritó alterada. "¡Por todos los cielos, señores, recapaciten ante tal injusticia!, ¡cómo se atreven a tal descaro!", arremetió contra ellos. "¡Esta nave les pertenece a ellos también!", insistió.

Poco le valió a Ariadna el desgaste mental y verbal que sostuvo con aquellos necios, enajenados por el poder, corrompidos por la ambición.

No pudo evitar que se le escaparan las lágrimas que rodaron por sus mejillas que le ardían al mil de cólera ante tal injusticia; y como si le hubieran extraído del cuerpo toda el alma, su tristeza creció a un nivel superior al contemplar la expresión en el rostro de esa gente. A esos pobres individuos, se les estaba negando la estancia y su derecho de seguir siendo libres y autónomos. Les estaban quitando sus derechos al no reconocerlos más como pueblo de Verona. Y al no tener esos desdichados ni planeta ni nave, serían lanzados al Valle de la Muerte, al olvido, arrancándoles la esperanza a un mañana.

Ninguno de los representantes enviados por los planetas que representaban a PUC en aquel lejano lugar del cosmos dijo nada ante el golpe de traición al pueblo de Verona que se estaba fincando en aquel momento tan grave para el progreso de los pueblos que conformaban el cosmos.

Algunos de esos representantes enviados, observaban a Ariadna como sintiendo pena por ella, dado el dolor que su rostro descompuesto delataba. Otros de esos representantes parecían sentir vergüenza de sí mismos, y bajaban la mirada al suelo, pero, aun así, nadie de ellos reclamó ni dijo nada. Pidió Ariadna entonces que por lo menos se respetara el derecho de hablar con esos condenados. Y alegó por largo rato con aquellos ingratos líderes y con los representantes de los Planetas Unidos del Cosmos de ese vecindario, éstos últimos, por cierto, supuso Ariadna después de ver esa escena, que estaban probablemente metidos en esa maraña, o de otra manera eran usurpadores.

Hablar con el comandante Miguel Ángel demandó Ariadna con autoridad entonces, recordándose así misma que era la hija del rey Mat.

No le negaron dicha petición. Después de todo les había ya entregado la nave de Verona.

Por otro lado, tremenda responsabilidad estaba por cargarse Ariadna a los hombros con dicha petición.

"¡Es la voluntad del comandante Miguel Ángel!", dijo uno de esos cabecillas. "¡Decidió por voluntad propia irse con su gente!", lanzó el comentario con marcadísimo tono burlón. "¡Quiere sufrir la misma suerte que ellos!".

Ariadna sintió que el mundo se le vino encima al escuchar ese comentario punzante.

Luego de un rato eterno, accedieron aquellos cabecillas a que Ariadna ingresara a la cámara de cristal a hablar con el comandante Miguel Ángel, líder de ese pueblo condenado. Ella ya sabía de antemano que ninguna suplica detendría al comandante Miguel Ángel de quedarse al margen de su pueblo. Él estaría hasta el final, aún si ese final anunciara su muerte.

"¡Grandes mentes y buenos corazones fueron llevados a la hoguera en tiempos de oscuridad en el arcaico planeta Tierra!", exclamó Ariadna con una chispa de rabia en los ojos, y se lamentó profundamente por eso, por lo que el soldado representaba ante sus ojos. Ella veía en ese hombre cualidades elevadísimas, como persona y como el filósofo pensador que era; además, era también un gran científico. Dio ese hombre todo lo mejor de sí; qué más podría haber hecho el bueno de Miguel Ángel ante esa corrupta y ventajosa sociedad.

Era claro que había caído el planeta en manos corruptas desde un tiempo ya inmemorable. Miguel Ángel por lo tanto no era responsable de lo ocurrido; y el hecho de que los actuales líderes no tuvieron el código para acceder a los controles de la nave era la prueba irrefutable de dicha corrupción. Por ello necesitaron de Ariadna y Concha de Búfalo para activar la nave.

Lamentablemente, esos desdichados estarían pagando caro por ese mal sistema fincado en el último periodo de Verona, el cual permitió que solamente sus dirigentes tuvieran el control completo del planeta, y por supuesto eso incluía a la nave. Por lo tanto, esa gente entonces estaba ya sin planeta y sin su nave, el Caminante SV200621 la cual irónicamente fue diseñada justo para proteger y dar cobijo a sus integrantes en el momento que fuese necesario.

Luego de la discusión a puerta cerrada que mantuvieron aquellos cabecillas se dio la orden para permitirle a Ariadna el acceso a la cámara de cristal. Lo consideraron a bien así, dado que también ellos tenían sus límites.

Los comandantes supremos del grupo La Unión, al igual que el comandante líder de esa organización, Miguel Ángel, quienes estaban condenados a muerte por voluntad propia, ya habían previamente demandado hablar directamente con Ariadna. Al tratarse de alguien quien poseía a un Concha de Búfalo el demandado, era demasiado desafiante negar ese derecho, porque podría activarse Concha de Búfalo en cualquier momento ante ello. Porque no era fácil negar una petición de esa naturaleza, eran inocentes condenados a muerte. Y porque un Concha de Búfalo, aún en los mundos lejanos y primitivos, era de mucho peso en los cuatro puntos cardinales de los mundos que poblaban el cosmos; y, aquellos dirigentes temieron sobre ello.

No tomarían ese riesgo, no dentro de la nave que tanto ambicionaban.

Una vez autorizado el acceso Ariadna entró a la cámara de cristal. Ahí, recién despiertos de su letargo, estaban todos los miembros que estuvieron hibernando.

Los condenados al destierro, una vez verla, le sonrieron con mucha dulzura. No parecían sus rostros reflejar ni una pizca de miedo o dolor, sino más bien reflejaban sus rostros chispeantes muchísimo amor, gratitud y paz. Y con ese dulce gesto la miraban como los niños suelen mirar a su madre.

"¡No sufras por nosotros, Ariadna!", con quedas palabras dijeron aquellos desdichados, mientras le acariciaban suavemente su rostro todavía no regenerado. "¡Te queremos dar esto! ¡Por favor acéptalo! ¡Es lo más valioso que tenemos!", dijo uno de los condenados.

Ariadna tomó el obsequio que esa gente le dio. Lo tomó con el respeto correspondiente a tal naturaleza, dado lo que ello significaba. Era una especie de larva u oruga que traían en su cabeza, entre su cabello. Ese obsequio simbólico, representaba el código de identificación individual de los Verunos. Dicho código permitía acceder a sus registros, pero solamente se podía éste obsequiar a voluntad, porque si se tomaba por la fuerza se sellaba automáticamente.

Conforme le iban obsequiando su oruga, se despedían de la vida sin poner resistencia al verdugo, quien los lanzaba fuera de la nave literalmente, enviándolos al Valle de la Muerte. Pero antes de ello, esa gente volvía su rostro para ver a Ariadna de una forma dulcísima.

Contemplar todo eso fue un golpe demasiado fuerte para Ariadna, quien como un niño lloró profundamente la despedida de esa gente. De pie, permaneció por largo rato recargando su cabeza en el hombro de uno de los representantes de (PUC) de ese vecindario estelar, quien parecía estar confundido con su comportamiento, pero no decía nada el hombre, solo observaba sorprendido el llanto desconsolado de Ariadna.

Aquella fue una traición de nivel superior. La utilizaron para luego traicionar el acto tan noble al que fue sometida (salvar a la gente de un planeta en apuros). Los pobres infelices rescatados de Verona fueran desterrados por selección, para no compartir los bienes de la nave con ellos. Concha de Búfalo, quien ya sabía el trago amargo por el que estaba pasando Ariadna, estaba tan indignado como ella.

"¡Nunca vuelvan a cruzarse' en mi camino, horribles, ingratos cobardes, porque la próxima vez no tendré ninguna compasión! Este acto que han cometido les ha condenado por el resto de sus días. Y pagaran tarde o temprano las consecuencias de haber despojado de sus derechos a un pueblo caído en desgracia. Cuando el torcedor de la conciencia perturbe sus sueños. Estarán condenados al destierro, y serán lanzados al vacío, fuera de la nave que ahora usurpan arbitrariamente; cuando el orden se reestructure y dentro de estos mundos vuelva a resurgir la justicia, quien les reclamará tan mezquino acto", dijo Ariadna furiosa a los cabecillas de Verona.

Les condenó por sus actos para con su propia gente. Y porque haber traicionado a quien poseía a un Concha de Búfalo con el conocimiento previo de ello estaba condenado a pagarlo. Porque un acto de esa naturaleza, traicionar a un Concha de Búfalo, quedaba registrado en los cuatro puntos cardinales que conforman la vida de los mundos que poblaban el cosmos.

Así era cómo operaba la grandeza de un Concha de Búfalo. Como ojo de huracán, nada escapaba de él.

Sintió Ariadna tantísimo dolor en aquel acto tan miserable de traición. El hecho de haber llevado a esa gente al mismo infierno, para ella significó llevarlos como ganado, al matadero literalmente. Y eso fue de mucho peso para la dulce Ariadna dada su naturaleza. Le había prometido esa insensible gente que la ayudarían a sacar a Justino de las minas si ella accedía a sacar la nave de Verona. Ariadna fue muy valiente para llevar a cabo dicha misión. Aunque, entrar en la atmósfera de un planeta que estaba siendo víctima de un campo de batalla de meteoritos, fue casi una misión suicida.

Los líderes de Verona, esos canallas usurpadores, tan pronto una vez que comenzó el ataque, escaparon en sus naves personales del peligro que estaba azotando al planeta.

La nave, el Caminante SV200621, estaba diseñada para soportar a todos los habitantes de Verona a bordo, así como sus necesidades primarias durante un periodo bastante considerado en el espacio. Y de esa manera, contar con el tiempo necesario para poder crear una atmósfera similar a la de su planeta, o esperar a que se regenerara el mismo.

Lamentablemente, esa vital nave para el pueblo de Verona había caído en las manos de esos delincuentes disfrazados de líderes, quienes lo único que pretendían era obtenerla para fines personales y egoístas. Esos despiadados malvados enviaron a la gente de Verona a su suerte al temible Valle de la Muerte. Ariadna cayó en la trampa de la falsedad de sus palabras cuando le prometieron una sarta de mentiras: "Si logras activar la nave, el Caminante SV200621, salvarás a muchísima gente. Podrás evacuar gran parte de la población del planeta. Y nosotros, en compensación por tu acto de valentía y nobleza, te ayudaremos a sacar a tu amigo Justino de las minas. ¡Es un trato, Ariadna!".

Capítulo 16 El Llamado al Luxor Septentrional

Tenía Ariadna desecho el corazón y permaneció en silencio por varios días.

Concha de Búfalo a pesar de la señal existente súper débil (porque se alteraron los diamantes de su cabeza), había logrado hacer enlace con ella, luego que la abandonaran en un desierto aquellos cabecillas con la esperanza de que ésta muriera, y asimismo silenciarla sin mancharse las manos de forma vulgar; tuvieron esos descarados el sarcasmo de hacer tal comentario.

Afortunadamente, Concha de Búfalo la encontró antes que el último aliento se le escapara del alma.

Los Piratas del Cosmos no participaron en tan brutal hecho, sus negocios no llegaban a tal extremo. Se trataba de un Concha de Búfalo, no tomarían ese riesgo. Fueron otros grupos que operaban bajo la sombra, quienes, por órdenes de los usurpadores de la nave, el Caminante SV200621 se encargaron de ejecutar el plan.

Permaneció Ariadna oculta, resguardada en el Valle de los Guadas bajo extremos cuidados, luego que Concha de Búfalo la encontró, porque además de sus múltiples heridas causadas por el efecto de alta radiación a la que estuvo expuesta en Verona, sufrió mucho por la tortura que recibió en el laboratorio, de parte de los desalmados científicos y el comandante Yuyin, quienes se atrevieron a husmear en su cabeza y cortaron sus hilos de cristales diamantinos, causándole con eso un dolor capaz de arrancarle el aliento a cualquiera.

Los hilos de diamantes ya se habían vuelto a regenerar, afortunadamente, pero ella había sufrido heridas más graves que eso. Esas heridas eran internas y no cesaban de doler, dado el carácter de Ariadna. El hecho de haber perdido a una nave-planeta desencadenando con ello la desdicha de sus legítimos dueños, no era una tarea fácil de digerir. Ariadna estaba por esa razón tan triste como un funeral; esa tragedia para ella no iba a ser fácil de olvidar. Y la pobre tal parecía que no se iba a recuperar pronto de esa.

Concha de Búfalo, quien sentía todo lo que le ocurría a Ariadna, sufría en silencio la pena de su querida y dulce amiga de haber perdido a la gente de Verona. Y, a Miguel Ángel, ese valiente soldado, quien decidió correr la misma suerte que su pueblo en desgracia; ese joven de ojos celestes quien ya ocupaba un lugar especial en el corazón de la bella Ariadna. Pensaba muchísimo también en Justino, y los del Pescador 14, y le atormentaba el hecho de saber a Justino prisionero en las minas de turmalina sandía en manos de los Morrus. Y, aunque, había logrado con éxito el rescate de el niño esclavo, Teodoro, el hijo de los señores Johnson, poniéndolo a salvo fuera del alcance de los desalmados Morrus, se atormentaba pensando que debió haber hecho más, en aquel planeta de esclavos llamado Acuamarina. Todas esas cosas le calaban en los más profundo del alma.

LA LOCURA DEL COMANDANTE MORRU

Mientras tanto, en las minas de turmalina sandía se había parado toda la actividad desde que el comandante Morru se enteró de la llegada de un Concha de Búfalo a Acumarina. El comandante Morru, se puso como loco por ese hecho y mandó sellar todo. Se encerró con sus más allegados, y ordenó toque de queda las 24 horas en todas las colonias.

"¿Por qué nadie me informó que arribó a estas tierras un Concha de Búfalo?", preguntó el comandante Morru con notable tono descompuesto y echando humo por la nariz.

"¡Porque cuando supimos ya se había ido, y no pensamos que fuera importante hacerlo, por eso!", respondió aturdido uno de los suyos.

"¿Y desde cuándo tú piensas? ¡Inútil, todos son una bola de inútiles!", dijo el comandante Morru a su gente con horrenda voz. Estaba súper enojado y temía lo peor.

Ese hombre, sabía que caería su imperio el día que arribara un Concha de Búfalo al planeta, dicha información estaba escrita en los registros que dejaron los sacerdotes.

Se escuchaba entre rumores: "¡Algo muy extraño está sucediendo!".

Justino y los demás prisioneros se preguntaban qué podía estar pasando en las minas ante dicho acontecimiento. Todos permanecían en sus mazmorras con la incertidumbre de no saber cuál sería su panorama próximo.

EL VALLE DE LOS GUADAS

El Valle de los Guadas era un sitio ultrasecreto que los Concha de Búfalo tenían. A el acudían cuando sus poseedores sufrían algún percance de índole vital, como ameritaba el caso de Ariadna. Allí recibían los heridos en batalla el cuidado necesario para su recuperación. Nadie tenía acceso a ese valle, a excepción de los Concha de Búfalo, quienes llegaban muchas veces con sus protegidos en fatales condiciones, como fue el caso de Ariadna.

En el Valle de los Guadas crecía un tipo de trigo con ciertas propiedades regenerativas; y la miel que producían las abejas, era como la misma salvia de la vida.

Ariadna se estaba recuperando pronto, allí, en el Valle de los Guadas, bajo los cuidados de Concha de Búfalo, quien no se despegó de ella ni por un instante; su suerte, era la de él mismo, ambos, perecerían al mismo tiempo el día llegado.

Ariadna se despertó una fría mañana, luego de haber tenido que pelear con los fantasmas que le atormentaron ocultos bajo la sombra de su sueño. En dicho sueño, con el acero en su mano le dio muerte al enemigo al final del combate, después vio a su madre cubrir la sangre, y con dulce voz le dijo: "No tienes nada de que sentirte avergonzada. Estamos todos tus ancestros orgullosos de ti. Conocemos todo lo que has hecho, y nos llenas de orgullo y satisfacción. ¡Mira!, ¡aquí están tus obras plasmadas!". Señaló su madre la bella espada de exquisito grabado y dijo: '¡No necesitas justificarte por esto, Ariadna! Somos todos tus ancestros y te hemos estado buscando para decírtelo".

"¡Uf!, ¡qué intenso estuvo este sueño!", pensó Ariadna, al mismo tiempo que pegó un brinco de la cama y se sacudió la cabeza para despabilarse.

Más tarde, Concha de Búfalo estaba inquietó por la decisión precipitada de Ariadna. "¡Deberíamos quedarnos unos días más, querida Ariadna!", dijo Concha de Búfalo con incertidumbre, preocupado todavía por la salud de Ariadna.

"¡Ya me siento bien, amigo mío! Los asuntos que calan el alma son cicatrices que deben quedarse ahí, por siempre ahí, para recordarnos aquello por lo que fueron", respondió Ariadna, dando un profundo y melancólico suspiro al rememorar la atrocidad ocurrida con Verona.

Había recibido Ariadna inesperadamente la instrucción de acudir al Luxor Septentrional a atender una misión de vital importancia, y estaba dispuesta a llevarla a cabo.

Ese era su trabajo, por ello se le había otorgado a Concha de Búfalo y las misiones tenían que continuar. Sabía bien ella que no debía de tomar las cosas de manera personal para no salir lastimada. Y más aún, entendía muy bien que no debía permitir que el dolor le causara algún trauma que le obstaculizara seguir haciendo su trabajo.

"¡Es muy riesgoso, Ariadna!, y no hay garantía de salir de esto si por alguna razón falla el transporte, porque recuerda que, si no logró enlazarte a tiempo, te perderás prácticamente en el limbo, y bien sabes, Ariadna, que de allí no se sale tan fácilmente", le advirtió Concha de Búfalo.

"Lo sé, querido amigo", respondió Ariadna y se estremeció. "Pero es la única forma que tenemos para hacer contacto con el paradero de Miguel Ángel, antes de que se apague por completo su luz", añadió con ternura y prosiguió. "De acuerdo con la instrucción, logré acceder al código de Magenta, y la información que obtuve es acudir a atender una misión de vital importancia allá. Y, si todo sale bien, carísimo amigo, podremos empezar con la búsqueda de Miguel Ángel y los de Verona, porque según los datos a los que tuve acceso, y si mis cálculos no me fallan, el agua que hay en Magenta nos abrirá la cámara donde están".

El rostro de Ariadna se iluminó ante esa posible idea. "¡Oh, Ariadna, pero es qué tú no dejas de trabajar ni en sueños!", replicó Concha de Búfalo.

"¡Así es, amigo, tú los has dicho bien, por el progreso de los pueblos que habitan el cosmos ni en sueños dejaré de trabajar! ¡No me gustaría empolvarme!", exclamó optimista. "¡Recibí esta información, dado lo que pasó con el pueblo de Verona!", dijo exaltada. "En otras palabras, tenemos la prioridad de llevar a cabo la misión de encontrar el veneno que está amenazando la vida del pueblo de Magenta", recalcó. "Y, según la fuente de información, dicho veneno, combinado propiamente con el agua especial que brota en las pozas de

Magenta, podrá abrirnos el camino para acceder al punto exacto donde están los Verunos, y con ello permitir lo que es justo para ese pueblo", dijo, dando un brinco de emoción ante tal posibilidad.

"¿Cómo? ¿Estás pensando en sacarlos de...?", replicó Concha de Búfalo tragando un trago de saliva sin terminar la frase.

"¡Sí, Concha de Búfalo! ¡Ellos recuperaran su nave-planeta si logramos sacar de ahí tan solo a tres de ellos!".

"¡Ya tuviste acceso al contenido del código qué te brindaron los Verunos!, ¿verdad?", preguntó Concha de Búfalo al notar su emoción. "¡Ya sabes lo qué éste significa, por eso tu prisa!, ¿verdad, Ariadna? ¡Pero, Ariadna!, no quiero parecer una patada en la espinilla con mi comentario, pero sabrás también entonces, que, el comandante Miguel Ángel no saldrá de allí hasta dentro de muchísimo tiempo, ¿verdad?", añadió Concha de Búfalo con mucho tacto para evitar sangrar la herida de la ausencia del buen soldado.

"Ni me lo recuerdes, Concha de Búfalo, porque me pongo a llorar ahorita mismo", respondió ella con infinita tristeza.

"¡Por otro lado, querida Ariadna! ¿Recuerdas al viejo que ha estado encargado de tus bienes materiales?, incluyendo el pago de tus medallas especiales recibido en tus múltiples misiones", preguntó muy serio Concha de Búfalo.

"¿A quién te refieres, amigo mío?", respondió ella.

"A el albacea que nombraste para que manejara esa riqueza tuya, ¡qué es enorme, por cierto! ¿Te has preguntado si le ha estado dando el manejo según lo establecido? No quiero incomodarte, querida Ariadna, pero esos asuntos los debes de atender, aunque no te guste hablar de esos temas", demandó serio Concha de Búfalo.

"Lo sé, querido Concha de Búfalo. ¡Lo sé!", respondió ella, y se le encogió el estómago solo pensarlo. Pero así era ella, prefería poner su atención solamente en los mundos que recorría en sus múltiples viajes por el cosmos con su siempre fiel compañero y amigo, Concha de Búfalo.

LOS ACEROS DESENVAINADOS

Antes de partir al Luxor Septentrional, Ariadna debía atender primero una visita en el Luxor Occidental para su entrenamiento, según las indicaciones requeridas. Y, por otro lado, el asunto del albacea no podía dejarlo colgado en el olvido de un armario.

Concha de Búfalo a la brevedad hizo los arreglos convenientes para llevarse a cabo la reunión en el punto correspondiente, antes de que Ariadna emprendiera su partida al Valle de Muerte en busca de la gente de Verona y enmendar el asunto de la nave, el Caminante SV200621; y en menos que canta un gallo ya estaban en camino al encuentro esperado.

En aquel punto se dieron cita para tratar los asuntos correspondientes que atañían los intereses de los Concha de Búfalo y sus aliados.

Luego del asunto a tratar a puerta cerrada, y no concluyendo nada en concreto, por cierto, Ariadna salió del recinto sintiéndose un tanto extraña porque no alcanzó a comprender los cambios repentinos que se hicieron en el tratado. Pensativa, se fue a sentar bajo la sombra de un árbol tratando de digerir lo sucedido. Ahí llegó a sentarse con ella la bella Oli, quien llevaba puesto un hermoso vestido de gasa en tono lila. "¿Puedo fumarme un cigarrillo contigo?", le preguntó a Ariadna.

"¡Yo no fumo, pero te acompaño con gusto!", respondió Ariadna serena.

Más tarde, se unió a ellas un compañero de nombre Benito. Durante la conversación Ariadna notó que Oli estaba ocultando algo, y dedujo que Oli no quería compartir con ella el arreglo que hizo con Benito; y le molestó mucho cuando él trató de compartir el tema con ella, y lo interrumpió groseramente. "¡Qué sea como antes de que ella llegara!", dijo Oli a Benito, y recalcó con tono rudo: "¡Solamente es asunto entre nosotros, Benito!".

Ese incomodo incidente, le recordó a Ariadna el día que llegó corriendo a sus clases. Estaba ya por oscurecer, afortunadamente llegó a tiempo a esa clase, aunque muy limitada. Sabía que no debía detenerse en el camino si deseaba tomar la clase a tiempo para no perderse el contenido del principio. Recordaba lo dura que era esa clase, porque además estaba impartida en una lengua extranjera nueva. "¡Ariadna, Ariadna!", le gritó una maestra cuando atravesó como bala por aquel salón sin detenerse. En dicho salón, desde donde la maestra insistente le hablaba, Ariadna había estado estudiando por un semestre, pero no continuó con esa clase porque hubo un malentendido y ella ya no pudo seguir con esa clase, dado que estaba ya avanzada, y, por lo tanto, difícil de alcanzarlos y ponerse al corriente. Pero, por alguna razón desconocida, la profesora no la dio de baja. Por lo tanto, estaba esa materia colgando ahí, esperando a que la concluyera. Esa maestra siempre que tenía la oportunidad le recordaba a Ariadna que tenía que terminar esa clase. Y no la dejaría en paz hasta que la concluyera. Con todo lo anterior en mente, Ariadna ese día trató de hacerse la que no escuchó y se siguió de largo. Ignorando los escandalosos gritos de la maestra, decidida se concentró en atender la clase a donde se dirigía; pero la irritante voz de la maestra le hablaba a ella, y a otros ahí como ella de manera tan insistente, que no le quedó más opción que detenerse y entrar a atender esa clase. "¡Ariadna!, tú no concluiste el semestre de esta ciencia, y está tu trabajo aquí porque no lo di de baja", le dijo la maestra con chillona voz.

Ariadna recordaba perfectamente por qué no había concluido esa clase, entonces concluyó que lo mejor sería preguntar para disipar sus dudas. "¿Y qué significa eso?", preguntó entonces para estar segura, para que no le pasara lo mismo de antaño con esa clase, por no preguntar. Desafortunadamente, no recibió respuesta y la clase siguió su curso, pero Ariadna no alcanzó a entender bien el contenido otra vez de esa clase, dado que se perdió de las primeras clases. Y, por otro lado, no le gustaba esa clase porque sentía demasiada presión de alguna manera sobre ella, y siempre la evadió por lo mismo. Y también por que casualmente cuando se le aparecía esa clase en su camino ella estaba por atender otra clase u otro asunto. De cualquier manera, a Ariadna esa clase le incomodaba tremendamente. Le incomodaba y le irritaba de la misma manera que le irritaba el comportamiento de Oli.

Oli no siempre fue así de amargosa; en el pasado fue una joven muy dulce, pero algo pasó en un momento de su vida que se tornó agria con quienes le rodeaban. Cuando Ariadna la conoció, Oli era una chica comprometida con su profesión. Desempeñó un papel muy importante en aquel tiempo como agente secreto, y fue de mucha ayuda para el escuadrón que comandaba el joven Richi, un buen amigo de Ariadna, quien en antaño la acompañó en importantes misiones.

"¡Aterriza tus pensamientos, Ariadna!", dijo Concha de Búfalo con potente voz, sacando a Ariadna abruptamente de sus remembranzas. "¿Ya viste por dónde andas?", preguntó con tono exigente, dado que se estaban dirigiendo al punto de reunión ultrasecreto, conocido como punto Alfa Beta.

"¡No te preocupes, carísimo amigo mío! ¡Aquí estoy!", respondió ella, sacudiéndose la cabeza para despabilarse.

Conocía Ariadna muy bien la ruta de dicho punto, así que no tardó mucho en arribar. Llevaba consigo su espada desenvainada y estaba lista para el combate, era parte del entrenamiento.

"¡Cuidado, Ariadna! ¡El piso de este recinto está un escalón abajo del nivel del suelo, fíjate dónde pisas!", dijo el caballero que le abrió la puerta una vez que llegó.

Ariadna notó que efectivamente el nivel del piso era desigual, pero estaba muy familiarizada con eso de los obstáculos que se presentaban algunas veces en su camino, así que, sin duda entró y puso sus pies firmes en el suelo rojo dentro de esa cámara a media luz y repleta de damas y caballeros. Todos tenían las espadas desenvainadas. Se les notaba súper contentos, pero a la vez sorprendidos de verla llegar tan vivazmente como lo hizo.

Llevaba Ariadna puesta una máscara especial por el protocolo requerido. Saludó alegremente a todos los compañeros que identificó una vez adentro. Notó que muchos de ellos portaban una máscara también. Se sentía en la atmósfera mucho regocijo.

El anfitrión del evento, cuya estampa a las claras develaba a una finísima persona, estuvo siempre al pendiente de atender a Ariadna quien llegó casi de improviso a llevar nuevas buenas y celebrar con ellos tal acontecimiento (descendería al Valle de la Muerte). Se presentó cordialmente con las caras nuevas que vio en el recinto. Todos estaban contentos, principalmente los lideres al frente de aquel punto, quienes le extendían la mano fraternalmente.

Antes de entrar a dicho recinto, como cosa de buen presagio, Ariadna recordó las palabras de recomendación que Concha de Búfalo le hacía seguido con respecto a su espada: "¡Este es tu acero! ¡Y es solamente tuyo! ¡Te pertenece solamente a ti! ¡Y, nunca olvides que, los poderes que de esta espada emanen solamente tú los has de dirigir!".

Con esa poderosa información bien burilada en su arcaica memoria, Ariadna entró al recinto con el entusiasmo de una chiquilla envuelta en un aura de candor. Se sintió contenta al contempla la belleza del grabado que tenía su bellísima espada —herencia ancestral de la línea de su madre— y la apretó con su puño celosamente, porque recordó el valor que ésta tenía, y lo que tal valor significaba para ella.

"¿Está muy filosa la punta de tu acero, o es plástico?", bromeó Ariadna con uno de los compañeros presentes, al mismo tiempo que simulaba tocar la punta de su espada.

"¡Entre compañeros de misiones te veas!", dijo el compañero Mago Madera siguiendo el tema de la broma. Todos rieron haciendo más ameno el momento.

Mas tarde, ya más seriamente, Ariadna hizo un análisis minucioso sobre la punta de su espada. Caló cuidadosamente el acero de ésta para analizar si estaba lo suficientemente filosa. Recordó nuevamente que debía de ser muy celosa con esa espada que le fue otorgada en tiempos arcaicos. Por ello mismo era raro que Ariadna desenvainara su espada, y cuando eso sucedía, era porque había una razón vital, por eso estaba ella ahí con sus compañeros. Iba a llevar a cabo la misión de descender al Valle de Muerte, y eso no era un tema ligero.

Pasada la primera reunión se dieron cita en la cámara siguiente. Ahí se trataron asuntos correspondientes a medallas especiales, el salario ganado en las misiones de los Concha de Búfalo. Ariadna prestó atención máxima, sentada con decoro junto a aquellas personas que vestían elegantes atuendos oscuros. Por recomendaciones de Concha de Búfalo, habló también ahí con el albacea, quien estaba a cargo de sus bienes. Él albacea hizo hincapié en el tema de la empresa de una marca prestigiosa de disfraces operando en varios puntos del cosmos.

"No sé qué hacer con eso porque desconozco muchas cosas de su función. Tal vez fraccionar la empresa, pero realmente ahora no lo sé", dijo Ariadna confundida con respecto a ese bien material, dado que no tenía muy claro ese asunto. Algo sonaba raro de ese tema para ella, y observó fijamente los ojos del albacea tratando de escudriñar qué ocultaba sobre ese asunto, y por qué.

Le dio a entender el albacea que él estaba involucrado en ese asunto de esa empresa de disfraces. "¡Supe qué estás interesada en vender tus acciones de esa empresa!", dijo en tono afirmativo.

"¡No sé, no estoy informada de ello todavía!", replicó Ariadna con una nota de duda en su voz.

"¡Bueno, permíteme comentarte! Yo quedé como garantía con el asunto de tu propiedad", dijo el hombre con tono prudente. "Tomé el caso en mis manos desde hace ya un buen tiempo, y asimismo he estado manejando las ganancias desde aquel tiempo", dijo, observando la reacción de Ariadna por encima de sus gafas.

Ariadna, quien sabía que tenía que ser muy discreta, se limitó a escucharlo, y dedujo que el hombre estaba hablando de algo de suma importancia, aunque no recordaba ella muy bien esa inversión ya. Concha de Búfalo ya le había advertido de dicho albacea, y el cuidado de sus medallas especiales, las cuales eran menester conservar para contribuir en el progreso de los mundos y colonias nuevas por donde debía de transitar.

Percibió entonces Ariadna el asunto del albacea como si se tratase de una confesión.

Poco después, entró a la cámara un hombre viejo de barba bastante pronunciada y se sentó a un lado del albacea. Ariadna, por instrucciones de Concha de Búfalo, se limitó solamente a observar el rostro del viejo, mientras el albacea continuaba hablando. El viejo era el testigo de lo que estaba confesando el albacea a Ariadna con respeto a sus bienes materiales.

"¡Sí estás escuchando todo esto!, ¿verdad?", exclamó Ariadna al viejo sin elevar la voz; y sin esperar respuesta, parándose con aplomo de su asiento, prosiguió. "¡Todos son testigos aquí de lo que hoy se ha hablado! ¡Y así será registrado!".

Pasaron luego al siguiente punto. Sería en el campamento el encuentro.

EL CAMPAMENTO

Todos los del recinto recién dejado, incluyendo Ariadna, llegaron a un viejo edificio ya entrada la noche. "¡Vienen varios conmigo!", dijo Ariadna con agitada voz de tanto andar al caballero que los recibió en la entrada.

"¿Son muchos?", preguntó él caballero.

"¡Sí, traigo a muchos compañeros conmigo!", respondió Ariadna alegre.

"¿Traen comida?, preguntó él caballero, y esbozó una sonrisa cálida que dejó al descubierto su colmillo de oro.

"¡Sí, traemos mucha comida, será un gran banquete!", respondió Ariadna exaltada.

El caballero mostró un gesto de agrado al escuchar las palabras de Ariadna y estaba muy exaltado al igual que ella.

No había luz eléctrica en el recinto, dado que era un lugar ultrasecreto y debía de permanecer así, es decir, discreto para no llamar la atención. El edificio era una construcción medieval, similar a los que hubo en el arcaico planeta Tierra. Éste estaba localizado en un punto conocido como Campamento Alfa Beta.

Pronto estaba Ariadna acomodándose en el salón donde se llevaría a cabo tan esperada y especial ceremonia. Notó con cierta sorpresa que se prendió una antorcha una vez que fue anunciada su presencia, como parte del protocolo. Dejó escapar un gentil suspiro y se relajó mientras esperaba; y trató de repasar en su memoria las pasadas ceremonias que había recibido, o a las que había sido invitada.

Era bastante grande esa cámara, semejante a un teatro.

Con evidente satisfacción, Ariadna observó con mirada fija el cuadro en general, y pensó con seguridad que sería una ceremonia bien nutrida la que se llevaría a cabo. Momentos después, aterrizó sus pensamientos cuando llegó Osiris al recinto y se sentó a su lado; se acomodó para que él pudiera estar sentado a su lado cómodamente. Entonces, con la dulce voz que caracterizaba a Osiris, éste le dio a Ariadna las palabras correspondientes del código de identificación. Luego inspeccionó su vientre y colocó en su ombligo el chip. Ariadna se sorprendió muchísimo al saber cómo estaría trabajando ese chip; y al conocer lo sofisticado del sistema casi le dio un infarto. Osiris le miraba súper dulce.

"¡Estás en casa, Ariadna, todo estará bien!", dijo Osiris con ternura.

Aquella noche fue la reunión tan esperada por Ariadna. Se llevó a cabo la ceremonia bajo la luz de luna llena, como marcaba la ley correspondiente a dicho ceremonial. Y en aquel tan venerable día, Ariadna recibió el reconocimiento, tal como se acordó previamente.

A la ceremonia se presentaron representantes importantísimos, quienes honrando el recinto con su presencia llegaron desde lejanos puntos del cosmos. Una vez terminada tan solemne y bellísima ceremonia, Osiris entregó a Ariadna el documento escrito con tinta púrpura que daba garantía de su persona en el paso al Valle de Muerte.

"¿Se le dará lectura al documento ahora para su análisis?", se escuchó decir entre rumores. Ariadna pensó ante ello que tal vez no sería lo propio, debido a que se encontraba fuera de práctica, dado todo lo acontecido anteriormente.

"¡Qué se lea el documento de Osiris, y qué Ariadna haga el análisis correspondiente de ello!", dijo Leonardo, quien estaba atrás de Ariadna, del lado izquierdo, a cinco metros de distancia.

Ariadna le clavó una mirada mortal a Leonardo una vez escuchar su sugerencia, porque él bien sabía por qué no era conveniente darle lectura al documento en ese momento. Pero, aun así, sintiendo el peso de responsabilidad que implicaba hacer el análisis de dicho documento, dejó a un lado su temor. "¡Qué así sea! ¡Se le dará lectura al documento de Osiris entonces!", dijo con firmeza. "Y, aunque no hemos estado trabajando en esto los últimos tiempos, debido a la situación que golpeó al cosmos, y la que me golpeó a mí también, cabe mencionarlo, claro que podemos hacer el análisis correspondiente de dicho documento. Y esto es gracias a que me he mantenido allá arriba, trabajando en las misiones", recalcó esas últimas palabras, y le lanzó una mirada de advertencia a Leonardo por su imprudencia, prosiguió. "¡Por lo tanto, todo está aquí!", señaló su cabeza. "Recuerdo muy bien todo lo anterior a esta ceremonia. No os preocupes entonces, sí podemos llevar esto a cabo", dijo Ariadna a los presentes con firmeza.

Todo en ella revelaba un temperamento perfectamente sosegado. Sabía Ariadna muy bien de lo que estaba hablando; a las claras se notaba el entrenamiento arduo que daba fe de su trabajo. A los presentes se les notó un gesto de tranquilidad, y se relajaron entonces al notar esa firmeza de Ariadna.

A la reunión acudieron también representantes importantísimos del sureste del planeta Itza —estrella— en aquella ocasión. Ariadna tuvo la oportunidad de saludar a tan gratos personajes. Estaba contenta de coincidir en aquel punto con ellos, porque tenía la oportunidad de aprender, porque siempre había algo nuevo por aprender, tal como solía decir su sabio padre.

Pronto comenzaron los trabajos correspondientes al asunto que atañó la reunión.

"¡Dime, Ariadna!", preguntó Fausto Canales. "¿Te puedes identificar cómo un grano de trigo?".

"¡Sí, sí puedo!", respondió Ariadna, entendiendo el código correspondiente.

"¡Me lo das entonces!", replicó Fausto al momento que le extendió la mano.

Ariadna con gusto le dio a Fausto el código que solicitaba y esperó el regreso de éste.

Fausto había extraviado el código de vuelta al primero. O algo extraño pasaba, pero el código que éste le dio a Ariadna no correspondía al primero. Ariadna con la finura que le caracterizaba guardó silencio. De ninguna manera iba a corregir, y menos en público a una figura de tal jerarquía; eso sería una grandísima falta de diplomacia, una imprudencia a ojos cerrados. Guardó silencio entonces ante ese incomodo acontecimiento, pero no pudo evitar que se le escapara un gesto de asombro. Pasó por su mente la idea de que la excesiva luz blanquecina que alumbraba el escenario tal vez era demasiado para los presentes.

Luego de un rato, Eva Panal con paso menudo se dirigió a la plataforma del escenario a hablar sobre la autonomía de los pueblos. "¡Recordad siempre qué todos somos autónomos!", dijo Eva Panal en su discurso.

Ariadna apreció enormemente el inicio de las bellas palabras que aquel día Eva Panal clamó impecablemente en el auditorio del punto conocido como Campamento Alfa Beta.

El LUXOR OCCIDENTAL

"¡Concha de Búfalo, carísimo amigo mío! ¡Tenemos que darnos prisa! Ya no hay marcha atrás, he enviado mi aceptación para estar al frente de la misión, y asimismo rematar con dos golpes, como te dije anteriormente", comunicó súper entusiasmada Ariadna a su querido amigo, Concha de Búfalo aquella lluviosa mañana, luego de finalizar una parte del entrenamiento requerido.

Mas tarde, arribó al Luxor Occidental según las indicaciones recibidas. Ese complejo era una nave cuadrada, revestida con una combinación de aleaciones semejante al cromo, circonio y titanio; dichas aleaciones, trabajaban también a manera de escudo protector.

La fachada del Luxor Occidental tenía un efecto semejante a espejos dimensionales que rebotaban como reflejos de luz.

Luego de haber hecho vitales enlaces de índole súper secreto con quienes se dieron cita en aquel complejo, Ariadna y su acompañante, Benito, el joven compañero asignado también en esa misión, salieron del Luxor Occidental con ruta destinada previamente por un comando. Llevaban ambos, Benito y ella los morrales en la espalda, guardando celosamente el contenido vital para llevar a cabo la misión.

"¡Ariadna! ¿Eres tú? ¿Cómo?".

"¿Estás quedándote en el Luxor Occidental?", la maestra de lenguas extranjeras sorprendida bombardeó a Ariadna con preguntas y afirmaciones, cuando cruzó la calle y se topó con la maestra de frente. "¡Te vi salir de allí!", insistió.

Ariadna abrió los ojos con sorpresa al ver a su antigua maestra y notar el gran parecido que ésta tenía con la bella Oli. Y como iba caminando a paso rápido, y estaba comiendo algo dulce al mismo tiempo, no pudo hablar, porque tenía la boca llena; entonces, esbozó una sonrisa ligera. "¡Uf, me agarró comiendo, maestra!", dijo cuando se pasó el bocado.

"¿Estás en el Luxor Occidental? ¡Te vi salir de allí!", insistió la maestra.

Ariadna sabía el significado de la discreción y se apegó a ésta fielmente. Ello aprendido en su entrenamiento como garantía para su sobrevivencia en aquellas complejas misiones que tenía que atender.

"¡No!, ¡no me hospedo allí!, pero dejé mi máquina estacionada", respondió Ariadna con humildad en dos lenguas, y le preguntó a la maestra si estaba bien dicha la palabra aparcar.

La maestra, parecía sorprendida ante el escenario, y mostraba mucho interés por saber más. Insistió preguntando lo mismo calle arriba, siguiendo a Ariadna, quien la evadía con mucha paciencia. No quería verse arrogante, pero tampoco quería dar explicaciones de su estancia en el Luxor Occidental. Se encaminó calle arriba, hasta una esquina, paciente escuchando a la maestra que no paraba de hablar. En ese punto, del lado izquierdo se divisaba una llanura, semejante a un campo abierto. Ariadna conocía esa ruta y sabía que la maestra al igual que la gente de esas colonias temían acercarse a esa frontera, por ser ésta un portal de naturaleza compleja. Entonces, hasta esa esquina llegó la profesora de lenguas extranjeras, quien no dejaba de asombrarse al ver a Ariadna adentrarse en ese camino a campo abierto.

La intrigada maestra no dio crédito a lo que vio. Ésta conoció a Ariadna cuando asistió a la academia de lenguas arcaicas extranjeras para educarse en esos temas. La maestra nunca se imaginó quién era en realidad Ariadna. Esa jovencita tan sencilla y hasta simple que pasó siempre desapercibida ante sus ojos, por ello mismo no cabía la maestra de asombro.

Y es que en el Luxor Occidental no cualquier persona podía entrar. Ese Luxor estaba reservado exclusivamente a los Royal, a todos los portadores de un Concha de Búfalo, comandos especiales, agentes secretos, científicos y algunas otras excepciones, como invitados de los anteriores.

Pronto Ariadna alcanzó a su compañero Benito. Ahí mismo, se encontró con otros compañeros. La misión era acceder lo más cerca posible al epicentro donde se tomarían las muestras a estudiar. Era peligroso el punto porque estaba muy custodiado y la orden del enemigo era aniquilar a quien osara acercarse al punto. La seguía un escuadrón compuesto por unos cuantos miles.

De su frente brotaban gotas de sudor cuando Ariadna atravesó el área desde la zona septentrional a la meridional con el contenido vital —un tipo de organismo—, su comportamiento estaría siendo observado. Recogió las muestras requeridas ahí mismo también. Hizo el trabajo correspondiente contenta y hasta con cierta familiaridad, pero nunca bajo la guardia.

Esos complejos mundos, a los que se podía acceder por medio de ese portal camuflado como un campo abierto, eran de suma importancia para trabajar en las muestras obtenidas, con la esperanza de poblar nuevas tierras, y de ese modo, garantizar el bienestar de la gente en el futuro venidero. Ariadna con Concha de Búfalo tenían la capacidad de registrar la ruta de dichas tierras con envidiable precisión.

Estaba lista para regresar al Luxor después del éxito obtenido. Repentinamente, la comandante Yamamoto, quien estaba al frente del comando le pidió que la cubriera porque deseaba ir más adentro del terreno. Ariadna aceptó porque se sintió comprometida, y se adentró con Yamamoto para cubrirla como lo demandó.

Yamamoto, maliciosamente aprovechó el momento y se fue adentrando más de lo permitido con la confianza de que

Ariadna la estaba protegiendo. A las claras Yamamoto estaba rompiendo las reglas con fines ajenos a la misión.

Afortunadamente, un rayo de luz se asomó por la cabeza de Ariadna, y recordó las recomendaciones de Concha de Búfalo para ese tipo de misiones. Y como por acto de magia se detuvo en seco. "¡Hasta aquí llego yo!", dijo firme, dando un giro de 180 grados. "Quienes quieran irse con la compañera pueden hacerlo, son libres todos de tomar esa decisión", hizo hincapié. "La comandante Yamamoto me pidió que la cubriera, pero no es prudente para mi continuar. Lo siento por ella, pero no debo de ir más allá de lo indicado", dijo Ariadna firme al poco equipo que vio a su lado en ese momento, con el alegre tono de voz que la caracterizaba.

La compañera Yamamoto, quien había estado de alguna manera manipulando la nobleza de Ariadna, retrocedió su paso al ver que Ariadna había decidido que era tiempo de retirarse.

"¿Cómo? ¿Qué no ibas a ir más adentro?", preguntó Ariadna a Yamamoto al verla llegar con gesto serio.

"¡Cómo iba a quedarme allá!", replicó Yamamoto con ronco resentimiento. "Si cuando escucharon los escuadrones que dijiste que era tiempo de retirarse todos obedecieron tus ordenes!", dijo con clara amargura.

A regañadientes, la comandante tuvo que darle a Ariadna el lugar que verdaderamente representaba ella en aquel punto. Ariadna por otro lado, dada su nobleza, no le refutó el hecho de que ella hubiese pretendido pasar por encima de su autoridad, y más aún, que haya pretendido utilizarla con fines personales, poniéndola en riesgo no solamente a ella sino también a los soldados y a la misión.

Un hecho importante, y súper notorio del evento, fue que, a pesar de que Yamamoto era la comandante directa, los escuadrones que reforzaban la seguridad con su presencia no obedecieron sus órdenes, afortunadamente; porque aquellos escuadrones estaban formados por fieles soldados de la orden que protegía a los Concha de Búfalo en cualquier punto del cosmos, y, por lo tanto, eran fieles a Ariadna.

Se sintió Ariadna contenta y humilde al saberse tan querida.

Dio un giro de noventa grados en el punto indicado, y continuó por un camino arbolado, había algunas casas viejas por ahí. Era tarde noche, pero había suficiente luz natural todavía. La temperatura estaba fresca, y el aire que acarició su rostro la envolvió en una agradable sensación. Esa escena le recordó las tardes en su planeta Mayo, cuando el invierno estaba por finalizar, y la temperatura en el aire se tornaba tan agradable cuando éste rozaba sus mejillas tostadas por el frío invernal.

Cientos de pequeñas naves deportivas, sencillas, pero súper veloces la seguían. Llevaba Ariadna el contenido de las muestras que guardó celosamente en su morral. Todo eso formaba parte de su entrenamiento, y al pie de la letra tomaba ella sus obligaciones. Recordó de pronto que tenía que cepillarse los dientes, y emitió un murmullo discreto, refiriéndose a la satisfacción de poder hacerlo aún –algunas veces era imposible poder hacer esas cosas tan simples, pero tan necesarias, y es que a ella le gustaba mantener su dentadura impecable, como una caja de marfil, solía decir.

La misión que se llevó a cabo en aquel sitio, oficialmente llamada Gema 8, fue una misión que tuvo lugar en el programa Gema de los Planetas Unidos del Cosmos (PUC), y ese fue el primer vuelo de dicho programa en ese vecindario estelar.

Estaba contenta Ariadna de haber atendido dicha misión, tarareaba y sentía euforia, porque los desarrollos que alcanzaría ese proyecto serían de vital importancia para el desarrollo de futuras colonias. Y, por otro lado, sentía el cariño de sus compañeros, quienes la seguían fielmente en sus pequeñas naves.

Pronto Ariadna estuvo de regreso en el Luxor Occidental.

Había mucha actividad, y se concentraba un gentío en un punto con notable tensión en el ambiente. Era un salón grande, saturado de gente, y la atmósfera se sentía muy pesada. Se escuchaban las voces de quienes no estaban de acuerdo con un tratado, y alegaban que no se estaba respetando su autonomía con dicho tratado.

"¿Qué pasa? ¿Por qué pelean?", preguntó Ariadna con mucha calma, tratando de suavizar el alboroto que mantenían los integrantes, ahí, en esa cámara.

"El transporte es nuestro, porque es de nuestra propiedad. Y estos cabecillas pretenden decidir cómo hacer uso de éste, como si fuese suyo y no de nosotros", dijo Richi, el joven que estaba al frente de esa alegata, mirando a Ariadna directamente a los ojos.

Luego de expresar lo dicho, el joven desvió su mirada para con los otros y siguió alegando con fuerza y convicción su posición. "Quieren ustedes aprovecharse del transporte que tenemos nosotros. Y no lo vamos a permitir, porque nosotros somos los dueños legítimos y tenemos el documento que lo garantiza. Por lo tanto, no vamos a permitir que ustedes manejen solos nuestra obra, y nos brinquen literalmente para llevarse todo el crédito; y más aún, pretenden llevarse la mejor parte de los beneficios de esta empresa. ¡Eso señores, es una arbitrariedad!", dijo Richi irritadísimo, y prosiguió. "Es una grandísima falta de respeto a los derechos ajenos esto que ustedes pretenden hacer. Sin mencionar la ofensa tan nefasta de tratarnos como si nosotros no tuviéramos ningún valor en esta empresa, cuando nosotros ya sabemos que uno de los carros que proveen los beneficios para la continuación de la obra es propiedad nuestra. ¡Y el documento que tenemos los sustenta!", alegó el joven Richi, firme, de pie frente a frente con sus oponentes.

Al percatarse de quién se trataba, Ariadna lo apoyó inmediatamente. Reconoció el rostro de aquel joven de nombre Richi. Se trataba de un valiente y fiel soldado de un escuadrón cercano que acompañó en antaño a Ariadna en misiones de alto riesgo. Aquel joven vivaz estaba tratando de proteger los intereses de Ariadna de alguna manera, y por lo tanto los intereses de las familias más cercanas a ellos. Porque Ariadna solía recompensar a los soldados que se arriesgaban con ella en las misiones, asegurando para ellos y su gente los bienes suficientes para garantizar su bienestar.

Richi, por instrucciones de Concha de Búfalo, se había dado cita ahí, en el Luxor Occidental, justamente para arreglar el convenio, antes de que Ariadna partiera al Valle de la Muerte. Ariadna estaba consciente que ese transporte por el que se discutía era propiedad suya, por lo tanto, ese escuadrón tenía derecho a los beneficios de éste en primera línea, o en línea directa. Así lo había dispuesto con el albacea desde antaño. Entonces, furiosa Ariadna por tal arbitraria acción, dio la orden que el transporte fuera usado como Richi pretendía que fuese. Sacarían con ese transporte a las madres de los miembros de un escuadrón de una tierra en desgracia.

"En la primera vuelta que esta nave recorra para poner en tierra firme y segura a la gente, los primeros pasajeros, además de la tripulación de la nave, serán los familiares directos del escuadrón que demanda Richi. Todas las madres de los fieles soldados estarán en la primera línea", dijo Ariadna con tono autoritario.

Ariadna recordó con alegría a la madre de Richi, una adorable y dulce anciana que amaba mucho a su hijo, como todas las buenas madres; fue esa anciana en antaño también una de las primeras en abordar ese tipo de trasporte espacial.

Dichas naves, como transporte especial eran de vital importancia en ese punto del cosmos. La misión de esas naves era evacuar planetas en desgracia, y reubicar a la gente donde fuera posible. No era una tarea fácil, porque en esa zona planetaria estaba súper restringido el paso libre. Y, aunque había bastantes posibles tierras para poblar, estas carecían de lo más indispensable, por lo tanto, su estancia allí sin ayuda era prácticamente un suicidio.

Más tarde, en el estacionamiento de Luxor Occidental las naves para desempeñar tal misión comenzaron a llegar una a una.

Ariadna observó que fueron bastantes las naves que llegaron. Había todo tipo de formas, algunas eran gigantescas moles imponentes, otras eran más simples, semejante a los autobuses. Y estaban también las especiales, como lo era el trasporte de Ariadna, estas eran hermosísimas y lujosas naves deportivas. Y esa nave suya era de lo más veloz que había en aquellos puntos.

Pronto las naves estarían repletas de gente para ser trasladada a tierra firme dado lo vital del asunto a resolver. Ariadna al igual que otros miembros supervisaron que todo marchara en orden según lo convenido.

Con paso ligero, Ariadna se encaminó y observó minuciosamente su nave, la cual estaba ya lista para el despegue. Revisó celosamente que todo estuviera en orden, según las indicaciones que dio. El transporte debería llevar primero a las madres de los miembros del escuadrón que sugirió Richi, a los niños y a los viejos; y eso mismo esperó ver registrado en la nave.

Luego del análisis súper profundo que dio a la nave, reflexionó en lo bella y ligera que era ese trasporte. Apenas y tenía unos cuantos rasguños, remarcando orgullosamente con ello la habilidad del piloto. Se sintió orgullosa de esa nave, y de que ésta fuera a beneficiar a las familias de un escuadrón. Era lo menos que podía hacer por ellos, sus fieles soldados, amigos y compañeros.

De pie, en el estacionamiento del Luxor Occidental, Ariadna contempló satisfecha la nave, que, aunque no era enorme como muchas otras, era suficiente para transportar a las madres del escuadrón y ponerlas a salvo. Después, esas mismas madres recibirían a manera de renta los beneficios del servicio de dicho trasporte, el cual seguiría operando. De esa forma se garantizaría el bienestar de las familias del escuadrón, quienes recibirían los beneficios de esa renta para garantizar su estancia en tierra firme y segura.

El transporte estaba listo. Todas partirían en caravana, es decir, todas se irían juntas. Ariadna estaba súper contenta al ver aquel noble escenario, porque la gente en aquellos mundos en desgracia tenía una esperanza de sobrevivir por medio de esos transportes.

La nave roja deportiva, propiedad de Ariadna, era quien llevaba la ruta grabada en sus registros, por eso la debían de seguir a ella, ya que era el primer viaje de esa naturaleza a esa tierra lejana, y nadie tenía la ruta, a excepción de Concha de Búfalo, quien controlaba la nave roja de Ariadna.

Después del primer recorrido las otras naves registrarían la ruta por ellos mismos para el futuro.

Más tarde, Ariadna se dirigió a la salida del Luxar Occidental luego del acontecimiento de los trasportes. Esperaba que llegaran sus contactos, según la instrucción de Concha de Búfalo. La instrucción precisa señalaba no moverse de ahí, porque si llegaban los agentes ella no estaría presente. Observó su alrededor; había mucha gente, estaba muy activo afuera del Luxor Occidental. Pensó en caminar un poco, calle abajo, pero recordó que sus lentes blancos los había olvidado en la habitación. Decidió entonces regresar por sus lentes e ir a dar un paseo por los alrededores sin alejarse mucho del punto, para estar al pendiente de la llegada de los agentes.

Se encaminó a la entrada del Luxor nuevamente, pero antes de entrar se detuvo frente a un punto que llamó su atención. Se trataba de un puesto ambulante con prendas de ropa colgadas, eran disfraces. Ariadna como por intuición tomó dichas prendas buscando ver su etiqueta, o su origen.

"¡Nos lo diste y ahora ya nos lo vas a quitar!", dijo un anciano humilde.

Ariadna con notable gesto de sorpresa soltó inmediatamente la prenda. "¡No, no, por favor! ¡Eso es suyo, señor!", dijo apenada, y se retiró refunfuñando al reconocer la etiqueta de origen de esos disfraces. Era propiedad de Ariadna tal empresa, misma que debía de recaudar las ganancias para el bienestar de esos viejos.

"Ese albacea mío. ¡Qué ha estado haciendo!, me pregunto", exclamó Ariadna de malas al notar que algo andaba mal con dicha empresa.

Una vez calmada su molestia, rememoró la tarde anterior que estuvo gastando mucho dinero, aunque fue muy prudente, y de los trecientos millones de medallas especiales que tenía en ese momento, gastó cincuenta. "¡No más gasto, esta es la reserva y seré prudente!", pensó cuando le vino a su mente que aún le faltaba mucho por recorrer, y debía de conservar medallas especiales para ello.

Se apresuró al Luxor Occidental por sus lentes, luego del percance con el anciano de los disfraces y su profunda reflexión sobre el tema de las medallas especiales. "¡Ariadna, no me digas que ya gastaste todas tus medallas!", exclamó con tono jovial la joven de la recepción –había muchos salones de juego en el Luxor Occidental.

"¡No, de ninguna manera! ¡Tengo doscientos cincuenta millones de medallas especiales aún!", respondió Ariadna sin detener el paso.

"¡Oh, sí! ¿Y dónde están?", preguntó la joven de la recepción haciendo un guiño de ojo.

"¡En Ziza, las tengo en el banco Ziza!", respondió Ariadna con naturalidad. Luego se dirigió al elevador, pero en el último instante decidió tomar la escalera.

Ese tipo de medallas especiales significaba dinero en código con valor universal.

Notó Ariadna con agrado, que, en ese punto del Luxor Occidental el piso era de losetas antiguas, como de las que hubo en las construcciones arcaicas del planeta Tierra. Contempló el diseño de las losetas minuciosamente, y reconoció lo bello que era ese diseño de diferentes tonos de verde.

Ya estaba por entrar a la habitación, cuando la alcanzó un joven agente, éste aplaudió sobre la decisión de salir a dar un paseo, "¡les hace muy bien a las piernas caminar!", dijo, y le hizo hincapié también en que, dado el punto de ubicación, regresar a recoger sus lentes blancos para cubrirse del sol fue una excelente idea.

La habitación estaba decorada en un tono gris, metálico plateado, parecía como un espejo ahumado.

Llegaron en seguida más agentes de pronunciados ojos rasgados. Escuchó Ariadna cuidadosamente la información que le llevaron, y se puso nerviosa dado lo vital del tema. Recobró la calma luego de un reflexivo silencio, y se percató de la presencia de agentes esparcidos en distintos puntos del Luxor, quienes la estaban cuidando de alguna manera por ser ella un miembro del Luxor Occidental, y también estaban protegiendo el lugar, el cual por cierto estaba súper blindado.

Más tarde, luego del encuentro que tuvo con los agentes de pronunciados ojos rasgado, entró Ariadna a las oficinas del Luxor Occidental según las instrucciones que llevaba. Ahí, en dichas oficinas, una joven de piel pálida le hizo algunas indicaciones, luego le pidió que fuera al cubículo de enfrente a tomarse una foto, había varios cubículos, todos eran similares.

"¡Hola, vengo a tomarme la foto!", dijo Ariadna al par de jóvenes una vez en el sitio indicado.

"¿Cómo la quieres?", preguntó una de las jóvenes que la atendió

"¿Qué cómo la quiero?", replicó Ariadna con notable expresión de aturdimiento en la cara. "¡Pues así tal como soy, natural, sin nada, sin ningún disfraz, solamente yo!", dijo.

"¿De dónde saliste tú?", preguntó la joven con ojos de asombro.

"¿Dónde estabas, de dónde vienes?", la bombardeó con preguntas la otra joven.

Ariadna, que estaba viendo a lo que ella creía que era la cámara, y en espera de que le tomaran la foto, sintió a una de las jóvenes aproximarse a ella, por atrás, justo a su espalda. Entonces, la joven le puso encima de la cabeza algo que sostuvo con sus manos, a manera que esa cosa no tocaba su cabeza de Ariadna. Parecía ser eso como un ave exótica, semejante a un pavo real.

"¡Vengo de ahí!", señaló Ariadna el punto donde había varias puertas. "¡O tal vez de esa otra!", señaló la puerta contigua un poco confundida.

"¡Ahí me dijeron que viniera aquí con ustedes a tomarme la foto, simplemente!", respondió luego de un breve silencio.

Según el protocolo, debía tomarse esa foto antes de abandonar el Luxor Occidental para asegurar su ingreso y su estancia en el Valle de la Muerte.

Una vez terminado el asunto que la llevó a ese punto, se marchó apresurada a la pista del Luxor Occidental. Se plantó en la larga fila que había de gente. Llevaba consigo una maleta pequeña, y calzaba sus típicas botas de militar que tanto le gustaban. La noche se había puesto y las luces del Luxor Occidental se veían súper interesantes.

Dotada de un corazón bueno, Ariadna se sentía tranquila, lejos   del torcedor de conciencia que perturba los sueños de los mortales. Pero estaba consciente   que llevaba un trasporte especial; sabía ella muy bien lo que significa portar a Concha de Búfalo, y por ende a las misiones a las que estaba destinada.

Aterrizó sus pensamientos cuando escuchó hablar al par de hombres que estaban antes que ella en la fila. Parecían estar inquietos, como chiquillos se comportaban ante su presencia; y, aunque fueron discretos, unos cuantos suspiros les arrancó de su pecho. Ella lo percibió, y se preguntó curiosa quiénes podrían ser ese par de personajes tan dulces. Luego de un breve reflexivo silencio, dedujo más por razonamiento que por intuición, que al estar ellos también en la pista del Luxor Occidental debían de tener una nave especial, porque todos los que estaban ahí, en esa ala, era porque eran portadores de dicha nave, y el Luxor Occidental les tenía siempre un lugar reservado a ellos.

"¡Espero que haya lugar para mi Lincoln aquí!", dijo uno de ellos, a manera de identificarse con Ariadna, quien captó inmediatamente la señal del código de identidad.

"¡Me agrada este caballero!", pensó ella, y esbozó una sonrisa coqueta.

Ariadna notó que en la fila también estaba su compañero Benito; éste llegó corriendo y se plantó en medio de ella y aquel par de compañeros en misión, y a quienes ella ya había reconocido como tales. Pero Benito estaba actuando raro por que se había desorientado en la misión previa, y solo le había dado tiempo de envolverse con una gabardina para cubrir su desnudez, y estaba como un poco ido de la mente.

Capítulo 17 La Escalera

Durante su entrenamiento en aquellos extraños mundos, Ariadna estuvo muy activa con robustos grupos de agentes secretos y compañeros. Llamó tremendamente su atención uno de los personajes presentes, quien le mostraba con discreción un truco que hacía ayudado con sus manos y una cuerda. Se trataba de una figura semejante a un pozo de agua con una llave, a manera que eso sugería la posibilidad de abrir una llave de agua.

Repentinamente, el velo que cubría su agitada mente cayó al contemplar aquella obra, y recordó inmediato a ello que el agua del planeta Magenta era la llave, es decir la clave para ingresar al Valle de la Muerte. "¡Esto no puede ser una coincidencia!", pensó la bella Ariadna, quien de ninguna manera creía en las casualidades.

El autor de esa obra persistía, trataba de llamar la atención de Ariadna insistente.

"Ese hombre me recuerda muchísimo a un hombre que fue muy remarcable en el arcaico planeta Tierra, Concha de Búfalo", dijo Ariadna asombrada.

"¿Quién era ese hombre, Ariadna?", preguntó curioso, Concha de Búfalo.

"¡Se llamaba Carlo Caplin! ¡Sus obras trascendieron notablemente!", respondió Ariadna admirada al notar el gran parecido que había entre ambos personajes, y no despegó la mirada en el movimiento de las manos que ese hombre hacía para crear su obra.

Antes de marcharse a continuar con la misión, Ariadna escuchó la voz de alguien a su espalda decir: "¡Ponles siempre tu nombre a tus obras, y tómales una foto junto con éste! ¡Sé qué vas al Valle de la Muerte, buen viaje y que soplen buenos vientos en tu andar!". Era su amigo, el músico Gavo quien le habló.

Al recibir el llamado de su querido compañero, el músico Gavo, quien le susurró al oído también las palabras secretas de identidad, Ariadna, quien estaba formada en la larga fila de gente, detuvo su paso al escucharlo. "¡Ya casi llegas!", le dijo él, y le dio el código secreto, mismo que le serviría a ella estando en las profundidades del valle. Ariadna reaccionó, y se quedó tan quieta como una momia; y notó que al detenerse ella bruscamente, se abrió un eslabón, es decir se rompió la fila, entonces procuró ser lo más discreta posible ante ese acto. "¡Espero que nadie haya escuchado lo que mi compañero me ha comunicado!", pensó sabiamente, porque estaba consciente que esos asuntos atañían solamente a los Concha de Búfalo.

Una vez que finalizaron las misiones y las reuniones que la llevaron al Luxor Occidental, pronto estaba Ariadna subiendo por unos extrañísimos escalones.

De acuerdo con el plan, Ariadna debía de recoger personalmente información antes de partir al planeta Magenta, y posterior a ello descender al Valle de la Muerte. Iba muy animada junto a otros compañeros. Entonces comenzó a subir por esa escalera formada con cientos de escalones suspendidos en el aire. Había una multitud de gente, y todos iban subiendo al mismo tiempo por esa extraña escalera. Eran peldaños peligrosos, y en varias ocasiones se aseguró de que estuvieran bien firmes. Observaba muy atenta dónde colocaba sus pies y manos para asegurarse de que esos escalones hechos con madera y cuerda no estuvieran muy débiles. Y dado que estaba suspendida esa escalera en el aire, y la gente estaba subiendo cada escalón, uno a uno, el panorama se percibía súper dramático. Trató como pudo que no le fueran a aplastar sus manos por donde se iba agarrando para ir trepando al siguiente escalón. Notó que había bastantes jóvenes subiendo también junto a ella. Todos iban en silencio, atentos en cada movimiento que hacían dado el difícil evento.

Literalmente todos iban subiendo colgados al mismo tiempo. Cada paso era súper delicado, por la precisión y coordinación que debían de mantener todos para mantener el balance en orden.

Cientos y cientos de escalones suspendidos en el aire Ariadna subió con la intención de encontrar la pista correspondiente a la misión de Magenta. Vestía cómodamente para la ocasión, llevaba puesto una blusa blanca que dejaba ver su bello y bien entrenado torso en cada esfuerzo y en cada movimiento que hacía para trepar.

"¡Concha de Búfalo!, no sé si se trata de mi imaginación, carísimo amigo, pero no siento mi peso, es decir estoy muy ligera", dijo Ariadna con sorpresa.

"¡Pienso que es por la buena disciplina en tu entrenamiento personal, Ariadna!", respondió Concha de Búfalo. "¿Has notado qué no te quitas las botas de soldado ni en sueños?", añadió Concha de Búfalo, y ambos se carcajearon por un rato.

Ariadna se sentía muy orgullosa de ser un soldado, porque de alguna manera lo era.

Luego de un prolongado rato de esfuerzo, por fin llegó a la cima, y notó que ésta era una larga calzada. Había mucha gente parada en ambas ceras de dicha calzada, quienes la observaban muy atentos con un gesto notable de sorpresa, pero nada amigable, al verla pasar junto con sus compañeros en medio de esa larga calzada.

Ya era tarde, pero había luz suficiente para notar todo a su alrededor con claridad. Se sintió protegida por los compañeros que iban con ella. Y se sintió orgullosa de mostrar las botas de soldado que portaba, porque lo era, y estaba orgullosa de que fuera así; y quiso que todos esos personajes presentes en ambos lados de la calzada estuvieran enterados de ello; porque solía mostrarse sin máscara cuando la ocasión lo ameritaba.

Con paso decidido, Ariadna se dirigió al punto de su objetivo. Por instrucciones debía de transitar por la larga calzada. En un punto específico estarían esperando por ella, según las indicaciones.

Una vez que llegó a una esquina, se detuvo a observar el punto de ubicación, luego se adelantó unos metros de sus compañeros. "¡No lo veo, pero me dijo que estaría esperando por nosotros en uno de los locales de ahí!", dijo, y señaló un grupo de éstos. Luego hizo una minuciosa observación del punto para disipar sus dudas.

"¿Estamos en el lugar indicado?", preguntó uno de los compañeros. "Tengo el radio conmigo. ¿Por qué no lo enlazamos?", añadió.

"Comunícate con él, entonces,", respondió Ariadna. "Y dile que estamos en...", interrumpió su comentario para leer los anuncios de los locales típicos de artesanía que estaban justo en esa esquina, donde terminaba la larga calzada. Observó que había otra calle paralela a la calzada, ésta tenía construcciones con techos de teja de barro colorado, y pintorescos anuncios colgados en las paredes. "Ya estamos cerca del lugar a donde nos dirigimos, conozco el punto y es por acá, atrás", prosiguió, y señaló un punto a campo abierto. Tenía la ruta bien trazada en su arcaica memoria. (Ariadna estuvo en ese punto con anterioridad en otras misiones y nunca olvidó esa ruta).

"Bueno", pensó Ariadna de pronto, "¿por qué he de tener un intermediario para hablar con Benito y decirle en qué punto estamos para que nos ubique rápido, y se apure para podernos ir al punto de nuestro objetivo? ¡Pásamelo, yo hablo con él!", demandó con firmeza, una vez su lógica reflexión.

Ariadna identificó el lugar y quedaron de encontrarse en la sección San Ángel. Allí, en dicha sección, estarían seguros hasta que Benito pudiera llegar. Estaban sus compañeros exaltados porque ella ya había identificado el lugar, conocido como Los Tecolotes.

Pronto Benito se unió a ellos, arribó según el plan, pero Ariadna lo notó raro, más de la cuenta, Benito era raro por naturaleza.

La joven que los atendió en esa sección mientras todos esperaban por Benito, quiso manipular a Benito cuando ofreció pagar el perfume de rosas que tomó Ariadna de una vitrina, el cual costaba cuarenta y cuatro medallas especiales. La joven del mostrador trató de llamar la atención de Benito a toda costa, casi de un modo vulgar, o poco gentil. Esa actitud irritó a Ariadna, y más aún, cuando se unieron un par de cómplices más a tratar de manipular la situación.

Manipulaban con descaro el escenario para que Benito quedara fuera de la vista de Ariadna.

"¿Qué estás haciendo?", Ariadna le gritó a su compañero Benito súper irritada por su comportamiento poco serio. El pobre parecía ido, no parecía estar consciente de sus actos. Iba caminado en dirección a donde la joven le llamaba coquetamente. Ariadna se preguntó intrigada por qué razón le habría sido asignado Benito como compañero.

"¡No puedo creerlo!, si no estuviera yo aquí presente, adónde te llevaría tu comportamiento. ¡Benito, por todos los cielos, reacciona!, ese comportamiento adolescente te puede acarrear grandes problemas", lanzó otro grito colérico Ariadna al pobre hombre, quien parecía no poner mucha atención, y por momentos parecía estar como ido.

Luego de ese incidente, arribaron al punto convenido. Ahí, Ariadna hizo el intercambio de información y le entregó a la bella Laila −una agente especial en cubierto− la piedra enviada para ella, y el regalo —el costoso perfume floral— en agradecimiento a su fidelidad. Laila recibió los obsequios de muy buena gana, y se alegró muchísimo de ver nuevamente a su querida amiga, Ariadna.

"¡Mira, Laila, mírala bien! ¡Es una piedra, pero no es una piedra común!", dijo Ariadna con evidente entusiasmo. "Es semejante a la piedra luna, pero esto es en realidad una pantalla para hacer enlaces, trabaja semejante a un satélite, pero mucho más sofisticada en tecnología. Es para ti, querida Laila, has buen uso de ella, te la has ganado por el trabajo que has desarrollado; y por tu fidelidad al progreso de los Planetas Unidos del Cosmos (PUC)", explicó Ariadna a Laila, y le hizo hincapié en que pusiera mucha atención a lo que viera en ella. (La función de dicha piedra era semejante a la función de un satélite).

Después del intercambio de los códigos de identidad, Laila informó entre otras cosas importantes a Ariadna la situación del niño Mar, de quien se había comprometido ella misma ser su tutora, si se lograba con éxito su encuentro y su rescate.

Mas tarde, Ariadna y sus compañeros tomaron la ruta al punto según la información que intercambió con Laila.

Concha de Búfalo previamente le había ya informado del terreno que estaba pisando, y le hizo claro hincapié que debía de tener mucha precaución, dado que el enemigo andaba cerca, siguiendo sus pasos, y no cedería tan fácilmente. Benito y los otros compañeros iban temblando luego que se les informó con detalle dónde estaban.

Ariadna llevaba la instrucción de ir directo al punto, entrar y darle frente al enemigo sin titubear.

Una vez que puso un pie dentro de ese terreno, la atacó el enemigo, quien portaba ropa femenina y estaba armada hasta los dientes. Nadie interfirió en esa batalla. Fue a cámara cerrada ese combate. Ariadna sabía que su deber era pelear por los inocentes que se hallaban en cautiverio en aquel sitio, y, aunque tenía miedo, estaba lista para la batalla.

Y sin más, colocó a velocidad de rayo su cuerpo en posición de guerrero al ver que el enemigo se fue directamente sobre ella, lanzando un grito feroz. Afortunadamente, logró esquivar el golpe con un movimiento veloz y preciso, pero se alertó cuando notó que el enemigo traía armas en amabas manos. "¿Por qué no dejas tus armas y peleas limpio?", demandó Ariadna indignada. "Cuerpo a cuerpo, ¡como un buen guerrero!", exclamó molesta. "¡Pelea limpiamente como yo lo hago!", demandó irritada nuevamente a esa enfurecida mujer, quien se le fue a golpes con el puño bien apretado, luego que dejara sus armas por orgullo y dignidad, pero eso la enfureció aún más.

Ariadna esquivaba los golpes haciendo hábiles movimientos para girar su cuerpo, pero esa destreza no la cegó, y con humildad reconoció que era muy buena esa mujer para el golpe.

Y mientras ese vital combate se llevaba a cabo, el grupo de compañeros nerviosos esperaba la señal afuera.

Luego de llegar a un arreglo a puerta cerrada con el enemigo, Ariadna, se apresuró a hablar con toda la gente que aguardaba en el patio con expresión de espanto en la cara. "¡Están libres todos! Hagan lo que consideren conveniente. Y recuerden bien, nadie tiene autoridad sobre otro", dijo a la gente, quienes esperaban para ser rescatados del cautiverio.

Había un alboroto con esa gente luego del acontecimiento, tenían acumulada rencillas entre ellos por cosas de castas, y su comportamiento era un tanto bárbaro. Ante dicho comportamiento tan salvaje que manejaban entre ellos, Ariadna sintió pena.

Se concentró en lo suyo, y una vez que terminó de discutir puntos importantes, se dirigió con un individuo de esa colonia en su máquina primitiva a recoger a otros miembros, quienes estaban también esperando ser rescatados.

Dicho individuo, la miraba por encima del hombro y sonreía con sarcasmo. Era un hombre de piel oscura, entrado en años sin ser viejo. A las claras se notaba la amargura de ese hombre.

Después de unas horas, llegaron a un sitio donde un par de inocentes criaturas salieron de un agujero cuando él les llamó. Esos niños tenían los dedos ensangrentados como si hubiesen estado cavando ahí, en ese túnel, tenían los dedos y uñas destrozados, entre sangre y mugre. Ariadna estaba en shock. "¡De dónde rayos salieron estos niños!", se preguntó al verlos. "¿Y por qué este hombre parece tan insensible?".

"¡No interfieras, Ariadna! ¡Pones en riesgo la misión si preguntas o te inmiscuyes!", dijo Concha de Búfalo en ese momento vital, haciendo un enlace al percibir las intenciones de Ariadna.

El hombre metió a su carro al par de niños, y con el mismo duro gesto enmarcado en su rostro, junto sus dedos, pulgar e índice, a manera de formar un círculo para darle impulso al dedo índice en esa posición; entonces, les dio un extraño golpe en la mollera de esa forma. Los niños no refutaron nada, parecían dos corderitos.

"¡Oh, qué ruda escena!, ¿por qué les ha hecho eso tan salvaje?", pensó Ariadna al ver esa escena; pero tenía que respetar las órdenes para no estropear la misión que tenía que cumplir en ese complejo mundo; entonces, se mordió los labios para que no se le escaparan las palabras y guardó silencio.

Terminando la misión concerniente a ese sitio, se fue Ariadna junto con sus compañeros al siguiente punto, según la instrucción recibida.

Todo ese sitio carecía de los básicos servicios, no había electricidad en las calles, y la zona industrial imponía su presencia con los únicos focos que alumbraban los alrededores de esos complejos. Todo lo demás permanecía sin electricidad. En ese lugar se estaba trabajando con el metal. Era semejante a una armadora de naves primitiva. Ahí debía Ariadna de trabajar por el contrato que se arregló previamente a su llegada. Tenía que terminar exitosamente el entrenamiento como parte de su trabajo antes de continuar con la misión de ingresar al Valle de la Muerte.

Revisando el área para familiarizase reconoció a un par de compañeros que no había visto en mucho tiempo. "¡Hola!, ¿qué hacen por aquí?", exclamó sorprendida. "¡Qué gusto verlos!", dijo con sinceridad.

"¡Qué tal, Ariadna!, nos tocó a nosotros atender este punto, pero, a decir verdad, a nosotros nos gusta más este lugar de trabajo porque está más céntrica su ubicación", expresaron ese par de agentes a Ariadna. A ella le dio gusto verlos, de alguna manera sentía que estaban todos en la misma rueda. Estaba contenta de seguir en pie, trabajando por el progreso de los pueblos como agente encubierto, y registrando todo lo que acontecía en esos rudos y primitivos mundos.

La saludaron con discreción, era obvio que estaban ellos ahí atendiendo sus propios asuntos.

Intercambiaron algunas palabras simples. "No debes quedarte mucho tiempo en el Valle de la Muerte, Ariadna. Siempre recuerda que nada o nadie puede forzarte a ingresar a ese sitio. Tú estás por encima de cualquier misión de esa índole. Recuerda que tu lugar está en otro sitio y debes de pensar en regresar", dijeron con tono preocupado, y añadieron. "En la historia muy pocos han sido los que han salido ilesos del Valle de la Muerte".

Ariadna agradeció el comentario con una sonrisa. "Debo de ser discreta en mis actos para no arruinar esta misión, ya he enviado las coordenadas de ubicación, y seguramente Concha de Búfalo a registrado toda la información. Debo de esperar paciente a recibir la siguiente instrucción", pensó luego del dialogo que sostuvo mientras se dirigía con paso menudo a la salida de aquel galerón metálico.

Afuera, el sitio era semejante a un tianguis ambulante y aprovechó para hacer algunas compras.

"¡Son cinco medallas!", demandó un hombre a Ariadna por lo que ella pidió.

Ariadna metió la mano a su morral para tomar las medallas especiales y cubrir su compra. Y le incomodó muchísimo que sin querer sacó un paquete de medallas firmadas por su querido amigo, Benjamín Franco a la vista de los presentes, y le preocupó mostrar esas medallas de gran valor en un punto tan marginado.

"¡Comiendo delante de los pobres!" la gente murmuraba. Debía de ser prudente y guardó el paquete de esas medallas especiales discretamente, pero extrañamente otro paquete más se salió de su morral y cayó al piso ante su mirada atónita. "¡Y uno aquí así de pobre!", continuaron las expresiones.

Nerviosa por lo sucedido, habló con Eduard y Fredo, quienes formaban parte de sus compañeros, y quienes ya le habían dado alcance; les pidió que le dieran una medalla más pequeña, dado que notó que su morral estaba cargado de medallas súper valiosas y firmadas por Benjamín Franco. Fue el último regalo que recibió por el rescate de la gente en cautiverio. Pero ella olvidó eso, de hecho, no les daba mucha importancia a esos temas, pero al notarlo se preocupó por prudencia y respeto a la gente. Sabía que debía ser prudente para no despertar sentimientos propios de la situación.

Caminó luego por un largo rato tratando de acomodar sus pensamientos revueltos. Tenía tantos sentimientos encontrados, por un lado, estaba su amigo, el pobre Justino, prisionero en las minas de turmalina sandía en manos de los despiadados Morrus. Y, por otro lado, el hecho de saber que el comandante Miguel Ángel no saldría del Valle de la Muerte por leyes desconocidas para ella le encogía el corazón. "¡No volveré a verlo sabrá el cosmos por cuánto tiempo!", pensó con infinita tristeza.

Permaneció Ariadna trabajando en esa armadora de naves por un lapso corto, pero muy significante para hacer los enlaces correspondientes. Los demás compañeros, a excepción de Eduard y Fredo, tomaron las rutas correspondientes a sus misiones. Ariadna registraría todo lo acontecido en ese sitio y sus alrededores sin intervenir en nada. Así lo demandaba la instrucción, misma que Ariadna usualmente tomaba muy en serio. Pero una noche, tuvo la osadía de invitar a un par de personajes a la cena de honor que se llevaría a cabo en aquellos complejos. Porque, aunque ella estaba operando en ese complejo con contrato de trabajo para cubrir su identidad, eso no le impedía reunirse con sus contactos y amigos, quienes, al enterarse de que ella andaba cerca le hicieron llegar tan honrosa invitación.

Manolo y José eran los nombres de sus invitados. Los encontró perdidos, vagaban en aquel tianguis en esas colonias. A ella le pareció bien invitarlos a disfrutar del banquete.

La cita sería en un punto estratégico, y desde allí se trasladarían todos los invitados al lugar donde se llevaría a cabo el banquete.

Entró Ariadna con sus invitados por el área de un viñedo al sitio acordado, y pagó una suma importe de medallas especiales para que autorizaran la salida de dichos personajes de la colonia.

La nave que abordarían como trasporte estaba lista para partir. Esa nave se componía en su mayor parte de cristal.

Ariadna se dirigió directamente a la cámara principal de la nave, como dictaba el protocolo, y se sentó junto a doce compañeros en forma circular. Y una vez haciendo clic el cinturón de seguridad la nave descendió montaña abajo, es decir, atravesó el corazón de una montaña, cuyo interior era una sólida y gigantesca roca de granito, semejante a una bóveda. Una vez abajo, se abrieron las gigantescas puertas que impedían el acceso de cualquier persona no autorizada. Ariadna supuso que esas puertas de bastantes toneladas de peso estaban diseñadas para soportar cualquier ataque nuclear.

Afuera, frente a otra gigantesca montaña pelona de granito ya los esperaban. Todos los invitados serían trasladados desde ese sitio en carros al punto donde sería el banquete. Ariadna estrechó las manos de quienes ya esperaban por ella. En su camino a campo abierto, vio la montaña por dónde la nave descendió, y admiró lo bien que estaba camuflada esa área. "¡Si no lo veo con mis propios ojos, no lo creo!", exclamó.

Posterior a ello, una manada de preciosos perros de varias razas salió a darles la bienvenida. El líder del recinto, quien recibió a Ariadna desde que bajo de la nave, estaba contento de ser él el anfitrión del evento. Y pronto la estaba introduciendo con su familia, con sus invitados, y con todos los miembros de dicho recinto. Había mucha gente joven y alegre, y se hablaba en varias lenguas.

Pronto todos aquellos invitados estuvieron disfrutando de los manjares que había en las mesas, charlaban amenamente y se divertían con los temas graciosos que sostenían entre ellos.

El salón estaba alumbrado apenas con una tenue luz, pero suficiente como para identificar bien las caras de los presentes. Tenía varios niveles esa construcción, los cuales se comunicaban por medio de corredores, patios y escalones. Todo ahí parecía estar transcurriendo de modo normal. Las jóvenes encargadas del banquete estaban trabajando con mucho gusto. Llevaban a cabo con mucha orden y armonía el tema de los platillos en las mesas para los invitados. Ese grupo de jovencitas, bellísimas, por cierto, era muy eficiente, y Ariadna sintió mucha satisfacción y admiración al notar el trabajo tan pulcro que desempeñaban aquellas jóvenes.

De pronto, algo grave ocurrió en uno de los salones contiguos, y, todos los presentes se acomodaron de una manera estratégica; todo indicaba que estaban listos para una evacuación masiva.

La joven encargada del banquete y su grupo alcanzaron a guardar parte de la comida. Les ayudaron algunos invitados a poner en sus carros las cosas que se lograron rescatar. Ariadna, quien en ese momento se encontraba tratando asuntos de vital importancia en otro de los salones del recinto, fue avisada por Fredo y Eduard de dicho acontecimiento. También le informaron del comportamiento vergonzoso que habían tenido el par de invitados que había ella amablemente invitado al evento, por buena persona y querer compartir del banquete.

Se apresuró entonces al área donde se estaba presentando la rencilla. Era el área más grande del recinto donde estaba sucediendo tal evento; estaba oscuro, pero se podía ver lo suficiente.

Ariadna abrió los ojos y trago saliva, lo que se temía. Ahí estaban plantados un par de indeseables individuos. Eran los Depredadores del Cosmos, agentes contrarios al progreso. Se habían infiltrado por algún lado. Estaban tratando de obtener información vital, y buscaban al líder entre los presentes, quienes lucían súper atemorizados por la presencia abrupta de aquellos agentes en el recinto, minutos antes tan llenos de paz.

Ariadna, notó inmediatamente cuando estuvo cercana a ese punto que había agentes del mismo tipo colocados en distintos ángulos del salón. Vestían ropa oscura y tenían sus rostros un semblante escalofriante. Estaban a las claras súper concertados en lo que hacían; observaban todo a su alrededor con paciencia maestra, a manera de estar haciendo un estudio minucioso sobre su objetivo. Se hacían señales entre ellos desde distintos puntos, a manera de estar coordinándose muy bien antes de dar el siguiente paso. Husmeaban por todos lados como sabuesos aquellos agentes, mientras todos los presentes en ese recinto se mantenían paralizados llenos de miedo, algunos otros se mantuvieron ocultos.

Los sabuesos interrogaban a los miembros del recinto sin la menor piedad y decencia, atemorizaban a los invitados del banquete con clarísimo placer. La presencia de aquellos sujetos estaba causando un verdadero temor y revuelto.

No tardó mucho en estar Ariadna cara cara con uno de esos siniestros personajes, lo enfrentó directamente; cruzaron palabras fuertes, Ariadna se impuso ante dicho agente, quien no se atrevió a tocarle un solo dedo, pero ganas le sobraron al individuo. Ella notó en su rostro ese deseo frustrado, pero aquel individuo era astuto, y no se atrevió a desafiarla. Sabía de antemano que ella no le temía, y más aún, sabía que estaba súper preparada para darle frente.

"¡Aquí estoy yo frente a ti! ¡Deja a esta gente en paz!", le dijo Ariadna con autoridad al malsano depredador, y se impuso ante su presencia. "¡Y ven por mí, si te atreves!", dijo furiosa. "¡Bien sabes lo qué obtendrás de mí!", le advirtió.

Ante el gesto frustrado del horrible agente, quien sabía plenamente con quién estaba hablando, Ariadna tomó el lugar que le correspondía en ese recinto, y no permitió que esos agentes siguieran perturbando con su presencia amenazante a sus integrantes; se plantó frente a frente a ese agente, estaba claro que ella no abandonaría el recinto por temor.

De pronto, como cosa de advertencia, un gran movimiento se produjo en toda esa morada cuando llegó al recinto Osiris, el compañero en misiones de Ariadna, quien inmediatamente se apostó como un buen soldado, dando también la cara al enemigo que perturbaba en aquel pacífico recinto. Se dio una tremenda discusión; Osiris manifestó su desacuerdo por la presencia de esos horrendos agentes que habían entrada al recinto abruptamente, y los enfrentó con valentía, mientras Ariadna era puesta a salvo por órdenes ajenas a ella en otra área del edificio.

Luego que Ariadna fuera informada del escándalo, y de lo que había ocasionado dicho escándalo y desajuste en el recinto donde se llevó a cabo el banquete, se dirigió a un punto donde supuso encontraría a su par de invitados, Manolo y José. Pensó inocentemente que estarían ese par de mequetrefes junto a los miembros de aquel recinto. La acompañaban Osiris y otros compañeros quienes habían llegado ante la señal del llamado de socorro para reforzar la ayuda en el recinto.

Aquella área era la más oscura del recinto. Ariadna estaba exaltada. Iba caminado con toda prisa, como si quisiera darle cara al problema rápido, sin perder ningún segundo.

"¡Vamos, rápido!, quiero llegar pronto al sitio donde están ese mequetrefe de José y su acompañante, Manolo, ¡mis traidores invitados!, quienes no tuvieron reparo en hacer de las suyas, aquí, dentro, y avergonzarme con su comportamiento mezquino", dijo Ariadna a Osiris y a los otros que la acompañaban, incluyendo a Fredo y Eduard quienes no se habían despegado de ella.

Ese comportamiento mezquino que habían tenido sus invitados era la connotación de una falta de respeto en su máxima expresión, tanto para Ariadna, quien inocentemente los había invitado, como para los miembros del recinto que los habían recibido sin reparo.

Se aproximaron minutos después Ariadna y sus compañeros a un área del edificio donde había muchas mesas elegantes. El salón tenía notables columnas que servían como apoyo para los marcos de los ventanales. Estaba a luz de luna prácticamente el ambiente, hablando en términos de visibilidad. Entraron apresurados al salón, y Ariadna notó que ahí, dentro, solamente estaban un par de miembros a quienes identificó como compañeros. Los notó exaltados, tenían un gesto clarísimo de espanto en el rostro, ambos.

Dichos jóvenes, un varón y una dama, una vez que vieron llegar a Ariadna y a su compañero Osiris se pusieron de pie.

Ariadna, al percatarse que sus invitados, Manolo y José no estaban con ellos ahí, sintió una punzada en el estómago de alerta. "¡Voy a buscar a esos individuos en otro lado del edificio!", dijo con tono furioso.

"¡No, yo no voy!", replicó Osiris firme. "Primero voy a encaminar a mis compañeros, estos que se han quedado varados aquí esperando por nosotros. ¡No los puedo dejar solos en estas condiciones cómo están! ¡Primero es mi compromiso con ellos, Ariadna!", recalcó, y se aproximó a ellos.

Dicha pareja, parecía estar en graves apuros, su rostro reflejaba un notable gesto de espanto. Ariadna percibió en el gesto de Osiris también un reflejo de espanto cuando éstos le comunicaron quedamente algo; y se notaron más aliviados luego que Osiris decidiera irse con ellos.

Ante aquel escenario, Ariadna por un momento no supo qué hacer, y con duda dedujo que su compromiso era irse con sus compañeros, al igual que Osiris; entonces, aceleró su paso para aproximarse a ellos, pero se quedó justo en la mitad del camino cuando sintió un dardo de fuego atravesar sus entrañas. La mirada de desconcierto que la pareja le lanzó era evidente. "No, yo no me voy a ir todavía, no sin antes darle frente a las cosas", dijo Ariadna en tono desafiante. "¿Por qué no está José y Manolo aquí con ustedes?", preguntó a la pareja con notable tono descompuesto.

La pareja tartamudeo, y le dieron a entender tanto ellos como Osiris, con pocas palabras, pero con mucho contenido, que se olvidará de esos personajes, y que era hora de irse.

Ariadna un tanto descontrolada ante ese dilema, por un momento dudo si irse con ellos o ir a buscar a dichos personajes. "¡Pero, es qué debo de ir a buscarlos, debo de ir a enfrentarlos!", insistió indignada.

Sus compañeros le recordaron la fechoría que cometieron esos personajes que fueron invitados por ella al banquete. Ese recordatorio que le hicieron sus compañeros, lo debía de tener Ariadna siempre presente. Era obvio que sus invitados estaban solamente en lo suyo, y beneficiarse de la colonia sin respetar las leyes que ésta marcaba era su objetivo.

"¿Quieres acaso ver nuevamente su segunda ronda para qué te des cuenta de una vez por todas y lo veas con claridad?", dijo Eduard con autoritario tono de voz, para que Ariadna recordara el comportamiento de dichos personajes, y no fuera tan blanda con gente de esa calidad. Solía serlo a menudo la noble Ariadna porque creía seriamente en el hombre (el ser humano).

Luego de un reflexivo silencio, vio todo con más claridad, y decidida se fue a buscarlos al siguiente salón. No estaba dispuesta dejar a ese par de mequetrefes sin una firme advertencia. No la volverían nunca a engañar. Les había dado una oportunidad para su bienestar ingresándolos en esas colonias de gente próspera y buena, luego que los encontró vagando en el tianguis. Y habían traicionado ese acto tan noble dando aviso al grupo de los Depredadores del Cosmos –grupos contrarios al progreso de los Pueblos Unidos del Cosmos–para que atacaran el recinto. Por eso, los compañeros que presenciaron aquel acto tan sanguinario estaban tan espantados. Y cuando éstos dieron los detalles a Osiris, éste no pudo evitar el gesto de espanto que Ariadna vio en su rostro.

Ariadna, como hierro incandescente entró a otro salón echando chispas. Ahí estaban solamente ese par de personajes, Manolo y José, quienes al verle llegar se sintieron incómodos y pusieron cara como si estuvieran viendo a un fantasma. Estaban entre sorprendidos, aturdidos y espantados. Encogieron su cuerpo al sentirse descubiertos por Ariadna quien les observaba fijamente con inquisidora mirada. Luego que aquellos ingratos personajes se sobrepusieron, dejaron asomarse un gesto de decepción al saberse descubiertos en sus planes. No había lugar para dudas, los había desenmascarado de frente. Habían estado seduciendo a las adolescentes mientras esperaban por los depredadores para mantenerlas juntas y hacerles más fácil su trabajo. Y estaban planeando también seducir a una anciana de 80 años, miembro de esa colonia para beneficiarse de su posición.

Ariadna se aproximó directo a la mesa donde estaban ese par de mequetrefes controlando las ganas de propinarles una santa paliza. "¿No crees qué me debes una explicación?", le dijo a José con sereno tono de voz, pero tan frío como el hielo.

Ambos individuos, tragaron saliva ante la presencia de Ariadna. Ella no sentía dolor personal por la actitud de esos personajes; pero el hecho que su comportamiento tan mezquino haya causado daño la avergonzó mucho frente a los miembros del recinto. Y no le tenía nada contenta ese hecho. Afortunadamente, llegaron al llamado de socorro Osiris y los demás compañeros a reforzar el recinto, y de alguna manera no hubo muchas perdidas de vida, pero si grandes sustos y decepciones.

El grupo de Depredadores del Cosmos atacaba a los mundos y colonias nuevas con la intención de extinguir esos pueblos que comenzaban a desarrollarse. Su blanco eran las niñas y las jovencitas, las raptaban o les daban muerte masiva. Acabar con las jovencitas para extinguir de alguna manera esos mundos de gente, era el comportamiento sanguinario de los Depredadores del Cosmos.

Luego del enfrentamiento con aquellos infernales agentes, los depredadores que llegaron a perturbar ese pacífico recinto, y donde también puso al descubierto los planes de sus invitados, Manolo y José, meditabunda y triste dijo Ariadna: "¡Júzguenlos ustedes, por qué yo no soy juez!", y se fue a meditar lo sucedido al Luxor Oriental.

Por otro lado, Concha de Búfalo le informó que en aquel punto recibiría la siguiente instrucción.

Capítulo 18 El Luxor Oriental

El Luxor Oriental era un complejo lujosísimo también. Estaba construido a manera de cuidad flotante en la circunferencia de una bahía. Era un complejo súper interesante, tenía albercas diseñadas a manera de canales, con olas naturales procedentes del mismo océano. Los canales atravesaban por todos lados el complejo, y la luz en esa atmósfera era de un tono blanco, amarilloso; dicha luz era potente y muy singular.

Ariadna, luego de lo acontecido, optó detenerse y meditar el mal momento ocurrido con los depredadores y sus traidores invitados en uno de los muchos puentes que había en dichos canales. Las ondas de las olas gentilmente pasaban una y otra vez. Había gente nadando en los canales; predominaban las parejas, pero había grupos grandes de personas también. Con mirada placentera, vio bajo la cristalina agua a esa gente alegre nadar. La escena, le recordó a los peces, porque la gente nadaba como si fuesen peces y no personas en esos canales del Luxor Oriental.

Ver tremando escenario, y en respuesta al cuerpo fatigado, echarse un zambullido en esas cálidas aguas placenteras lo consideró a bien. Olvidarse por un rato de los mundos y sus problemas, después de todo seguía en pie.

Mas serena por la magia del agua, observó su alrededor y se sintió contenta de estar ahí; y reconoció que las olas del océano que llegaban a los canales del Luxor Oriental hacían muy placentera la estancia en ese punto. "¡Una tarde de verano, en un día soleado junto a los peces del Luxor Oriental me bañé!", escribió para sus memorias, al mismo tiempo que reflexionó y observó todo lo que acontecía en ese excéntrico complejo.

De pronto, aterrizó abruptamente sus pensamientos cuando escuchó voces con notable tono de asombro, se trataba de una pareja que caminaba por uno de los costados del canal: "¡No lo vas a creer! Hubo alguien que se lanzó desde bien alto para venir a nadar aquí ¡Oh, sí! ¡Fue un clavado increíble!".

Posterior a eso.

"¡Ariadna, por atención, escúchame bien!", dijo Concha de Búfalo haciendo enlace, le dio instrucciones a seguir.

Siguiendo la instrucción, Ariadna se dirigió a otro punto del complejo donde estaban otros miembros que identificó como compañeros. También había algunos agentes infiltrados –no le fue difícil detectarlos–. Ese sitio, era una construcción de forma cuadrada, y tenía un patio adentro; en esa área la luz era muy blanca.

Luego de una ardua, minuciosa y muy discreta búsqueda, donde encontró el documento de identidad del niño Mar en una lista, Ariadna emprendió la misión que la llevó hasta ese sitio y recogió al niño que fue a buscar.

Ese pequeño, llamado Mar, había estado en cautiverio en la colonia que recién liberó Ariadna, peleando en combate con el verdugo, y con quien llegó a un arreglo a puerta cerrada. Posterior a eso, ella misma vio cómo ese pequeño y su compañero salieron del túnel con los dedos llenos de mugre y ensangrentados, cuando el hombre de gesto áspero los llamó y les dio un extraño golpe con el dedo índice en la mollera. Uno de esos niños, era el niño Mar, el protegido de Laila.

Ariadna, no fue informada con anterioridad sobre la identidad del niño Mar para no estropear la misión. Primero debía ella de encontrar su documento.

Ya con el pequeño niño de cabello rojo caminando junto a ella, rápidamente divisó el lugar para identificar una salida.

Luego se encaminó con el pequeño a otro nivel del edificio, el cual estaba cuatro escalones abajo. Ahí había otro patio, y al fondo del corredor estaba una habitación. Notó que la puerta de esa habitación estaba medio abierta y dejaba ver un reflejo de luz procedente de la calle, o campo abierto. Identificó ese punto como una de las salidas de ese complejo. Tenía el tiempo preciso, así que, no perdió ni un segundo y se fue rápido en esa dirección con el pequeño niño pelirrojo, a quien llevaba celosamente de la mano.

Cuando tomó los escalones en dirección al siguiente patio, se percató que uno de los agentes –estaban infiltrados por todos lados– discretamente la siguió. Ella no se detuvo, y junto con el pequeño entró a la habitación que estaba al final del corredor. De reojo, vio tras de ella que el agente emparejó la puerta y montó guardia en la entrada.

Dentro de esa habitación estaban reunidas muchas personas. Parecía como si fuese una sala de cine. La gente estaba sentada en asientos acomodados para mirar el frente, donde había una pantalla. Ariadna prestó atención a una mujer, quien estaba junto a un joven adolescente, en el extremo derecho a ellos. Ese par de personajes, una vez que vieron llegar a Ariadna y al pequeño no les quitaron la vista de encima, y trataron de llamar su atención haciendo comentarios. Ariadna los escuchaba porque estaban a unos tres metros de distancia, en el extremo opuesto. También notó que ese par de personajes estaban de pie, al igual que ella y el pequeño niño de cabello rojo, y no era así con toda la demás gente concentrada en ese sitio; ellos estaban sentados, sin hacer el más mínimo comentario, viendo la pantalla al frente, atentos o idos de la mente.

Como parte de su entrenamiento, Ariadna sabía que no debía de hacer contacto visual con ese par de personajes, quienes insistían, en especial la mujer en llamar su atención. Les echó su acostumbrado vistazo de halcón, y, de reojo, divisó el asombroso parecido que había entre el pequeño niño de cabello rojo que fue a sacar de ahí, y ese joven adolescente. Pensó en la posibilidad de que hubiese una relación entre ellos.

Se sintió un tanto rara ante esa extraña coincidencia, pero reflexionó y controló sus pensamientos para no divagar en temas de coincidencias, y se centró en el niño. Entonces, ignoró todo lo que en esa pantalla pasaba, así mismo como a los presentes concentrados en esa habitación, y comenzó a darle instrucciones al niño. Le dio consejos estratégicos a seguir, como parte de su protección y sobrevivencia. El niño la escuchaba muy atento, y estaba centrado en lo que Ariadna seriamente le instruía; el pequeño ignoraba también todo a su alrededor.

El extraño golpe en la mollera que le dio el hombre de áspero gesto al pequeño cuando salió de los túneles, desconectó el chip que le implantaron para que no tuviera memoria cuando estuvo en cautiverio.

Ariadna, sabía que solamente contaba con el tiempo preciso, y debía de terminar con la instrucción del niño justo en el tiempo indicado. Y con el temple de acero caracterizado en ella, llevó a cabo su misión y puso su mente exclusivamente en la pequeña criatura.

"¡Oh, pero qué ternura!, miren a esa madre hablando con su hijo, dándole consejos", exclamó la mujer. "¡Qué cuadro tan increíble! Qué interesante es todo esto que estoy viendo aquí", dijo nuevamente esa mujer con escandaloso tono de voz al joven que la acompañaba.

Ariadna volvió a pensar en la coincidencia del notable parecido físico entre ese adolescente y el pequeño niño Mar al escuchar las palabras de esa mujer, pero estaba tan concentrada en su labor que esas palabras no lograron distraerla, y continuó dando instrucciones al pequeño con mucho amor, pero con la fuerza necesaria para que el niño captara el fondo del mensaje. Era de vital importancia que el niño captara la instrucción y lo que ello significaba.

"¡No, él no es mi hijo!, ¡pero es mi gran misión!", pensó con humildad Ariadna ante los comentarios halagadores de aquella mujer.

Fijó luego su mirada al fondo del salón, y notó que había una puerta, del lado derecho, a unos cuantos metros en la parte de atrás. Estaba entreabierta esa puerta, y se asomaba una luz procedente de algún punto abierto. Identificó que era una salida, y justo cuando pensó en salir por ahí, el agente que se había quedado montando guardia en la entrada entró al salón. "¡Quiénes quieran recoger su documento tendrán qué regresar por dónde ingresaron para recogerlo!", dijo el guardia con áspero tono. "¡Quiénes quieran irse directamente por esa puerta y abandonar este salón por ahí, puede hacerlo libremente! ¡Pero quiénes hayan dejado su documento dentro de este complejo podrán recoger ese documento solamente por dentro! ¡No se les dará por otra entrada su documento!", finalizó su advertencia a grito abierto el agente a los presentes del salón, quienes ya estaban alborotados y se apresuraban todos a la salida, por esa puerta que daba directamente a la calle y al campo abierto.

Ariadna se sintió un tanto frustrada al escuchar lo que el agente dijo, porque ella pensó erróneamente que con el número de registro que tenía del niño Mar en su memoria, podrían obtener dicho documento.

Reflexionó   de pie, en silencio, parada junto a esa puerta con evidente expresión frustrada en su rostro, viendo la calle y el campo abierto. Había un alboroto con los que estaban abandonando el recinto. Unos, parecían contentos y parecían llevar mucha prisa, otros parecían inconscientes o idos, como no teniendo dirección sobre sí mismos.

No pudo evitar sentirse frustradísima al contemplar esa calle tan próxima a ellos. El hecho de no poder irse por esa salida por que tenía que recoger el documento del pequeño, en físico, o de otra manera dejarlo ahí, cosa que de ninguna forma haría, la desconcertó abruptamente.

La gente que estaba dentro del salón salió por esa puerta entonces a la calle como manada envestida. Ariadna y el pequeño de cabello rojo se quedaron en la puerta viendo a la gente alejarse de ahí poco apoco. Se volvió a escuchar el anuncio anterior donde se hacía hincapié de no abandonar el complejo por ese lado si se quería recuperar su documento.

Minutos después, se presentó Laila, la tutora del pequeño niño, quien por medio de Concha de Búfalo y la piedra luna hizo enlace con Ariadna, para recordarle que el documento del pequeño estaba adentro de aquel complejo. "¡No pensaba irme de aquí sin el documento del niño!", dijo Ariadna, consciente de ello. "¡Sé qué su documento se quedó adentro, y voy a ir por el!", agregó con firmeza.

Se despidieron amistosamente, Ariadna vio a Laila brincar por el peldaño de enlace que Concha de Búfalo le facilitó previamente. Luego la vio emprender su camino de vuelta con un gesto en su rostro más relajado, después que ella le hiciera hincapié que no se iría de ninguna manera sin antes recoger el documento del pequeño.

"¡Oh! ¡Cómo puede Laila brincar con zapatillas tan altas!", pensó sorprendida Ariadna al ver las bellas zapatillas rojas de tacón alto que calzaba Laila.

Se dirigió Ariadna resignada entonces con el pequeño Mar al punto que la conduciría a la cámara correspondiente para terminar su tarea, y de acuerdo con la instrucción que Concha de Búfalo le envió, abrió la puerta de conexión. Ahí, del otro lado de la puerta, ya estaban esperando por ella las jóvenes del banquete.

"¡Nos ayudaron a guardar vuestros manjares, Ariadna!", dijeron con un tono súper tierno esas jovencitas. "¡Pudimos recoger casi todo!", exclamaron contentas. "¡Tus amigos nos ayudaron en esto, cuando se enteraron de lo qué ocurrió en el banquete llegaron a auxiliarnos!" Tenían sus carros llenos de alimento.

Ariadna se sintió muy contenta al escuchar esas palabras y ver los carros llenos de manjares. El elixir estaba a salvo. La comida era muy escasa en esos sitios.

Tomaron sus carros y se fueron al punto indicado, según las instrucciones de Concha de Búfalo. Y, ahí, Ariadna abrió la siguiente puerta con el código que Concha de Búfalo le envió, y justo desde ese punto midió el panorama con su famoso vistazo de halcón.

Una vez hecho el análisis correspondiente al caso, Ariadna sabía que debía de emprender una carrera veloz, de nivel superior al de la luz, literalmente, si su deseo era ganarle el paso al opositor y sacar los documentos que acreditaban la pertenencia, es decir la posición del pequeño de cabello rojo. Y, como si el tiempo fuese oro, Ariadna se lanzó en carrera directa en medio de un camino de maleza para llegar al objetivo en mente, una vieja casona. Esa carrera se conocía en esos mundos como el juego de las herraduras.

Sintió Ariadna el rocío de la maleza y algunas varas rozar su rostro durante la carrera, pero no disminuyó su velocidad y pudo esquivar muy bien los obstáculos en su paso. Sabía que debía de llegar hasta la entrada de esa propiedad antes que su opositor.

El opositor de Ariadna, el individuo quien custodiaba esa casona, una vez que la vio llegar se abalanzó en la carrera. Corría ese personaje desde un ángulo distinto al de Ariadna. Ella iba corriendo en ángulo vertical en dirección a la casona, mientras que el individuo corría al mismo objetivo, pero en ángulo horizontal, ambos tenían igual distancia.

Ariadna mantuvo una velocidad increíble en su carrera y llegó antes que él, afortunadamente. No fue fácil lograr llegar a la casona, porque el opositor era también muy veloz, y estaba claro que defendería esa propiedad a toda costa.

Una vez llegando al portón de la casona, Ariadna con llave en mano abrió la puerta. "¡Este recinto es nuestro!", dijo eufórica. "¡Aquí estuvimos nosotros antes de que fuera invadido por ustedes!", dijo mirando directo al opositor, quien ya había llegado y alegaba porque no estaba dispuesto a renunciar tan fácil a esa propiedad usurpada por él y su gente. "¡Mar, este pequeño niño pelirrojo estuvo aquí antes que nadie!, él llegó primero a este sitio y la llave con el código que tenemos es la prueba de ello", explicó, había algunos testigos presenciando el caso.

Ariadna mostró con esa llave que tenía con ella y que abrió las puertas de esa casona que era legal su posición sobre ese recinto. Y una vez que el código fue activado con la llave, los individuos usurpadores salieron despavoridos por la puerta trasera.

Había muchas personas afuera de esa propiedad en casas de campaña, dormían algunos perdidamente, y otros tantos estaban despiertos; estos últimos se inquietaron al percatarse que en la casona había ya aparecido el dueño legítimo reclamando por lo que era suyo. El pequeño Mar acreditaba su lugar de pertenencia, y por ende tenía ya una identidad. Era el documento que garantizaba su salida en plena libertad.

Concha de Búfalo tuvo acceso a esos registros de identidad para recuperar la libertad del pequeño Mar, luego de la vital información que Laila le dio a Ariadna en el punto conocido como los Tecolotes.

Más tarde, después de haber arreglado el asunto del pequeño Mar, regresó Ariadna a los túneles con la esperanza de encontrar más niños en el área; afortunadamente, halló a varios más ocultos como pequeños gatitos.

En los túneles, los niños que rescataba Ariadna se comportaban de manera muy celosa entre ellos, peleaban por el libro que traía consigo. "¡No lo empujes, déjalo a él también!", dijo Ariadna con tono paciente al pequeño agresor. "¿Por qué no compartir el libro con él?", corrigió a uno de esos pequeños cuando vio que con la fuerza de su cuerpo empujaba al otro pequeño.

Estaba exhausta la pobre, pero su entrenamiento aún no terminaba y debía de continuar con el ánimo arriba. Llevó a los pequeños a su reubicación. Todo el trabajo lo hizo durante la noche ayudada con un quinqué, dado que en ese punto no había electricidad.

Una vez que finalizaron esas complejas misiones, se reunieron una noche Ariadna y algunas compañeras. Se dieron cita para compartir los trabajos importantes que se desarrollaron durante el entrenamiento.

Ariadna tomó su lugar y se sentó junto a un grupo de ocho damas.

Luego que una de ellas estuvo hablando con el micrófono al frente del telón por un rato, se acercó a Ariadna con la intención de cederle la palabra. Este era un gesto de carácter diplomático elevadísimo. Cederle la palabra a Ariadna era reconocerle su jerarquía. Ariadna percibió lo antes dicho y se alegró ante el nulo ego que mostró su compañera.

"La próxima vez, hoy no estoy de humor para hablar en público, y, además, no soy nada buena con el tema de la oratoria; pero la próxima vez tomaré la palabra", dijo con sinceridad ante ese gesto, dado lo sencillo de su carácter.

"La próxima vez será, entonces, Ariadna", repitió la ilustrísima dama, quien por cierto miraba a Ariadna asombrada, con un claro gesto de admiración que le iluminaba el rostro.

Ariadna sugirió que se le diera el uso de la palabra a las otras compañeras de mesa con quienes había estaba charlando animadamente, pero la palabra no le fue concedida a nadie más.

Un poco más relajadas, compartieron videos de sus aventuras por los mundos. Llamó la atención a Ariadna uno de esos filmes porque ya no lo recordaba con tanto detalle. En dicho filme, aparecía una pareja en la orilla del mar. El fondo musical eran las olas del mar, y la pareja bailaba románticamente a la luz de la luna. La tela de la ropa que cubría el cuerpo de la bella mujer en escena era muy ligera, semejante a la seda, y volaba armónicamente al ritmo del viento que soplaba. En otro punto del océano, del mismo filme, se encontraban los jóvenes Eduard y Rodrigo. Estaba sucediendo un fenómeno en ese sitio que los mantenía a ambos ocupados. Luego se dio la orden de evacuar el lugar porque ya no era seguro permanecer ahí. Rodrigo logró ponerse a salvo en un punto seguro. Eduard quedó varado en el otro extremo, no podía salir del acantilado donde estaba, y el agua estaba subiendo de nivel rápidamente. Eduard seguía intentando salir de ahí. Ariadna y Concha de Búfalo observaban cuidadosamente toda la escena, no perdían detalle de la posición de Eduard, y en todo momento medían su situación. Estaba Ariadna presta a su rescate, pero debía aguardar a que éste fuera rescatado por el mismo o por alguien más, es decir, no podía ella interferir antes de aquello, eran las órdenes superiores, parte de su entrenamiento, así que se limitó solo a observar y a esperar si el caso lo requería. Luego de un minucioso análisis, consideró que Eduard estaba todavía a salvo, fuera de peligro. Echó un vistazo alrededor de todo el escenario para ver alguna señal que le indicara que ya alguien estaba por ir a su rescate. Y, por otro lado, al ver a Rodrigo ponerse a salvo él mismo y no esperar por Eduard, dedujo entonces que de ahí no podía venir ningún rescate. Rodrigo fue compañero de Ariadna, y por mucho tiempo se acompañaron en misiones súper importantes. Y esa actitud que tuvo en ese evento, donde se puso él a salvo abandonando al joven Eduard, quien aún no tenía la suficiente experiencia, decepcionó tremendamente a Ariadna. Algo había cambiado a Rodrigo. Luego de ese evento ya no lo volvió a ver. Continuó atenta observando la escena para ver de dónde podía venir la ayuda, y esperó con calma, pero nunca bajo la guardia; estaba al pie ante cualquier cosa para proteger a Eduard, para eso estaba ella ahí, justo para protegerlo. Notó luego que Eduard estaba por él mismo tratando de salir de ese acantilado. Vio admirada el gesto de Eduard, calmado, sereno a pesar de la escena, y no dejaba de tratar de escalar mientras las olas lo golpeaban, pero el hombre insistía en salir de ahí valientemente. De pronto, una nave con una hermosa bandera tricolor apareció en la escena, del lado izquierdo, sobrevolando el punto donde estaba Eduard atrapado. Ariadna se alegró y sonrió complacida al ver que Eduard estaba siendo rescatado por una nave de las Fuerzas Armadas del Cosmos (FAC). Rodrigo estaba a salvo también.

"¡Uf, amigas!, cuando vemos estas escenas en las que somos testigos de lo que ocurre en los mundos no se puede evitar sentir nostalgia", comentaron el valiente grupo de compañeras al finalizar de ver sus filmes.

"Como seres humanos todos los habitantes que poblamos el cosmos, somos la única especie hasta ahora pensante, sin excepción, dado que todos somos la raza descendiente humana; y como tales, experimentamos en algún punto de nuestra vida cambios. Por ejemplo, tenemos a una persona dulcísima, buena, atenta y amorosa, y esa persona siente mucho amor por alguien, pero cuando ese alguien cae en el constante error de pretender reducir su autonomía, y amenaza con la misma actitud todo el tiempo cuando está molesta, entonces, esa persona dulcísima experimenta en su corazón, antes lleno de amor, coraje, y cambian muchas cosas bajo su perspectiva porque está lastimada. Entonces, ¿son culpables las personas de experimentar esos sentimientos? Una persona dulcísima, de pronto ya no lo es por las circunstancias que estas sean. ¿Está entonces en su derecho de sentir frustración? Son temas vitales de entender, amigas, porque todos hemos experimentamos de alguna forma dichos sentimientos", expresaron las compañeras y concluyeron la reunión con tal observación.

Contenta y satisfecha por haber terminado parte de su entrenamiento en esos complejos mundos, donde obtuvo muestras vitales para colaborar con la ciencia y poblar nuevos mundos, Ariadna se sintió aliviada por un momento; porque también arregló con éxito el convenio sobre el transporte de la nave, para que las madres de los valientes soldados se beneficiaran con ello en el nuevo mundo a colonizar. Rescató a una colonia en cautiverio pacíficamente, y logró encontrar al niño Mar, quien obtuvo su identidad y con ello su lugar de pertenecía.

"¡Concha de Búfalo!, carísimo amigo mío. ¡Como te dije anteriormente, no hay marcha atrás! ¡Nos vamos a Magenta!", exclamó Ariadna contenta.

Capítulo 19 El Luxor de Magenta

Cuando Ariadna y Concha de Búfalo arribaron a un punto ubicado en la galaxia Luna Nueva, las personas disfrutaban de aquellas pozas que emanaban agua caliente. Había enormes rocas que servían de pequeñas islas donde las personas se tendían al relax. Un mundo de vapor se elevaba y se extendía alrededor de esa enorme piscina natural velando el rostro de los presentes por momentos.

Ya la esperaban ahí un par de agentes en cubierto, quienes se encargarían de mostrarle las instalaciones de ese lujosísimo complejo, antes que nada. "Bienvenida al Luxor Septentrional", dijeron, Lino y Mike, los agentes en cubierto.

Después de recibir ambas partes las palabras secretas de identificación, Ariadna se arrojó al agua, y desde ahí analizó cuidadosamente todo a su alrededor. No percibió el azufrado aroma propio de las aguas del lugar. Por un momento se dejó envolver en esa cálida atmósfera que le invitaba a disfrutar y olvidarse por un rato de los mundos y sus problemas.

La misión no era fácil, como ninguna lo era en realidad. Ariadna, debía encontrar la evidencia del posible ataque que sufriría la población del planeta Magenta por órdenes de su archienemigo, el Capitán de los Relost, habitantes de la zona pantanosa de la luna de Magenta.

Mas tarde, Ariadna acompañada de Lino y Mike tomó el ascensor del lujosísimo hotel con dirección a su habitación. La decoración del hotel era de estilo francés, semejante al del arcaico planta Tierra.

Una vez en su habitación, Ariadna pidió a Lino y a Mike detalles minuciosos de la misión. "Aquí están ahora mismo reunidos los principales líderes de Magenta. De no encontrarse en las próximas horas el químico mortal, darán la orden de evacuar el planeta entero, pues es tan mortal dicho químico, que tendrán que pasar milenios para que pueda ser el planeta nuevamente habitable, si llegara a tener éxito la empresa de los Relost", dijeron Lino y Mike a Ariadna, y añadieron con sinceridad. "En nombre de los líderes de Magenta, gracias por acudir al llamado de auxilio, querida Ariadna, pones en riesgo tu vida y no hay palabras suficientes para agradecer lo que haces".

"¡Ni lo digan!", expresó Ariadna con tono positivo, pero en su interior la adrenalina estaba en su máximo.

No había duda, Ariadna estaba nuevamente en una difícil batalla.

"Concha de Búfalo, ¡mi querido amigo del alma!, espero que todo salga bien", pensó Ariadna preocupada por la información que recibió.

Los datos que registró Concha de Búfalo sobre la misión indicaban la posible ubicación del toxico justo en el corazón de Magenta. Y el corazón de Magenta era el agua, es decir, el corazón de Magenta era el agua que emanaba de los alrededores del Luxor. Dicha agua, era la que les permitía vivir a los Magentanos, y sin ella, simplemente se extinguirían. Una evacuación en realidad solo les permitiría vivir por poco tiempo.

La vida del pueblo de Magenta dependía exclusivamente de su agua, la cual era única en sus componentes, mismos que eran de vital importancia para la sobrevivencia de esa gente.

Esa agua que emanaba desde el interior de las piedras volcánicas en Magenta era una especie de elixir exclusivamente para esa raza de seres inteligentes que habitaban en ese complejo punto del cosmos.

El área era semejante a una caldera volcánica; autentica maravilla de la naturaleza, situada en uno de los complejos hidrotermales más grandes de Magenta.

Ariadna se sumergió en un profundo silencio luego de estudiar el caso, debía estar atenta en todo momento y no permitir que las angustias mentales la paralizaran de su deber.

"Tenemos que salir de aquí ahora mismo", Lino llegó gritando repentinamente sacando a Ariadna de su profundo estado reflexivo. "¡Se filtró información, ya saben de vuestra llegada y vienen por nosotros! Los he visto llegar y traen consigo un peligroso armamento, que créeme, no te gustaría ver" dijo agitado salpicando saliva.

"¡No huiré como un cobarde! Aunque muera en batalla, aquí me quedo hasta encontrar el mal que pretende terminar con la vida de esta gentil gente. No sería digna hija del rey Mat, y mucho menos digna de poseer a Concha de Búfalo, mi más valioso tesoro, mi fiel amigo y mi compañero por siempre", Ariadna replicó firmemente.

Ante la decisión firme de Ariadna, Lino parecía loco caminando de un lado a otro de la habitación. Estaba Lino desconcertado y alterado por la decisión de Ariadna y no quiso escuchar a Mike, quien aún estaba en la habitación con Ariadna. "¡Mantén la cabeza fría, Lino!, ¡qué el terror no controle tu mente!", dijo Mike, pero tal parecía que Lino no tenía mucha experiencia aún en ese tipo de misiones y salió el pobre hombre corriendo de la habitación.

"¡No, no, no! ¡Ni un paso atrás!", dijo Ariadna ante ese escenario. De esa manera, solía pensar siempre ella, cuando la sombra de la muerte se asomaba por sus ventanas, que fuera ella la que se preocupara si se la llevaba, porque Ariadna no retrocedería en sus ideales jamás.

Segundos luego, se escucharon voces en el pasillo, Lino había dejado la puerta de la habitación entreabierta, Ariadna se dio prisa y alcanzó a cerrarla; y pudo comprobar que, efectivamente, ahí estaban un grupo de individuos vestidos de color gris rata husmeando por su paradero. Por un momento, un golpe de adrenalina le golpeó duro el estómago y la paralizó por unos instantes, porque esos sujetos le recordaron la tortura que sufrió en manos del comandante Yuyin, y sus científicos desalmados. Afortunadamente, inhaló profundo hasta las entrañas logrando nuevamente el control sobre sí misma. Entonces, se dirigió al baño, su plan de escape fue usar el sistema de ventilación. Mike le siguió sin chistar y pronto se deslizaron ambos por ese ducto.

"¡Mira, ahí hay una salida!", dijo Mike abriendo los ojos, al mismo tiempo que daban el brinco cayendo en la cocina del Luxor Septentrional.

Mike consideró prudente quedarse en la cocina usurpando al cocinero.

Ariadna se dirigió sigilosa al lado este con cautela en sus movimientos.

En seguida, recibió el mensaje esperado de Concha de Búfalo, quien le indicaba dirigirse al sótano, por la escalera, y una vez ahí, tomar la llave que estaba sobre el escritorio de madera, a un lado de una lámpara con forma de llama ardiente.

La llave, tenía grabado el número 73; y, con la llave en mano, Ariadna tomó entonces el ascensor y subió al piso setenta. Una vez ahí, abrió la puerta que le indicaba el número de la llave, y con la precaución propia del momento, echó un vistazo de halcón a su alrededor notando que estaba dentro de una suite enorme, calculó que era medio piso. "¿Por dónde rayos empiezo?", se preguntó.

Con paso menudo caminó por el pasillo alfombrado de la suite, y se detuvo justo frente al lavamanos de mármol rosa que estaba a un lado del cuarto de baño. "¡Aquí hay algo!", expresó apuntando su mirada al hueco del lavabo.

Impulsada por la razón, introdujo un par de sus flacos dedos en ese agujero, y pellizcó algo, y con mucho cuidado jaló eso que palpaban sus dedos. Para su sorpresa, metros y metros de hilos de pequeños diamantes salían del agujero de lavabo produciendo un bellísimo sonido cuando éstos chocaban entre sí. Y, como por arte de encanto, Ariadna rememoró que, la noche anterior que recibió la llamada de auxilio para atender esa misión en el Luxor de Magenta, había visto a manera de destellos o ráfagas repentinas en su mente el velo. Ese velo, no era visible a simple vista; se componía con finos hilos de diamante de corte único e irrepetible. Al modo que, esos hilos diamantinos, al contacto, al roce o choque entre ellos, provocaban la más extraordinaria y majestuosa nota musical.

Su padre, el rey Mat, y el Gran Consejo, le habían colocado ese velo en su cabeza el día que se graduó en la Academia de Ciencias más importante de la galaxia de los Faros Dorados EAT011112. Cuando se le otorgó a Concha Búfalo, se le entregó también ese bellísimo velo con hilos diamantinos que colocaron sobre su cabeza sellando la alianza de esa manera. Concha de Búfalo, posterior a ello se activó al hacer contacto con esos cristales, produciendo tal nota musical que hasta los mismos ángeles malos deleitarían. Y a raíz de ahí, ambos, Ariadna y Concha de Búfalo, serían inseparables hasta el final de los días.

Por lo tanto, Ariadna dedujo que no era ninguna casualidad el hecho de haber encontrado ahí en las instalaciones del Luxor Septentrional esos hilos diamantinos. Estaba clarísimo que Concha de Búfalo había estado ahí antes que ella, para de alguna manera protegerla y facilitarle su trabajo. Ariadna sabía de ese complejo método que algunas veces Concha de Búfalo usaba para mantenerla informada.

Le habían sido devuelto a Ariadna los hilos diamantinos que le habían cortado los científicos desalmados y el comandante Yuyin en Verona. Los había recuperado el albacea de Ariadna, y como acto de buena voluntad se los hizo llegar a Concha de Búfalo. Esos cristales eran súper poderosos, y a ella le iba a hacer falta ese poder extra para descender al Valle de la Muerte.

"¡Oh, un pedazo de tela aquí!", expresó sorprendida. Sus ojos se entrecerraron para analizar esa tela que estaba amarrada a los hilos diamantinos. Siguió jalando, y lo que continuó saliendo fueron listones de colores. Tenía el presentimiento de estar cerca de descubrir una pista.

Atenta, observó que el tapiz que revestía las paredes del ala izquierda del salón era de el mismo diseño que tenían los listones; se dirigió entonces a ese punto. No se notaba nada en particular; buscó por todas partes en esa suite sin éxito. Exhausta, luego de un rato, se detuvo a observar nuevamente esa pared tapizada, y, notó que, una diminuta hoja del diseño del tapiz tenía un tono de verde diferente a las otras. Se inclinó en cuclillas, porque estaba casi a ras del piso, y con la uña rasgo esa pequeña hoja, y lo que ahí encontró fue un agujero oculto.

En ese agujero bien camuflado, estaba resguardado un frasco de cristal miniatura, y, dentro, el mortal veneno que amenazaba la vida de Magenta. También estaba una daga de plata con incrustaciones de rubís. La bellísima daga, tenía números, figuras geométricas y jeroglíficos grabados en ambos lados. Ariadna dedujo luego de un profundo análisis, que se trataba de un código importante, y rápidamente guardó las cosas dentro de su morral y se apresuró a la salida.

Con el mortal veneno ya bajo su poder, la daga con el código, y el agua sagrada que había previamente tomado cuanto estuvo en esas posas calientes que emanaban dicha agua, Ariadna logró llegar a una salida del Luxor Septentrional de Magenta sin ser vista. Recibió entonces información de Concha de Búfalo, quien le indicó tomar cualquier transporte que pasase en ese momento y alejarse de Luxor de Magenta lo antes posible.

"Te encontraremos después, Ariadna", dijo Concha de Búfalo, y le hizo hincapié en mantener la calma para no llamar la atención, y en no bajarse del trasporte hasta no haber recibido la siguiente señal.

Apareció el camión de transporte repentinamente, justo cuando Ariadna puso un pie afuera del Luxor Septentrional de Magenta; lo abordó inmediatamente. Como el transporte iba lleno de gente, no tuvo opción de sentarse; entonces, se quedó parada agarrándose del barandal. Todos los que iban en ese transporte permanecían en un silencio casi fúnebre. Ariadna no supo con certeza si estaban vivos, muertos o dormidos aquellos individuos, pero esa cuestión no tenía ningún peso para ella quien en ese momento tenía la adrenalina al máximo, y no era para menos dado el contenido que traía en su morral: El poderoso veneno que amenazaba la vida de Magenta, las aguas primordiales de Magenta, y la daga con el código.

Ariadna tenía con ella esas poderosas herramientas, las cuales le abrirían el puente para entrar al Valle de la Muerte, y enmendar lo que pasó con la gente de Verona.

Debía por lo tanto ser extremadamente cautelosa para no fallar en la misión. Tenía que parecer un viajero cualquiera, y lucir un semblante relajado. Tenía que esperar tranquilamente para no levantar ninguna sospecha hasta que Concha de Búfalo le enviara la señal para bajar del transporte. Y, una vez en el punto indicado, hacer el enlace correspondiente e ingresar el código de acceso a la cámara donde se llevaría a cabo el plan para descender al Valle de la Muerte.

Iba tan metida Ariadna en sus pensamientos de protección para con el contenido que traía en su morral, que, de pronto perdió la noción del tiempo. Reflexionó sobre el tiempo que había ya pasado cuando se sobrepuso, y consideró que había trascurrido el suficiente cuando miró por la ventana y notó que ya no había construcciones por ningún lado.

"¡Deténgase!, ¡aquí bajo yo!", alguien dijo de pronto en el camión.

Se detuvo en seco el transporte entonces, y como Ariadna estaba de pie, parada a un lado de la puerta, y el camión estaba lleno de gente, le pareció más conveniente bajarse un momento para que el hombre que había pedido bajar pudiera tener el acceso a la salida más libremente.

Pronto se dio cuenta la pobre Ariadna del error que cometió al bajarse del transporte sin haber recibido todavía la señal esperada de Concha de Búfalo. Sintió un movimiento extraño, similar a un temblor, en el preciso momento en que sus pies tocaron el suelo, y todo giró a su alrededor, apenas unos segundos pasaron y reaccionó, pero ya era demasiado tarde, el transporte se había ido dejando una nube de polvo tras el.

"¡Tengo qué alcanzarlo!", exclamó Ariadna con descompuesto tono ante ese dilema, y corrió tras esa máquina roja, la cual iba dejando un camino polvoriento tras de sí, apenas y se podía ver con claridad su ruta. Siguió corriendo tras el con la esperanza de alcanzarlo, y en un punto del camino, logró ver la parte trasera de notable color rojo subiendo entre cerros polvorientos. Y, a pesar de que lo vio en la distancia, no se detuvo y siguió corriendo a velocidad de bala, dispuesta a darle alcance.

De pronto ese transporte entre tanto cerro desapareció de la vista de Ariadna. "¡Oh no! ¿Por dónde se pudo haber ido?

¿Habrá dado vuelta en algún lado y no me di cuenta?", se cuestionó angustiada ante tal escena.

Vio entonces en una esquina a un par de personas de pie, parados ahí, conversando entre ellos. Les preguntó si habían visto pasar a un transporte rojo por ese lado. "¡Sí, acaba de pasar uno por aquí justamente!", respondieron ese par.

"¿Se fue derecho?", preguntó Ariadna con la esperanza de alcanzarlo.

No podía darse el lujo de perder el transporte porque la misión estaría en riesgo, y por ende, no tendría ella el acceso al código para sacar a los Verunos del sitio donde fueron enviados. Pensaba también en el bello soldado, y de Justino ni qué decir. Tenía todo eso dándole vueltas la cabeza.

"¡Aja, pues si tú crees qué puedes alcanzarlo!", dijeron ese par con tono sarcástico a Ariadna, quien no se detuvo y pasó como rayo delante de ellos para su sorpresa.

Lamentablemente para Ariadna, loma arriba, vio a esa máquina roja alejarse.

Toda esa zona estaba compuesta por cerros pelones completamente despoblados. Los caminos subían y bajaban por aquellos cerros interminables y polvorientos de arcilla. Pronto se perdió esa máquina de trasporte entre tantas lomas, en la distancia. Ya no había nada qué hacer con respecto a ello. Ariadna estaba agotada, y de tanto correr le había dado un dolor en las costillas, supuso que fue por haber tragado tanto polvo arcilloso. La noche estaba ya entrando. Los perros aullaban en la distancia, pero ni una luz se asomaba todavía.

Continuó caminado por ese camino de terracería, llevaba el morral con las herramientas bien apretado a ella, resguardándolas celosamente. Siguió a paso firme con valentía por largo rato entre esas lomas, pero no sin dejar de sentir el miedo propio, porque no tenía señal de Concha de Búfalo y estaría perdida si él no la guiaba, o le enviaba el acceso a algún código de escape.

Más adelante, vio a otro par de hombres quienes iban caminando por su misma dirección, justo iban caminando unos metros adelante de ella.

Ariadna los escuchó dialogar pacíficamente entre ellos. Y, aunque le atrajo la idea de no transitar por ahí sola bajo la oscuridad, pensó que lo más prudente por el momento era no acercarse mucho a ellos, por aquello de estar siempre atenta al peligro. Pero quiso acercarse lo suficiente para ver a dónde iban, y ver si era conveniente pedir ayuda en su momento. Los siguió hasta una casa pequeña; no había absolutamente nada ahí, más que esa pequeña construcción en medio de nada. Apenas una ligera luz alumbraba dentro, y no había más camino por ahí, es decir, ahí terminaba éste.

Rápido, Ariadna reaccionó antes de entrar por el pasillo a la entrada de esa casa, y no dio un paso más adelante. Se quedó quieta por un instante, y también ese par de personajes se quedaron quietos, interrumpieron su diálogo y se giraron repentinamente en torno a ella.

"Es de vital importancia que ustedes me ayuden a salir de este lugar. Es un asunto sumamente delicado la información que debo de entregar. ¡Ayúdenme, por favor!, vengan conmigo, acompáñenme. Necesito buscar un trasporte urgente, es de vida o de muerte el caso", les dijo Ariadna a esos hombres, quienes ya habían dado unos pasos acercándose; ella siguió hablando sin tenerles temor, consideró menester buscar ayuda en ese momento.

"¿Por qué no colaboran conmigo en esto?, les aseguro que se les recompensará si me ayudan a encontrar algún transporte", suplicó Ariadna, pero sus palabras sonaron como una sentencia para aquellos individuos, quienes inmediato escucharla retrocedieron su paso y caminaron para atrás con cara de espanto.

"¡Solamente díganme entonces dónde puedo encontrar un trasporte!", dijo, entendiendo su temor.

Murmuraron ese par entre ellos con notable gesto de mal humor. "¿Un trasporte aquí? ¡Esta mujer debe estar loca al pensar qué va a encontrar un trasporte para salir de aquí!", dijeron, y se alejaron de ella murmurando lo mismo.

Ariadna no esperó ninguna respuesta, y a paso rápido ya estaba buscando alguna luz encendida que le indicara por donde dirigirse. Caminó por largo rato en esa despoblada área tratando de no perder la compostura. Luego divisó un punto en la lejanía donde vio una pequeña luz encendida, y sin perder la esperanza entró a esa casa para solicitar ayuda.

La responsabilidad le calaba duro, el saber el contenido que traía en su morral le tenía hecha un manojo de nervios. Y la instrucción vital era salir de ahí y desaparecer ese mortal veneno, alejar el mal de Magenta era menester por el momento.

"¡Hola!", saludó a una pequeña niña que salió a su encuentro. "Dime, pequeña. ¿A qué hora pasa el trasporte por aquí?", preguntó.

"¡Ya pasó! ¡Está de aquel lado de la loma!", respondió la niña.

"Pero ¿puedes pedir a uno que venga?", preguntó Ariadna a esa pacífica niña, quien parecía tener conocimiento de la ruta de trasportes, dado que ese sitio parecía ser una vieja o primitiva estación de trasporte.

"Sí, sí puedo pedir que venga. ¡Pero no puedes tomarlo tú!", dijo la pequeña con firmeza. "A menos que quieras que yo lleve lo que tú traes, ¡porque solamente puedo ir yo!", añadió.

A Ariadna se le erizó la piel. Algo andaba mal. ¿Cómo sabía esa niña de eso?, reflexionó en ello, sabía que tenía que alejarse de ahí por precaución; sospechó que se había ya filtrado información de la misión, y no tardaría mucho en comenzar la cacería.

"¡Siento haberte interrumpido!", dijo Ariadna a esa pequeña y se alejó de prisa.

Siguió caminando por esas lomas. Los aullidos de los perros la ponían nerviosa porque estaba súper oscuro y parecía ese lugar no tener final, loma tras loma. Afortunadamente, mantuvo su fe firme, y pensó optimista que en cuanto viera algún carro estarían a salvo ella y la misión.

De pronto, con ojos de asombro Ariadna vio entre esos cerros polvorientos una máquina vieja estacionada con un símbolo que siempre estaba presente en su corazón y en su memoria -las estrellas imperecederas–. Dicha máquina, estaba cargada de material de construcción, estacionada a un lado de una bodega, también con materiales para la construcción. Estaba afuera de una casa grande, ésta se componía de un par de construcciones levantadas a muchos metros del nivel del suelo, eso como a manera de protección.

Ariadna dedujo, que al ser ese sitio una colonia nueva no había la seguridad suficiente aún. Y por eso mismo, esa casa en medio de esas lomas estaba construida en lo alto, para desde ahí atender su negocio, sin la necesidad de bajar, sino hacerlo desde el alto balcón por donde se asomaban sus integrantes.

"¡Hola, hola, buenas noches! ¡Estoy buscando un transporte en renta!", gritó Ariadna, acercándose a la casona donde alumbraba una lámpara a través de la ventana, en el piso de arriba.

Un hombre de espesa barba ya gris por los años se asomó por la ventana.

"Buenas noches, caballero, me llamo Ariadna y he estado casi toda la noche corriendo, buscando un trasporte porque es menester que salga de aquí. Debo de terminar una misión de vital importancia", se presentó. "Dígame, caballero. ¿Usted pude rentar la suya? Por qué veo que tiene una máquina estacionada aquí", preguntó con la esperanza de que así fuera, consciente del escaso tiempo con el que contaba.

"¡Llegaste hasta aquí corriendo!", expresó sorprendido el viejo. "Hace mucho tiempo que no uso esa vieja máquina, pero me dará mucho placer si la pongo en marcha para tu servicio. Tal vez no es tan veloz como la tuya, pero si te sacará de aquí", dijo el caballero amistosamente desde la ventana.

Ese hombre ya entrado en años, quien vestía un bello traje de buen corte en tono color hueso, y su hija, una joven de piel muy pálida, ambos ayudaron a Ariadna sin cuestionarle nada, como si hubiesen estado esperando por ese momento. Y, rápidamente comenzaron con los preparativos para echar andar la vieja máquina varada.

Pronto ese hombre estaba desmontando de la máquina todo el material de construcción contenido en ella, mientras conversaba con Ariadna. La joven hija, estaba muy atenta a lo que su padre decía, pero Ariadna percibió cierta inquietud o nerviosismo en esa joven.

"¡Por aquí es difícil sobrevivir! ¡No entiendo cómo llegaste sana y salva hasta aquí tú! Mi hija y yo estamos aquí a salvo porque tenemos una red de protección entre nosotros, y dicha red es la garantía de sobrevivencia para nosotros en este tan inhóspito punto del cosmos", dijo el hombre. "Esta red, nos permite protegernos entre nosotros de los posibles ataques, porque tenemos una alianza", agregó con tono satisfecho. "Créeme que me da mucho gusto que hayas visto y reconocido la señal de esta casa, Ariadna, y que hayas tocado estas puertas", dijo con sinceridad el viejo caballero, estaba exaltado.

Ariadna, y su acompañante de nombre Jenny, el flamante caballero que valientemente echó a andar su vieja y oxidada nave para auxiliarla en la misión, salieron apresurados de aquellos cerros polvorientos, dejando atrás esas pequeñas colonias que claramente apenas comenzaban a edificarse,

Más tarde, Ariadna recibió una ligera señal de Concha de Búfalo, quien le indicó algo relacionado a la daga que traía en su morral. Inmediato a ello, Ariadna tomó la daga en sus manos y la escudriñó minuciosamente llegando a la conjetura que, el código burilado en ella era justo el eslabón perdido que la conduciría al punto estratégico requerido para la misión.

Entonces, con la ruta indicada bajo su poder dirigieron la vieja nave oxidada de Jenny a su destino. Tenían previsto aterrizar en pocas horas.

Desafortunadamente, luego que Ariadna activó el código en la nave para abrir el canal, ésta perdió el control y se convulsionó repentinamente. Ariadna notó inmediato a ello que la nave sufrió un percance cuando entró en esa atmósfera y se averió una parte importante del motor. Alcanzaron a aterrizar, pero se produjo una fisura en sus tanques, y el olor penetrante del combustible no tardó en llamar la atención de una multitud de gente, quienes corrieron a su encuentro.

Ariadna, y su compañero Jenny, ya estaban fuera de la vieja nave cuando la multitud de personas rodearon esa máquina. Se escuchaba a esa multitud decir que tomarían ventaja de la nave caída. Y, como hormigas, aparecían personas por todos lados y corrían en dirección a la nave caída. "¡Pobre gente!", pensó Ariadna al ver ese cuadro. La fuga de ese químico era peligrosísima para la salud. La gente en condiciones extremas de pobreza no le importaba mucho el futuro próximo, cuando el presente que vivía era al día. Lo comprendía así Ariadna; pero no dejaba de sentir pena por la difícil posición que sufrían algunas colonias nuevas poblando el cosmos.

La gente expresaba su satisfacción al estar recogiendo ese químico que se estaba derramando de la fuga de la vieja nave.

El amistoso caballero, Jenny, con notable gesto aturdido veía su máquina en esas condiciones. Ariadna le hizo hincapié que debían de ser discretos para no llamar la atención de esa gente, pero el pobre hombre estaba perturbado y no hizo caso a la advertencia de Ariadna, y se regresó a un punto más cercano de la nave. Ariadna no supo cómo detenerlo, parecía ido, exaltado, viendo cómo su nave estaba siendo saqueada por esa multitud.

Ariadna pensó ante el escenario que sería bueno averiguar un poca más antes de acercarse a esa gente, porque para sorpresas ya estaba agotada. Entonces el olor se hizo más fuerte, y como si fuera cosa de advertencia lo tomó como una barrera de protección para no acercarse. Afortunadamente, también Jenny reaccionó y se alejó de su vieja nave.

La luz en ese punto del cosmos era muy blanca, no había vegetación y predominaba la piedra y el cemento.

"¡Y ahora qué rayos!", pensó Ariadna preocupada por lo ocurrido con la vieja nave. Estaba claro que estaba en tierras nuevas, y estas estaban siendo apenas colonizadas, por lo tanto, había escasez de todo tipo también en esa zona.

"¡Ariadna, Ariadna, pon atención y mira a aquel hombre que camina encorvado y se ayuda con un bastón!", dijo Concha de Búfalo haciendo enlace con ella y dándole instrucciones.

"¡Oh, Concha de Búfalo! ¡Mi más preciado amigo! Te he extrañado tanto, amigo mío. Luego te explico por qué, pero caminé toda la noche buscando un trasporte, y tengo los pies molidos, además de que no he dormido nada", dijo Ariadna con candor timbre de voz.

"¡Lo sé, Ariadna!, pero ahora solamente presta atención en el hombre que te indiqué y síguelo", demandó Concha de Búfalo.

Aquel hombre encorvado, miraba atento la escena de lo que estaba sucediendo con la vieja nave. Luego se introdujo en un túnel, un subterráneo semejante a una estación de trenes. Recordó Ariadna que debía de ser prudente siempre, y no quiso arriesgar la misión, entonces, se limitó a seguir al hombre sin hacer preguntas, Jenny la siguió en silencio.

Capítulo 20 Los Regalos

Luego que Ariadna y Jenny siguieron sin chistar al hombre encorvado del bastón por aquel túnel, entraron a una cámara súper protegida por individuos bien camuflajeados, éstos portaban especiales disfraces para ello.

Todos ahí, en dicha cámara, esperaban por ella con una solemne ceremonia de recibimiento. Porque luego de haber visto la señal de un Concha de Búfalo en dirección al Valle de la Muerte, sus compañeros en misiones de misma índole se aproximaron a ella para brindarle todo el soporte, según los usos y costumbres de lealtad que moraba entre ellos.

Concha de Búfalo, previamente había registrado la ubicación del punto donde se llevaría a cabo la ceremonia de Ariadna, antes de que descendiera ella al Valle de la Muerte para buscar al pueblo desterrado de Verona. También había acudido a ese punto mucha gente de la red de compañeros que tenía Jenny, el caballero vestido con impecable traje color hueso, quien comunicó a los suyos la llegada de Concha de Búfalo por esos vecindarios. La ceremonia, se llevaría a cabo para que Ariadna no perdiera la memoria y se olvidara principalmente de sí misma, y por ende de la misión, una vez dentro del Valle de la Muerte.

Fue gratamente sorprendente para Ariadna ver a un grupo robusto de sus compañeros arribar a ese punto, quienes, contentísimos de verla nuevamente, la saludaban en gran variedad de lenguas. Había pasado Ariadna tanto tiempo ausente atendiendo las misiones, que no supo en primera instancia en qué lengua hablar con ellos; entonces, observó muy atenta a todos para no dar preferencia a nadie antes de hacer uso de la palabra.

Resolvió en su interior entonces, que lo mejor sería hablar en una lengua primitiva del planeta Tierra, porque era una de las lenguas que más le fascinaban. Era una lengua riquísima, y ésta le provocaba una inmensa felicidad por alguna razón desconocida. "¡Buenos tardes! ¿Cómo están?", saludó la dulce Ariadna a todos los presentes.

"¡Te hemos traído todas las cosas que te corresponden, querida Ariadna!", dijeron sus entusiasmados compañeros, y la llenaron de regalos.

En la siguiente cámara, comenzarían a trazar las distintas redes de cámaras hexagonales para abrir los canales de acceso vía descendente al Valle de la Muerte. Dichos canales estaban súper protegidos por fuerzas desconocidas y ajenas a Ariadna. En la historia solamente unos cuantos habían logrado con éxito salir ilesos de ese complejo punto. Se decía que algunos conocían el camino, pero no lo habían recorrido por largo tiempo, dado que se consideraba literalmente un tipo de misión suicida. Aunque, afortunadamente, se decía también que contar con amigos allí adentro de ese temible valle era de mucha ayuda.

Esas misiones eran difíciles de llevar a cabo, por lo tanto, ningún Concha de Búfalo tenía obligación con ellas, dado su complejidad. Pero Ariadna estaba decidida a entrar a esos niveles del valle y enmendar lo que ella consideraba parte de su misión, con respecto a Verona, la cual para ella estaba incompleta aún, y por lo tanto nada la detendría.

Entonces, Ariadna firmó aquel solemne día el documento correspondiente que le autorizaba terminar esa misión. Y en virtud de lo acordado, todos sus compañeros la protegerían mientras ella estuviera en ese valle. Por medio de las cámaras hexagonales, trazarían redes de túneles, a manera de canales, para que Ariadna pudiera tanto entrar como salir por esas rutas. Estarían todas esas cámaras hexagonales custodiadas estratégicamente siempre por sus compañeros hasta tener señales de ella. Benito, su compañero asignado, sería enviado tras ella, se encontrarían en un punto para colaborar con la misión, dado que Benito conocía y tenía algunos contactos en los primeros niveles de esos complejos mundos que conformaban el Valle de Muerte. Aunque al final, es decir al último nivel, debía ella de entrar sola.

Benito era un joven muy especial, por ello mismo fue designado como compañero de Ariadna desde que comenzó su entrenamiento.

La visita al interior del Valle de la Muerte era un hecho. Estaban todos colocados en posiciones estratégicas para cuidar la puerta del recinto donde Ariadna estaba siendo protegida para poder ingresar al temible Valle de la Muerte. Todos los integrantes, varones y damas, todos miembros de la corte de los Concha de Búfalo, una vez más reiteraban su lealtad al compromiso que tenían para con el triunfo y el progreso de los Pueblos Unidos del Cosmos (PUC).

"¡Oh, sublime momento!", murmuró Ariadna para sus adentros. Nada debía perturbar sus pensamientos durante la ceremonia. Colocó con calma las cosas que guardó dentro de su morral de lana de llama sobre una mesa revestida en tono escarlata. Ahí puso la daga de plata con rubíes incrustados en la empuñadura del mismo color de la sangre, el diminuto frasco con el mortal veneno, y el otro frasco con las aguas primordiales de las pozas de Magenta. Apenas una vela alumbraba el recinto, pero lo suficiente para ver el rostro de los presentes. La daga fundida con el veneno abriría una puerta de entrada, según el código en la misma, al Valle de Muerte, vía colonias, villas y mundos descendentes. Mientras que, las aguas primordiales de Magenta ayudarían a Ariadna a no olvidar su memoria una vez estando en las profundidades de ese valle, en el último nivel.

Se llevó a cabo la vital ceremonia en esa cámara antes de que Ariadna partiera, según el protocolo. Por medio de esas cámaras entraría ella al Valle de la Muerte, y también sería el camino de regreso, y sus compañeros con sus respectivos Concha de Búfalo aguardarían por ella. Estarían sus compañeros siempre alerta, a manera de faros; semejantes a velas encendidas estarían alumbrando el camino de regreso ante la señal de socorro.

Había un mar de mundos —portales— en esas cámaras hexagonales por donde Ariadna debía de transitar. Llevaba los regalos y las medallas especiales con ella —dinero universal representado la mayoría de las veces en código—, mismas que le servirían para pagar por su paso en aquellos mundos, ya que de esa manera contribuía también al progreso. Y sería por medio del contacto con la gente, y los distintos agentes en cubierto, lo que le permitirá ir descendiendo poco a poco hasta llegar al último nivel de esos mundos, un extraño paraje conocido como el Valle de la Muerte.

Al este de lo que era una sierra nevada, como de 9900 metros aproximadamente algunos de sus picos, en un inhóspito paraje, en la parte más profunda y caliente de ese mundo se hallaba el Valle de la Muerte.

Una vez en esas profundidades del valle, con mucha precaución, Ariadna debía de hacer conexión por medio de las orugas con las memorias y la esencia de esa raza inteligente que poblaron una vez Verona, quienes se encontraban en el destierro, en el olvido del Valle de la Muerte. Esa fue la alianza en secreto que contrajo con el pueblo de Verona, cuando recibió sus larvas —orugas— como obsequio aquel amargo día, cuando entregó al adversario la nave-planeta, el Caminante SV200621.

Ariadna accedería al Valle de la Muerte porque una vez que Miguel Ángel autorizó dicho código de enlace se garantizó la salida de esa gente del valle si Ariadna lograba con éxito su acceso. Aunque, lamentablemente, Miguel Ángel con esa alianza rompió muchas reglas y él no saldría de ahí.

"¿Dónde quieres qué pongamos todo esto que te hemos traído, querida Ariadna?", preguntaron sus queridísimos compañeros.

"¡Oh!, pero qué alegría me da ver todos estos regalos aquí conmigo en este momento tan importante", dijo Ariadna exaltadísima, porque no esperaba ese encuentro tan próximo y bello. El comportamiento tan maravilloso de sus compañeros para con ella. Estaba claro que el amor fraterno y la lealtad de sus compañeros no era cosa vana.

Luego de haber concluido y cerrado con broche de oro el solemne trabajo correspondientes a dicha cámara, ya más relajada y refrescada su mente, Ariadna les presentó a su acompañante, Jenny, el caballero vestido con fino corte color hueso, quien estaba también muy entusiasmado por tal solidaridad. En el banquete compartieron tortas de bacalao y vino, y bailaron todos música de la época medieval del arcaico planeta Tierra. Habían llegado al sitio muchos compañeros para apoyarla.

Cuarta Parte

Capítulo 21 El Descenso al Valle de la Muerte

Todo estaba listo para que Ariadna entrara a aquellos mundos que conformaban el Valle de la Muerte. Sintió literalmente cómo su cuerpo se fragmentaba mientras atravesaba ese agujero. Por un momento, la adrenalina se le subió hasta el tope, pero, afortunadamente, recordaba muy bien las recomendaciones ante ello y logró estabilizar su presión, y se dejó llevar prácticamente por ese remolino que giraba al mil.

"¡Concha de Búfalo, carísimo amigo mío, espero llegar completa a mi destino!", dijo nerviosa.

No supo Ariadna cuánto tiempo duró esa travesía, pero tuvo la percepción de que literalmente atravesó los confines del cosmos. Y cuando todo volvió aparentemente a la calma, se detuvo en seco el movimiento. Entonces salió de la cápsula, y notó que estaba dentro de un bodegón metálico, semioscuro y húmedo. Cuando sus ojos se ajustaron a la poca luz, lo primero que vio fue a unos agentes, cuya estampa reflejaba un instinto cruel y malvado, custodiaban el lugar. Estaban armados con primitivas metralletas, y se mantenían colocados en distintos puntos dentro de ese galerón metálico. No había mobiliario, a excepción de un escritorio y unas cuantas velas encendidas que alumbraban en distintos puntos ese galerón.

"¡Espera aquí!", le dijeron.

Ariadna esperó sin chistar palabra, de pie, parada cercana a una pared carcomida; y mantuvo el puño de la mano izquierda a la altura del hombro, bien apretado.

"¡Ya puedes pasar!", le dijo uno de esos hombres, y le señaló la misma pared donde ella estaba cercana.

"¡Qué rayos será esto!", pensó ella al no ver ninguna puerta ahí. Pero para su sorpresa, cuando tocó la pared fue absorbida por ésta, como un imán.

Después de tremenda sacudida que literalmente sintió al atravesar esa pared carcomida de metal, salió Ariadna mareada a un pasillo blanco. Ahí no había nada, a excepción de unas cortinas blancas, muy sencillas, que hacían el papel de puerta a otra habitación.

Impulsada por la razón, recorrió las cortinas y entró a ese cuarto. "¿Cómo llegaste aquí? ¿Por la hora?", preguntó un hombre a Ariadna, al momento que la invitaba a sentarse en una silla de peluquero.

Era un hombre de baja estatura, tenía el cabello blanco de alborotado estilo; portaba unas tijeras de peluquero en las manos y vestía una bata blanca. El piso de ese cuarto era semejante a un ajedrez, tenía cuadros blancos y negros con números.

"¡No lo sé!", respondió ella, siguiendo la instrucción de Concha de Búfalo. "¡Pero yo estoy aquí para entregarte esto!", dijo, y acercó su puño bien apretado a la mano del hombre, y lo abrió en ese momento entregando el contenido de éste. "¡Te manda una amiga mía unos dulces!", le dijo Ariadna al serio hombre, conocido como el peluquero matemático.

"¡Oh! ¿Entonces no es por la hora?", expresó el peluquero para sí mismo, al momento que veía el contenido del puño de Ariadna.

Era un dulce dicho contenido, y la envoltura de éste era una nota escrita en color púrpura. El peluquero matemático tomó la nota en sus manos y movió la cabeza en señal de entendimiento.

En virtud de lo acordado con anticipación, la nota fue la llave que le abrió a Ariadna la entrada a esos mundos que conformaban el Valle de la Muerte, vía descendente. A partir de ahí, ella estaría atravesando esos complejos mundos hasta llegar al nivel más bajo, donde se encontraban los Verunos.

De acuerdo con la instrucción, entonces, y una vez hechos los arreglos de identificación para que ella pudiera transitar libremente por esos mundos, Ariadna estaba en pie para terminar su misión.

Beto Estanburgo era el nombre del peluquero matemático que le permitió la entrada.

Ariadna estaba en el punto exacto donde comenzaría tan peligroso viaje. Y era peligrosísimo principalmente por el alto riesgo de perder la memoria de identidad y quedarse en esos mundos para siempre. Había tomado previamente del agua primordial de Magenta para evitar el olvido de la memoria en esos mundos, pero ese poder no era permanente, es decir, cuanto más tiempo se permaneciera en esos mundos se iría perdiendo el efecto; por ello era menester desarrollar los trabajos lo más pronto posible, antes de que perdiera efecto el poder de dicha agua.

Después de concluir su estancia con el peluquero matemático, comenzó con la primera misión (Gema Siamés) misma que atendió inmediato. Y, una vez con el cubo que recogió en aquel sitio abordó una nave. Debía llevar ese cubo al punto indicado, según la instrucción; y sin más, puso en marcha la máquina. Ya estaba por amanecer, y debía de concluir esa misión lo más pronto posible y regresar a la primera guarida que le fue asignada. Se mantuvo en estado de alerta todo el tiempo.

Luego de haber dejado la máquina y el cubo en el punto indicado, corrió con dirección a la fortaleza asignada. La instrucción indicaba que no debía detenerse. El tiempo en esos casos era oro literalmente.

El día comenzaba a ponerse, observó Ariadna asombrada el color del terreno por donde corría, calle arriba; era una tierra distinta, pero a la vez la misma de siempre, de alguna forma.

Una de las particularidades de Ariadna, es que ella grababa en sus registros todos los códigos y las coordenadas de los mundos por donde iba transitando, como un mapa literalmente.

Escuchaba su respiración mientras corría y trepaba por las distintas rocas que había en las orillas del camino de arcilla. Estaba muy al pendiente de escuchar los carros que pudieran venir atrás de ella. "¡No me gustaría qué me aplastaran como a una hormiga!", expresó en tono de broma.

Notó en uno de los brincos que dio en las rocas que calzaba sus botas de soldado, y recordó que Concha de Búfalo le hacía siempre hincapié y solía decirle, a manera de chiste con respecto a sus botas: "¡Pero Ariadna, es qué tú no te quitas tus botas ni en sueños!, ¿verdad?".

Se sentía muy contenta de portar sus botas por lo qué éstas significaban para ella.

Un poco antes de llegar a la fortaleza destinada, vio a un carro que estaba bajando mientras ella iba subiendo por el camino. Se hizo a un lado, y trepó a una roca para que pasara dicho carro. La conductora, una mujer de amable aspecto, bajó los vidrios. "¡Qué tal, buenos días!", dijo.

"¿Cómo le va este día, señora?", regresó el saludo afectuosamente Ariadna. La mujer se alegró de ver a Ariadna, pero dejó ver un notable gesto de sorpresa.

Cansadísima, llegó a la fortaleza, el refugio correspondiente según las coordenadas. Su rostro agotado delataba lo largo que el camino fue. Ya la estaban esperando ahí. La recibió amablemente una bella joven de pálido semblante. El salón estaba a media luz, y Ariadna percibió el ambiente casi como un santuario, en el sentido de tranquilidad.

Llegaron otros miembros al sitio luego que ella arribó. Escuchó que alguien comentó que para poder entrar en ese espacio debían de estar vestidos de gala, con guantes blancos y muy presentables. Y, al escuchar esas palabras, recordó que ella traía puestas sus botas viejas de soldado favoritas. También recordó que no se había arreglado sus uñas por largo rato, y con cándida mirada extendió los dedos de sus manos para inspecciónalas. "¡Ay, no! ¡Yo no vengo vestida de gala, y mis uñas lucen fatales!", expresó inocente al notar sus uñas a medio pintar de esmalte rojo.

La joven de aspecto pálido, inmediato a dicha expresión, la abrazó y de forma discreta la empujó gentilmente hacia adentro del salón. "¡Tú no necesitas nada para estar aquí!", le dijo. Y volvió a abrazarla, la cubrió toda con sus brazos, como si estuviera con ese gesto protegiéndola. Estaba claro, Ariadna iba muy bien recomendada.

Recuperada de su fatiga, a Ariadna le volvió el brillo a sus ojos.

Se dieron cita ahí importantes personajes desde distintos puntos de esos mundos que conformaban ese complejo vecindario. Estaba ahí su querido y viejo amigo, Abraham Licolino, el líder que había organizado esa reunión para brindarle todo su apoyo a su querida amiga, Ariadna, ante tan riesgosa misión. Pronto, Abraham introdujo a Ariadna con todos los presentes. La mayoría eran de edad avanzada, casi viejos, igual que él. Saludó ella a todos en distintas lenguas arcaicas, según los identificaba. Y dio a varios de ellos, dado su estatus, el saludo fraterno y el ósculo de paz de parte de su padre, el rey Mat.

Después del banquete dio inicio el baile. Bailaron todos en círculo, en un salón a media luz; éste tenía espejos, y, cuando Ariadna observó su reflejo notó que se veía al revés. "¡Ay! ¡Qué susto! ¡Mis calzoncillos blancos de encaje!", expresó con gracia al ver el escenario.

Una vez finalizada la danza, pasaron al siguiente salón y se formaron dos columnas. Ariadna hizo hincapié en el ritmo que había que seguir, según los puntos cardinales, era un tipo de código en la danza para la ocasión. Mostró el código a los presentes en el ritmo de la danza al momento que rompió la fila y se cruzó a la columna de enfrente. Inmediato a ello, un caballero rápidamente hizo la coordinación, a manera que ambas columnas formadas en el pasillo pudieran salir de la fortaleza en orden perfecto por el portal. Afuera, la luz estaba muy blanca y brillante cuando todos se despidieron contentos y satisfechos por haber podido realizar la alianza.

Con la información que le dieron en la fortaleza los personajes que su amigo Abraham Licolino le presentó, luego de haber llevado el cubo a su destino con éxito, Ariadna pronto estuvo frente a otra entrada abierta descendente. Llevaba todos los regalos en medallas especiales, dinero universal registrado en código.

Entró por dicho portal y tuvo acceso a una villa. Una vez ahí, notó a un par de hombres, estaban de pie, fungían como guardias erguidos junto a la puerta. Obsequió un par de sus diamantes a esos individuos amablemente, según las instrucciones, y ellos tomaron el obsequio sin chistar palabra. Ariadna se dio cuenta que la puerta del salón había sido cerrada nuevamente, quedándose ella adentro, en el pasillo. Repentinamente, comenzó a llegar una multitud de gente proveniente de algún lado del pasillo. Entraron todos a manera de eslabones, es decir, una multitud de gente entró formando con sus brazos cruzados una cadena súper firme. Ninguna pizca de debilidad se asomaba en esos eslabones. Denotaba organización, fuerza y coraje esa enorme cadena de gente. Y, ante tal impactante escenario, Ariadna dejó salir de su pecho un sincero suspiro de asombro.

El pasillo estaba a media luz, y cuando pasó la primera fila de personas haciendo la cadena, al ser ésta tan grande, tuvieron que dar varias vueltas, a manera que Ariadna quedó en medio. Vio entonces demasiado cerca de ella a toda esa multitud formando esa cadena, y pensó que, lo mejor sería salir de ahí, para no quedar en medio de tanta multitud con riesgo de ser aplastada. Fue justo en el momento que pensó en abrir fila cuando se percató que estaban los brazos entrelazados súper firmes de quienes integraban dicha cadena. Y como si ello fuese un recuerdo heredado de toda su ascendencia, pensó que no debía interrumpir a esa gente en la manera en que estaba organizada para entrar en esos mundos. Dedujo que por algo importante estaban entrando de esa forma.

Entonces, se limitó a esperar, logró apaciguar sus nervios y no intentó romper la cadena para abrirse el paso, se quedó quieta, y levantó ambas manos, a manera de hacerse más flaca y que la cadena de gente siguiera su curso.

Se sorprendió que no la tocaba nadie a pesar de que estaba bien estrecho ese punto, y que se movía toda esa gente a paso acelerado alrededor de ella. Ante aquello tan extraño y misterioso, Ariadna recordó las indicaciones de Concha de Búfalo: "En el camino al Valle de la Muerte te encontraras cosas muy extrañas, no tengas mucha curiosidad, solamente mantente al límite".

Se percató de pronto, asombradísima, que dicha cadena formada de personas estaba siendo guiado por alguien cuando escuchó una voz agitada femenina decir: "¡Conserven la calma!

¡Guarden silencio todos! No hagan ruido, y no se detengan por nada", al mismo tiempo que pasaban junto a ella como un rayo de rápido.

Ariadna sintió una sacudida semejante a un temblor cuando pasó aquella gente a su lado, la cadena de gente daba varias vueltas; percibió cierto nerviosismo en el ambiente, pero mantuvo la calma. Luego observó con mirada pensativa al par de guardias; estaban cercanos a la puerta, estaban comiendo un par de huevos duros. "¿Acaso yo también voy a hacer fila en esta enorme cadena para entrar por mi plato de comida?", pensó de buen humor ante aquello que no alcanzaba a entender, y se rio sola mientras observaba sorprendida esa cadena de varias vueltas alrededor de ella.

"¡Un momento, disculpen, yo me dirijo allá, adentro!", dijo Ariadna entonces a la cadena de gente con tono firme, pero con humildad. La gente guardo silencio.

Luego de una mejor observación, notó con sorpresa que la cadena de personas no le interrumpían el paso a la entrada de aquel salón, sino que quedaba ella en medio, justo al frente de la puerta. Impulsada entonces por la razón, dio unos pasos al frente y puso la palma de su mano derecha sobre la sólida puerta del salón, hecho eso, se activó el código de Concha de Búfalo y la puerta de dos hojas se abrió. La multitud de la cadena entró tras ella al salón.

"¡Sí, lo sabíamos!; sabíamos que esto ocurriría cuando arribara un auténtico Concha de Búfalo por este camino", expresó la gente adentro del salón. "Y algo admirable que notamos fue cuando Ariadna mantuvo el temple ante el temor de ser aplastada; valiente se quedó quieta y levantó los brazos y todos pudieron ver los hilos diamantinos brillar por encima de su cabeza, y la gente que la rodeo pudo nutrirse con lo que su presencia informó", dijeron exaltados los personajes que estaban dentro del salón.

Ariadna sólo se limitó a escuchar, no opinó absolutamente nada. Estaba consciente que eso era solamente el comienzo, y que más adelante se toparía con cosas más extrañas o vanas, mismas que le podrían desviar de su camino si se descuidaba. Aunque también estaba consciente de sus derechos, y el derecho que tenían también los otros, aún en los mundos donde muchos no tenían permitido el acceso a todos los manjares de la mesa.

Esa muchedumbre de la cadena estuvo aguardando el momento preciso a que se abriera esa cámara por donde entró Ariadna, y al saberse protegidos bajo la influencia de un Concha de Búfalo irrumpieron el salón en esa increíble manera como lo hicieron. Concha de Búfalo le informó a Ariadna que ese grupo de gente pertenecía a los grupos olvidados y excluidos en complejos parajes. Ariadna registró ese evento – la cadena de gente– describiéndolo según su percepción semejante a la forma de una galaxia activa de eslabones en espiral en movimiento.

Mas tarde, unos guardias la escoltaron a un palacete donde le sirvieron un té amargoso con galletas de jengibre. Ahí esperó mientras escuchaba que se discutían temas de vital importancia para el bienestar de esa comunidad. Eso estaba ocurriendo luego que supieron de la llegada de un Concha de Búfalo por esos rumbos. Porque llevar medallas especiales significaba también llevar el progreso, por el sólido valor que tenían éstas.

Se concentró una multitud muy pronunciada de personas en el salón ante tan único evento. Ariadna era observada con detalle y entusiasmo por algunos de los presentes, dado la autonomía que denotaba con las medallas especiales que traía consigo. Ello era una connotación clarísima de sus pasos por terrenos hostiles. Porque obtener un salario en medallas especiales, no era cosa ligera, por todos bien sabido.

La gente la rodeaba, le decían muchas cosas, pero principalmente le estaban reconociendo el acto de valentía; el atrevimiento para penetrar al Valle de la Muerte y pretender sacar a alguien de ahí.

La dulce Ariadna era noble, valiente, compartida y muy eficaz con lo que respectaba al trabajo que le correspondía desarrollar en todo momento. Tenía por lo tanto la autoridad moral para decidir por ella misma temas de alimento, así como la distribución de este. Las medallas especiales que llevaba pronto cubrieron muchísimas necesidades en ese punto. Se acercaban a ella desde niños frágiles hasta los soldados más fuertes para demostrarle su simpatía y solidaridad por el gesto que la denotaba siempre, ella era muy compartida con los temas del alimento.

Por supuesto que no a todos les agradó la dinámica de Ariadna, y ponían un gesto que denotaba tal malestar. Ariadna no reclamó tal desacuerdo, pero no cedió ante tal opinión. Ella tenía la autoridad moral para compartir el alimento con quien ella quisiera, sin distinción y sin condicionarlo a cambio de algo, como solía pasar muchas veces en los mundos por donde transitaba.

Los días pasaron casi sin notarse el tiempo, y ante el asombro de muchos, aquella tarde, luego de haber estado aprendiendo durante esos días la dinámica de esa villa, tal como Concha de Búfalo le instruyó hacerlo, acudió a la gran cosecha, la cual cubrió con sus medallas especiales para que todos fueran invitados a la cena para compartir el pan, la sal y el vino. Más tarde, luego de la cosecha, estaban todos listos para reintegrase dentro de la villa. El día estaba llegando a su fin y todos volvieron contentos y satisfechos.

Ariadna fue una de las primeras en entrar a uno de los salones con algunos líderes de esa villa, quienes, a manera de prioridad, eran los primeros en entrar. El salón estaba bellamente decorado con tono celeste en los relieves de las puertas, las paredes y el techo. Era un salón digno de un palacio inglés del arcaico planeta Tierra. Las mesas donde se estaban poniendo los alimentos estaban bellamente adornadas con perfumados lirios blancos. Ariadna observaba todo con detalle.

Ella y unos cuantos más fueron los primeros en tener el acceso a la comida. Apenas y unos diez tenían dicho privilegio. El primer plato que se sirvió fueron dos huevos cocidos, los puso en un plato y se dispuso a comer. "Por qué está tan solo aquí?", preguntó con prudentísimo tono.

"¡Los otros están siendo organizados afuera, esperan su turno para entrar!", le respondieron a secas.

Capítulo 22 El Campamento

Luego que acabó su aprendizaje en aquella villa donde una cadena giratoria de gente exiliada y prisionera logró salir de un mundo oscuro, Ariadna arribó a unas colonias y cámaras subterráneas. Llevaba puesta una bata blanca, según la instrucción que le dio Concha de Búfalo. Saludó cordialmente a la mesa directiva. La misión demandaba ir por una joven de nombre Ana, quien estaba encinta, y quien se esperaba fuera rescatada de dichas colonias.

"¡Sara! ¿Cómo está doctora?", dijo quedamente Ariadna, al reconocer a un agente secreto en cubierto, quien formaba parte de la mesa directiva de esas colonias; sin esperar respuesta de la doctora siguió dando la mano a los otros. El sitio era subterráneo, por lo tanto, la luz era bastante escasa, aunque suficiente para tener visión. Dirigió sus pasos a la siguiente colonia, iba súper alerta, y analizaba todo a su alrededor buscando la posible pista que le ayudara a localizar a la joven en cinta y sacarla de ahí. Debía ser súper cuidadosa para no ser descubierta y estropear la misión.

Salió del subterráneo con la intención de registrar los alrededores y enviar la información correspondiente a Concha de Búfalo, y en un pestañeo estaba ya andando en una bellísima colonia llena de colorido y lindas casonas.

Recordó que llevaba la instrucción de buscar el edificio de mármol rosa también, y le apeteció atender ese asusto primero. "¡Disculpa, pequeño!, ¿sabes dónde hay un edificio de mármol rosa por aquí?", preguntó a un niño que caminaba cercano a ella.

"Sí, ¡es aquél!", respondió el pequeño, y señaló un edificio súper moderno de mármol rosa ubicado en una esquina. Ariadna llevaba la instrucción de localizar ese edificio y entrar en su interior. El pequeño se ofreció a acompañarla para cruzar la calle, el edificio estaba del otro lado de un avenida muy ancha y transitada.

Una vez dentro del edificio de mármol rosa, Ariadna reconoció a mucha gente ahí; entre ellos, algunos de sus compañeros en misiones anteriores. Todos estaban sentados en sillas acomodadas en línea, había varias hileras de éstas. Se sorprendieron ellos muchísimo al verla llegar y extenderles la mano. A todos le dio la mano. Uno a uno debía de saludar, según las instrucciones que llevaba.

Eran jóvenes muy sencillos los primeros que vio; otros, estaban trabajando muy ocupados en el área de oficinas y cómputo, se dirigió con ellos y les ofreció su mano. "¿Qué tú no me vas a saludar?", preguntó Ariadna con expresión de sorpresa, al ver que esos jóvenes estaban tan concentrados en lo suyo que no habían notado su presencia aún.

En seguida, el joven frente a la computadora, con un gesto frío y sin vida tomó su mano y regresó un saludo indiferente. Ariadna se sintió ligeramente decepcionada ante ese gesto, ella esperaba recibir ayuda de esos jóvenes, pero tenía la clarísima instrucción de no pedir nada si antes ellos no la ofrecían. De cualquier manera, eso no le incomodó del todo, ella había cumplido la instrucción de haber registrado su presencia ahí, en el edificio de mármol rosa.

Una vez finalizada la visita, trató de regresar al primer punto subterráneo para localizar a la chica en cinta; pero tuvo dificultad para encontrar el camino de regreso porque se desorientó repentinamente cuando salió del edificio de mármol rosa; sabía que estaba a solo unas calles. Se preguntó por qué estaba tan desorientada.

"Tal vez por aquí..., no, ¡no es por aquí!", mantenía Ariadna un diálogo interno mientras buscaba el camino.

Fatigada de tanto andar, se presentó en la recepción una vez que localizó el sitio nuevamente. Le asignaron un espacio digno para ella, dado las firmas que llevaba y el protocolo que regía en ese complejo mundo.

Debía encontrar lo más pronto posible a la joven en cinta, y se enfocó exclusivamente en ello.

"¡Lo siento mucho, Ariadna, pero yo me quiero quedar aquí!", expresó su deseo la joven en cinta, una vez que Ariadna la localizó, ahí, dentro de esas colonias subterráneas. Todo indicaba que la joven estaba confundida; Ariadna pensó entonces en la posibilidad de que esa jovencita no tuviera ya memoria de nada.

Meditando la negativa de Ana, la joven encinta, salió Ariadna de esa área refunfuñado.

Afuera, arriba, en ese hostil terreno, un armamento bastante poderoso estaba siendo custodiado por gente de aspecto rudo. Identificó a la pareja de Ana entre esa gente, y notó que ese hombre era valiente, no se dejaba amedrentar y discutía su lugar en ese terreno hostil. Y, dado que, Ariadna no podía presionar a la joven para salir de esas colonias, esperó la instrucción de Concha de Búfalo con la adrenalina a flor de piel contemplando el barbarismo que imperaba en esa zona.

Recibió entonces la instrucción de localizar entre esos jóvenes a Edy, un joven a quien debía de guiar a un punto estratégico, era parte de la misión, y era una misión vital, le informó Concha de Búfalo.

Ya había caído la noche, y apenas se podía ver el camino de difícil acceso, dado la composición irregular del terreno. Subían y bajan, giraban y daban vuelta por todos lados. Ariadna tomó la ruta según las coordenadas que Concha de

Búfalo le envió. "Ahorita vamos hablando en voz alta, y no hay problema. Pero acuérdate de no hacer mucho ruido porque nos pueden escuchar quiénes están viniendo por esta ruta; y dado que está muy oscuro, y por la composición de los caminos tan angostos, no podemos ver quiénes están viniendo, y no quiero que nos vayan a sorprender", dijo Ariadna con tono apaciguado, a manera de poner a Edy en alerta, pero sin asustarlo, y prosiguió. "¡Y no nos deben de ver!; debemos evitar a toda costa ser vistos en esta zona. ¡Ellos, los Depredadores del Cosmos!, vendrán de noche por aquí. Así que, debemos tener la suficiente precaución para pasar desapercibidos", hizo hincapié a Edy, quien iba muy contento corriendo velozmente por esos caminos por donde Ariadna le guiaba.

Llegaron al punto indicado, según las coordenadas. Era un punto camuflado, se trataba de un refugio y campamento oculto entre la oscuridad. Edy estaba muy cansado y se desplomó agotado en el piso como un bulto para reponerse. El viaje fue largo, casi toda la noche estuvieron corriendo.

De pronto, Ariadna vio que justo en frente de ellos, pero en un nivel más abajo, estaban llegando unas personas, o ya estaban ahí. Observó unos ojos que los miraban desde ese punto, y rápido inclinó el torso para visualizar dónde poder ocultarse, pero era más que obvio, habían descubierto el refugio y lo estaban tomando.

"¡Oh no, creo que nos han visto ya!", expresó preocupada, al mismo tiempo que movía a Edy del punto donde lo alcanzaban a ver esos ojos directamente a él. Edy estaba en calidad de bulto, profundamente dormido.

Luego de un reflexivo silencio, Ariadna dedujo que no había mucho por hacer, y que era tiempo de la retirada.

Apenas unos segundos después y comenzó el alboroto.

En dicho refugio, cuya descripción más cercana sería un gran roble con cámaras ocultas en sus ramas, y cuyo acceso era controlado por códigos, los jóvenes se entrenaban para el servicio que atañía a todos los mundos en general. Eran jóvenes muy especiales; se les guiaba hasta las puertas de esos refugios y campamentos con la esperanza de que esos jóvenes virtuosos algún día lograran con éxito ser protectores del bien, del orden y del progreso; principios vitales que sostenían a los mundos. Edy era uno de esos jóvenes especiales, por ello mismo iba tan contento por el camino. Le habían aceptado su petición a tan digna aspiración.

"¡Ariadna!, afuera está una de nuestras naves amigas, ¡debes salir!", le informó repentinamente Concha de Búfalo.

Ariadna salió corriendo a buscar la nave amiga estacionada afuera como le indicó Concha de Búfalo. "Ganaré tiempo echando a andar la nave; estará encendida para cuando Edy y los que puedan salir lleguen", pensó, al mismo tiempo que corrió al punto donde estaba la nave.

Afuera, Ariadna vio a varios personajes deambular en la calle solitaria y oscura. Ubicó la nave amiga que Concha de Búfalo le dijo ubicara, y con decepción notó que ya la habían tomado. Sintió que el piso se movió y le dieron náuseas. "¡Oh no! Esas personas están desvalijando la nave. ¿O qué están haciendo ahí?", se preguntó al ver al grupo de individuos dentro y alrededor de la nave amiga.

Pensó en usar su llave maestra como alternativa, pero se detuvo al ver que esa gente se movía súper organizada en lo que estaban operando; reflexionó que debía de mantenerse alerta y ser prudente. Estaba sola, en terrenos hostiles, y esa gente era súper peligrosa. Como parte de su entrenamiento debía evitar riesgos innecesarios.

"Bueno, creo que solamente hace falta esperar un poco", reflexionó. "No tardan en llegar los carros con la ayuda que pedí, espero que no hayan sido muchos los heridos en combate", pensó, y esa idea la llenó de angustia porque tenía la corazonada que algo grande se estaba librando dentro de ese campamento.

Por ello mismo fue que Concha de Búfalo para protegerla la había enviado afuera, a buscar una de las naves amigas.

Casi al momento de su reflexión, apareció en escena un joven vestido con una bata blanca larga cubriendo todo su cuerpo. Estaba boca abajo, en un estanque semejante a un charco de agua que trabajaba como portal directo al punto de ubicación del campamento. Lo levantaron de ahí los soldados que llegaron a reforzar el refugio. Ariadna observó la escena y sabía que se trataba de uno de los jóvenes como Edy.

Afortunadamente, llegaron los guardianes, los soldados, habían llegado respondiendo al llamado de Concha de Búfalo. Tenían la misiva de proteger a Ariadna, antes que nada. "¡Pues de aquí no me muevo hasta recoger a todos los jóvenes y ponerlos a salvo! ¡Y llevármelos a todos!", dijo con firmeza Ariadna cuando éstos ofrecieron sacarla de ahí prácticamente por la puerta trasera. Se quedó valientemente ahí hasta que el sol se levantó, registrando todo lo que estaba ocurriendo.

"¡Qué habilidad de esos personajes, Concha de Búfalo!", dijo sorprendida. "Así como desarmaron la nave, la volvieron a armar, rapidísimo, sin problema. Fue increíble cómo lograron hacerlo en un instante", informó Ariadna a pie de detalle lo sucedido con la nave amiga a Concha de Búfalo.

Pretender desarmar a una nave amiga, y volverla armar, significaba borrar el código original de la nave e implantar el suyo para tener control de dicha nave; pero las naves amigas pertenecientes a Concha de Búfalo se volvían a codificar de acuerdo con su código original. Entonces, el hecho de desarmarla toda, y modificarla al volverla armar, no fue suficiente para dicho propósito y el enemigo desistió.

Pronto se comenzó a trazar el plan para evacuar a los jóvenes de ese refugio y campamento, descubierto y tomado. La nave roja amiga era el trasporte por resguardar, ya que ésta llevaba el código de la ruta a seguir. Irían dos tipos de naves similares a camiones pesados en ambos lados de dicha nave, que fungirían a manera de escudo.

Ariadna escuchó a la gente a bordo de la nave amiga expresar lo peligroso que era para aquellos que iban en la parte de enfrente; y no pudo evitar la sensación de incertidumbre al ver el panorama que tenía ella de frente.

"¡Debí irme en la parte de atrás, Concha de Búfalo!", expresó al ver el movimiento de esas dos moles en ambos lados de la nave amiga.

"¡Tienen un límite, no nos pueden aplastar porque hay un engrane que lo impide! ¡En otras palabras, hay un límite de espacio entre ambas máquinas y esta nave!", informó Concha de Búfalo a Ariadna al percibir su preocupación.

Calmados sus nervios, Ariadna admiró la habilidad de los pilotos al notar la sincronización que llevaban ambas naves.

"¡Gracias por tu comentario, carísimo amigo mío!, tú siempre al pendiente de mis observaciones", agradeció.

Al meditar sus observaciones nuevamente, Ariadna sintió la adrenalina dispararse al mil, eso causado por el movimiento principalmente en las curvas.

Una vez controlado su pánico, notó, que, dentro del hueco que quedaba entre ambas naves, cuando éstas se juntaban por las cabezas, quedaba protegida la nave roja amiga. No podían tocarla ninguna de las dos máquinas bajo ese movimiento; pero dedujo también, que, cualquier cosa que llegara a pasar con una de esas naves, podría afectar a la nave amiga y quedar desprotegida, porque estaban esas naves siendo como escudos protectores, pero también lo contrario, en caso de perder el equilibrio. En otras palabras, las máquinas, ambas, para no aplastar o golpear la nave amiga, debían de conducirse bajo esa forma; juntando las cabezas, la parte de adelante solamente. Y, era justo en el cuello de ambas naves donde se formaba el hueco para que la nave roja amiga marchara segura.

Analizó bien ese detalle Ariadna, y dedujo entonces que era seguro; no tenían otra opción de cualquier manera. "¡Espero que estos pilotos sean prudentes en la dirección de sus naves!", pensó nerviosa.

La gente del campamento a bordo de la nave amiga, expresaba su nerviosismo por el evento ocurrido. Que no fue cosa simple, dado que fue espontánea la evacuación de ese refugio al haber sido éste tomado por el enemigo. Habían descubierto los códigos de acceso de dicho campamento, lamentablemente, y hubo pérdidas de vida y había bastantes heridos.

Se comentaba que iban a bordo de la nave roja amiga aproximadamente setecientas personas.

La nave amiga llevaba la ruta del destino, y ésta se aproximó a un viejo refugio que Ariadna identificó como la casa de los ancestros de su compañero designado, Benito.

Benito más tarde llegó a esa ubicación muy cansado, su rostro notablemente fatigado denotaba la necesidad urgente de dormir. Su viaje había estado muy difícil, le costó literalmente las perlas de la virgen —mucho trabajo— llegar hasta ahí, y aunado a eso, las misiones anteriores que tuvo que cumplir; el pobre llegó con la lengua de fuera literalmente. Y, como de alguna manera Benito era raro y misterioso en sus movimientos —así lo había comprendido ya Ariadna—, preguntarle cómo llegó hasta ahí estaba por demás.

"¡Ariadna! ¿Y si me das un masaje con aceite aromático?", bromeó el bueno de Benito, una vez que durmió como un oso y abrió los ojos tan frescos como una lechuga. Aunque, ciertamente, Benito deseaba de alguna manera que ella lo mirase diferente.

Ariadna accedió a dicha petición con gusto. "¿Cómo? ¿Qué no estamos solos?", dijo sorprendida cuando escuchó voces de niños afuera.

"¡No, no lo estamos! Estamos en la casa que fue de la familia de mi madre", respondió Benito animado.

"¡Esto querrá decir qué tu madre ha sido testigo de nuestro romance aquí!", exclamó Ariadna abriendo los ojos. "Pero cómo no me di cuenta de que estaban todos aquí siendo testigos de este romance", añadió, siguiendo en juego la broma de Benito al notar que la habitación estaba con ventanas sin cortinas, abiertas, frente a un corredor.

El día no caía aún, y el cielo tenía un tinte rosa ligeramente pálido. Ariadna percibió en la atmósfera un cálido perfume de naranja.

Se decían ser los ancestros de Benito los habitantes de esa casona convertida en campamento en ese momento. Ariadna notó que estaban todos plantados como guardianes mientras ella y Benito estaban en esa habitación, y estaban tan silenciosos como los muertos; a las claras se les notaba el nulo deseo de interrumpirlos.

Más tarde, Ariadna recibió la instrucción de Concha de Búfalo quien le indicaba estar preparada para atender la siguiente misión.

"Benito, partiremos pronto", comentó Ariadna a Benito que recién despertaba, y le preguntó cosas importantes que llevarían a cabo juntos los próximos días sobre la misión. Benito respondió que no sabía de eso porque se había distraído viendo una serie de televisión en su dispositivo.

"¿Qué dices, Benito?, pero ¿cómo qué has estado viendo una serie mientras yo he estado apuradísima con todo esto?", replicó Ariadna no de muy buena gana.

Benito se apenó por su comentario, pero así era él, un tipo raro, aunque, singularmente encantador a los ojos de Ariadna por su forma tan simple de ser.

Estuvo muy activo durante los próximos días el sitio que se montó espontáneamente como campamento, resguardando a los jóvenes hasta nuevo aviso.

Ariadna vio a muchas niñas llegar al campamento, porque también recibían a los niños extraviados y huérfanos; se trabajaba en buscar sus ubicaciones. Fijó su mirada en una de esas niñas, quien tenía su nombre grabado en la solapa de su suéter, y cuyo logo era un pelícano alimentando a sus crías (la señal esperada por Ariadna).

"¡Dime!, ¿hay algo diferente en las personas que tienen el cabello en dos tonos, oscuro y claro?", preguntó quisquillosa una adolescente a Ariadna de repente.

Ariadna, supuso que la adolescente algo intuía sobre la pequeña niña del logo en la solapa que jugaba en los pasillos, quien tenía el cabello oscuro con un prominente mechón blanco distinguiéndola de los otros pequeños que jugaban en los pasillos. Esa niña del mechón blanco era una de sus protegidas, según la instrucción recibida de Concha de Búfalo.

Optó Ariadna entonces por guardar silencio para proteger la misión.

"Dime, ¿quién es esa niña? ¿De dónde es?", la adolescente insistió.

Tanta insistencia agotó la paciencia de Ariadna. "Ven, pequeña", le habló a la niña. "¿Cómo te llamas, pequeña?", le preguntó con suavidad.

"Haru, me llamo Haru", respondió la pequeña con vocecilla de ángel, y esbozó una graciosa sonrisa dejando ver su boca chimuela.

Toda esa tarde estuvo muy dinámica, ahí mismo estuvo Ariadna hablando con varios miembros de esa casona, entre ellos, Frido, un noble joven dotado de un pensamiento sano y virtuoso, quien le contó que había un día sufrido un percance de naturaleza compleja donde había estado al filo de la navaja. Y redactó con detalle lo sucedido en aquel tiempo.

EL CONVIVIO

Ariadna escuchó los relatos de todos. Frido también habló sobre el satélite de su madre; contó sobre el periodo de su niñez, cuando vivían ambos, él y su madre en un punto llamado Polanco. (Frido se refería a una piedra Luna, es decir satélites especiales). Ese mismo jovencito se esmeró en atender a Ariadna y preparó para ella un platillo especial.

Frido estuvo súper dulce y muy atento. A Ariadna le pareció un joven muy atractivo. Tenía con él las fotos de su niñez que guardaba celosamente, dijo que esas fotos eran para no sentirse solo. A Ariadna le conmovió mucho escucharlo. Frido fue en su momento también un niño huérfano, reubicado, pero no recordaba ese joven más de lo ocurrido en aquel periodo; el chip que le habían implantado cuando estuvo en cautiverio había hecho estragos en sus recuerdos.

En el refugio y campamento improvisado en la casona de los ancestros de Benito, había solamente unos cuantos baños disponibles, y los integrantes tenían que hacer uso de la paciencia para esperar su turno, así que, convinieron trabajar en ello. Varios jóvenes habían llegado a participar, y a saludar a Ariadna, y de alguna manera se cuidaban todos.

Esos dinámicos días fueron de mucho aprendizaje para todos.

Una tarde en la cena, sentados alrededor de la mesa compartiendo el pan, dieron rienda suelta al buen sentido del humor. Las deliciosas quesadillas en la mesa le despertaron el apetito a Ariadna. Luego que se chupó los dedos con el último bocado que dio, reflexionó en lo bien que se sentía   compartir el pan entre amigos.

"¡Cómete esta manzana y te contaré un secreto!", dijo Ariadna en calidad de broma a una joven que estaba sentada junto a ella.

"¡No, no Ariadna, mejor no me cuentes nada!", respondió la joven con voz casi temerosa.

"¿Por qué no? ¿Acaso no eres mi amiga, bella durmiente?", replicó Ariadna en tono sarcástico, y todos se echaron a reír.

Satisfecho el estómago y apaciguados los ánimos, se fueron a descansar todos.

Más tarde, Ariadna recibió la instrucción de Concha de Búfalo, quien le dijo que saliera al patio por la parte de atrás de la casona, y echara un vistazo en ese punto para enviar los registros de esa zona. Ariadna obedeció la orden sin refutar nada a pesar de que se caía de sueño.

Una vez en esa área, le llegaron ráfagas de la infancia de Benito como parte de los códigos que estaba registrando de dicha zona. Se percató que el portón estaba abierto de par en par, y que todo ahí lucía inmóvil, como si ese espacio se hubiese detenido en el tiempo. Entró al patio y no vio a nadie, solamente percibió soledad.

Sintió de pronto el estómago arrugado como por un presentimiento. "¡Qué raras parecen las cosas algunas veces, Concha de Búfalo!", dijo sobresaltada, luego se giró dando media vuelta para salir; pensó al instante que debía de atrancar la puerta y detuvo su marcha. Entonces, vio anonadada cuando se giró nuevamente para regresar a cerrar el portón a un grupo de gente que estaba husmeando todo en ese patio. Observó la escena muy nítida. No podían ser hologramas, de ello Ariadna estaba convencida. "¡De dónde rayos salieron estos!", pensó aturdida.

Guardó silencio, y centró toda su atención en lo que dichos sujetos hacían en aquel patio (el patio trabajaba semejante a un satélite). Por otro lado, ellos no notaron su presencia porque Concha de Búfalo la estaba camuflando. Ariadna podía moverse libremente sin ser vista por nadie cuando Concha de Búfalo hacía ese tipo de intervenciones. Aunque, no siempre era posible, porque ello requería gastar mucha energía, y no era conveniente por razones vitales. Pero hacerla invisible al adversario cuando esto era posible, era una de las muchas habilidades de Concha de Búfalo.

Ese grupo de agentes husmeando en el patio, era uno de los más sanguinarios depredadores existentes en el cosmos. Ariadna debía de registrar su presencia en ese punto para evitar un posible ataque masivo, y enviar esa evidencia para su posterior investigación, según las instrucciones de Concha de Búfalo.

EL ESTANQUE

Después de haberse librado aquella repentina batalla, donde, afortunadamente Edy fue puesto a salvo por los compañeros que llegaron atendiendo el llamado de auxilio, y quienes pelearon a muerte como buenos soldados que eran, Ariadna se quedó a convivir con todas esas buenas personas en el estanque de agua, nadando, en el refugio y campamento que se improvisó en la casona de los ancestros de Benito. "Hace tiempo que no nado, espero que siga siendo tan buena en esto como en antaño", pensó al momento que se echó el chapuzón.

No se veían muy bien los rostros de los presentes, porque ya había caído la noche sin luna, y no había luz eléctrica en ese punto, pero Ariadna reconoció a algunos de sus amigos recién llegados a reforzar la zona.

"¡Qué gusto me da ver a mis amigos aquí!", expresó sinceramente al ver a sus compañeros de los Orientes de Chilahua, de Sono, y de Molis. Todos nadando juntos luego de tan difíciles momentos pasados.

De pronto, recibió la instrucción de Concha de Búfalo para que se sumergiera en las profundidades de esas aguas y buscara información. Ariadna volvió de sus pensamientos abruptamente y se sumergió al fondo, en las profundidades de ese estanque, obedeciendo la instrucción. Y, para su sorpresa, lo que vio ahí fueron cientos de cuerpos humanos nadando como un banco de peces; se mantenían súper juntos, y nadaban de un modo tan sincronizado, que Ariadna se sintió de pronto presa de una alucinación. "¿Qué podrá ser esto?", se preguntó mientras veía con ojos de asombro a ese singular grupo de gente. Ese peculiar grupo de individuos que sabía respirar bajo el agua le comunicó información vital.

El escenario le tomó por sorpresa, y no encontró una respuesta sensata a la lluvia de ideas que bombardearon su mente.

Volvió Ariadna a la superficie con la información recibida muda del modo tan peculiar de aquella gente.

Luego de haber hecho el análisis correspondiente de la información obtenida de la gente en el estanque, concerniente a un antiguo compañero de nombre Rodrigo, y al paradero de la joven en cinta, Ana, y siguiendo la instrucción que Concha de Búfalo le envió, Ariadna debía de ir a buscar a la joven en cinta y dejar el cristal en código enviado a la criatura por nacer. Ana había abandonado ya la colonia con ayuda de Dany, su pareja.

EL MUELLE

Aquella tarde calurosa, el sol apenas alcanzaba a alumbrar en aquel muelle donde Benito y Ariadna se encontrarían con

Rodrigo, compañero de ambos; éste les daría información del paradero de Ana, la joven en cinta.

Una vez que bajaron Ariadna y Benito el último escalón del muelle, Rodrigo apareció en escena, y abrazó y dio un beso en la mejilla a Ariadna afectuosamente. Ella no pudo evitar sentir amor en su corazón por él, a pesar de las circunstancias que la alejaron de él; entonces, no pudo rechazarlo por eso, o tal vez porque todo ocurrió de una forma muy espontánea –supuso Concha de Búfalo al contemplar la escena–. Rodrigo inesperadamente puso su cabeza en el hombro de Ariadna y lloró sobre éste profundamente, como un chiquillo. Ella se sintió muy conmovida por el dolor del joven y se solidarizó con su pena. Él fue su compañero en misiones de antaño y le afectaba sinceramente verlo así.

Rodrigo acercó su frente con la frente de Ariadna, y en ese acto, cabeza con cabeza, permaneció llorando por un buen rato más. Ambos, se comunicaron de alguna forma sus lamentaciones, sus penas y sus tristezas. Ariadna sintió profundamente el dolor que atormentaba al joven. Rodrigo había pasado por las de Caín siendo él un poseedor de un Concha de Búfalo también. Había visto tanta pena en sus últimas misiones, que, el pobre acabó en el Valle de los Guadas, recuperándose ahí durante un largo período. Y, aunado a todo eso, el tiempo tan largo que tenía sin ver a Ariadna. Entonces, se le juntaron al pobre los sentimientos en cuanto la vio. Permanecieron un buen rato sin decir palabra alguna, no hicieron falta. Los testigos, fueron Benito, su actual compañero en misiones, quien permaneció a sus espaldas silenciosamente. Ariadna lo miró de reojo, y reflexionó que era ese un acto casi ritualista. El triángulo que estaban haciendo Benito, ella y Rodrigo –este último, amigo de Benito y antiguo compañero de Ariadna en misiones– era una connotación clarísima de respeto y amor a sus ideales.

El sol antes de dar el último suspiro para ocultarse en el océano, y el muelle silencioso, firmaron también aquel día en el acta de testigos aquella conmovedora escena del muelle.

Con la información que comunicó Rodrigo a Ariadna y a Benito, éstos se dirigieron al punto donde se encontraba la joven encinta, Ana. Estaba en un refugio que había encontrado y acondicionado Dany —la pareja de Ana— no muy lejano a la primera colonia, su antiguo hogar.

Una vez que localizaron a Dany, Ariadna consideró a bien dirigirse a él en su lengua natal, y eso ayudó a que él se sintiera más cómodo. Ante esa escena, Ariadna pensó en lo fluido que hablaba ella esa lengua, y que bien guardado lo había tenido hasta entonces en su arcaica memoria.

Capítulo 23 La Escena del 33

Cuando Ariadna llegó al nuevo refugio de Ana, la joven en cinta, la líder de la ex colonia de Ana y varios de sus hijos conversaban sentados en el área del comedor a medio luz. En la atmósfera se percibía una energía pesadísima, misma que Ariadna interpretó como un gran problema por venir. Hablaban entre ellos sobre pasajes y alegorías y mencionaron el número treinta y tres. Ignoraron la presencia de Ariadna groseramente.

"¡Tres por tres son nueve!", dijo entonces Ariadna, revirando el comentario.

Ante el comentario de Ariadna, la líder de la colonia y madre de esos jóvenes, quienes estaban ahí amedrentando a la joven encinta, Ana, lanzó una mirada asesina, y alegó que Ana no era libre de abandonar su colonia. Ariadna sonrió con picardía porque sabía cómo trabajaban esas cosas de los misterios grandes, como solía ella llamarlos. Entonces, solo se limitó a sonreír, y guardarse para sí misma sus descubrimientos obtenidos durante sus múltiples misiones por el cosmos.

Pasaron a otro salón del refugio. La mujer husmeando todo a su paso. Era un área con mucha luz esa, predominaba el color blanco.

Tomasa, se llamaba esa amargada mujer, quien era también tía de la agente Oli, y madre de esos jóvenes que la acompañaban. Ésta continuaba husmeando la casa de Ana y criticando todo a su paso.

La amargura que salía de la boca de esa mujer irritaba a Ariadna verdaderamente. Decía que Ana era propiedad de la colonia, su colonia, y se lo recordaba de varias maneras. Parecía esa líder como ejercer un tipo de poder psicológico sobre ella, y sobre los jóvenes de sus colonias, a los que llamaba sus hijos.

"¡Veo que tu casa es muy grande!", dijo Tomasa a Ana con tono sarcástico, y siguió caminando, husmeando y criticando todo a su paso. "¡Hay comida chatarra por todas partes!", murmuró en un tono que irritó mucho Ariadna.

"¡Todos los hijos de Ana pueden comer lo que ellos quieran, porque sus hijos son libres!", recalcó Ariadna a esa mujer firmemente, y le lanzó una mirara desafiante.

Tomasa, esbozó una sonrisa siniestra y miró a Ariadna por encima del hombro con desprecio. Ante aquello, Ariadna soltó de un solo golpe todo el mal sabor de boca que esa mujer le provocaba, revelándole lo que se asomaba en la palma de su mano, el cristal en código de la criatura, su lugar de pertenencia en el cosmos.

La amargada mujer no aguantó la vibra de Ariadna, y, aunque lo disimuló muy bien, el temor de enfrentar a Ariadna se reveló en su rostro arrugado, y no se atrevió a revirar su comentario.

Después de que se sobrepuso aquella arrogante mujer de la advertencia de Ariadna, se dirigió con paso rápido a un punto donde había un mueble con cajones, y se apresuró a abrir uno de ellos, el primero de arriba. "¡Aquí hay algunas fotos de mi familia!", dijo con tono altanero a Ana, mientras tomaba de ese cajón los retratos.

"¿Sí?, ¡pues también aquí están las mías!", reviró Ana, al mismo tiempo que del mismo cajón sacaba fotos de toda época.

De pronto, algo inesperado ocurrió con Ana, luego de ver una foto antigua de un personaje masculino se refrescó su memoria y le llegaron recuerdos especiales. Entonces, como si una venda de los ojos de esa joven en cinta se hubiese descorrido, con un brillo especial en los ojos le lanzó una mirada de advertencia a la líder Tomasa. "¡Yo tengo mucha familia, digamos que es como un ejército de miles!", le dijo a Tomasa, en tono quedo, pausado y firme, con el ceño fruncido.

Entendiendo el código en las palabras de Ana, Ariadna hizo la señal de silencio. Ana, afortunadamente entendió, y por prudencia no dijo más; pero la joven miró a su opresora a los ojos desafiándola con un clarísimo gesto de guerrera, preparada para pelear la batalla hasta la muerte. La líder Tomasa entonces no aguantó la vibra, y se esfumó al percatarse que ya no tenía control sobre la joven en cinta, Ana.

Ariadna olió el miedo de esa líder, y se alegró por Ana, porque estaba recuperando esa joven su memoria y su autoestima.

Luego del percance amargo, esa noche durmieron Ariadna y Benito en el nuevo refugio de Ana. Pero Ariadna no lograba conciliar el sueño, y estuvo despierta durante casi toda la noche debido a que sabía muy bien que la líder no dejaría ir tan fácilmente a Ana. Y, aunque Ana ya se había dado cuenta de que ella también tenía autoridad al contar con un número importante de soldados, miembros de su familia directa –de su clan–, ésta no estaba en condiciones de enfrentarse a una guerra por el momento, dado su estado encinta tan avanzado.

Tomasa estaría esperando el mejor momento para atacar ese nuevo refugio, el cual se estaba fincando sin su autorización, demandaba aquella arrogante mujer.

Más tarde, cuando el sol se levantó, Ariadna escuchó el ruido de una máquina grande. Estaban en la terraza ella y Benito cuando ese camión llegó a toda velocidad hasta la entrada del refugio de Ana. Un hombre mal encarado conducía esa máquina, y frenó justo en la entrada del recinto para dar vuelta en u. Luego se alejó sin chistar, pero no sin antes lanzarle una mirada desafiante a Ariadna. Ella lo miró sin temor, pero consciente de lo que significaba ese ruido invasor.

Luego del incidente del ruido invasor, ambas, Ariadna y Ana, quienes ya habían hecho una buena amistad, se dispusieron a jugar como niñas en el patio de tierra colorada del nuevo refugio. "Jugar es bueno para calmar el espíritu", dijo Ariadna animadamente. Estaban cantando y bailando muy divertidas tratando de olvidar por un momento los problemas de los mundos, Benito y Dany se unieron a la fiesta.

De pronto, Tomasa asomó nuevamente sus narices con notoria molestia en su rostro arrugado. "Tal vez sea exceso de mal genio", pensó Ariadna al ver a Tomasa lejana de la lozanía de una tez radiante.

La nefasta mujer husmeaba en el área color celeste del refugio. Llevaba consigo unas herraduras que comenzó a lanzar repetidamente haciendo semejante ruido para llamar la atención de Ariadna, de Ana y de los otros que jugaban en el patio. Ariadna se aproximó a ella enfrentándola, pero Tomasa la ignoró y siguió jugando con dichas herraduras.

Benito intervino entonces, porque conocía él muy bien ese juego de herraduras que estaba llevando a cabo esa mujer. Se trataba de un tipo de código que ella conocía y utilizaba para manipular a su colonia, por medio de un chip que éstos tenían.

"¡El juego de herraduras debe de jugarse en extensiones de terreno grande, y desde una distancia larga se lanzan las herraduras al objetivo!", demandó Benito a Tomasa, quien estaba haciendo trampa, jugando el juego casi en sus pies de distancia. Dicho juego, lo llamaban también la carrera, el mismo juego que tuvo que hacer Ariadna por el niño Mar, cuando se lanzó en la carrera llegando al objetivo antes que el opositor, logrando para el pequeño Mar obtener su lugar legal de pertenencia. Ese juego de las herraduras era un tema súper complejo.

Tomasa le lanzó una mirada asesina a Ariadna sin chistar, y no quiso soltar las herraduras que Benito le pidió que le entregara. De alguna manera Benito tenía autoridad y cierta jerarquía en ese mundo, por ello mismo es que fue enviado con Ariadna.

Ariadna, molesta por esa tramposa optó por retirase; no quería competir limpiamente Tomasa; los demás hicieron los mismo. El ambiente se tensó, los guardias estaban inquietos esperando cualquier señal.

No pasó a mayores el caso, pero una vez en la terraza, se escuchó el motor del carro de Tomasa haciendo semejante ruido; aunque, no pudo pasar más allá del patio porque estaba una de las naves amigas en el camino haciendo guardia.

Estaba cometiendo una grandísima falta de respeto esa mujer con su comportamiento para con Ana, imponiendo a toda costa su voluntad. Conducir a esa velocidad, y hacer semejante ruido dentro de su morada, ya era demasiado insulto. Ana mantuvo la calma, no era oportuno el momento de una masacre y ella lo sabía muy bien.

La tensión cambio de tono cuando la mujer se atrevió a girar su carro dentro del patio del refugio. Como si este fuese una glorieta para ella, se dio el lujo de hacer chillar las llantas de su carro; estaba más que provocando. Benito no pudo contener más su enojo y se dispuso a detenerla.

"¡Cálmate por favor, Benito, déjame esto a mí!", intervino Ariadna. "Sé que en estos casos la tolerancia tiene un límite", dijo al notar la cólera de Benito, luego se dirigió directamente a Tomasa, quien estaba al volante de un carro viejo deportivo convertible, en la puerta de la salida.

"¡Escúchame muy bien, Tomasa! no vuelvas a entrar a este patio con tu carro de esta manera. ¡Tú no puedes manejar aquí!", dijo Ariadna con calma, pero con tono de advertencia.

"¡Qué demonios dices tú!", respondió de manera grosera Tomasa.

"Tú no puedes manejar aquí en mi patio", intervino Ana con diplomacia, "porque hay niños en este recinto y algunas veces están jugando aquí, y podría ser muy peligroso para ellos tu actitud en esta nueva colonia", añadió.

"¡Niños aquí, si yo lo permito solamente!", gruñó amenazante Tomasa y se arrancó.

La áspera actitud de esa mujer le aguijoneó la cabeza a Ariadna, y tuvo que apretar los labios para contenerse y no dejar escapar de su pecho palabras malsonantes; tenía la enmienda de no inmiscuirse en temas con tintes políticos o religiosos; debía de enfocarse exclusivamente en las misiones asignadas para ella.

Luego de ese incidente que les dejó la boca amarga a todos, se asomó un hombre por una ventana que fungía como uno de los complejos portales en esos mundos. "Pero ¿acaso están ustedes intentando remover de su trono a la líder Tomasa?", preguntó el hombre con notable tono descompuesto y pidió una audiencia inmediata a puerta cerrada con Ariadna. Hablaron por largo rato.

"¡No! ¡No es así como tú dices!", aclaró Ariadna. "Lo que sucede es que Tomasa no ha querido entender que Ana debe irse. Debe aceptar y ser consciente, que, literalmente murió la vieja y nació la nueva Ana. Tal vez deberíamos de poner eso en el remitente de la correspondencia, y que quede claro el nuevo estatus de Ana", dijo Ariadna con firmeza, ante la atónita mirada del hombre de la ventana.

Benito era pariente muy cercano de Oli –agente activa en cubierto– y de la líder Tomasa. Fue ese joven un simple miembro de esas colonias antes de llegar a ser un agente especial y colaborar en el progreso de los Pueblos Unidos del Cosmos (PUC). La madre de Benito, quien murió cuando dio a luz al buen Benito, fue hermana de la líder Tomasa, por lo tanto, su relación era muy cercana dado el parentesco.

Ariadna siguió los próximos días con la dinámica correspondiente a la misión. Una tarde de esas regresó con buen ánimo a la recién colonia de Ana luego de haber ido a registrar las muestras de algunos organismos. La colonia estaba muy activa. No había luz y se debía de encender una vela para los sitios cerrados, como en el caso de los baños. Observó de reojo a Ana que andaba por ahí y consideró a bien ofrecerle dar un masaje para ayudarla con sus dolencias. Notó preocupada que las piernas de Ana estaban muy raras, como regordetas, tiesas y moradas.

Ana tenía las pantorrillas muy flacas en comparación con los muslos que Ariadna estaba masajeando. Estaba muy hinchada por su estado.

"¡No te duele!, ¿verdad? ¿No te estoy dando el masaje muy duro?", preguntó Ariadna.

Ana movió la cabeza en señal de negativa, pero parecía que no tenía mucho control con su cuerpo, estaba como tieso y muy pesado.

Más tarde, a la colonia llegó a saludarla muy entusiasmado su compañero en misiones, el soldado Omaro Caña. "¡Ariadna!, ¿cómo estás? ¡Supe de tu llegada por estos rumbos!", exclamó entusiasta. "¡Qué alegría saludarte!", dijo, al mismo tiempo que le estrechaba sinceramente su mano, dándole el código correspondiente que lo identificaba como uno de los suyos.

Ariadna estaba sumergida en un reflexivo silencio y le tomó por sorpresa la llega espontánea del soldado Omaro, pero reconoció el código inmediatamente, y le dio mucho gusto verlo en pie, por la buena estima que le tenía a ese buen amigo. Ya había caído la noche, y le ofrecieron a Omaro quedarse en el ala celeste de ese recién recinto formado por Ana, y Dany, su pareja, el cual ya estaba más grande porque se había unido mucha familia de ella, construyendo sus casas alrededor de su recinto, a manera que se iba haciendo más grande porque se unían todas por medio de túneles.

Muy temprano, al siguiente día, Omaro ya estaba paseando cerca de la cocina. Ariadna le ofreció una taza de café a su querido amigo; ella misma lo había preparado. Le presentó a su compañero designado, Benito, y se marcharon enseguida los tres al refugio y campamento improvisado en la casona de los ancestros de Benito.

Ariadna no dudo en compartir con su amigo y compañero Omaro de lo que había en bodega como alimento. La gente se notaba contenta en la entrada del refugio, se habían concentrado bastantes personas, se supo que había convivio, por lo tanto, había banquete. Ariadna preparó la cena y fue suficiente para todos, así lo calculó, pero cuando iba servirle un plato de comida a su querido amigo, Omaro Caña, quién esperaba por ese plato especial, notó que había poca carne en la olla.

"¿Te serviste y te comiste toda la carne?", preguntó Ariadna a Benito incrédula.

"¡Sí, lo hice porque tenía mucha hambre!", respondió Benito con una sonrisa de oreja a oreja.

"¡Ay, sublime insensata!, por qué no guardé yo misma ese alimento en un lugar seguro", exclamó Ariadna, apenas y podía creer lo que escuchó.

Omaro, su querido amigo, estaba muy cerca de ella y no pudo evitar sentirse un poco avergonzada. Había invitado a su querido compañero Omaro a la cena y Benito ya se había comido casi todo. Tomó entonces Ariadna rápido la olla, y rescató algunos pequeños fragmentos de ese platillo especial que completó con frijoles. Y ofreció el humilde platillo a

Omaro, quien luego de un largo andar necesitaba alimentarse y recibió el plato con júbilo.

Había más gente en la mesa, entre ellos estaban Edy, y Frido, quienes esperaban también por alimento. Ariadna pensó en ellos también en el banquete que ella misma había preparado, pero Benito de manera insólita se había comido casi todo, y su invitado especial, quien venía de muy lejanas tierras, apenas había alcanzado algo.

De cualquier modo, se arregló satisfactoriamente el tema del alimento.

Ese comportamiento raro de Benito, algunas veces le hacía pasar vergüenzas a Ariadna que la dejaban sin aliento.

Mas tarde Benito se fue a platicar con Omaro. Ariadna le hizo hincapié a Benito, por instrucción, que fuera moderado y discreto con lo que incumbía a su vida privada y a la misión.

El recinto y campamento, todo estaba sin luz eléctrica, a media luz, alumbrado apenas con velas. Los músicos comenzaron a tocar armonizando el salón con exquisitas notas. Omaro sacó a bailar a Ariadna, y ella aceptó contenta abrir la pista. Se unió a ellos una joven muy simpática de nombre Ave, y Ariadna rápido introdujo a Ave con su querido amigo, Omaro. Se unieron luego otros a bailar. Muchas parejas fueron las que armonizaron el momento.

"¡Ay!, ahora que recuerdo, no me ha dado tiempo de un baño por estar con los preparativos de la mesa, debo lucir terrible", exclamó Ariadna, y se disculpó con su amigo Omaro, quien puso un gesto de sorpresa.

"¡Tú no necesitas embellecerte! ¡Tú eres hermosa, así como eres, Ariadna!", dijo él con seriedad.

El joven Edy, estaba cercano a ellos, y un tanto celoso de Omaro le comentó a Ariadna en broma que se sentía celoso de verla muy cercana a su amigo. "¡Edy! ¿Acaso no sabes todavía lo qué significa el amor fraterno? Nosotros nos amamos limpiamente, nuestro cariño es puro y sin mancha", replicó muy seria Ariadna, por aquello de los malentendidos.

Rendida de emoción y de fatiga, Ariadna se retiró a otra habitación del refugio a descansar. Había muchos niños en esa área quienes fungían como sus asistentes de confianza. Esos pequeños le llevaron grandes platos de manjares. Supieron lo que pasó en la cocina con Benito y rápido se organizaron para que el alimento fuera suficiente para todos. Ariadna les agradeció mucho su asistencia. Esos pequeños eran los niños huérfanos que los soldados rescataban y reubicaban.

Los niños eran súper tiernos con Ariadna, y ella les llenaba de caricias dulces a esas huérfanas criaturas como si fuese una verdadera madre para ellos. Se esmeraban esa criaturas en complacerla y la asistían en todo. Notó con agradó también la presencia de agentes encargados de la reubicación de los pequeños, hablaban entre ellos y se daban consejos mutuos para su bienestar.

Antes de quedarse dormida, Ariadna recibió instrucciones de Concha de Búfalo quien le informó que se preparara, que estuviera lista, en pie y al orden, y que no olvidara sus diamantes y las medallas especiales porque partirían pronto. Y, sin más, Ariadna obedeció la orden, se levantó de la cama y puso todo en orden en su morral para evitar contratiempos.

Lamentablemente, se estaba tejiendo ya una penosa situación y había gente que deambulaba bajo la sombra. No dejarían ir a Ana fácilmente las influencias de Tomasa.

"¡Cuidado, Ariadna, se rumora una traición, no te confíes!", un agente encubierto le avisó.

Capítulo 24 La Chica del Casco Excéntrico

Ariadna se apresuró a la cita que logró obtener con la Dama de las Cumbres Altas, luego de haber recibido la notificación del complot que se estaba tramando en el nuevo refugio liderado por Ana.

Ya la esperaba su querido amigo, Omaro Caña, quien fue la triangulación para dicha cita; él, y otro joven, la acompañarían a atender ese delicado tema con la Dama de las Cumbres Altas.

"Ya viste el nuevo dispositivo de la nave amiga?", preguntó el joven a Ariadna con fresco tono de voz.

"¡No!, no lo he revisado", dijo Ariadna prudente.

"¡Sí, dicen que ya lo tiene instalado la nave, y está de lujo!", replicó el joven exaltado.

Pero Ariadna, quien había sido previamente avisada por Concha de Búfalo mantenerse reservada, no mostró interés en hablar más del tema de dicho dispositivo. Abordaron luego los tres la nave amiga, y Ariadna notó que efectivamente la nave tenía no solo uno, sino dos dispositivos ya instalados; Concha de Búfalo le hizo hincapié que debía de guardar celosamente esos dispositivos, y que no los mostrara a nadie, dado que contenían información confidencial sobre sus pasos por los mundos transitados.

Guardó Ariadna los aparatos entonces, siguiendo las instrucciones de Concha de Búfalo.

Esos dispositivos que traían esas naves amigas enviaban la señal de todo lo que Ariadna registraba en esos mundos. Trabajaban semejante a un satélite.

Llegaron pronto al punto destinado. En ese lugar, estaba siendo agrupada la gente en parejas para entrar a otro sitio, y, cuando éstas llegaban a la entrada, se les comunicaba algo, pero, de manera independiente. Es decir, cada pareja esperaba un par de metros, atrás, y entonces se le comunicaba a uno de ellos algo que el otro no debía de escuchar.

Cuando Ariadna y su amigo Omaro Caña se acercaron a ese punto, a ella le pidieron que no diera un paso más, que permaneciera atrás, porque a quien se le darían los informes correspondientes sería a su acompañante. Ella con la nobleza que le caracteriza no refutó nada y obedeció la orden.

"¡Es por la hora!", escuchó decir a alguien, pero no le permitieron escuchar ninguna otra cosa más.

Ante esa situación no le quedó otra más que esperar.

Poco después, llegó una dama elegante y le indicó que la siguiera. Llevaba la dama un documento enrollado en la mano. Ariadna la siguió en silencio entre los corredores de notable color rojo en los pisos y plantas de follaje verde en los laterales, hasta llegar a una fuente de agua; ahí, se detuvieron frente a una bellísima mujer de aspecto súper excéntrico que ya la esperaba.

Dicha joven, envuelta con enigmáticas telas, que, a manera de vestuario la cubrían toda, a excepción de su rostro, fijó directamente sus oscuros ojos —maquillados al puro arcaico estilo egipcio del planeta Tierra— en Ariadna una vez que ésta llegó.

Ariadna sostuvo con ojos de asombro su mirada, admirando lo bella que realmente era esa criatura. "Su belleza es impactante a ojos cerrados", gimió Ariadna para sus adentros.

La dama elegante que acompañaba a Ariadna, en seguida le dio el documento a esa bella joven, y le dijo: "Ella es la persona de quién te hablé. Y no le dieron la información que tenían que darle, por ser quien es".

La bellísima joven, entonces, observó con asombro el documento amarillento y sin pensarlo mucho expresó su solidaridad a Ariadna. "¡Ella está bien en todo, no tienen por qué negarle nada! ¡Y si Ariadna ha reclamado la libertad de Ana, no hay más qué decir!" dijo con autoritario tono sereno.

Estaba garantizada la libertad de Ana. La Dama de Las Cumbres Altas era la Señora Regente de esos complejos mundos que conformaban ese vecindario vía descendente al Valle de la Muerte. Su palabra era ley, y ésta había reconocido a Ariadna, por lo tanto, no podía negarse a dicha petición, y, más aún, porque Ariadna había entrado limpia hasta ese punto, y llevaba la garantía de ello en las recomendaciones que portaba.

Ariadna, quien estaba súper atenta en todo, se limitó a seguir las instrucciones de Concha de Búfalo. "¡Me gusta tu cabello! ¿Qué color es?", dijo, al mismo tiempo que observaba con admiración el cabello de la bellísima joven, el cual era semejante a un casco de cadenas color cobrizo dorado, colocado éste en su cabeza semejante a un turbante; único y muy hermoso.

Señaló con el dedo índice el color de las cadenas. "¿Es rojo?", preguntó nuevamente, claro y espontáneo en tono súper fresco la dulce Ariadna.

"¡Es dorado!", respondió con serenidad la joven envuelta en esas excéntricas telas.

El documento que recibió Ana de parte de la Dama de las Cumbres Altas le otorgó su plena libertad, porque éste era la carta patente que garantizaba su autonomía.

LA PEQUEÑA HARU

Una noche, Ariadna se apresuró a abrir la puerta al escuchar que alguien tocaba. Se percató que había señales de lluvia y estaba húmedo y frío el ambiente cuando abrió la puerta del refugio esa madrugada.

Ella no esperaba ver al personaje que tocó a la puerta. Y, aunque lo reconoció por ser él un miembro de la nueva colonia, la que estaba siendo colonizada por Ana, le tomó por sorpresa su llegada. Y, más aún, porque ese joven de bellos ojos rasgados –como los de Ana– besó sus labios cuando ella abrió la puerta; Ariadna se quedó pasmada con la boca abierta y sin corresponder al beso que le dio ese caballero repentinamente.

"Sí, yo también estoy sola, pero mis besos los reservo solamente para él, mi amado amor, por quien espero", le dijo Ariadna, luego que dicho caballero le dio a entender que no tenía nada de malo el beso, dado que ambos estaban solos.

En seguida, se escuchó el ruido de un carro llegar y Ariadna salió a asomarse para ver quién era. Sintió una ligera decepción al notar que ese carro no era el de su compañero, Benito. "Un momento, esa máquina es de alguien más, no es la de mi compañero Benito", dijo no muy de buenas. "Pero ¿qué hace esa máquina aquí entonces?", se preguntó inquieta.

"Consideramos prudente no dejar que Benito manejara hasta aquí, porque estuvo de fiesta con algunos de nosotros, y, se le pasaron los tragos", dijeron los amigos de Benito.

"¡Por eso no llegó temprano!", intervino una mujer con tono amigable al percibir que Ariadna esperaba una explicación de ello. Porque había estado esperando por Benito toda lo noche, y estaba preocupada por su ausencia.

Ya estaba por amanecer, Ariadna comprendió de buena gana lo que la mujer comentó sobre Benito. Era bastante gente la que llegó en esa máquina. Los recibió a todos en el patio del refugio de Ana. Todos querían conversar con ella, dado que era la anfitriona de alguna manera del sitio a resguardar.

"¡Oh, Ariadna!, ¿aquí estás viviendo ahora?", preguntó la amiga de Benito asombrada, al ver el refugio de Ana organizado tan pronto.

Se notaba un tipo de alianza entre ese grupo y Benito casi familiar. Ariadna participó con ellos, trato de ser un buen anfitrión con todos. Saludó cordialmente a Evelia, quien estaba acompañada por Andrés, amigos también de Benito. Fue breve con ellos porque así lo demandaba el protocolo. No debía tener preferencias por nadie, a excepción de los protegidos que se le habían asignado para la misión, y debía siempre seguir las instrucciones. "¿Cómo estás?", saludó. "¡Qué gusto qué hayan venido!", les dijo a ambos.

En seguida, se dirigió a un rincón del salón, donde estaba el caballero de ojos rasgados, su nombre era Hiroshi, él mismo hombre del beso espontáneo. Ya se había levantado Haru, la pequeña del remarcable mechón blanco en su cabeza, y estaba con él. Esa pequeña de escasos cinco años había estado muy inquieta con Ariadna desde que la conoció, pero dado el carácter de Ariadna fue muy considerada y complaciente con ella. Esa pequeña de nombre Haru, y cuyo logo grabado en su ropa era un pelícano alimentando a sus crías, era una de las huérfanas extraviadas que los compañeros de Ariadna habían llevado al campamento provisional que se montó en la casona de los ancestros de Benito. Y, como esa pequeña criatura huérfana era uno de los protegidos de Ariadna, la pequeña tuvo toda su atención desde entonces.

Ariadna sabía que tenía que enfocarse en la pequeña, y procuró que fuera así.

Cuando Benito estuvo en condiciones de atender la misión, rápidamente comenzaron con los preparativos correspondientes para fincar el plan de rescate y garantizar con éxito la salida de la pequeña.

Ariadna presentó abiertamente a la niña, porque era importarte presentarla a ese grupo como su protegida. Benito les había hecho participes del evento con anticipación, y ellos mismo se dieron cita en ese recinto para la presentación de la pequeña Haru. Vestían todos los de ese grupo atuendos muy raros, dijeron que era para la ocasión, parecían disfraces al punto de vista de Ariadna.

"¡Los amigos de Benito son tan raros como él, o es mi imaginación!", se preguntó Ariadna al ver el escenario.

No le dio más importancia a ese asunto, de cualquier manera, ella estaba encargada de darle protección a la pequeña y se enfocó en ello, porque la misión era sacar debidamente de esos complejos mundos a esos pequeños huérfanos desamparados, y garantizar su bienestar.

Una vez hechos los acuerdos, todos estrecharon las manos en señal de solidaridad.

"¡Mucho gusto en conocerte, Ariadna!", dijeron con notoria alegría los amigos de Benito.

Celebraron luego la reunión con el recordatorio que la naturaleza siempre brinda al buen observador. "Los solsticios representan el eterno contraste de la luz y la oscuridad, de la vida y de la muerte. Y el eterno renacer de la creación, donde nada puede ser destruido, solo transformado. Es el ave fénix que renace de sus cenizas. En este día encenderemos el fuego para que la luz nos guíe en nuestro diurno peregrinaje de transformación para mejorarnos. ¡Brindemos por que así sea!", clamó Ariadna; brindaron todos por esa esperanza.

ANA DA A LUZ

Ana estaba preparándose para dar a luz luego de una tremenda sacudida que se produjo en las colonias. Ariadna espantada, supuso ante tal evento que los Depredadores del Cosmos no tardarían mucho en arribar a la zona, y sugirió refugiarse hasta tener datos precisos de lo ocurrido. En dicho sitio, oscuro y frío, no había ningún mobiliario, así que, Ana estaba tumbada en el suelo.

Dany se apresuró a auxiliarla.

Era extraña la situación de Ana, porque a pesar de que esa joven estaba en labor de parto —ayudada por Dany— ésta no tenía ningún dolor, es decir no sentía ningún dolor físico.

"¿Qué sientes?", le preguntó Ariadna.

"¡Solamente siento una ligera presión en mi vientre!", respondió tranquila la joven. Dany estaba listo para cortar el cordón de la criatura y Ariadna lo percibió tranquilo a pesar de las circunstancias latentes en la colonia.

Impulsada por la razón, Ariadna echó un vistazo en los alrededores con la esperanza de que el olor a sangre de la madre dando a luz pasara desapercibida para los depredadores, esos agentes estaban entrenados literalmente como sabuesos.

Asombrada, notó un bulto tapado con una manta, se acercó para averiguar de qué se trataba. "¿Qué es lo que tienen ahí, dentro de ese cuarto?", preguntó preocupada.

"¡No lo sé!", dijo Dany.

"¡Qué demonios es esto!", lanzó un grito Ariadna y se alejó de ese cuarto al notar una masa ahí. Se trataba de un extraño organismo, semejante al excremento de murciélago.

Más tarde, el panorama se tornó escalofriante en la colonia, porque Tomasa, la tía de Oli y de Benito, al no haber aceptado su derrota y respetar a Ana como líder nuevo para formar otra colonia, no comunicó nada acerca de esos organismos y —éstos comenzaron en sus colonias— ya habían contaminado gran parte de esas colonias.

Luego de que se regara como pólvora la contaminación de ese organismo en varias zonas de las colonias, Ariadna se fue a resguardar a los niños, y estuvo muy al pendiente de la pequeña Haru. La niña lucía extraña, tenía náuseas, vomito y diarrea, pero con el alboroto que había en la colonia, Ariadna en primera instancia pensó que era por dicha situación.

Concha de Búfalo, le informó entonces algo relacionado al intestino de Haru, y ella puso atención en la pequeña y preocupada notó que la niña tenía una extraña llaga, ocasionado eso por algo semejante a espinas que evacuaba. Con incredibilidad, abrió Ariadna semejantes ojos ante tal fenómeno.

Estaba haciendo efecto algo extraño en los intestinos de la pequeña, ello causado por los organismos contaminados que había ya por todos lados. No había luz natural ni artificial pero la visión era clara.

"¿Estará todo bien?", se preguntó inquieta Ariadna ante ese difícil escenario.

"¡Ariadna, valor, sé fuerte y resiste! ¡No importa lo que veas en tu camino!", dijo Concha de Búfalo haciendo una levísima conexión con ella; estar al pendiente fueron las instrucciones.

Preparase para la evacuación masiva fue el plan que trazaron.

No pasó mucho rato cuando Concha de Búfalo le envío otra alerta vital; debía de ir de inmediato a recoger sus pertenecías y salir de ahí. Y, sin más, Ariadna en un parpadeo estaba recogiendo las cosas que había guardado en el capitel de las columnas de un salón, en la parte alta de ésta. Concha de Búfalo le dio más detalles sobre lo que había ocurrido. Un terremoto había fracturado la estructura de esas colonias, y éstas estarían pronto pasando por las de Caín si quedaban al descubierto. Había bastantes depredadores en esos mundos.

"¡No hay tiempo para cosas materiales!", lanzó Ariadna un grito a la gente, para que se apresuraran a salir de esa ala que estaba literalmente desmoronándose.

Tenían todos la comanda de abordar el famoso Navío Z11, el cual estaba previsto que pasaría a una hora determinada. Tenía la adrenalina al tope la pobre Ariadna. Sabía que los depredadores estaban cerca; estaba en riesgo ella misma, pero dotada de un corazón bueno, no podía irse sin hacer un último intento para que Tomasa diera la libertad a más gente.

Todos esos complejos subterráneos permanecían a media luz, cuando ambas, la líder Tomasa y Ariadna discutían para llegar a un acuerdo. A esa mujer no parecía mucho importarle la posible aniquilación de sus colonias. Ariadna, por razonamiento más que por intuición, sabía que tenía que manejarse con ella con sabiduría, prudencia y moderación.

"¡Tú eres santera, amiga de Lázaro!", dijo esa mujer a Ariadna repentinamente con tono afirmativo, intentando sacarla de sus casillas con tal comentario.

Luego de escuchar Ariadna semejante disparate, y sabiéndose ella misma una persona de ciencia y elevadas virtudes; y, aunado a ello tanta experiencia que le habían dejado sus múltiples viajes en los complejos mundos que formaban el cosmos, respiró profundo para no caer en tan descabellado juego. "¿Qué?", exclamó desconcertada. "¿Por qué dices eso?", preguntó con remarcado tono sarcástico. "¿Por qué hablo con los muertos?", se respondió a sí misma, y se rió a carcajadas por su propio comentario —literalmente se dirigía justo al Valle de la Muerte a sacar a tres personas de allí.

Sin nada más qué hacer en ese punto, Ariadna se apresuró, tenía que abordar el Navío Z11 y estaba ya muy corta de tiempo. Ana y toda su colonia, incluyendo a los huérfanos protegidos que aún no tenían lugar de ubicación, afortunadamente, salieron a tiempo de las colonias, antes del arribo de los depredadores quienes se habían ya dado un festín con los miembros de las otras colonias.

Ariadna logró deslizarse con astucia por un tubo para bajar a otra cámara y emprender el escape. Concha de Búfalo le informó que estaba peligrosísimo ya el terreno y tuvo que pasar en cuclillas para no ser vista por los Depredadores del Cosmos.

Capítulo 25 El Navío Z11

El Navío Z11 era abordado por gente de ese vecindario estelar. Bajaban y subían las masas de gente, algunas veces guiados por otros grupos, quienes tomaban ventaja de la carente memoria de éstos para llevarlos a poblar y explotar otras tierras.

Ariadna llegó corriendo al punto donde se detendría ese Navío, según la información que le dio Concha de Búfalo. Estaba ya por partir dicho navío, así que, literalmente corrió tras el y dio un tremado brinco para lograr zarpar a tiempo. Le dio mucho gusto ver a bordo del Navío Z11 a todos los integrantes sobrevivientes de la nueva colonia formada por Ana, y lanzó un suspiro de alivio al notar la mejoría de la pequeña Haru. Repentinamente, un hombre se acercó para hablar con ella, pero éste fue abordado por una joven de la tripulación, quien le metió algo en la boca rápidamente.

Afortunadamente, el hombre alcanzó a comentarle a Ariadna acerca de ordenar un platillo especial para cuando llegara el momento del banquete.

Ese hombre estaba de pie, entre la multitud concentrada en ese navío; vestía muy formal; portaba un pulcrísimo traje oscuro. Ariadna previamente lo vio dialogar con varios de los presentes; muchos de ellos, por cierto, parecían estar como idos de la mente, a excepción de los integrantes de la colonia de Ana y de la tripulación de la nave. Ariadna, vio con claridad cuando uno de los tripulantes del Navío Z11 al ver que el hombre estaba hablando con ella abrió uno de los compartimentos, y de ahí, de algún un punto oculto, sacó algo semejante a un dulce y se lo puso en la boca sin previo aviso. Inmediato a ello, Ariadna metió la mano a dicho compartimento para averiguar qué era lo que le habían dado a ese hombre para calmarlo, o para silenciarlo. Dedujo que temían a lo que él estaba comunicando.

Buscó intrigada, pero no encontró nada en ese compartimento; entonces, defraudada, giró su cuerpo a 180 grados quedando de frente al gentío. "¿Qué le has dado a este hombre?", cuestionó Ariadna a la joven de la tripulación.

La joven la ignoró y siguió en lo suyo.

Ariadna sintió una punzada en el estómago porque quería seguir escuchando información de aquel individuo, quien yacía calmado bajo los efectos de lo que le puso la mujer de la tripulación en la boca.

Más tarde, Ariadna no lograba apaciguar sus ansias, se sentía súper inquieta al no tener noticias de Concha de Búfalo. El capitán del barco y su tripulación no eran muy confiables, según su percepción. Por otro lado, aunque Ana llevaba el documento que garantizaba su libertad para formar en alguna otra zona de ese complejo mundo una colonia, libre y soberana, le inquietaba que tantos depredadores anduvieran merodeando esas zonas.

Mas calmados sus ánimos, fue a ver a la pequeña Haru, quien estaba siendo atendida por la gente de Ana. De pronto, escuchó el aviso que anunció la cena y se encaminó por los pasillos que conectaban al salón donde se celebraba el banquete.

El lugar destinado al banquete era un salón muy grande que se conectaba con otros. Percibió Ariadna el ambiente cálido, casi sin luz, pero suficiente para ver bien los rostros de los presentes.

Reconoció algunos agentes y compañeros conversando, se encaminó hacia ellos, y les comentó sobre lo que supo del hombre y el alimento especial antes de que éste dejara de hablar.

Estaba súper lleno el salón de gente procedente de distintas zonas esperando a que se sirviera el banquete. La tripulación se encargaba de servir.

"¿Pidieron el alimento qué les comenté?", preguntó Ariadna, a quienes previamente les dio dicha información.

"¡Sí, Ariadna! ¡Muchas gracias!", dijeron muy sonrientes sus conocidos.

Ese tipo de alimento era especial para evitar el olvido de la memoria. No todos conocían de ese tema, por ende, quienes lo desconocían ignoraban tal efecto. A nadie se le ofrecía de ese alimento, pero por ley, a quienes lo pedían se lo tenían que dar.

"¡Pero quisimos ordenar más, es decir otra ronda, y nos dijeron que sí, pero ya no nos trajeron nada!", añadieron sus conocidos.

Más tarde, Ariadna vio entre la multitud al hombre que le dio la clave del alimento, parecía estar satisfecho, a pesar de que los agentes de la tripulación no lo dejaron ya solo.

Ese hombre, era un agente encubierto que silenciaron poniéndole un extraño dulce en la boca; dicho agente, al darse cuenta de que algunos de los presentes, como en el caso de Ariadna, sí habían alcanzado a pedir de ese alimento, no pudo evitar que se le escapara ese gesto de satisfacción que Ariadna vio en su rostro.

Más tarde, Ana y Ariadna se encontraron en un punto cercano a una caseta, en la cubierta del Navío Z11, ahí escucharon hablar a un personaje, exlíder de uno de esos complejos mundos.

"¡Mentira, todo es mentira!, miente en lo que dice, no hay honestidad en ese hombre", dijo Ana con molesto timbre de voz.

El personaje que Ana reconoció había sido un tirano, y nadie sabía con seguridad de qué influencias y medios se habría valido para salir ileso de todo.

"No le daré mi aprobación en futuro. ¡Cuándo llegue el momento de topármelo como un nuevo líder en alguna colonia!", dijo Ana con firmeza.

El comentario de Ana llamó la atención de un individuo, quien estaba muy atento, parecía que estaba justamente ahí para eso. "¡Un momento! ¿Qué dices? ¿Vas a participar en el debate? ¿Tienes con qué?", preguntó histérico.

"¡No!, todavía no puedo, está en procesó mi poder para dar mi aprobación o mi negativa", respondió Ana con mucha prudencia a ese hombre de mirada infernal, y cuya estampa no era nada confiable.

Se trataba de un agente contrario a los ideales liberales. Y, dado que Ana, aunque tenía la carta patente que le otorgaba autonomía, no tenía una colonia donde habitar todavía; por ende, su voto no tenía ningún valor en aquellos complejos mundos.

Ante tal evento, la multitud que se encontraba alrededor de ellas comenzó a apoyarlas con alegría y entusiasmo. Luego se acercaron a ellas unos personajes de sereno semblante, éstos tenían unas cartulinas con palabras escritas a manera de clave: '¡Acuérdate de estar preparada para el hilo y la aguja, recuerda a Coapa! (El pasado del lugar de las culebras). Coapa, nido de culebras'.

Ariadna abrió tremendos ojos tratando de entender lo que podría significar eso. Y sintió agradecimiento por el apoyo recibido, aunque, no alcanzó a comprender el significado de esas cartulinas.

Posterior a eso, observó que, muy cerca de ella estaba una mujer que tenía un logo grabado en la solapa de su saco. Se trataba de un águila calva, la identificó como un agente encubierto, ésta se acercó discretamente a ella y le dio la clave a seguir.

Siguiendo las instrucciones, Ana debía quedarse en el Navío Z11 hasta que Ariadna lograra encontrar una colonia para ser habitada. Y para ello, Ariadna tendría que infiltrarse al colegio, para que le dieran el acceso los agentes en cubierto en aquel punto al escuchar la clave correspondiente.

EL COLEGIO

Luego de los arreglos de identidad, llegó a toda prisa al colegio porque el tiempo estaba ya encima. Ariadna había estado estudiando en dicho colegio con anterioridad por medio de satélite, por lo tanto, le eran ya familiar las instalaciones. Era tarde noche, pero aún había luz y pudo reconocer algunos rostros. Vio también a su compañero Benito, sentado en primera fila en el salón de clases, estaba dormido sobre el pupitre.

Después que el profesor Alexo Amargo –un agente secreto infiltrado en ese colegio– terminó de dar su clase, Benito se despertó como si nada ante la atónita mirada del profesor Alexo.

"¡La tarea, la tarea! ¡Dónde tengo la tarea!", expresó Benito, al ver que el profesor se aproximaba a él.

"¡Aquí está mi tarea, profesor, he cumplido con traerla!", dijo Benito todavía amodorrado por el sueño.

El Profesor Alexo Amargo tomó la hoja llena de apuntes que Benito le entregó. Luego de revisarla se dirigió a Ariadna con naturalidad, y le preguntó con gentileza: "¿Traes el libro contigo, Ariadna?".

"Sí, ¡sí lo traje conmigo!", respondió ella.

"¿Lo puedo ver?", preguntó el profesor, al mismo tiempo que se acercaba al pupitre.

Ariadna tomó el libro de su morral y lo abrió. "¡Aquí está la tarea, profesor!", dijo.

En dicho libro estaban los nombres de todos los integrantes de la colonia que formaría Ana.

"¡En el patio, cerca del árbol sequoia principal estarán dando 3,3 de mole!", dijo el profesor Alexo Amargo al oído de Ariadna, estaba hablando en clave el profesor.

Más tarde, en el patio, a un lado del árbol sequoia central, se reunió Ariadna con el profesor Alexo Amargo. Charlaron por largo rato mientras veían el juego de pelota.

La profesora Carola Luterina estaba en espera de los estudiantes de nuevo ingreso. Se le notaba algo fastidiada a falta de estudiantes en su clase, y, en el colegio en general. Ariadna fue amable al hablar con ella, por aquello de no herir sensibilidades. El salón contiguo tenía la puerta abierta, y se escuchaba la discusión que sostenían los profesores sobre los temas de estudios que se impartirían para los estudiantes de nuevo ingreso. Entró Ariadna al salón de la discusión y reconoció a uno de los instructores presentes, con quien había tomado ya una clase, pero no la terminó, dado que no hubo coordinación y se perdió de varias.

"¡Yo tomé esas clases, pero no las terminé!", dijo cuando preguntaron algo sobre ello.

Tenían semejante alboroto los instructores por razones desconocidas para Ariadna con respecto a esa clase. Dicha clase, iba junto a las clases que impartía la profesora Carola Luterina.

"¡Aquí están los documentos; aquí apareció el extra de los estudiantes!", dijo uno de los instructores de clase con la voz ronca de tanto hablar.

Todo indicaba que estaban muy interesados en que se tomaran esas clases. Ariadna notó que estaba ya programado el segundo semestre de esa clase, pero estaba consciente que no había terminado el primero y quiso ser honesta. "No puedo tomar la siguiente clase porque no tomé la anterior completa", dijo.

Le dijeron con respecto a su comentario algo que no comprendió.

"¡Completé los estudios de lenguas arcaicas, literatura, astronomía, y geología en este prestigioso colegio!", dijo entonces Ariadna.

Los profesores mostraron satisfacción y hasta un tinte de asombro con el comentario de Ariadna, porque dada la situación, les habló en lengua arcaica del planeta Tierra con muchísima prudencia, como demandaba la misión. Extrañamente, los instructores al igual que Carola Luterina lucían un gesto desesperado, e insistían que tomara esas clases; esas mismas clases que Ariadna conscientemente había evitado en el pasado, porque no le gustaban en realidad, y porque siempre chocaban con el horario de otras. Y, dado que, no era la primera vez que eso ocurría, Ariadna dedujo que esa clase que había estado evitando, siempre la perseguiría como una sombra.

"¡Por qué solamente adultos mayores vienen a tomar estas clases, nosotros queremos ver jóvenes como tú en esta clase!", murmuraron los instructores.

Ariadna estaba lo suficientemente preparada para abordar la misión, para ello estaba ahí; como estudiante aprovecharía las clases como demandaba la instrucción, y por otro lado atendería la misión que la llevó al colegio.

Hizo contacto con Concha de Búfalo más tarde, y éste le dio la instrucción a seguir; y le recordó que tenía que ser prudente en cada uno de sus movimientos.

Se dirigió entonces con paso menudo a hablar con la profesora Carola Luterina y le preguntó sobre sus clases. Ariadna debía tomar esa clase como la instrucción lo demandaba.

"Pues no daremos más esa clase mientras los estudiantes sigan con la postura de no querer asistir a las otras clases, solamente tenemos adultos mayores tomándola; y lamentablemente, son ellos los que están asistiendo a estas clases, y no los jóvenes", dijo la profesora Carola Luterina de malas.

Mientras conversaban, Ariadna estaba trepada en una simpática pirámide de cobre que estaba en el patio del colegio, junto a otras esculturas, Carola estaba en la parte de la base, y desde esa postura hablan ambas.

"¡Santiago y Lucas, se llamaban los apóstoles!", dijo Ariadna a Carola esbozando una hermosa sonrisa.

La profesora Carola Luterina mostró un gran asombro al escuchar esos nombres, y su mirada melancólica y pensativa se perdió por unos instantes.

Ariadna sabía muy bien por qué, pero era la instrucción y se limitó a sonreír.

Sin más que decir, ambas se dirigieron por uno de los pasillos del colegio. Carola la conducía, había recibido ésta la clave y no tuvo más opciones que conducir a Ariadna.

La profesora Carola Luterina, era un agente secreto, infiltrada en esos complejos mundos.

Ariadna estaba súper entusiasmada en ir con ella, por lo que ello significaba para Ana, y su gente. La red de agentes secretos quienes tenían obligación de apoyar bajo cualquier circunstancia a un Concha de Búfalo era más que obvio.

En el camino, por aquellos pasillos, se toparon con muchos personajes conocidos por Ariadna, quienes la interceptaban queriendo hablar más con ella, y la seguían incluso. Pero Ariadna estaba muy atenta en cada uno de sus pasos siguiendo a la profesora Carola Luterina, y no se distrajo por nada; aunque sí fue amable y atenta con toda la gente que la saludó. La instrucción demandaba no perder de vista a la profesora.

Los pasillos estaban a media luz.

Llegaron de pronto a otro extremo del campus; fue semejante a un circuito el que caminaron.

Ariadna seguía contenta y muy atenta a Carola.

Abruptamente, Carola detuvo su paso. "¡Ya has estado aquí conmigo en este punto!, ¿verdad?", preguntó con notable tono aburrido. "¡Por qué si tú ya hubieses estado aquí, ya sabrías que podemos salir a otro punto desde aquí!", dijo, sin esperar respuesta.

Ariadna, que seguía fielmente la instrucción de Concha de Búfalo sabía que tenía que mantenerse moderada, por lo tanto, se limitó en sus comentarios. "¡Y dime, Carola! ¿Te casaste? ¿Cómo te va?", preguntó con tacto, muy consciente de lo que estaba preguntando. Conocía ella muy bien al nuevo esposo de la profesora Carola, un agente ultrasecreto con quien en antaño estuvo trabajando en misiones.

"¡Es un buen hombre, pero un tanto extraño, trabaja mucho y fuma mucho también!", respondió la profesora con ligera queja en el timbre de su voz.

Siguieron la marcha en silencio, y se detuvieron en un punto de los jardines donde había un agujero bajo la carpeta de flores de cerezo que cubría toda la explanada. Dicho hueco, tenía un diámetro aproximado para dos personas, en posición de pie; era semejante a una cápsula de metal gris. Estaba cubierto con un enorme moño negro en la parte de arriba, y tenía una puerta lateral.

La profesora Carola Luterina conocía bien ese sitio, y llevó a Ariadna a ese punto para introducirla por ahí. Ariadna estaba consciente del lugar donde se encontraba, y la misión secreta por la que estaba ahí, por lo tanto, estaba atenta a todo, pero prudente y moderada por ello mismo. Carola comentó algo chistoso antes de entrar al agujero, y ese comentario a Ariadna le pareció de alguna manera supersticioso; se limitó a sonreír, por aquello del respeto a las ideas contrarias.

Se trataba de una cápsula camuflada en un agujero, y cuyo espacio era muy angosto, apenas el justo espacio para dos, literalmente tocándose la punta de la nariz.

Carola estaba incómoda en ese reducido espacio y renegaba. "¿Pero por qué no se mueve esto?", dijo con notable tono amargo mientras jaloneaba la puerta lateral.

Ariadna observó la puerta que estaba a un costado, y notó que no estaba bien cerrada, por ello mismo no se había activado aún el mecanismo. Carola jaló enseguida la puerta con fuerza, y, ésta hizo un notable ruido y se selló; entonces, comenzó a bajar esa extraña cápsula, semejante a la función de un elevador.

Ingresaron en un pestañeo a una colonia con mucha luz; era un terreno arenoso, en tono amarillo. Las construcciones de estilo mediterráneo predominaban a la vista. Ni una sombra se notaba en ese sitio. Todo permanecía perfecto, limpio y en orden, pero no había habitantes, aparentemente.

Ariadna valiente se encaminó por esa ruta ya sola. Siguiendo las instrucciones de Concha de Búfalo comenzó a enviar las imágenes y coordenadas de ubicación. De pronto, sintió una punzada en el estómago, y una extraña sensación de soledad le caló hasta la médula. "¡Qué rara me siento en este sitio, Concha de Búfalo!", dijo, pero Concha de Búfalo estaba ya ausente y no recibió respuesta de éste.

Recobrando la compostura, siguió caminando en la misma dirección por la calle principal y pronto entró en una de las casas.

Notó que esas villas estaban construidas todas con el mismo material —arcilla en tono amarilloso—, y aunque no eran las construcciones iguales, todas eran muy semejantes.

"¿Qué pasó aquí?", se preguntó al percibir tanta soledad, y tragó saliva cuando los Depredadores del Cosmos pasaron por su mente.

Los próximos días estuvo enviando todo lo que registraba. Tenía la instrucción de esperar ahí hasta que Ana y los suyos arribaran. Estuvo trabajando en la hortaliza que crecía en la orilla de esas villas, estaba súper abandonada, pero aún mantenía vegetales y fruta. Continuó sintiéndose extraña durante los siguientes días, estaba afectándole de alguna manera tanta soledad. Deseaba con fervor terminar pronto la misión de ingresar al Valle de la Muerte, y posterior a ello rescatar a su amigo Justino, prisionero éste en las minas de turmalina sandía. Sentía la necesidad urgente de tomarse unas largas vacaciones en el bello planeta Mayo —su plantea— y abrazar a su padre, el rey Mat; y por supuesto degustar de esas hamburguesas que solo el tío Burton sabía preparar.

Pasado algunos días más, Benito fue el primero en arribar a esas villas; llegó de buen ánimo en una nave blanca súper ligera. Estuvieron ambos, Ariadna y Benito los próximos días haciendo expediciones por los alrededores. Ariadna continuó fiel con la tarea de registrar todo a su paso y enviarlo a Concha de Búfalo para contribuir al progreso de todos los pueblos unidos del cosmos.

Pasaron mucho tiempo juntos en un área que descubrieron practicando caminata del lado norte de las villas. Se trataba de un cañón rodeado de robles y piscinas naturales en la roca ígnea plutónica; cobijado éste por cielos azules intensos y nubes aborregadas, y cuya magnifica vista a la cordillera proveía a Ariadna un estado de serenidad casi divino. Caminaban Ariadna y Benito como si fuera penitencia hasta ese sitio casi diario, ocho horas, cuatro de ida y cuatro de regreso. Lo nombraron "Cañón Nelson" y estaban realmente fascinados con su descubrimiento. Crecía ahí, entre las grietas de la roca, un tipo de siempreviva –una especie de planta suculenta perteneciente a la familia de las crasuláceas–, una distintiva planta con flores de color rojo- naranja, y un color gris verde en su roseta basal.

En los días posteriores, Benito comenzó a ausentarse más de lo acostumbrado, y Ariadna empezó a sentir nuevamente los estragos de la ausencia. Concha de Búfalo, quien sentía todo lo que atormentaba a la pobre Ariadna, y siendo éste, semejante a un enorme guardián con alas y capa, estuvo custodiando la entrada del cuarto que ocupaba Ariadna en la villa, camuflado, como solía hacerlo siempre.

LOS PIES DESNUDOS DE ARIADNA

"¡Olvidé decirte qué me invitaron a una fiesta, y ya llegaron por mí!", dijo Benito a Ariadna, al mismo tiempo que aceleraba su paso a la salida.

"¿Qué dices, Benito? ¡Cómo qué vas a ir a una fiesta así de pronto, sin haberme comentado nada!", expresó Ariadna sorprendida por el comportamiento extraño de su compañero. Estaban en misión y debían de mantener su incógnita.

"¡Sí, sí voy a ir!", replicó Benito con firmeza, y salió de la casa dejando a Ariadna con la palabra en la boca y completamente anonadada por dicha acción.

"¡Qué mosca le picó a Benito!", gruñó Ariadna. "¡Este hombre me saca de mis casillas! ¡Me deja hecha un manojo de nervios cada vez que desaparece!", dijo enfurecida.

Con ojos de asombro detrás de la ventana, Ariadna notó que llegó una nave cargada con contenedores azules, semejantes a los que se usaban para recolectar basura. Benito se trepó en la nave, y un par de personajes –piloto y copiloto– lo saludaron amistosamente; luego abordó Benito su nave blanca y se marchó con ellos.

Ariadna vio la nave de Benito alejarse y se sintió súper triste.

"¡La misión estará en riesgo si Benito no cuida su boca! ¡Se va de fiesta en plena misión, y yo aquí, sola, acatando las instrucciones de quedarme aquí!", dijo furiosa, porque no daba crédito a lo que estaba pasando, y por un momento se quiso tumbar entre la incertidumbre y la soledad que estaba experimentando. Ya estaba dejándose llevar la pobre por ese mal momento, pero afortunadamente reaccionó ante ese malsano sentimiento invasor.

"¡Un momento! ¿Qué me está pasando? ¿Por qué me siento rara?, Concha de Búfalo, amigo mío, tu ausencia me está afectando en demasía", dijo Ariadna al percibir ese sentimiento de soledad merodeando su sombra.

Era clarísimo que descender a los mundos que conformaban el Valle de la Muerte no era cosa sencilla.

"¿Tumbarme?, ya conozco ese paso y no estoy dispuesta a repetirlo ¡No me haré daño cayéndome!", Ariadna reflexionó por todas las que habían pasado sus miserias humanas ya, y no permitió que la pena y soledad le atormentaran su mente. No estaba dispuesta a repetir lo mismo.

Y, como si el cosmos se hubiese compadecido de la pobre, la resignación no tardó mucho en llegar, y se recuperó, aunque no completamente, porque todavía la pena de saberse estar sola le lastimaba en lo más profundo de su ser.

Recordó que había presentado a Benito con su amigo –un compañero del colegio–, un joven muy amable de piel morena, nacido en un punto llamado Los Ángeles. Dicho joven, había introducido a Benito con esa gente –la de los contenedores azules–; Ariadna pensó que la fiesta sería entre la gente de esa compañía de recolectores, entonces, pero no tenía ningún otro dato donde buscarlo en caso necesario, solamente tenía conocimiento de su amigo del colegio, el mismo colegio donde operaban la profesora Carola Luterina y el profesor Alexo Amargo como agentes en cubierto.

Luego de estarle dando vueltas a ese asunto, se fue a dormir, no deseaba martirizarse más por ello; reflexionó que eso le hacía daño. Para qué esperar sufriendo toda la noche la espera de Benito, si Benito desaparecía seguido de cualquier manera.

No supo cuánto tiempo pasó dormida, acostada boca arriba. De pronto, sintió que le untaban algo semejante al alcohol en la planta de sus pies desnudos. Percibió un olor fuerte, semejante al alcohol y al agua oxigenada, y escuchó la voz agitada de Benito decir: "¡Fui a buscar esto para ti! ¡Me castigarán por haberlo hecho, pero quise hacer esto por ti!".

Ariadna no respondió al comentario de Benito, y se durmió profundamente como un bebé hasta ya muy tarde del siguiente día.

Benito tenía la enmienda vital de llevarle a Ariadna un regalo especial para su estancia en el Valle de la Muerte. Y, aquella noche que desapareció, prácticamente el hombre se fue a meter a la boca del lobo; afortunadamente, logró conseguir para Ariadna lo que él consideró su mejor regalo. Se trataba de un tipo de tecnología súper sofisticada; ésta consistía en un par de zapatillas, no evidentes de momento, porque éstas se activarían cuando Ariadna estuviera ya dentro del valle. Dichas zapatillas, tendrían la función de recordarle la misión por la qué fue enviada, en el caso de que perdiera la memoria. Y fue justamente el componente que Benito le untó en los pies desnudos mientras ella dormía. Edy y Frido participaron en dicha misión, pero Benito tardó en regresar a las villas porque su nave blanca salió al encuentro de una pareja de ancianos, quienes solicitaron su ayuda, y esperaban por él. Por esa razón Benito había desviado su ruta.

"¿Vienes para acá, ya?, porque necesitará mi esposo medicina para el problema que sufre relacionado a su intestino", dijo la anciana que demandó la ayuda de Benito. "¡Pero un momento! ¿Qué no es domingo hoy?", agregó la anciana. "¿Qué no deberías estar pasando tú el día con la familia?", demandó la anciana a Benito con tono autoritario por medio del radio.

Benito replicó a regañadientes el comentario de la anciana, y balbuceó de mala gana.

Era evidente, Benito no quería hablar de ese tema. Y Frido y Edy guardaron silencio por prudencia, dado que esas cosas solamente concernían a Benito.

Pasaron los días, y una tarde, Benito tarareaba una canción montado en una extrañísima estructura, cuya ubicación estaba en los límites de la villa. Dicha estructura, estaba hecha de un material semejante a los cuadros de vidrio soplado que se usaban a manera de tragaluz para los domos.

"¿Qué haces ahí trepado, Benito? ¿Ahora piensas trabajar solamente de esa manera, desde las alturas?", le preguntó Ariadna en broma al verlo trepado ahí con una sonrisa de oreja a oreja.

Benito actuaba con mucho respeto para con Ariadna, pero dejaba ver a las claras su interés por ella. Y aunque Ariadna no comprendía muchas cosas con respecto al comportamiento misterioso de Benito –éste solía desaparecer a menudo sin dar ninguna explicación al respecto–, sí lo entendía de alguna manera, porque ella mejor que nadie sabía de esas cosas que atañían a las misiones.

Pasaron los días, y nada nuevo aparentemente ocurrió en esas villas, hasta que, después de una expedición que realizaron en los terrenos circundantes observaron una composición geológica diferente al de las villas. Se trataba de un terreno donde había un prominente yacimiento petrolífero. Posterior a su descubrimiento, vieron con ojos de asombro a dos naves entrar a esos terrenos. Procuraron no ser vistos, porque así lo demandaba la instrucción. Esas naves conocían de ese yacimiento, todo indicaba que eran pequeños ladrones de las colonias aledañas.

De regreso en la villa, la tarde comenzaba a caer y el cielo tenía interesantes tonos de rosa y púrpura. Ariadna fijó la mirada repentinamente en un frondoso árbol que estaba justo en la entrada de la villa, luego que un pequeño montón de sus semillas cayó, rodando éstas hasta una casona vecina, que estaba en frente de la villa que ocupaba Ariadna y Benito, del lado izquierdo. Siguió con la mirada atónita el curso de las semillas, pensó en dejarla ahí, en el sitio donde fueron a parar, pero reflexionó, y decidió llevarse la escoba y recoger esas semillas del suelo. "¡Aprovecharé para barrer la calle!", dijo de buen humor.

"¡Hola, buenas tardes!", dijo una mujer que salió de pronto de esa casona en su carro.

"¡Buenas tardes!", saludó Ariadna, sorprendida de ver a alguien ahí luego de tantos días.

"¿Vienes con alguien más a ocupar las villas?", preguntó la mujer a Ariadna.

"¡Sí, somos dos personas por el momento!", dijo Ariadna, y señaló la máquina blanca de Benito estacionada.

"¡Qué bueno que te veo!", dijo la mujer con agradable timbre de voz, "Supe de una nueva vecina que estará continuando con su obra de construcción aquí, y estamos respaldándola", dijo entusiasta la mujer.

Ariadna, muy atenta, paciente escuchaba todo lo que le decía aquella mujer; se mantuvo muy reservada en sus comentarios, como precaución. Luego de un reflexivo silencio, le preguntó quedamente, casi en secreto al final de la conversación: "¿Tienes tú carta patente en este sitio?".

"¡Sí, sí tengo carta patente!", respondió la mujer con notable gesto amable, hizo una pausa y contó lo que había acontecido en el pasado con los integrantes de esas villas. Lamentablemente, los Depredadores del Cosmos extinguieron a sus integrantes, y solamente quedó ella. Así que, tenía la carta patente, pero no tenía colonia, ninguno de ese clan quedaba, habían sido exterminados todos en un tiempo ya casi olvidado.

Después de charlar por largo rato, se despidieron, Ariadna se bajó del carro de la amable mujer donde estuvieron hablando, y tomó la cadena de eslabones de oro que ésta le obsequió como presente.

Dicha mujer, de nombre Pola, luego de haber sido exterminada su colonia sobreviviendo milagrosamente solamente ella, se unió a un grupo dedicado en ayudar al bienestar de las nuevas colonias.

"Bueno, ¡me da gusto saber que Ana, su pequeño y toda su colonia son bienvenidos aquí!", dijo Ariadna dando un profundo suspiro de alivio.

Con las coordenadas de ubicación que Ariadna envió a Concha de Búfalo, éste pudo registrarlas en la nave amiga que recogió a Ana y a su colonia en la Estación del Agua. Llegaron todos a su nuevo hogar súper contentos. Pronto, esa colonia liderada por Ana se organizó en las distintas tareas y cargos a ocupar para el buen funcionamiento de la colonia.

EL INDISCRETO

"¡Buenos días, buenos días!". Ariadna escuchó la voz de un hombre en la entrada de la villa gritando para ser escuchado. Sobresaltada, salió del pequeño cuarto que ocupaba y se apresuró a abrir la puerta.

"¡Ariadna, eres tú!" dijo ese hombre "¡Mira dónde te vine a encontrar! Apenas y puedo creer dónde te vine a encontrar", expresó el hombre asombradísimo al reconocerla.

Ariadna reflexionó un poco tarde, que, no debió salir sin tener la precaución necesaria para su protección, como dictaba el protocolo de un Concha de Búfalo. Su reflexión fue demasiado tarde, de pronto ya estaba ahí, frente a ese hombre, quien una vez verle le lanzó directamente ese comentario sin darle tiempo a ella decir nada.

Escudriñó Ariadna entonces en su mirada tratando de ubicarlo, y lo reconoció cuando su mente voló en el tiempo ya ido.

"¡Largo tiempo ha trascurrido desde nuestro último encuentro!", exclamó con timbre chillón. "¡Estuvimos trabajando juntos! ¿Me recuerdas, Ariadna?", preguntó con tono insistente.

Dado el entrenamiento recibido tenía que guardar la distancia con dicho compañero por prudencia. Pensó cuidadosamente en las palabras que le diría, porque no le gustó la forma tan abrupta de él; le pareció de muy poco tacto, y eso le molestó y le incomodó. "Cómo pudo dirigirse a mí así, sin la más mínima precaución, pudo haber puesto en evidencia la misión", pensó Ariadna de malas.

Él sonreía muy complacido de haberla encontrado y de que ella lo reconociera. A decir verdad, a Ariadna no le simpatizaba mucho ese hombre, pero por la carta de presentación que tenía con él lo aprobó. En seguida salió Ana y lo saludó muy amigablemente. Evitó Ariadna preguntar para no inmiscuirse en temas que no le atañían. Después supo que eran varios hombres los que llegaron con él, y se instalaron en la terraza de las villas como invitados de honor. Ariadna observó toda la escena con curiosidad.

"¡Quieren estar en este punto porque hay buena sombra aquí!", dijo Benito al notar el gesto de Ariadna.

Quinta Parte

Capítulo 26 Las Medusas

Con paso relajado Ariadna entró a una de las tiendas que abastecía el alimento en la colonia liderada por Ana dispuesta a ayudar con los quehaceres. No tardaron mucho en aparecer las primeras señoras requiriendo el producto de una charola que estaba sobre la vitrina que también funcionaba como mostrador. La charola tenía huevos estrellados ya cocinados.

"¡Quiero esta!", demandó la señora. "¿Cuánto cuesta?, preguntó al mismo tiempo que sacaba algunos huevos de la charola y los ponía en un plato.

Las manos arrugadas de la señora, un tanto rudas en sus movimientos, rompieron ligeramente las yemas de los huevos. "Bueno, este par de huevos los incluiré en mi cuenta", dijo Ariadna amistosamente a las señoras que la miraban sonrientes.

"¡Ariadna, Ariadna!, debes darte prisa para abordar el Navío Z11 que pasará del otro lado del domo. Debes llevar a la pequeña Haru contigo, Daniela se encargará de ella a partir de entonces", dijo Concha de Búfalo haciendo enlace repentinamente. "Verás descender algo semejante a una lluvia de medusas. Y, antes de que éstas desciendan mucho, alzarás los brazos para tomar una de ellas, son unas naves raras, ¡no te espantes! Te sacarán a ti y a Haru del otro lado del domo, donde pasará el navío".

"¡Concha de Búfalo, carísimo amigo mío! ¡Tú me espantas de repente con tu ausencia! ¡Y cuando apareces de esta manera me vuelves a espantar!", dijo Ariadna entre seriedad y broma. "Resulta ahora que voy a llevarme a esta niña colgada en el lomo. ¿A qué altura? ¿Y si se cae?", añadió.

"¡Pues procuras que se agarre bien! ¡Es la única forma que hay para tomar ese navío!", dijo Concha de Búfalo con tono demandante.

"¡Entendido, Concha de Búfalo!", respondió Ariadna sin chistar más. Era vital hacerlo así, solamente Concha de Búfalo sabía por qué, y si él lo demandaba así, el asunto era vital entonces.

Pronto aconteció lo esperado, y semejante a un fenómeno llamó la atención de todos en las villas. Ariadna tenía la instrucción de no comunicar nada, solamente tomar a Haru y montársela al lomo; alzar los brazos para tomar a la pequeña y extraña nave —semejante a una medusa— y activarla con el código que le dio Concha de Búfalo.

"¡Pronto, pronto, todos vengan a ver esto que está viniendo de arriba!", se escuchó decir.

Y rápido hubo un alboroto entre sorpresa y espanto.

Ariadna estaba con la niña ya preparada, la tomó de la mano y ambas se encaminaron al patio de la villa.

"¿Qué es este fenómeno tan extraño?", se preguntó la gente al contemplar aquellas medusas descender de los cielos.

Asombraron muchísimo también a Ariadna esas cosas que parecían cuerpos de energía, y por un momento se quedó perpleja ante aquello; no era posible saber con precisión dónde caerían esas cosas que estaban descendiendo desde arriba, y la instrucción demandaba tomar una de ellas.

Optó por quedarse muy quieta, ahí mismo en el patio, y desde ese ángulo calcular el movimiento y dirección de dichos cuerpos. Repentinamente, uno de esos cuerpos flotantes de energía descendió muy cerca de donde ella estaba junto, a la pequeña Haru. Estando dicho cuerpo más cerca, Ariadna, observó que ese fenómeno cuyo diámetro aproximado pasaba de los tres metros, se movía a manera como se mueve el vapor o el humo.

De pronto, ante la mirada atónita de Ariadna dicho cuerpo cambió su dirección y se fue hacia el extremo opuesto.

Esas masas de energía conforme bajaban cambiaba su dirección abruptamente. De manera que, cuando pensó Ariadna que podía ya tomarla, en un segundo repentinamente la masa cambió su dirección en torno a ellas; y para su asombro, otra de esas masas súbitamente descendió directamente sobre sus cabezas.

Ante ese acontecimiento repentino, Ariadna no se resistió, alzó los brazos –Haru estaba montada en sus hombros– y se quedó quieta.

Cuando esa masa de energía las tocó, envolviéndolas a ambas, se produjo un sonido muy fino, semejante al repicar de campanas en el aire. Ariadna al sentir esa masa atravesándola toda, provocándole una vibración de aire en su pecho, sintió literalmente cómo la levantó del suelo que tocaban sus pies.

Los habitantes en la colonia estaban impactados viéndolas elevarse. Ariadna llevaba la llave a la que tuvo acceso una vez que tocó esa extraña nave que las transportaba como si fuera una de tabla de surfear. Llevaba esa llave apretada en su puño, sabía que no debía soltarla, y sintió la adrenalina al mil cuando contempló el panorama.

"¡Haru, relájate, me vas ahorcando, pequeña!", dijo Ariadna, porque Haru iba colgada de ella como un chango.

Estaba la pequeña espantada por la manera de transporte y por el vértigo a la altura.

"¡No te preocupes, pequeña, no te soltaré!", dijo Ariadna con convicción al percibir el susto de Haru.

Su compañero Benito, quien estaba en el patio, ante el evento que estaba aconteciendo guardó silencio, y pensó que estaba su tarea próxima por terminar –cuando Ariadna ingresara al Valle de la Muerte donde solamente ella tendría el acceso–, mientras la veía melancólico alejarse como un globo.

Concha de Búfalo le había advertido medir el peligro y actuar según el caso. Dedujo Ariadna entonces, que, si perdía el equilibrio y se soltaba estando ya muy alto era probable que se rompiera toda, así que lo mejor fue tomarlo con calma.

Todos en las villas estaban exaltadísimos ante tal evento, pero nadie sabía en realidad de qué se trataba, porque esa colonia liderada por Ana, y su pareja, Dany, de alguna manera estaba todavía muy primitiva en tecnología y avances.

Apaciguados sus nervios, Ariadna logró mantener el equilibrio con Haru en los hombros, y fue viendo todo lo de abajo pequeño conforme iban subiendo.

Llegaron sin dificultad hasta un punto donde se toparon con un domo de un material súper transparente. Ahí, estaban unos personajes quienes a través del vidrio veían con gesto molesto para el interior. Ariadna dedujo al ver ese cuadro que esa molestia era debido al alimento.

Esa gente, en ese punto del otro lado del domo, estaba esperando recibir alimento también, pero éste estaba muy restringido porque era muy escaso en esa área. Entonces, siguiendo las indicaciones, Ariadna leyó la lista que le dio Concha de Búfalo con los nombres de los grupos a quienes debía de dar el acceso a sus medallas especiales para alimento; y ese grupo por razones ajenas a ella no estaba contemplado todavía para recibirlo. Le envió también Concha de Búfalo la alerta de peligro, pero también le recordó su estirpe.

Ariadna reflexionó que ese grupo detrás del domo no podía hacerle absolutamente nada. No podían tocarla, aunque quisieran. Ella había entrado limpia, y había reglas también ahí. Entonces, abrió el domo con la llave, y pasó junto a ese grupo haciéndole hincapié como una señal de advertencia al cabecilla principal que debía de ser paciente y esperar su turno, si deseaba obtener el alimento; y que por ningún motivo debía pretender saquear o robar de el.

Después de cruzar el domo, Ariadna se encaminó con Haru con paso rápido por una avenida conocida como la Avenida Central. Con preocupación, notó que los carros y camiones pasaban a extrema velocidad. No era un punto muy transitado, pero aun así era riesgoso cruzar, porque dicha avenida era muy ancha, y era de noche, y apenas alumbra la escasa luz de luna.

Antes de cruzar la avenida, notó con incertidumbre sombras de niños moverse a su alrededor; las habían estado siguiendo esos niños sigilosamente y pronto las alcanzaron. Ariadna desconcertada ante aquello de lo que no fue informada, sintió el peso de una gran responsabilidad con tanto niño caminando alrededor ella, buscando protección a su lado. Ante el acontecido inesperado, entonces, midió la escena de peligro, porque los niños iban a cruzar también esa avenida; todos eran pequeños, entre tres, cinco y siete años. Tenían esas criaturas un semblante de espanto en su rostro, y caminaban rápido, guiándose por donde   Ariadna iba pisando. La vieron muy cerca todos, cuando un camión súper veloz pasó justo segundos luego de que estuvieran a salvo, del otro lado de la avenida.

Ariadna llevaba en brazos a la pequeña Haru, dado que no estaba recuperada completamente, debido a los organismos que afectaron su intestino cuando éstos invadieron la antigua colonia de Ana.

Una vez puesto un pie en el otro lado de la avenida, toda visibilidad desapareció y se tornó el panorama en negrura extrema. Caminó entonces con todos esos niños agarrados de ella por otro rato más, a tientas, con un brazo extendido para medir los obstáculos. De pronto, se detuvo al sentir cabello en su mano, lo estrujó con los dedos gentilmente, a manera de sentir qué cosa podía ser eso. Y, repentinamente, una ligera luz alumbró el sitio. Estaba Ariadna tocando la barba de un joven, y estaba parada a un lado de lo que parecían ser unos puestos ambulantes de alimento; había más gente en ese sitio.

"¡Discúlpame, no te vi!", dijo ella, retirando con suavidad su mano del rostro del joven.

Él le sonrió asombrado. "¡No te preocupes! ¡Me llamo Aarón!", dijo con cálido tono de voz.

"¡Aquí hay alimento, gracias al cielo!", exclamó Ariadna, al ver que el joven tenía una vitrina con tan vital producto, el grano era muy escaso en aquellos complejos mundos. "¡Dame un kilo de grano, por favor!", aprovechó y pidió a los jóvenes que atendían el sitio, y sacó cien medallas especiales de su morral para pagar por el grano.

El joven, con notable gesto amable en su rostro, le entregó el kilo de grano y varias bolsas transparentes con platos blancos adentro. Ariadna tomó solamente el kilo de grano. "Lo demás es para ustedes!", dijo.

"¡Oh, muchas gracias!, te regreso tu cambio en seguida, dijo él con agradecimiento sincero, dado que esos platos blancos significaban el plato de alimento para los niños.

Le entregó el joven ochenta medallas especiales de cambio. Ariadna consideró prudente no contar las medallas, dado que tenía que ser discreta. Y recordó que estaba su morral cargado de medallas especiales, mismas que tenía que cuidar celosamente para que le alcanzaran durante el trayecto que tenía que seguir. Agradeció al joven Aarón su amabilidad y se marchó con todos los niños.

Se dio luego cita en la taberna, ahí hizo enlace para comunicar que ya había registrado lo acontecido en los mundos por donde había transitado. Discutió sobre los pequeños huérfanos que la siguieron, y pidió enviaran a los agentes correspondientes para su protección; posterior a ello, abordó el Navío Z11 nuevamente con la pequeña Haru, siguiendo la instrucción.

Afortunadamente, todo lo había registrado Concha de Búfalo en código para proteger la información, y, que no cayera ésta en manos enemigas. Aunque, más tarde, el enemigo la estaban presionando para que diera información de aquellos mundos y sus planes. Ella discutió su posición, no estaba dispuesta a sentirse amedrentada. Se marcharon entonces ese par de infiltrados sin éxito en sus planes.

"¡Absolutamente todos los registros están seguros al estar escritos en código!", pensó Ariadna satisfecha de que así fuera.

En el Navío Z11, iban las agentes Daniela y Emyluna, hablaban con otros miembros reunidos en un salón del navío, comentaban acerca de unos individuos quienes habían pasado ya a ocupar su lugar al Eterno Oriente. Habían muerto.

"¡Conozco de alguien que ha invocado a gente, y de alguna forma han hecho contacto con ellos!", dijo Emyluna a Ariadna.

"¡Qué cosas dices! ¿Acaso tú crees en esas cosas?", replicó Ariadna, abriendo tremendos ojos ante algo tan descabellado.

"Pues, a mí no me gustaría que vinieran esas almas a mi casa y después ya no se quisieran ir", dijo seria Emyluna. "¿Y tú qué piensas de eso, Ariadna?", preguntó.

"Yo soy una persona de ciencia y virtudes elevadas – virtudes cardinales: prudencia, justicia, fortaleza y templanza –, antes que nada", respondió Ariadna dando un profundo suspiro. "¡Pero estoy abierta al mundo de las posibilidades, siempre que éstas tengan base!", añadió.

Más tarde, luego de haber sostenido un dialogo interesante con las agentes en cubierto, Daniela y Emyluna acerca del mundo de los muertos, se fue a dormir; y, cuando tapó a la pequeña Haru, con nostalgia recordó a sus seres más queridos de su bello planeta, cuyos nombres eran: Marino, Luildro y Giga —sus mejores amigos desde su tierna infancia—. Ariadna estaba por ratos sintiendo los estragos de la soledad y ausencia de sus seres queridos; se durmió esa noche en medio de sus amigos con el uso de su imaginación, éstos la tapaban con la cobija y la abrazaban.

Mas tarde, despertó abruptamente y se introdujo en otra área del Navío Z11, según la instrucción debía de seguir registrando todo. En ese salón estaba concentrada mucha gente, todos rodeaban una larga mesa llena de alimento. Toda esa gente vestía ropa elegante. Las mujeres eran bellísimas.

Todo indicaba que esa ala del Navío Z11 era un club. Ariadna trató de pasar desapercibida. En esos navíos iban todo tipo de personajes, y estaban infestados de agentes secretos también.

Buscó los baños, llevaba a la pequeña Haru de la mano.

"¡Espera aquí mientas entro al baño!", indicó a la pequeña; y una vez ahí, en el baño, dejó la puerta entreabierta para poder vigilar a la niña.

Una mujer de aspecto áspero abordó repentinamente a la pequeña Haru. Ariadna llevaba la instrucción de no permitir que la niña recibiera información errónea, y rápido salió a su rescate, y con aplomo se puso frente a ella.

"¡Esta niña se queda aquí, conmigo!", lanzó un grito autoritario la mujer.

"¡De ninguna manera!", replicó Ariadna, y le hizo una señal. "¡Primero me arrancas el corazón, o me cortas la cabeza, antes de permitirte quedarte con esta pequeña!", le advirtió.

Bastó la mirada de fuego que le lanzó Ariadna a esa mujer para qué ésta desistiera de sus pretensiones.

Ariadna se alejó pronto de esa ala con la criatura en brazos. Llevaba la instrucción de no permitir que Haru recibiera información errónea, dado que esos pequeños eran muy vulnerables. Con furiosa expresión en su rostro, cruzó una rampa que estaba en la cubierta, que funcionaba a manera de puente, y casi cayó al precipicio cuando no vio que las orillas de ésta estaban súper camufladas; y cuando se dio cuenta del camuflaje, ya estaba pisando de un hilo, en la orilla. Un hombre que pasaba por ahí le gritó: "¡Cuidado, ahí no hay piso!".

Ante aquel grito, Ariadna pegó un tremendo brinco con la pequeña en brazos al punto central, ante los ojos de espanto del hombre.

Por fortuna, se recuperó pronto del brinco y se alejó a toda marcha con la pequeña Haru en brazos. Arribaron sedientas por el espanto a otra ala del navío y ahí ordenó algo de beber. La atendió un joven, quien le habló de lo bella que fue su hacienda un día, y en la actualidad dividida ya en dos.

"¡Lo siento, pero yo no conocí el lugar del qué me hablas!", dijo Ariadna, cuando comprendió que ese joven sabía quién era ella. Y, como por el momento ella no estaba para más compromisos, decidió marcharse sin espera el servicio pedido, "No estoy en condiciones de cargar con demonios ajenos", pensó.

Más tarde, ya recuperada del susto, entró con la pequeña a la taberna y pidió el alimento especial; se dispuso a comer cuando repentinamente apareció Benito en escena. Y reconoció a Daniela también, quien estaba comiendo del alimento especial y usaba una máscara igual a la que portaba Benito. Ariadna le hizo entonces a Benito hincapié de no identificar a Daniela en ese sitio, para no arriesgar su incógnita.

Daniela estaría haciéndose cargo de reubicar a la pequeña Haru según lo convenido, dado que esos niños eran especiales, por ello mismo debían de ser protegidos. Y Daniela, estaría fungiendo como su tutora, como fue el caso también del niño de cabello rojo, Mar, y la agente Laila, quien tuvo la enmienda de ser su tutora.

El Navío Z11 se trataba de un transporte súper complejo; subían y bajaban todo tipo de personajes a poblar los mundos y colonias de ese vecindario estelar. Algunos habían perdido la memoria completamente, y éstos eran los más vulnerables, eran conducidos por otros. Ese navío estaba podrido, y olía a corrupción por todos lados según la percepción de Ariadna.

El DIÁLOGO CON ALMA

La gente haciendo extraños movimientos con los pies se aglomeraba en un punto del muelle; una luz muy pobre alumbraba el lugar. La atmósfera se percibía fría y húmeda cuando Ariadna pisó ese muelle.

"¡Dónde lo encontraré entre tanta multitud!", pensó Ariadna; se había bajado del Navío Z11 en un punto conocido como la Roca de Santiago, y ahí tuvo que abordar una barca que la condujo hasta el muelle.

Haciendo uso de la razón, Ariadna se unió a esa multitud haciendo el mismo extraño movimiento de ellos para pasar desapercibida. Se cuidó de no tocar a nadie por la información que recibió al respecto. Luego que acomodó sus pensamientos revueltos, se infiltró por una enorme plataforma cautelosamente. Notó entonces, que en el lado derecho de dicha plataforma se divisaba un interesante complejo acuático en el horizonte.

"¿Dónde aprendiste a nadar?", un hombre que no supo Ariadna de dónde salió le preguntó de pronto.

"¡Justo ahí, en el génesis! ¡Cuando está abierto!", respondió Ariadna, señalando aquel punto en la lejanía.

Fueron las palabras secretas que le envió Concha de Búfalo. Ariadna estaba a salvo, al menos por el momento.

Segundos después, un hombre de mediana edad vestido con una elegante capa larga oscura apareció en escena abruptamente, abriéndose paso ante una multitud indiferente.

Ariadna lo observó con su típica mirada de halcón. Y, aunque no lo conocía físicamente, tenía la corazonada de que ese hombre era uno de los agentes en cubierto más emblemático y misterioso del cosmos. Por lo tanto, bien sabía ella que debía ser muy prudente con sus palabras ante ese hombre, quien le sonreía como si supiera lo que ella estaba pensaba sobre él.

Ariadna no le dio importancia a esa sonrisa que vio dibujada en el rostro del emblemático agente, de cualquier manera, ella estaba ahí para entregar información, así que, de alguna forma sintió una sensación de tranquilidad una vez verle venir hacia ella.

En seguida, tomaron Ariadna y el agente una calle ancha con banquetas en ambos lados. La calle bajaba y conducía al océano.

"Noté que a pesar de que estabas entre la multitud de la plataforma no tuviste contacto físico con nadie!", comentó el agente con tono despreocupado. "¿Dónde recibiste ese entrenamiento?", preguntó.

Ariadna sabía por razonamiento e intuición que debía tener extremo cuidado en sus palabras. "¿Acaso no sabéis lo qué ha ocurrido en varios puntos de estos mundos?", respondió con tono gentil. "Hay un virus mortal amenazando la estabilidad de varios pueblos, y evitar el contacto físico por el momento es lo mejor que podemos hacer", agregó con prudencia.

"¿Por qué sabes tú todo eso?", preguntó el agente con tono serio.

"Bueno, verás, me gusta mucho el estudio de las Ciencias Políticas, y es por ello por lo que estoy informada de muchas cosas que pasan en los mundos", respondió Ariadna cuidando que sus palabras fueran humildes. "¡Me sorprende qué tú no lo sepas!", agregó.

El emblemático agente guardó silencio por un largo rato mientras seguían caminando calle abajo.

Ariadna no se sentía muy cómoda, ese hombre de alguna forma le hacía sentir su posición. Tenía que cuidar mucho cada una de sus palabras.

Llegaron a un punto donde se levantaba un enorme puente de concreto y Ariadna aterrizó sus pensamientos. Todo ahí parecía enorme y se percibió así misma muy pequeña. Entraron ambos enseguida a una construcción de concreto también, cercana ésta al enorme puente.

"¡La epidemia de la que te hablo tal parece que comenzó en el planeta Trono!, según los informes que recibí", dijo Ariadna siguiendo la instrucción. "¡Es un virus malísimo!, y la gente debe evitar salir de sus casas porque dicho virus provoca vómito y diarrea", dijo, mientras entraban al interior del edificio. "Prácticamente se ha paralizado el planeta entero por ello. ¡Los Tronianos están súper asustados por esa epidemia!", narró al agente. "¡Me extraña que no sepas nada de lo qué está sucediendo en Trono!", repitió Ariadna nuevamente sorprendida.

El planeta Trono era el corazón del vecindario estelar de esa galaxia. Y estaba habitado por una raza súper especial, dada su cultura terrestre que guardaba esa gente todavía.

El agente, palideció tras escuchar las palabras de Ariadna, y se apresuró con la velocidad de un rayo a alcanzar un espejo que estaba cercano a una de las enormes ventanas que había en aquel sitio. Apenas y había luz en ese punto.

Concha de Búfalo, le envió la información y coordenadas a Ariadna para que el satélite con dicha información de lo ocurrido en el planeta Trono hiciera conexión por medio del espejo.

Pronto, las imágenes de lo que estaba ocurriendo en el planeta Trono confirmaban las palabras de Ariadna.

El HOSTAL

Aquella noche, Ariadna durmió en un salón a luz de vela luego de haber intercambiado información vital con el agente emblemático que la fue a encontrar al muelle. Se instaló en el viejo hostal que había en ese sitio, tal como el agente le dijo que hiciera.

De pronto, la despertaron tres golpes en la puerta que escuchó, era la señora Elva –dueña del hostal– quien entró a la habitación abruptamente para advertirle a Ariadna que alguien quería hablar con ella.

"¡Ariadna, está aquí Ray Morales, y pide hablar contigo!", dijo la señora Elva.

"¿Cómo es eso? ¿Qué estará haciendo aquí ese buen hombre?", se preguntó Ariadna curiosa. "Algo importante debe ser para que haya venido hasta aquí", pensó al recordar a Ray Morales, un agente especial de mucha altura.

Se trataba del mismo buen hombre que le abrió la puerta que la condujo al área donde le dieron el juguete con la clave de la ubicación de la galaxia Coral en su mecanismo; mismo juguete que abrió la cámara, el corazón de la nave, para que Ariadna pudiera tener acceso a los códigos de ésta, cuando estuvo en el planeta Verona rescatando la nave el Caminante SV200621. Y donde descubrió el misterio de los 22 niños del Coral que un día pasaron por el planeta Platinum dejando unos esos juguetes allí; esos mismos que Ariadna registró en su código; luego éstos hicieron contacto con el cristal, en la cámara que ocuparon los creadores de la nave que estaban hibernando. Cuando el comandante Miguel Ángel la llevó a esa cámara, luego que la rescató afortunadamente de las garras del comandante Yuyin y sus científicos desalmados, quienes la tuvieron bajo experimento en su laboratorio tratando de obtener información secreta.

"¿Con quién viene?", preguntó Ariadna inquieta, ajustando sus pensamientos.

"¡Viene acompañado de un par de mujeres!", respondió con júbilo la señora Elva.

Ariadna dio la autorización entonces que pasara Ray Morales a su estancia.

"¡Ariadna!, ¿cómo has estado?", saludó amigable, con notable calma en su gesto. "¡He traído esto para ti!", dijo.

Se trataba de una bolsa transparente, como de un metro cuadrado. Estaba esa bolsa llena de pequeñas pelotas blancas, semejantes a palomitas de maíz.

Ante ese gesto tan amable, y que no esperaba realmente Ariadna de aquel personaje, con muchísima prudencia le ofreció su mano de guerrera y guardián —era un tipo de código— mirándole de frente a los ojos; con esa mirada firme y sincera, Ariadna le dio a saber su posición. "Nunca estoy sola desde que Concha de Búfalo está conmigo", dijo con dulcísimo tono de voz.

Ray Morales, por unos segundos fijó sus ojos en la mano abierta que le extendió Ariadna antes de tomarla, luego la agarró y se identificó con el código correspondiente.

Una vez reconociéndose mutuamente –era el buen hombre de Ray Morales quien lucía una barba bastante pronunciada, larguísima y grisácea–, la tensión cesó para dar paso al abrazo fraterno que le enviaban sus queridos compañeros de oficio a la dulce Ariadna.

"¡Dime!, después de tantos años viviendo con este hombre, ya habrás aprendido a hablar su lengua, ¿verdad?", susurró Ariadna detrás de la oreja de Ray Morales a una de sus acompañantes, quien miraba atenta, mientras ambos, Ray y ella se daban el abrazo fraterno y el beso de la paz.

La joven, de bellísima mirada, y, quien no tenía más de 22 años, respondió: "Lo que yo quisiera es aprender a conducir esas naves que dicen que hay, los Concha de Búfalo, porque es importante para mí saber más sobre eso, y yo todavía no sé cómo acceder a esa academia".

Ambas jóvenes que acompañaban a Ray permanecieron todo el tiempo recargadas en la pared. Se notaban un tanto inquietas mientras Ariadna y Ray se identificaban y conversaban.

Ariadna reflexionó en el lugar tan respetuoso que Ray le dio, respetando su jerarquía, antes que nada. Y también pensó en el trato que hizo con él aquel día, sobre el entrenamiento para un par de bellísimas joyas a quienes consideraba ella sus mejores amigos, quienes estarían trabajando como aprendices bajo su cuidado. Suspiró profundamente cuando recordó cuál era su posición. Y más aún, la sagrada posición de un Concha de Búfalo. Hablaron sin prisa por largo rato sobre el tema de los aprendices que comentaron en antaño, y le dio las gracias por el gesto para con sus recomendados. Se trataba de Fredo y Eduard, quienes estarían en el futuro bajo el cuidado y la tutela de Ray Morales. Por otro lado, la bolsa de palomas de maíz representaba medallas especiales en código, enviadas por sus amigos por lo que ella estaba haciendo con respecto a los Verunos.

Capítulo 27 El Templo

Aquella noche sucedió lo que pasaba cuando una nave – aun siendo ésta un Concha de Búfalo– era expuesta a una velocidad superior a la de la luz. Los rumores lejanos se escuchaban quedamente en el interior de la nave cuando ésta anunció que estaban dentro del agujero, exactamente dentro del ojo.

Ariadna pensó en lo frágil que podría ser en esos casos su nave, aun después de haberse preparado para tal acontecimiento. Por un momento, la adrenalina le salpicó la cabeza y se paralizó de miedo. Afortunadamente, reaccionó y logró estabilizar a Concha de Búfalo, pero no sin antes sentir los dos primeros movimientos que le hicieron reaccionar. Recordó en ese preciso instante, que, debía de activar el código de seguridad que existía para esa emergencia, porque ante dicho acontecimiento se activó el campo de protección de Concha de Búfalo, quedando su interior completamente a oscuras durante ese período de reajuste. Ariadna logró entonces controlar su pánico.

"¡Concha de Búfalo tiene dos opciones solamente!", pensó cuando la nave comenzó a tambalearse para un lado. "Puede ser que salgamos disparados. ¡Y nos estrellemos, fragmentándonos como un cascarón de huevo!", exclamó con tono precipitado. "O puede ocurrir que Concha de Búfalo resista tal presión por unos instantes más, mientras yo puedo acceder a los códigos de emergencia. ¡Si es que todavía estoy viva!", dijo, traía la pobre un diálogo interno súper intenso otra vez. "¿O qué puedo hacer ante este dilema? ¿Llorar, y esperar a estrellarnos? ¿O levantarme sin miedo a morir en el intento y activar los códigos de Concha de Búfalo?", se cuestionó con dureza.

Se levantó y se alistó para la batalla luego de un reflexivo silencio. "¡No, no, no! Yo soy Ariadna, y siempre me levantaré aún en las peores circunstancias, por ello me fue otorgado Concha de Búfalo", se dijo firme y valiente, midiendo aquel peligroso evento.

Se levantó como pudo. No supo de dónde le vinieron las fuerzas titanes que la guiaron entre esa oscuridad; a las claras sintió cómo Concha de Búfalo se iba ligeramente de lado, pero resistió, y se mantuvo de pie, y, como pudo, a tientas caminó entre la oscuridad para acceder al código de su nave, Concha de Búfalo.

Luego de unas cuantas maniobras, por fortuna, logró pisar suelo firme sin un solo rasguño, pero Concha de Búfalo se desactivó, porque en ese punto del cosmos no tenía autorización mantenerse activo.

"¡Concha de Búfalo, carísimo amigo mío!, no tardes mucho en comunicarte conmigo, por favor. No importa si es solamente para contarme tus chistes simples, pero hazlo pronto, por qué tú más que nadie sabe por las de Caín que paso en tu ausencia", dijo Ariadna, pero ya no recibió respuesta de su querido y fiel amigo, Concha de Búfalo.

Llevaba Ariadna la instrucción de encontrase con el guía, el que la conduciría al siguiente nivel del Valle de la Muerte; y, cuando tocó suelo firme, al notar que estaba en un lugar semejante a un templo, dedujo por intuición que ese era el lugar indicado. Se trataba de un sitio en ruinas en forma de U, construido con mármol blanco. Las bellísimas columnas esculpidas en todos sus lados asomaban majestuosamente la grandeza de aquel tiempo. Técnicamente hablando, Ariadna notó que el exterior era semejante a un templo perteneciente al orden arquitectónico dórico del arcaico planeta Tierra –

columnas austeras y sencillas, sin basa–. El interior estaba dividido en tres partes, y, en uno de los vestíbulos, se elevaba una estructura formada por cuatro columnas jónicas con sus bellas espirales adornando sus capiteles.

Ariadna, contemplaba encantada aquel templo de asombrosa arquitectura, donde a ojos cerrados reinaba la armonía y el equilibrio de proporciones; como guiada por una intuición, entró a otro vestíbulo donde se elevaban columnas de diez veces su altura por su diámetro, dotadas de basa, y cuyo capitel semejaban a una campana invertida, adornada con bellas hojas –orden corintio–. "¡Oh!, no pensé que fuera cierta esta leyenda. Estas columnas están rellenas de oro, algo escuché sobre una leyenda acerca de los pilares de oro de este templo", dijo sorprendida.

Ariadna notó, que, en el capitel y en la basa de dichos pilares súper elegantes y ornamentadas, se alcanzaba a ver a las claras el oro de su interior.

"¡Hola, Ariadna, ya te esperábamos!", dijeron un par de viejos que salían de uno de los vestíbulos.

Ariadna aterrizó sus pensamientos al escucharlos.

"¡Llegas justo a tiempo, va a comenzar la reunión y solo esperábamos por ti!", agregaron con tono amistoso ese par que la recibió.

La introdujeron enseguida por los pasillos de aquel templo en ruinas hasta llegar a un salón que estaba todavía en pie. En ese punto se adentraron, encontrándose con otro par de personajes en el interior de lo que parecía ser una caverna.

Llevaba Ariadna la instrucción para tal evento; se mantuvo en pie.

"¡Traigo un escrito, y estoy lista para dar lectura a esta información!", dijo, y comenzó citando a un filósofo:

"La causa material, que es el material del que está hecho; de la cual la estatua es el mármol o el bronce. La causa formal, que constituye la esencia como forma de la sustancia soportada en la materia; es la idea en la mente del escultor que le da vida a la escultura. La causa eficiente, o agente, que produce el movimiento, es el escultor. La causa final, que dirige el movimiento a un fin; es el propósito de la cual está hecha la estatua".

Una vez terminada la reunión, se dieron paso al siguiente salón, pero antes de ello, Ariadna estaba obligada a ver algunos filmes.

Poco después, para calmar sus ánimos se fue a la taberna y habló sobre la filosofía de un personaje que vivió en tiempos arcaicos en el planeta Tierra —quien fue alumno del gran Plutón, y maestro del joven Alejo Magnesio— con dos hombres que estaban sentados a un lado de ella. Con notable curiosidad, preguntó uno de ellos algo importante relacionado con la filosofía de dicho personaje; Ariadna muy prudente comentó sobre ello a manera muy ligera.

"¡Hay dos cosas con las que no estoy de acuerdo con esa teoría, Ariadna!", replicó el hombre con ligero tono autoritario.

Luego que él expresó su punto de vista sobre dicha filosofía, le preguntó a ella su opinión sobre el tema: "Bueno, yo no estoy segura de eso, por lo tanto, no puedo dar mi opinión", respondió Ariadna.

El otro hombre, sentado enseguida, escuchaba atento la conversación en silencio. No se inmiscuyó en dicha conversación, a pesar de que el otro caballero hablaba haciendo énfasis en su opinión, como si estuviese diciéndoselo a él. Ariadna notó la tensión que había en el ambiente, pero se mantuvo al margen ella también.

"Me alegra mucho el comportamiento que has tenido. ¡Fuiste muy prudente con el tacto!", dijo Ariadna, con una nota de sincera admiración en su voz al caballero que no reviró el trato amargo de su compañero.

Terminando con el asunto que tenía que comunicar en ese salón, Ariadna tenía la instrucción de salir de ese sitio, y, apresurada tomó entonces el pasillo.

"¡Amiga, qué gusto verte por aquí!", dijo de pronto una mujer.

Era una vieja amiga de Ariadna con la que se topó en el camino quien le habló; se trataba de la bella Schabnam, acompañada por otras mujeres quienes no pudieron ocultar su alegría de verla ahí, entre ellas.

Ariadna iba sumergida en sus pensamientos recordando los dos filmes que vio previamente en el templo en ruinas. Dichos filmes, uno fue en caricatura, y el otro fue también infantil, pero algo diferente al primero. Con evidente satisfacción vio admirada el símbolo de Concha de Búfalo en dichos filmes. La filosofía de las antiguas escuelas de los iniciados, presente en ambos filmes, velada para algunos, pero no para ella, quien estaba en constante acción y conocía muy bien de esas misteriosas misiones. Por lo tanto, Ariadna analizó y digirió satisfactoriamente el contenido de dichos filmes.

Aterrizó sus pensamientos entonces ante el saludo de su amiga Shabnam, y caminó con paso menudo junto con ella y sus compañeras a la salida, por un angosto pasillo semejante a un túnel.

Espontáneamente, Shabnam, quien llevaba en las manos un documento con los emblemas grabados de algunas religiones arcaicas del planeta Tierra —judaísmo, cristianismo, islamismo, budismo e hinduismo—, hizo una observación a Ariadna: "¡Mira, Ariadna, las dos primeras las conozco por tradición! ¡Y la siguiente es la que me representa!".

Ariadna entonces le comentó a su amiga recién encontrada, Shabnan, con clara lucidez en su mente, que ella era del planeta Mayo, hija del honorable rey Mat, y que poseía a Concha de Búfalo por derecho propio; y, que era iniciada en las misiones de los Concha de Búfalo. Grandes misterios desde tiempos arcaicos.

"¡Oh!, a decir verdad, yo estudio mucho estos símbolos", dijo Ariadna, y señaló con el índice los símbolos grabados en el documento que su vieja amiga llevaba en sus manos. "Porque son muy ricos en filosofía, por eso los estudio", agregó Ariadna con sinceridad.

Shabnam sonrió jovialmente, comprendiendo a las claras el punto y la posición donde ambas se encontraban en ese momento.

"¡Sí, de hecho, la última letra U no se pronuncia en los rituales fúnebres!", dijo Shabnam con tono humilde. Y mencionó en forma de alegoría algo de la 'oveja inmaculada', quien no tiene preocupaciones porque está siempre preparada, y su corazón entrega limpio y completo.

Las compañeras que acompañaban a Schabnam, con un gesto evidente de admiración en su rostro, le dijeron a Ariadna: "¡Oh!, por favor invítanos cuando vayas a tus reuniones, esas de filosofía que dices que tomas. ¿Dónde son?".

Ariadna, consciente que ella se había referido a las reuniones de índole filosófica, donde estudiaba entre otras cosas la filosofía de todas las religiones arcaicas existentes en el cosmos, hasta ese momento conocidas, sonrió de buena gana al comentario de la joven, quien tenía una mirada súper linda, con ojos muy brillante que chispeaban alegres al hablar, y le dijo de un modo simple, por la discreción que ello ameritaba: "El punto del que hablo está en el Océano Pacífico, en la ensenada que une los dos polos. En nuestros encuentros compartimos el pan y la sal...,", Ariadna interrumpió su comentario abruptamente al notar que, en la misma calle, pero por la parte de en medio, iban caminando tres niñas y un perro de extraño aspecto. "¿Ya vieron a esas niñas y a ese extraño perro?", preguntó cuando recuperó el habla. "Parece como si lo hubieran llevado al salón de belleza. ¡Está espectacular su pelo!", añadió con notable expresión de aturdimiento en su rostro al notar que aquel perro tenía el pelo platinado, larguísimo, súper lacio y bien arreglado, similar al de las niñas que lo llevaban. Y, como el perro era de una raza muy alta, y porque estaba oscureciendo, por un momento lo confundió con otra niña, porque las vio en primera instancia de espaldas. "¡Ay!, ese perro luce verdaderamente ostentoso", dijo asombrada ante esa escena.

Luego que se repusieron todas de su asombro, se despidieron amistosamente, y se desearon buenos vientos para el camino. Ariadna prometió llevar algún día a la joven a sus reuniones de filosofía que tanto apreciaba.

LA PRUEBA

Por instrucciones, regresó Ariadna al mismo punto de origen –el lugar del templo en ruinas– y habló ahí, en la entrada, con un par de niños quienes le indicaron que usara como trasporte las dos bicicletas que llevaron para ella. Los pequeños le hicieron mucho hincapié en ese modo de trasporte; y le recordaron el par de filmes que ella había ya visto anteriormente, para que los tuviera muy presente en su memoria.

"¡Concha de Búfalo! ¡Te estás perdiendo de mucho, amigo mío!", exclamó Ariadna con euforia.

Recién en ese momento que pensó Ariadna en su amigo ausente, observó que, en un rincón de ese templo en ruinas había una computadora sobre un mostrador, un hombre y un niño. El hombre con gesto relajado estaba muy atento mirando el monitor, haciendo algo con la cabeza del niño, literalmente la estaba escaneando.

Caminó entonces Ariadna con paso relajado a ese espacio, y se plantó frente a esa computadora para ver por ella misma con detalle lo que estaba ocurriendo. Sorprendida, vio que un balón de futbol era el protagonista en la pantalla, y, que era ella misma quien estaba jugando el partido de pelota. Había mucha dinámica en la escena; eran escenas reales de ella.

Ariadna fijo la mirada en la pantalla, y el cuadro en general le recordó la importancia que tuvo el juego de pelota en tiempos arcaicos en el planeta Tierra; y también lo importante que era registrar todo lo relacionado a ello. De pronto, apareció en escena abruptamente en su mente el comandante Miguel Ángel, y extrañamente sintió sus cálidos labios rozar su boca. Le agradó tanto esa caricia, que por un momento se olvidó de los mundos y sus problemas, pero reaccionó, y se levantó. "¡Qué demonios!", dijo, al mismo tiempo que se enderezaba porque se estaba quedando dormida. "¡Me debo de bañar con agua fría!", pensó al sentir que la estaba venciendo el cansancio y el sueño, y se frotó los ojos para despabilarse.

"¿Estás lista ya para la prueba, Ariadna?", le preguntó una voz ronca masculina de pronto.

Ariadna se sentía un tanto nerviosa, porque Concha de Búfalo con anterioridad la había puesto al corriente de aquel templo, y sabía que se llevaría a cabo ahí una importantísima ceremonia; una prueba, en otras palabras, antes de poder entrar al punto más bajo del Valle de la Muerte para rescatar al original pueblo de Verona; y, por ello mismo debía de ser muy valiente, y debía también tener mucha fe en sus ideales.

"¡Está lista, es valiente y tiene fe en sus ideales!", escuchó nuevamente una voz masculina decir.

"¡Vas a tener que volar!", comentó otra voz.

Ariadna con la abnegación que caracterizaba a un portador de un Cocha de Búfalo, dejó a un lado sus temores. "Espero que me den un buen paracaídas, Concha de Búfalo", dijo con la ternura de un niño, con la esperanza de que su amigo la pudiera escuchar.

El punto donde estaba Ariadna realizando esas pruebas, era el mismo templo en ruinas con bellas columnas de mármol blanco levantadas aún. Dicho templo, se localizaba en la parte alta de una colina; tenía un subterráneo y un salón cubierto súper hermético.

Con cierta sorpresa, Ariadna notó que en el camino había pequeños pozos de lava y lodo hirviendo a ras de suelo por doquier. Fijó su mirada de halcón como encantada por éstos. Veía atenta, casi en calidad de hipnotizada, cómo del lodo hirviendo salía el vapor.

Resolvió en su interior detener su marcha por un momento, y contemplar de cerca el hervor de las burbujas dentro de esas pozas, con el fin de hacer un mejor análisis del cuadro que estaba contemplando.

El sitio estaba alumbrado con luz artificial, y éste lucía un tono semejante al ámbar, verdoso, y olía a materia orgánica en descomposición, semejante al olor de los huevos podridos.

La conducía un guía, un hombre que iba adelante de ella, quien, por cierto, parecía estar más nervioso él que la propia Ariadna ante tal evento.

Ariadna obedientemente siguió las previas instrucciones de Concha de Búfalo y siguió al guía sin chistar.

"¡Cuidado aquí! ¡No te vayas a caer!", lanzó el guía un grito de pánico cuando pasaron muy cerca de esos pozos. Y señaló nervioso uno de esos pozos de lodo hirviendo y burbujeando en la superficie, justo a un lado por donde ambos pasaban. "Por aquí no es, ¡eh!", remarcó el guía con voz quebrada.

"¡Entendido!", respondió ella con apaciguado tono.

Así la condujo aquel guía, entre esas extrañas cavernas subterráneas con pozos de lodo burbujeando, que a simple vista parecían mortales y tremendamente poderosos; y, por otro lado, fascinantes e hipnóticos.

Ariadna iba muy pensativa mientras era conducida por aquel hombre. "¿Qué habrá al final de aquí?", pensó. "¿Acaso es un precipicio a dónde voy?", se preguntó inquieta de repente, y sintió ligeramente la adrenalina asomarse, pero aun así estaba segura de seguir adelante.

Llegaron ambos, ella y el guía a un punto donde había agua fresca. La entrada era semejante a un cenote, pero Ariadna dedujo que no era natural, estaba camuflado, a manera que parecía una pila de agua.

Ahí se acabó el recorrido.

Una vez en ese punto, Ariadna tragó saliva cuando el guía le dijo que tomara aire antes de lanzarse al agua. La tenía nerviosa esa misión, de alguna manera no era nada fácil saberse tan cerca del Valle de la Muerte.

"¡Está bien, te sigo entonces!", le dijo Ariadna al guía, y se ajustó el cinturón de la bata blanca que llevaba puesta.

Y, sin más, tomó con fuerza una bocanada de aire para llenar sus pulmones y se lanzó al agua; se sumergió y nadó en ese subterráneo acuático muy pendiente de todo a su paso. Llevaba los ojos bien abiertos con la intención de no perderse de nada.

Una vez que llegó al punto indicado, ahí, en esas cavernas acuáticas, ya estaban esperando por ella. En dicha área, que Ariadna supuso sería una cámara, había una barra larguísima y atrás de ésta solamente se asomaba una pared blanca, sin ningún cuadro o decoración. Los bancos y sillas eran muy modernos, y hasta divertidos para el gusto de Ariadna; predominaba la piedra en general.

Cuando Ariadna entró a dicha cámara, la recibieron unos individuos, quienes para su sorpresa, eran de el mismo grupo de personas que conoció en el estanque del campamento que se improvisó en la casona de los ancestros de Benito. Los mismos personajes que sabían respirar bajo el agua, y quienes le dieron la información del paradero de Ana.

Dicho peculiar grupo, cuando vieron llegar a Ariadna rápidamente la sentaron y le dieron un vaso. "¡Tienes qué tomarte esto!", dijeron con suavidad, y le acercaron a la boca un vaso de mediana medida.

Ariadna, quien estaba conteniendo su respiración, dado que estaba dentro del agua, ante eso pensó: "Tal vez esta agua que me está dando a tomar esta gente es para que pueda respirar aquí, dentro del agua, como ellos. ¿Pero cómo voy a poder tomar de ella, si estoy bajo el agua? ¡Me va a entrar mucha agua si abro la boca!".

Pensó en la lógica de sus palabras, pero ya se estaba llevando el vaso a la boca, y de un solo sorbo se pasó el líquido.

Inmediato a ello se sintió aturdida, escuchaba que esa gente atenta y amable le hablaban y hablaban. Pero Ariadna estaba bajo los efectos de un extraño tránsito, y veía pasar a manera como si de una película se tratase todo lo que tenía de sus memorias, mismas que se reflejaban en la pared blanca del fondo. En ese momento, ella carecía de angustias mentales, se sentía muy tranquila, porque, aunque no era perfecta, estaba limpia de pensamientos malsanos y observaba la escena con la paz que da una conciencia limpia.

"¡Aquí son reflejadas todas vuestras obras!", alguien dijo.

Luego escuchó hablar a los presentes acerca de la 'oveja inmaculada' pura y sin mancha, al mismo tiempo que estaba viendo la pared blanca, justo frente a ella, salpicarse de tinta roja, semejante a la sangría.

Observó que primero fueron solamente unas cuantas gotas las que aparecieron salpicadas en esa pared blanca; luego de una pausa, un salpicadero tiñó de rojo esa pared blanca por todos lados –muy dramático y notorio escenario–. Escuchó Ariadna decir a los presentes que era muy hermoso lo que vieron. Posterior a ello, la rodearon todos, y le estuvieron introduciendo algo con jeringas en todos partes de su cuerpo; todo su cuerpo fue picoteado con esas agujas.

"¡Ya casi terminamos!", le dijeron al momento que le ponían esas inyecciones en todo su cuerpo. Posterior a ello la llevaron a otra cámara.

Ariadna estaba ya por concluir lo que la llevó a ese sitio, y estaba lista para irse. Entonces, un hombre de piel tan oscura como el carbón, le dio a entender que podía llevarse con ella algunas cosas para el camino.

Ariadna todavía aturdida por lo acontecido, se preguntó sobre ese extraño método al que fue sometida, previo a ingresar al Valle de la Muerte; y recordó la advertencia que le hizo Concha de Búfalo: "¡En el camino al Valle de la Muerte te encontraras cosas muy extrañas, no tengas mucha curiosidad!".

"¡No, gracias! A donde yo voy debo ir desnuda, es decir sin nada conmigo, muy ligera", le dijo al hombre entonces con firmeza; él pareció sentirse satisfecho con la respuesta.

Para Ariadna era menester transitar por ese complejo mundo, pasar la prueba, y salir de ahí sin haber perdido la memoria. Ese complejo mundo, por ese lado, era custodiado por esos guardianes que sabían respirar bajo el agua. Del mismo grupo de los hombres del estanque que le dieron la información del paradero de Ana, cuando estuvo en el campamento que se improvisó en la casona de los ancestros de Benito.

La protegieron también los niños del templo, de alguna manera, recordándole los filmes que vio previamente, y llevándole información sobre el transporte —las bicicletas— que debía solamente de abordar estando en el punto más bajo de Valle de la Muerte.

Luego que el guía la introdujo bajo aquel cenote, le dieron a beber del agua especial, nuevamente, y logró pasar la prueba satisfactoriamente; era digna de salir completa. Entonces, fue que le permitieron seguir su camino con su memoria intacta los guardianes de ese mundo; e incluso le ofrecieron llevarse alguna cosa para su servicio, misma que ella rechazó, por aquello del peso extra cargado en la espalda.

La instrucción que llevaba saliendo de ahí era segur el camino al desierto. Tenía mucha sed y se sentía súper agotada. No supo a qué hora perdió la noción del tiempo, y cuando abrió los ojos estaba frente a un hombre que la interrogaba insistentemente con respecto a los filmes a los que tuvo acceso anteriormente.

Tanta insistencia acabó irritando a la pobre Ariadna, quien estaba todavía aturdida y no lograba ajustar sus pensamientos revueltos.

Ese hombre insistía en obtener la información de los filmes, y Ariadna estaba molestísima porque se sentía sometida, de alguna manera. Ese hombre parecía tener conocimientos de las grandes cosas que ocurrían en esos mundos, pero la actitud que estaba teniendo no hablaba nada bien de él. La estaba prácticamente chantajeando para obtener de esa vital información, misma que solo atañía a un Concha de Búfalo, y, por supuesto que por ningún motivo hablaría de ello con ajenos.

Luego que no logró el hombre obtener dicha información, la dejó abandonada en una zanja, ahí mismo en el desierto. Se sentía mareada todavía por todo lo acontecido, y estaba confundida también, porque no tenía ya señal de su querido amigo y fiel compañero, Concha de Búfalo.

De pronto, casi por acto de caridad del cosmos, vio pasar a una pequeña nave y rápido envío la señal de auxilio correspondiente.

"¡Ayuda, ayuda!", le gritó a la joven que conducía dicha nave, cuando ésta pasó muy cerca de ella, por encima de su cabeza literalmente.

La joven que conducía la nave volteó a mirar Ariadna y le recordó que ella sabía brincar obstáculos más difíciles. "¡Por qué no brincas!", exclamó.

Entonces, Ariadna reaccionó al comentario, y refrescada su mente, de un solo brinco salió de esa enorme zanja en medio del solitario desierto.

En ese punto, desafortunadamente, Concha Búfalo ya no podía hacer conexión con ella; y se limitó a seguir las instrucciones previas al pie de la letra. Ya no tenía sed, y no tenía ningún signo de cansancio; siguió caminado por ese desierto.

Mas adelante, Ariadna se topó con un personaje que identificó cuando éste dijo la palabra clave. "¡Vamos a ir a visitar a la virgen del campanario!", dijo el hombre, y ella lo siguió sin chistar.

Caminaron ambos en silencio en ese desierto por un largo rato. Luego entraron en una construcción que Ariadna percibió como en medio de nada. Ahí, ella identificó los objetos que decoraban ese espacio; todo le era familiar en ese punto. Tocó cada objeto que identificó plenamente. De pronto se sintió en casa; de alguna manera sus cosas estaban ahí. Las esculturas de bronce, de mármol, de cerámica y barro que ella había hecho en sus clases de arte y que tanto le gustaban estaban ahí.

Cada una de esas figurillas representaban diversos personajes de la historia del cosmos. Ariadna, solía desde su tierna infancia hacer esas figurillas y crear escenas de teatro con dichos personajes.

Tenía sus favoritas entre todas, y ahí estaban esas, sus favoritas. Contó ocho de ellas, y, como por arte de encanto, empezó a tener más claridad en su memoria; estaba también más tranquila, luego de sentir cercana su casa por medio de la conexión que sintió con sus figurillas.

Encaminó sus pasos al siguiente salón casi por intuición, y una vez en la entrada, al ver una pequeña campana en la pared, del lado derecho, recordó que debía de tocarla trece veces; según las instrucciones que llevaba para anunciar su llegada.

"¡Ay, casi me paso sin tocar las trece campanadas!", dijo al notar que ya casi tenía un paso dentro del salón.

Tras dar las trece campanadas, según la instrucción, Ariadna notó que el sonido de éstas era extraño; el sonido era casi nulo, apenas y se escuchaba. Recordó entonces, como parte de su entrenamiento, que, a un Concha de Búfalo nunca debía de paralizarlo el miedo, y, que para atrás no se debía de regresar ni para impulsarse a tomar vuelo. Y, en virtud de lo recordado, entró sin vacilar de un solo paso al salón. No supo cuánto tiempo pasó luego de atravesar aquel salón –era un portal– porque perdió la noción del tiempo. Abrió los ojos en la playa, sintiendo cómo un remolino la envolvía y la sacudía toda.

Capítulo 28 El Valle de la Muerte

Repentinamente, la dulce Ariadna pasó la línea que unía esos complejos mundos. La noche era misteriosa y sombría, y un terrible escalofrío le recorrió todo el cuerpo. Se desplazó valiente con paso acelerado por una larga y solitaria calle de aspecto tétrico. Sabía que tenía que mantenerse firme, así que, el miedo de saberse estar en las profundidades del Valle de la Muerte lo dejó afuera.

Cruzó al otro extremo de la calle con la rapidez y precaución que ameritaba el momento. Afortunadamente, notó algunos compañeros deambulando por ahí, quienes de alguna manera sabrían de ella, pero eran discretos, como solían serlo solamente unos cuantos. Ariadna sabía por ello mismo que eran los mejores, y se relajó al percibir la presencia de esos compañeros.

Luego de un largo rato andando, llegó al punto indicado según el mapa de codificación.

Lala, junto con sus dos tutores, estaban ocultos en una cápsula especial para mantenerlos intactos. La entrada de dicha cápsula estaba súper sellada, pero Ariadna logró tener el acceso gracias al código de las orugas, el que le dieron los Verunos antes de ser lanzados al valle. —Luego de que el comandante Miguel Ángel autorizara dicho enlace, cuando estuvieron en la nave-planeta, el Caminante 200621, después de que ésta fuera sacada de las colonias subterráneas de Verona y fuera también usurpada por líderes falsos.

Cuando Ambrosio, Avemarina y Lala abrieron los ojos, después de haber permanecido bajo el efecto del sueño en ese sitio, luego de que Ariadna rompiera el sello de la entrada con el código correspondiente, rieron a carcajada suelta al verla llegar con los zapatos puestos al revés.

Ariadna calzaba unos zapatos en tono verde, que no había notado hasta entonces. Eran unos zapatos rarísimos, de compleja forma, al grado de no notar mucho la diferencia que éstos estuvieran puestos al revés, porque se veían igual, puestos del lado izquierdo o derecho.

Entonces, Ariadna notó ese detalle de las zapatillas hasta que ese pequeño grupo de tres casi se vomitaba de risa al ver sus pies.

"¡Qué raros zapatos! Me gustan. ¡Pero se ven raros!", expresó Ariadna simplemente. (Se trataba de los zapatos que se activaron con lo que untó Benito en sus pies, la noche que desapareció de las villas).

Lala, quien fue informada previamente que Ariadna estaría ahí por ella, estaba feliz. Estaba eufórica, lista para el gran acontecimiento, y quería lucir bellísima para el gran día.

Ariadna observó a Lala con ternura, y pensó en obsequiarle un hermoso vestido en tono celeste, y maquillarla para que luciera como una reina. Entonces, no escatimó en hacer uso de su energía, y por medio del chip que su compañero Osiris le puso en el ombligo, accedió al portal de sus bienes, para que Lala saliera bien protegida de ahí. —Su energía la debía de ahorrar a toda costa, porque era parte de su vitalidad; por ello mismo solamente en casos especiales es que hacía uso de ella.

Lala lucía radiante, no cabía la jovencita de emoción, estaba súper contenta de que fuera ella la elegida para asistir al evento; y ser ella la primera en salir del Valle de Muerte, representando a el pueblo original de Verona, los creadores de la nave-planeta.

Ariadna le probó a Lala tantos vestidos como pudo. Y cuidadosamente seleccionó la tela y el color del velo para que éste combinara propiamente con su vestido.

Tenía también Ariadna en su poder las coordenadas de ubicación del punto donde Lala debía de recoger por ella misma información importante. Pronto, Lala estaba por probar su fortaleza, sentada, firme en el columpio que Ariadna hizo previamente con una soga que encontró colgada a un lado de un pozo; comenzó entonces   a bajar a Lala por ese pozo de agua seca.

Ariadna sostuvo con fuerza la cuerda, y se aseguró de que fuera bajando el columpio poco a poco, para que Lala pudiera recoger en el fondo de ese pozo los fragmentos vitales, y poder salir de ahí con bien. Esos fragmentos eran un tipo de código.

Lala pidió que la bajara más —era muy valiente esa jovencita—, pero Ariadna calculó que bajarla más era muy riesgoso. Y también le preocupó que se fuera a reventar esa cuerda, o que le venciera el peso a ella. Optó entonces, luego de un minucioso análisis, no descender la cuerda más y le advirtió a Lala: "¡Es suficiente, Lala, no puedo permitir qué te arriesgues de más!".

En seguida, Ariadna subió a Lala, no fue nada fácil porque estaba muy pesada.

"¡Has subido de peso, Lala!", dijo Ariadna en broma.

Lala obedeció la orden a regañadientes, ella quería seguir bajando para recoger más y más fragmentos. Pero una vez arriba, se alegró al ver que traía los suficientes fragmentos vitales con ella.

Una vez concluido ese trabajo, Ariadna la preparó para el evento. Lala estaba lista.

Le puso maquillaje en color oro, y muchos brillos en su hermoso rostro chispeante. Ariadna quería que luciera Lala espectacular, y no escatimó en usar su tiempo extra.

¡Es tardísimo!", expresó Avemarina, la tutora de Lala con timbre irritable. "Te dije que tenía que ser rápido. ¡Ya es más de la medianoche!, ya son muchas horas de trabajo y estoy exhausta", dijo histérica.

Ariadna se preguntó curiosa por qué eran tan extraños los tutores de Lala, pero dedujo que estaban bajo el letargo del sueño, y no estaban siendo coherentes por eso mismo. No cooperaban mucho, pero eran ellos los guardianes de la bella Lala y Ariadna seguía la instrucción tal cual.

"Ya está lista Lala!, pero si estás muy cansada para continuar con esto, será mejor posponer al evento, lo dejaremos para después, si así tú lo consideras a bien", dijo Ariadna al medir la situación. Por instrucciones sabía que en esos casos no discutir era lo más apropiado.

"Está bien, vamos y terminemos de una vez con esto", dijo Avemarina más relajada, cambiando drásticamente su estado de ánimo.

Ariadna dio entonces a ese grupo de tres las instrucciones a seguir.

Esas instrucciones que seguir, claramente hacían hincapié en no detenerse en su camino por ninguna razón, y mucho menos hablar con alguien. Tenían que seguir la ruta directa para que Lala no fuera puesta en evidencia, porque corría el riesgo de que eso ocasionara que a Ariadna ya no la dejaran salir, y fuera acusada de desobediencia, y de romper ciertas reglas. Como ocurrió con el comandante Miguel Ángel, fue acusado, y no saldría de ahí por mucho tiempo, y nadie sabía en qué punto del Valle de la Muerte estaba. Las reglas que regían ese mundo eran tan severas como complejas.

Emprendieron la marcha los tres en seguida. En el camino que tomaron, no había gente afuera, es decir, en la calle; y en ambos lados de la cera había una multitud de puestos; la gente permanecía dentro de esos puestos, los veían pasar con la mirada fija y les ofrecían todo tipo de comida y bebida.

Ambrosio, lamentablemente cometió la imprudencia de detenerse a hablar con esa gente, quienes de alguna forma lo engancharon para que él detuviera su marcha. Y comenzó a hablar con ellos acerca de sus padres, quienes ya habían fallecidos. Ariadna escuchó cuando esa gente le ofreció el servicio de transporte a Ambrosio, y recordó de un golpe a los niños que le comentaron sobre las bicicletas, quienes le hicieron hincapié en usar solamente las bicicletas como medio de trasporte en ese último nivel.

Entonces, Ariadna se alertó, porque Ambrosio en cualquier momento se le comenzaría a borrar su identidad; y olvidaría completamente todo, siendo así vulnerable para tomar cualquier tipo de transporte.

En ese último nivel que conformaba ese vecindario, el asunto era más grotesco que en los mundos de arriba, con respecto al transporte, como en el caso del Navío Z11. Y, el olvido de la memoria era justo para proteger ese tipo de complejos y vitales asuntos por lo que los mundos debían de transitar; así trabajaban los códigos que regían en aquel lejano punto del cosmos. Si la gente estaba literalmente ida, dormida, o inconsciente, no sabía elegir su lugar, y eso era aprovechado por otros para negociar sobre los mundos a poblar con esa gente.

Ariadna lanzó un grito firme a Ambrosio sin detener su paso: "¡Dije qué no se detengan para nada!".

Luego hizo una mejor observación y notó que el camino terminaba en dos calles horizontales. Vio que la última de esas calles era un malecón, sabía ella que esa era la indicada, dado que esa calle mantenía actividad –había lumbres que iluminaban el camino a transitar –, y por lo tanto era más seguro el paso por ahí.

"¿Nos podemos ir por esta otra calle?", preguntó Ambrosio.

"¡No! ¡Ya sabes la razón!", dijo Ariadna, pero el efecto del olvido estaba ya haciendo estragos en el pobre de Ambrosio, quien estaba ya encaminándose en la calle que señaló.

Ariadna corrió tras él, pero él ya estaba próximo a bajar unas escaleras que bajaban a la playa, y era peligrosísimo meterse al mar en ese sitio.

Todo parecía inmóvil ahí. Nada se movía, como si el tiempo se hubiese detenido. El mar era un espejo rebosante de estrellas.

Tanta calma asustó a Ariadna, quien ya estaba padeciendo de frío por que la estaba venciendo el sueño y el olvido, esto una vez que entró a la playa tratando de recuperar a Ambrosio. Vio entonces a un hombre en la distancia, estaba sentado junto a una lumbre que ardía vigorosamente.

Pensó en prender un fuego también, para protegerse del frío, mientras Avemarina iba tras Ambrosio para alcanzarlo. Lala lucía un tanto atarantada, pero afortunadamente todavía estaba a su lado, y rápido arrimó un par de leños.

Desafortunadamente, Avemarina y Ambrosio se fueron por otro lado, como encantados por el olvido de sus memorias.

La fogata estuvo pronto encendida, y con el fuego abrasador de esa lumbre Ariadna y Lala se protegieron de un repentino intenso frío. Pero, no estaba pensando Ariadna con claridad, debido al punto donde se encontraba. Se le borraba por momentos también a ella la memoria; acurrucada y encogida, estaba como ida

Luego que afortunadamente un rayo de lucidez apareciera en su memoria, echó su vistazo típico de halcón por los alrededores, y localizó algunos leños más; bastaron solamente segundos, para que, el hombre que estaba a unos metros en la distancia aprovechara para tomar los leños que ella ya tenía cerca de su lumbre. Cuando Ariadna se dio cuenta de ello, criticó la actitud del individuo, pero no perdió el tiempo en discusiones, porque sabía que él estaba de alguna manera inconsciente, como lo estaban la mayoría de los individuos en aquel valle.

Lala, no muy lejana de donde estaba Ariadna arrimaba otros leños con la esperanza de hacer tiempo a que aparecieran sus tutores. De pronto, se produjo un extraño movimiento en el océano, y, una montaña de agua se levantó en la distancia. El mar amenazaba con bravura indomable, y Ariadna no supo en primera instancia qué hacer. Optó por correr calle arriba, ahí había una construcción de metal. Entonces, entró en ese edificio; notó con asombro que el agua estaba subiendo hasta ese punto donde se encontraba. Observó que en esa construcción había un túnel en forma diagonal, hacia arriba, semejante a un tubo cilíndrico, también de metal. Entró por ahí con la esperanza de encontrar salida del otro lado, pero para su sorpresa, cuando entró, este se cerró automáticamente quedando ella atrapada dentro de eso. No había mucho que pensar, Ariadna resignada dedujo que había caído en una trampa; estaba atrapada en una cápsula metálica que tenía vidrio trasparente en una de sus paredes.

Sintiéndose dolorida, mareada y con muy poca memoria en su cabeza, debido al sito donde se encontraba, con borrosa visión pudo observar lo que estaba pasando afuera; y dejó escapar un gemido de espanto cuando vio a un grupo de personajes que tenían a Lala con ellos, a manera de rehén la llevaban.

"¡Oh no! ¿Y ahora qué?", se preguntó Ariadna alterada al ver ese escenario.

Estaba en altísimo grado de peligro la misión; porque la operación de sacar a Lala y a su par de tutores debía de realizarse baja estrictísimas leyes de discreción.

Por lo tanto, Ariadna sabía que debía de actuar con precisión. Ya estaba en estado de alerta, lista para la batalla. Se concentró en su entrenamiento, y centró su enfoque para dar el primer golpe. Ya había hecho un análisis profundo, y sabía que la única opción que había para escapar era dándole de frente la cara al enemigo. Entonces, hizo el cálculo correspondiente, estudió el diseño y el panorama próximo.

Instantes después, se abrió la puerta, y el ruido que produjo la cerradura del metal le molestó el tímpano muchísimo, porque estaban trabajando sus sentidos de una manera diferente. Una mujer de aspecto desalineado y mirada siniestra apareció en escena, traía a Lala como rehén –se cubría el cuerpo con ella–, la llevaba con las manos entrelazada por detrás de la espalda.

Una vez que entró a la cápsula, esa extraña mujer retó con actitud sarcástica a Ariadna estrujando el cuerpo de Lala. Como era de esperarse de Ariadna, con un solo brinco y a velocidad impredecible ya estaba tocando la yugular del enemigo con el cristal que traía incrustado en la palma de su mano –mismo que se activó cuando Ariadna entró al valle, debido al enlace previo que tuvo con el mecanismo de los complejos juguetes de los niños del Coral, y, representaba también la clave de la larva con todos los registros de los Verunos.

"¡Suéltala!", ordenó Ariadna con tono filoso a la siniestra mujer.

"¡Y si no lo hago! ¿Qué me vas a hacer?", respondió con tono sarcástico la mujer.

"Soy capaz de rebanarte el cuello, aunque me quede aquí mil años, si no la sueltas ahorita", dijo Ariadna sin vacilar, al mismo tiempo que hundió con firmeza la punta del cristal en el cuello de esa mujer, pinchándola como advertencia, pero dispuesta a arrancarle el aliento en cualquier momento.

La mujer parecía no importarle mucho la amenaza de muerte que Ariadna le lanzó, y el gesto burlón en su rostro se hizo más evidente.

Capítulo 29 El Cardenal Rojo

Se los llevaron. Ariadna estaba por momentos lúcida y por momentos vagaba en sus adentros, luego que el gas que despidió la cápsula la inmovilizara. Se los llevaron a una mansión con muchos salones. Había elevadores transparentes por doquier comunicando los distintos niveles que conformaban ese primer cuadro, semejante a una recepción. Las paredes de ese complejo estaban recubiertas de mármol gris y granito. En ese sitio se desarrollaban eventos súper complejos. Era eso semejante a una empresa que se encargaba a manera de acuerdo de enviar a la gente a poblar otros mundos. Y, de acuerdo con el transporte que tomaba esa gente, es que era su suerte; porque al olvidar esa gente su memoria, era vulnerable, y no sabían elegir por ellos mismos. Ariadna tenía la instrucción de no inmiscuirse en esos temas.

Estuvo Ariadna ahí, en ese complejo, en uno de los laboratorios bajo los efectos químicos que le dieron para obtener información sobre ella y los mundos de dónde procedía. Sintió muchas veces cómo le fue introducido un químico en su sistema sanguíneo. Y, cómo poco a poco iba perdiendo fuerza su voz, y, aunque trataba de mantenerse atenta, no lo lograba y la vencía el sueño; y cuando despertaba hablaba solamente incoherencias a sus verdugos: "Sé que no tengo nada; sé que me tienen aquí engañando a mi familia para obtener fondos de ella. Sé que estoy sana. ¡Y todo esto es una vulgar comedia! Esta noche la muerte me ha visitado dos veces. ¿Y, sabes qué?, me ha dicho que tú siegues en la lista".

Estaba la pobre alucinando. No supo cómo llegó hasta ahí, y tampoco recordaba por dónde entró, lo único que tenía presente en su memoria era la oscuridad.

Recordaba vagamente que había estado caminando en la oscuridad con algo puesto en la espalda, jalando de ello, pero eso no era un recuerdo real. "¡Un momento!", pensó repentinamente. "¡Yo conozco este sitio! ¡Y sé dónde está la salida!" dijo, y miró a su alrededor con familiaridad.

Afortunadamente, comenzó la memoria de Ariadna a trabajar, y reaccionó; entonces, comenzó a recibir vital información. El chip que le puso Osiris en el ombligo estaba activo. Ello le permitió recordar con tal precisión como si ya hubiese estado en ese sitio anteriormente. Lo había registrado todo el chip también desde que entró ella a ese complejo. Y eso era posible, porque, el hecho de poseer a Concha de Búfalo le daba acceso a ciertos códigos de compleja naturaleza, y, abrir registros antiquísimos.

En cuanto reaccionó, luego de haber estado bajo el influjo del suero de la verdad, literalmente, Ariadna sabía que debía salir de ahí lo más pronto posible. Entonces, luego de hacer una minuciosa observación, y registrar nuevamente ese complejo en sus archivos, se dirigió con paso firme por la ruta que tenía trazada según los registros. Tomó el lado derecho, cruzó un gran salón, y, en una esquina giró a la izquierda. Continuó por un rato con pleno conocimiento de la ruta del mapa que tenía ella de los registros de ese misterioso punto en el cosmos.

En ese notable complejo, iban y venían las gentes casi de manera automática, subían y bajaban por los distintos elevadores transparentes.

Cuando la gente del complejo vio a Ariadna deambular por ahí, no intentaron detenerla, pero la observaron con cara de espanto, como si estuvieran viendo a un monstruo o a un muerto andar. Todos se quedaron pasmados, tan quietos como las momias, ningún movimiento y ningún comentario se escuchó. Por otro lado, ella no detuvo su paso en su recorrido, sabía con certeza que no debía de hacerlo; pero, cuando iba cruzando por los salones, les mostraba la palma de su mano, identificándose con el código del cristal.

Pronto le vino el alma al cuerpo cuando identificó el punto de la salida; ahí disminuyó su paso para observar el gesto de incredulidad reflejado en el rostro de aquel grupo de personas que estaban en la recepción –en medio del camino– cuando la vieron pasar. Les mostró la palma de su mano y siguió caminando hacia la salida, mientras esas gentes murmuraban entre ellos.

Una vez que Ariadna puso un pie afuera de ese complejo, todo se oscureció; completamente se tornó negro el panorama de una larga calle frente a ella. Se aferró a la idea que tenía que salir con bien de ahí. Y pensó en Justino y los del Pescador 14 con nostalgia, porque ella estaba bien lejos de ellos, y ya comenzaba a olvidar algunas cosas. Y sabía de los terribles estragos a su memoria si se permanecía por más tiempo en ese sitio.

Recordó con dificultad que venía de un lugar lejano, y, de pronto comenzó a recordar cosas de su infancia; de sus años de escuela y de sus múltiples viajes por el cosmos. Pensó también en lo peligroso que era para ella transitar sin su sudadera con gorro, para camuflarse entre la sombra. Y pensó en lo más grave de todo, no tenía comunicación con Concha de Búfalo, porque éste no tenía permitido activarse en ese sitio. Eran las reglas que regían en esos complejos mundos. Y, recordó que, cuando entró al Valle de la Muerte, tuvo que hacerlo desnuda, es decir sin nada especial.

Sintió revuelta la cabeza, ésta no cesaba de pensar, porque a manera de ráfagas le llegaban los recuerdos.

De pronto, un joven que apareció entre la oscuridad la tomó de la mano gentilmente. "¡Ven! ¡Por aquí es!", le dijo, al mismo tiempo que ya estaba abriendo una pequeña puerta, casi invisible de lo desapercibida que lucía ésta al ojo.

Ariadna se estaba quedando dormida a causa del efecto del suero de la verdad que le pusieron, literalmente.

Una vez que el gentil joven abrió esa pequeña puerta, Ariadna se tendió en una cama llena de almohadas que estaba inmediatamente en la entrada. Se sentía muy cansada, y tenía mucho sueño. Recordaba afortunadamente todavía que durmiendo se regeneraba ella.

El joven que salió a su rescate, la observaba con mirada inocente, alegre y dulcísima como si de un niño se tratase.

No supo ella cuánto tiempo permaneció dormida, pero le pareció solo un instante, apenas unos segundos.

"¿Qué estoy yo haciendo aquí, y por qué?", preguntó sorprendida abriendo los ojos.

El joven continuaba observándola con la misma expresión en sus ojos. Ariadna reaccionó y dijo haciendo una señal: "¡Está bien!, aquí voy a dormir hoy, pero yo estoy durmiendo allá arriba".

"¡Sí! ¡Yo sé que estabas allá arriba!", dijo él, reconociendo el código.

"No es prudente que me quede aquí en este sitio por más tiempo; sé que no debo de hablar con nadie sobre esta misión para que mi memoria no se pierda en el limbo", pensó Ariadna con claridad, porque así fue la instrucción de Concha de Búfalo, y debía acatarse a ella.

"¡Debo salir de aquí!", dijo Ariadna.

Algo balbuceo el joven, pero ella ya tenía puesta la mano en la cerradura de la pequeña puerta.

"¡Sé dónde se llevaron a Lala y a su par de guardianes!", dijo él, al mismo tiempo que se identificaba como uno de sus compañeros; entonces ella lo reconoció como tal.

Ariadna acudió al punto indicado luego de la información que le dio aquel compañero, quien afortunadamente llegó a tiempo para su rescate. Debía de ir a un sitio donde le informarían la ubicación para recoger los registros de los tres, Lala, Avemarina y Ambrosio para que fueran liberados.

El sitio que le indicaron estaba tremendamente activo. Ella se identificó según las instrucciones que llevaba, y fue bien recibida por todos. Notó que en ese sitio había una cantidad de infantes bastante robusta. Había mucho movimiento por la comida en ese punto, dado que era escaso el alimento en ese complejo mundo, y no siempre se podía dar el lujo de comer una vez al día.

Luego de recibir de esa gente la información del punto del paradero de Lala, Ariadna rechazó la máquina que le ofrecieron para facilitarle su tarea. Recordó claramente la instrucción de los niños –previo a arribar a esa última zona, donde ya estaba–, no debía olvidar que la bicicleta sería el único trasporte que debía tomar estando en último nivel del Valle de Muerte.

Ese peculiar grupo con quien estuvo Ariadna era conocido como los Gita, y eran nocturnos, es decir, llevaban una vida nocturna en el valle; eran enigmáticos y buenas personas, pero al igual que todos sufrían por el escaso alimento. Ese enigmático grupo, fincado por personajes quienes por razones ajenas a Ariadna permanecían con memoria, pero no podían salir del valle, tenían información vital que giraba en torno a ese complejo mundo; y fue de gran ayuda la información que los Gita le dieron a Ariadna por ello.

Ariadna entonces, llegó bien preparada al punto indicado para llevar a cabo el rescate de Lala y se colocó en la posición correspondiente para llevar al pie de la letra la instrucción. El sitio estaba oscuro, no había luz solar, ni luz artificial.

"¡Oh no! ¡Lo qué me faltaba, y Concha de Búfalo ausente!", gruñó, y corrió a refugiarse a una pequeña cabaña cuando vio a una osa negra con sus dos hijos merodear por ahí.

El sitio era una planicie, y solamente había una cabaña. Ella sabía desde antes de llegar a ese punto que era peligroso, pero no tuvo opción, dado que era necesario cruzar por ahí. La cabaña tenía tres cuartos que se comunicaban entre sí, por medio de puertas; calculó la llegada de la osa, por medio de una rendija de la puerta vio cuando ésta entró al cuarto. Rápidamente, alcanzó a empujar la puerta para poner el cerrojo, y dejar a la osa encerrada en el otro cuarto mientras ella podía escapar.

Apenas y lo logró, porque la osa alcanzó a poner sus garras en el pie de Ariadna antes de atrancar la puerta. Con las garras de la osa rozando su pie, se le disparó la adrenalina y sintió que se le paró el corazón. Respiró hondo para emprender la carrera de escape cuando vio al par de hijos de la osa acercarse al área.

"¡Tiempo de retirada!", se dijo, y tomó una vieja bicicleta azul, que estaba recargada en la pared de la cabaña para su buena suerte. Atravesó la llanura a toda prisa, tenía muy claro no dar marcha atrás ya encarrerada en la bicicleta.

"¡Oh!, un semáforo rojo en la carretera", dijo con sorpresa al notarlo, afortunadamente pudo controlar la bicicleta y frenar a tiempo.

Era un punto enigmático donde se encontraba, ya había caído la noche, pero había algo de luz. Notó asombrada que había carros militares en toda esa área, y observó también que había malla de alambre en varios puntos de ese lugar.

Se bajó de la bicicleta y se sentó a observar el panorama nerviosa por lo ocurrido.

"¡Ah, la vi cerca! Qué bueno que alcancé a frenar, pero quedé al límite", pensó al notar lo cerca que estuvo de pasarse esa gran avenida con la luz roja y las máquinas del otro lado en camino. Y tragó saliva al ver lo cerca que estuvo de ser aplastada como un insecto, porque a velocidad de relámpago esas máquinas pasaban.

"Qué bueno que pude detenerme a tiempo para continuar con esta misión", se echó ánimos, luego de ver lo cerca que estuvo de ser atropellada.

Recuperada del susto, prestó atención a los carros estacionados, ahí, frente a ella, cerca de una malla, y notó que, en el interior de esos tanques, camiones y vehículos había personas que llevaban cubierto el rostro; solamente se les veían los ojos, mismos que la escudriñaban desde distintos ángulos. Momentos después, y sin chistar palabra, esas personas abrieron la malla, la ignoraron y se marcharon todos en sus carros.

"Debo de estar cerca del punto donde se encuentran los registros. Según la información que me dieron los Gita, están en una base secreta, y, tal parece que ando cerca", pensó al analizar el panorama. Y, sin más, se montó en la bicicleta azul y se adentró en esos terrenos desolados y polvorientos.

Más adelante, el terreno cambio de forma, ahí, los matorrales, como de un metro de altura, predominaban con sus flores amarillas llenando de color el paisaje con sus matas grisáceas redondeadas. Ariadna las identificó como un chaparral de incienso (Encelia farinosa, una planta de la familia de las asteráceas).

Pronto arribó por un ala de un enorme complejo levantado como un elefante en el desierto. No había ningún anuncio o logo que identificara el sitio. Respiró profundo y entró sin perder el tiempo.

En dicha área, se estaba llevando a cabo lo que parecía ser un tipo de estudio. Un par de mujeres comentaban entre ellas que trabajaban medio turno por la importancia de obtener un seguro médico. Todo indicaba que se trataba de una zona o instituto relacionado a la medicina.

Una mujer de rostro apacible, de tes muy pálida y complexión robusta recibió a Ariadna al verla llegar, y estuvo muy agradable y atenta con ella.

"¡Hasta aquí no han sido muchos los que han llegado! ¡Por lo menos no con la memoria completa!", dijo la mujer admirada. "¡Y si tú lo has logrado es por algo de suma vitalidad!" agregó. "¡Seguramente vienes de muy lejos! Yo no tengo más que proveerte de lo que está a mi alcance y permitido hacer", susurró con un tono dulcísimo en sus palabras.

Ariadna se relajó, pero no soltó la guardia.

"Sé que estoy aquí para mi revisión periódica, porque tengo un seguro médico que me cubre", dijo Ariadna a la mujer. Era la clave que le dieron el grupo de los Gita.

"¡Muy bien!", respondió la mujer.

"¿Aquí me pueden poner también la vacuna que están poniendo a todos en este valle?", Ariadna aprovechó, y le preguntó en clave sobre el alimento especial para el olvido de la memoria.

"¡No!, para ese tema necesitas llamar a otro lado; este lugar no es para eso", respondió la mujer a secas.

Aunque tenía la instrucción de no entrometerse, vio de reojo que en ese sitio estaban unos niños haciendo algo con una computadora, supervisados por otra mujer, ésta estaba muy atenta, pero muy discreta a lo que ocurría en esa zona.

Dicha mujer, más tarde le hizo la entrevista requerida a Ariadna. Se comentó sobre las medallas especiales que tenía ella; y se comentó que era heredera de miles de millones de medallas especiales.

"¡Tienes una fortuna enorme! Tú no necesitas nada de materia porque tienes mucho. Y aquí aparece registrado todo lo que es tuyo", le comentaron con asombro.

"¡Es bueno saberlo!", respondió Ariadna de manera simple, y se centró en el cuestionario médico que respondería.

Luego de un tedioso rato supuso que ya había terminado el cuestionario y se dispuso a salir.

"¡No, lo siento mucho! ¡Qué salga ella como pueda!", escuchó Ariadna decir a alguien antes de marcharse con otros jóvenes de ese sitio una vez que terminó con el cuestionario que estaba obligada a responder, sospechó con decepción que se estaban refiriendo a ella. Ese lugar era una especie de zona neutral, y resguardaba archivos súper secretos y de enorme importancia.

La instrucción que le dieron fue irse con uno de esos jóvenes en dirección a otro complejo; dicho complejo de remarcables paredes altas estaba cercano a la misma zona.

Estaba súper oscuro cuando arribaron a ese siguiente complejo. El joven que la acompañaba por instrucción entró solo al edificio, y Ariadna esperó paciente afuera.

"Estará todo listo el jueves a las 2 de la tarde. ¡Tienes que llevar disfraces!", comunicó el joven a Ariadna una vez saliendo del complejo.

"¿Disfraces? ¿Y eso qué cosa significa?", preguntó Ariadna con mucha diplomacia en arcaica lengua del planeta Tierra, porque debía de ser muy cuidadosa con el uso de la palabra, y comunicarse en esa lengua le ayudaba a apaciguar sus nervios.

El bello joven, rubio, delgado, de complexión y aspecto gallardo, muy alto y con mucho porte, caminaba animadamente a su lado.

"Eso significa que habrá que llevarse a cabo un intercambió", dijo, esbozando una sonrisa. Se estaba refiriendo a los diamantes de Ariadna.

"¡Chispas!, yo pensé que te referías a traer disfraces de verdad", respondió Ariadna con su peculiar sentido del humor.

Siendo ella uno de los socios de una prestigiosa marca de disfraces operando en distinto puntos del cosmos —esas utilidades las destinaba al bienestar de los ancianos, por eso se percató que algo andaba mal en esa empresa con el albacea, cuando el anciano afuera de uno de los Luxor se quejó con ella.

Pronto, Ariadna tuvo acceso al punto donde su misión era analizar todos los informes que colgaban en los marcos de la pared. Registró con detalle toda la información, leyó y releyó cada línea. Entre otras cosas importantes, se hablaba de certificados de nacimiento. Ahí encontró los de Lala, Ambrosio y Avemarina, su pase de salida de donde se los llevaron.

Aquella gente que se llevó a esos tres en la playa, tenía autoridad en ese sitio de reclutar a la gente sin identidad, como era el caso de esos tres; no tenían identidad porque fueron desterrados de su nave y enviados al último nivel del valle para que olvidaran todo. Pero gracias al plan que fincaron los Verunos desde su nave, el Caminante SV200621, es que lograron que tres de los suyos quedaran resguardados en un sitio sellado, hasta que Ariadna pudiera entrar por ellos, rompiendo el sello con el código que le dieron en sus larvas; porque al hacer contacto éstas con el mecanismo que registró Ariadna de los juguetes de los niños que pasaron por el planeta Platinum, se activó un código.

Entonces, para sacarlos libres, según las instrucciones, dado que estaban prisioneros los tres, era menester ir a ese sitio que resguardaba los documentos que acreditaban su identidad.

Terminó Ariadna con éxito su misión ahí y se marchó de prisa.

Cuando salió de ese complejo, leyó desde otra perspectiva el letrero que estaba en una esquina. Se percató entonces antes de abandonar el sitio que ese punto del complejo era un hospital de maternidad, y que pertenecía a una rama de las Fuerzas Armadas, lo dedujo porque en esa zona del complejo encontró dicho logo camuflado.

Una vez que tuvo acceso a todos los registros, envió la información a Concha de Búfalo, y sin perder el tiempo se fue calle abajo.

Según la información obtenida en un punto cercano sería el intercambio de Ambrosio.

Dicha calle terminaba en un punto cercano a la playa, sabía que no debía acercarse mucho a ésta, por precaución. Del lado izquierdo, había una carpa, y un grupo de personas ocupaban la única mesa que había ahí.

Ariadna estiró entonces su cuello y se asomó al interior de la carpa, e inmediatamente se giró cuando esa gente volteó a verla.

"¡Hola! ¿Por qué te vas tan pronto?", dijeron.

"¡Regreso luego!", les dijo Ariadna, al mismo tiempo que les hacía una señal, girando el dedo índice en forma circular. Era el código, y esperaba el regreso de éste porque así fue la instrucción, y no podía hablar de más.

El único joven ahí, quien estaba volteado de espaldas, fue el primero en dar un brinco y levantarse. Era Ambrosio, pero ya estaba sufriendo de la transformación que causaba estar en ese sitio, y estaba actuando raro, pero todavía estaba su mente funcionando.

No perdió el tiempo Ambrosio al ver que Ariadna estaba ya por él ahí, y, pronto estaba tras ella caminando a paso rápido para alcanzarla.

La gente inmiscuida en el convenio de entrega la seguía muy de cerca. Era gente de mediana edad, sin mucha expresión en la cara, y con un tono de piel muy pálido.

"¿Dónde te estás quedando? ¿En qué hotel?", le preguntaron atentos a lo que ella respondiera, porque era la clave.

"¡Ah, en el Ley Ritz!, como a cinco minutos caminando desde aquí", respondió Ariadna.

Tenía muy presente que debía de tener cuidado de no dar más información de la debida. Tenía con ella los documentos con los registros de los tres. Entregó entonces sin chistar todos sus diamantes. Posterior a ello, le dieron las coordenadas de ubicación del punto donde encontraría a Lala y a Avemarina.

El joven Ambrosio estaba muy atento con Ariadna; preocupada, pensó que debía de ser muy prudente con ese joven, no tardaría mucho en borrarse su memoria completamente. Tenía la responsabilidad de protegerlo por ello mismo, porque el pobre estaría completamente vulnerable si eso llegase a pasar.

"¿Cuántos años tienes?", le preguntó Ariadna para que él respondiera con el código correspondiente, al mismo tiempo que pasó su mano cerca de su rostro para mostrarle su anillo.

El joven Ambrosio captó, y dijo: "¡Veintidós años! ¡Y sé que son siete los hijos soñados!".

Ese era uno de los códigos más importantes de los Verunos.

Inmediato a ello, de modo abrupto cambio la actitud del jovencito, Ariadna lo percibió un tanto nervioso, era eso parte de los estragos. Se estaba comportando como un adolescente.

"Yo ando por aquí haciendo ejercicio, por qué no corremos, es bueno para la salud" sugirió Ariadna a Ambrosio, mientras le mostraba cómo, haciendo la simulación frente a él para relajar la tensión.

"Así se corre, ¡mira!, yo llegué aquí corriendo", dijo.

"¿Tú llegaste hasta aquí corriendo?", preguntó Ambrosio sorprendido.

"¡Así es!, yo llegué aquí corriendo. Bueno, a decir verdad, una parte la recorrí en bicicleta", dijo Ariadna orgullosa, y recordó con agradecimiento a los pequeños y sus recomendaciones.

Siguieron charlando ambos, calle arriba.

"Aquí debería estar ella conmigo, ¡pero se fue!", dijo el joven, con notable tono amargo.

Ariadna notó que Ambrosio tenía pequeñas erupciones en su piel. "¿Quién se fue? ¿De quién hablas?", le preguntó sin dejar de caminar.

Los labios de Ambrosio temblaron y ya no pronunció ninguna palabra; comenzaba a comportarse más raro.

Repentinamente, una pequeña ave color rojo fuego –un cardenal– salió de entre su cabello del joven Ambrosio, y voló cerca del rostro de Ariadna. Ella espontáneamente le ofreció el dedo índice, y el ave roja posó sobre éste.

Ambrosio estaba sorprendido por lo ocurrido, y entre apenado y celoso al ver posar a su ave con tanta confianza y familiaridad en el dedo índice de Ariadna, tomó al cardenal con sus manos cuidadosamente, lo acarició, y lo guardó celosamente como si de un tesoro se tratase.

Ariadna captó el código secreto que tenía registrado sobre el cardenal rojo, era la señal esperada. Se trataba de uno de los códigos de los Verunos; esos personajes no dejaban de sorprenderla, tenían particularidades súper interesantes y complejas, como las larvas y orugas que portaban entre su cabello como símbolo de identidad, entre otras cosas.

Tomó Ariadna la ruta entonces al campamento, según el código que tenía del cardenal; era seguro, el joven era el auténtico Ambrosio, un hijo digno de los Verunos.

El campamento estaba literalmente en medio de nada.

La alianza que hizo Ariadna con Miguel Ángel y los Verunos en la nave estaba por gestarse.

"¡Ya llegamos!", dijo Ariadna a Ambrosio, y le señaló una carpa donde había mesas con manjares; había caído la noche, no había luz eléctrica y unas antorchas perfumadas alumbraban el sitio.

Se escuchaban las voces de la gente adentro.

"¡Oh!, no puedo creerlo.   ¡Qué maravilla!, en este campamento hay muchas cosas que comer", expresó Ambrosio exaltado por la comida que había en el campamento.

"Sí, hay mucho que beber y que comer aquí, pero todo se debe de pagar porque nada es gratis", aclaró ella.

Todo el alimento estaba cubierto con medallas especiales. Y, ciertamente, en ese sitio todo tenía que ser pagado, hasta el aire que se respiraba, literalmente.

Una vez en el salón principal del campamento, Ariadna se dispuso a hacer los convenios correspondientes. Ahí tuvo acceso a los registros de todas las madres del original pueblo de Verona.

Previamente Ariadna había accedido a los registros de nacimiento de la gente de Verona, resguardados en una base de una rama de las Fuerzas Armadas.

Las madres de todos los hijos de Verona, todas eran muy diferentes, físicamente. Ariadna las vio, una a una, y respeto solemnemente lo que representaban ellas, como raza primaria que ocupó el planeta Verona. Todos sus hijos, portaban un cristal no evidente en la palma de la mano, el cual estaba previsto activarse llegado su momento en los descendientes de esa raza arcaica, procedente de la galaxia Coral, y nativos del planeta Coral; fundadores del planeta Verona, y creadores de la nave-planeta, el Caminante SV200621.

No supo Ariadna cuánto tiempo permaneció dentro del salón, pero hasta que terminó con el último de esos registros salió de ahí. Estaba exhausta, y todavía había mucho por hacer.

Con la alianza que contrajo Miguel Ángel con Ariadna, los Verunos fueron retejados uno a uno. Se les brindó alimento y protección en ese sitio, luego fueron llevados a una cámara para mantenerlos con vida por medio de incubación. Fueron muchísimas personas las reunidas, afortunadamente, las cuales estarían esperando de esa manera, hasta que Lala y su par de tutores, una vez afuera del valle, los reubicara a todos con su memoria intacta por medio de códigos que solamente esa gente conocía.

De esa manera se garantizaría que esa gente no saliera a poblar los distintos mundos de manera diferente –tal vez como esclavos– y se perdiera su historia, sus registros y sus conocimientos.

Así operaban esos complejos mundos en ese lejano vecindario estelar.

Más tarde, al ver que había muchísima gente, Ariadna de buen humor le dijo al grupo que estaba organizando el alimento: "¡Sugiero dar totopos; el maíz al igual que el trigo es de lo más noble!".

Fijó su mirada en las tortillas ante dicho comentario, cuando repentinamente un par de ancianos le ofrecieron una memela dura –una tortilla gorda– en señal de solidaridad; esa tortilla simbolizaba aporte de alimento. Ella se la comió con gusto, pero antes se lavó las manos porque solía no olvidarse de los buenos modales.

Capítulo 30 La Zona 22

Llegó Ariadna a la zona 22, del pasaje 0, ya muy entrada la noche. Tenía que ir a buscar respaldo a esa zona después de que fue informada que sacar a Lala del valle no era una tarea fácil. Se había filtrado información que interfería con la salida de Lala. Se sabía que esa niña sacaría a su planeta entero del Valle de la Muerte, y eso ya afectaba otros intereses.

La zona 22 era conocida por su emblemática entrada, y no cualquier mortal podía penetrar a su atmósfera debido al imponente escuadrón oculto en los lugares más insospechados que resguardaba dicho punto.

No había luz solar, debido a que estaba esa zona en un punto de máxima seguridad; oculto de cualquier indiscreción ajena. Era un lugar diseñado exclusivamente para los integrantes de esos clanes, quienes se daban cita en esa zona, como guiados por intuición, de acuerdo con los registros obtenidos de sus respectivas naves, mismos que estaban codificados para que sus operarios penetraran en esa oculta atmósfera. Ariadna identificó ahí a varios jóvenes compañeros de oficio en uno de los salones de la zona. Esos compañeros, al igual que ella tenían sus propias misiones por cumplir. Algunos no saldrían nunca del valle.

El tema por tratar era de máxima delicadeza, por ello debía de ser tratado con la seriedad que ameritaba tales circunstancias.

Ariadna habló con los compañeros de temas delicados, sobre lo que pasaba en los mundos transitados, entre muchísimos otros asuntos de vital importancia.

"¡Nos va a decir que cuenta con naves amigas!", se le escapó decir a uno del grupo discretamente, pero ella no le dio importancia al comentario.

Otro de ellos, quien estaba súper preparado, se dirigió al siguiente salón para hablar sobre el asunto concerniente a lo que lo llevó ahí. El joven estaba súper preparado para tratar el tema. Llevaba una minuta en mano previamente analizada, y, se plantó en una posición quedando de frente a Oriente para dar lectura a su escrito.

Ariadna, quien se había dado cita ahí justo por lo mismo –la intervención para Lala–, al percatarse que su compañero estaba tratando un tema similar, rápido se dirigió a apoyarlo, al mismo tiempo que les hizo a los otros jóvenes compañeros la señal que indicaba el apoyo y protección para con uno de ellos, quien estaba ya tratando su asunto. Pronto Ariadna estaba de frente y al orden, en posición estratégica dentro de esa cámara, al igual que los otros jóvenes compañeros que le siguieron entendiendo la señal de apoyo a uno de los suyos.

Observó preocupada que el compañero de la minuta en mano estaba siendo muy cuestionado por el tema; se le preguntaba de dónde   había sacado la información, y cosas así. Notó claramente que el fiscal en turno estaba queriendo ser muy duro con la información y análisis del tema que estaba presentando el joven compañero. Ariadna, quien conocía muy bien del tema, se acercó lo máximo a ellos para escuchar bien cada palabra. Y para imponer su presencia en señal de total apoyo a su compañero, se colocó en posición estratégica, al igual que los otros.

"¡Él no está solo! ¡Nosotros estamos con él!", dijo en silencio la posición de Ariadna y sus compañeros.

Luego de haber manifestado en esa cámara el asunto que la llevó a la zona 22, se dirigió al salón contiguo; ahí se concentraba una mayoría. Estaban un tanto nerviosos y exaltados todos los integrantes en esa área.

"Y aquí cómo debemos estar colocados, ¿haciendo escuadra, o cruzando los brazos?", preguntó una jovencita muy fresca, a una Ariadna muy consciente.

"¡Aquí puedes estar como tú quieras!", respondió Ariadna con conocimiento de ello.

Notó luego con asombro, que, en ese punto donde se concentraba una cantidad robusta de nobles jóvenes, el compañero Salvatorre se aproximó a las filas que formaban éstos, y les preguntó si ya habían colaborado con medallas especiales; los jóvenes se quedaron pensativos, observando un saco rojo. "¡Pues pónganlas ahora, jóvenes!", demandó con autoridad.

"¡Roque Salvatorre! ¿Cómo estás?", le preguntó Ariadna al reconocerlo, pero él estaba concentrado en su asunto y pareció no reconocerla. Ariadna se preguntó si acaso Roque estaba ya perdiendo la memoria, al ver ese cuadro. Luego depositó en el saco rojo cien medallas especiales en código sin chistar.

En un salón más privado, ya estando más ligera la tensión en la atmósfera, dijo Roque: "Los que estamos aquí es porque seguimos en pie, al frente de nuestras misiones. Y, si todavía estamos aquí, es porque hemos sido muy cuidadosos, nadie debe saber de nuestras reuniones, aquí, en el Valle de la Muerte, para no ponernos en riesgo. No debemos olvidar, que, los que llegamos a vernos en este punto, somos los que todavía no hemos perdido la memoria, afortunadamente, y recodamos todavía la manera de cómo entrar, para darnos cita aquí. Sabemos que hay muchos de los nuestros extraviados en estas tierras", dijo lo último preocupado.

"¿Cuántas veces tomaste del agua especial, Ariadna?", preguntó Roque.

"¡Pues fueron varias veces, afortunadamente!", respondió Ariadna.

"¡No te dejaran sacar del valle a Lala, tu protegida!, según los rumores que escuché", dijo Roque con notable tono preocupado.

"¡No me iré sin ella!", respondió Ariadna firme.

"Estuviste en una de las instalaciones de una rama de las Fuerzas Armadas, y ahí tuviste acceso a los registros y a los certificados de los Verunos. También viste que ahí estaba el tuyo, y el de nosotros, ¿verdad?", dijo Roque muy serio.

"¡Sí, así fue!", respondió Ariadna pasando un trago de saliva.

"Si insistes en sacar a los tres Verunos, no te dejaran salir de aquí, alegan que causará problemas a la estructura fincada en convenios previos, y te castigarán por eso. Pero esa solamente es decisión tuya, nosotros te soportaremos sea cual sea tu decisión, Ariadna", dijo Roque con el tono que tienen los grandes lideres.

Le sugirieron sus compañeros meditar bien la situación, porque el efecto del agua no era perdurable, aun calzando las zapatillas especiales que Benito consiguió para ella –sabrá el cosmos de dónde las obtuvo el hombre–; esa tecnología súper avanzada era de gran importancia para ese asunto sobre la memoria.

Luego de terminar de tratar esos asuntos que movían aquellos mundos, Ariadna se fue con los compañeros quienes demostraron sincera fidelidad para con ella. Rescatarían a Lala del cautiverio donde se la llevaron.

Según la información que Ariadna obtuvo del peculiar grupo de los Gita, acerca de Lala, supo que se la llevaron al lugar de los castigados. Ese era un sitio de lo más complejo, donde colocaban a los castigados en unas máquinas gigantes primitivas.

Una vez analizada la situación de Lala, estaban todos listos para echar andar el plan. Se colocaron todos en posición estratégica en esa gigante máquina que se componía de varios engranes. Cada persona estaba en una posición, e iban avanzando de acuerdo con el movimiento que se producía constantemente. Todos al mismo tiempo debían de avanzar, dando cada paso con sumo cuidado para el equilibrio, trepados en esa máquina de engranes para hacerla caminar; Ariadna guiaba el siguiente paso a dar. Ella estaba parada en una posición, a manera de dar el equilibrio para que nadie se fuera a caer; y, dado que Lala era su protegida, concentró toda su fuerza y vigor para que todo saliera bien. Estaba muy al pendiente cuidando de Lala, porque estaba atada a una parte de esa máquina, a manera de que solamente girando poco a poco esa gigante máquina Lala podía liberarse de ahí. Los compañeros de Ariadna cuidaban que todo marchara en orden, por momentos se sentía el movimiento extraño, y temblaba la estructura, y todos se quedaban quietos, tratando de mantener el equilibro para no caer.

“Mejor que no se mueva de lugar Lala, hasta que haya subido él de abajo, por el peso”, sugirió uno de los compañeros al sentir la adrenalina del movimiento.

“¡Tienes razón!”, dijo Ariadna, y se quedaron todos quietos para que diera el movimiento él de abajo que subía. Ariadna se mantuvo con Lala en la parte de arriba de ese mecanismo que giraba en cada movimiento, hasta que al fin Lala logró zafarse sin un solo rasguño.

Luego que recuperaron el aliento, recogieron a Avamarina en un punto cercano.

Ya una vez todos en el campamento asignado, Ariadna salió a atender asuntos importantes dejando a Lala dentro del recinto.

Cuando regresaba, divisó en la lejanía a Lala que estaba afuera, y se dirigía a la salida de un camino. Y vio con preocupación a un grupo de hombres merodeando por esa salida.

"¡Oh, no! Lala está en peligro, ha salido del refugio", dijo Ariadna exaltada a Joel, el atento compañero que la acompañaba.

"¡Lala está afuera! ¿Dónde están los guardias que la cuidan?", lanzó un grito Ariadna. "¡Está en peligro, la pueden atacar!", dijo histérica, al mismo tiempo que se preparaba para emprender la carrera y llegar a tiempo para rescatar a Lala, quien estaba ya siendo rodeada por esos hombres.

Justo en el momento cuando Ariadna emprendió su carrera, vio cómo unos jóvenes salían de un agujero a velocidad de rayo por una puerta que abría hacia arriba, estaba ésta a ras de suelo, súper camuflada, justo a un lado del refugio.

Llegó Ariadna al punto en un pestañeo; los jóvenes ya rodeaban a Lala; afortunadamente, la habían reconocido como protegida de Ariadna y no la atacaron, al contrario.

"Ella es Lala, ¡mi protegida! ¡Muchas gracias por no haberle hecho daño!", dijo Ariadna con una nota clarísima de sinceridad en el timbre de su voz. "¡Muchas gracias, gracias por haberla cuidado! Tienen mi agradecimiento infinito por este hecho, muchachos. ¡Gracias por proteger a Lala como lo han hecho también conmigo!" agradeció.

Esos grupos, eran gente de complejo comportamiento, pero mostraban aprecio por personas como Ariadna.

Ariadna se concentró en la misión y pasó   los próximos días sumergida en ese asunto.

Comenzaba a asomarse un nuevo día, y el cielo tenía un tinte azul pálido. Lala olvidando por un rato sus penas disfrutaba tarareando y bailando con Ambrosio en la terraza de aquella morada.

Una pareja de los presentes en esa ubicación estaba lista para emprender la jornada del día. Clarisa era el nombre de una de ellas, tenía el cabello mojado, parecía que recién se había bañado, Joel, su protector, portaba un saco oscuro que lo hacía ver muy distinguido.

Lala siguió bailando, pero fijó su feliz mirada repentinamente a un punto, y con curiosidad observó detalladamente buscando la lógica a lo que notó; según su percepción, desde la ubicación del punto de la terraza donde bailaban ella y Ambrosio —estaba en una parte alta— solamente podían verle sus pies y piernas, es decir, ella estaba arriba, y solo se le podía ver para arriba—. No podían verle el rostro ni otra parte que no fueran las piernas. Caminó Lala para atrás al hacer esa observación, para medir por ella misma que veían los de abajo de ella, y le sorprendió bastante su descubrimiento.

"¡Así qué no puede verme nadie porque estoy arriba, en este punto estratégico!", pensó Lala asombrada.

Clarisa, con el cabello mojado escurriendo todavía, se aproximó a saludar a Lala. A Lala se le esfumó la sonrisa porque pensó que no estaba en condiciones de recibir a nadie, ya que todavía no se arreglaba.

"¡Buenos días!", dijeron los dos, Clarisa y Joel con una sonrisa grande.

La joven Clarisa, fijó su mirada directamente en los ojos de Lala, y Lala notó que en los ojos color ámbar de Clarisa ella misma se reflejaba, a manera de espejo. Clarisa de pronto se puso un escarabajo en la boca, y dijo: "¡En tu cultura se comen esto así!".

Lala respondió tomando ella también un escarabajo que puso en su lengua.

"¡Pero no lo mastiques!", demandó Clarisa. Y le pidió que le enseñara la lengua porque quería verlo por ella misma. Lala se sintió incómoda ante esa escena, porque en realidad a ella no le gustaba comer insectos vivos, y sentía incluso cierta fobia por ello. Clarisa le dio el ejemplo, y le mostró abiertamente su lengua con el escarabajo moviéndose en su boca. Lala abrió sus chispeantes ojos cuando notó un enorme agujero en medio de la lengua de esa joven, y dedujo que fue ocasionado por un arete, y ver eso, la idea, le provocó una sensación de desagrado. Clarisa insistía en querer abrirle la boca a Lala, y que ésta le mostrara su escarabajo revoloteando dentro, pero Lala se resistió hacerlo; consideró que no era prudente abrir la boca y mostrar todas las imperfecciones de su dentadura a alguien que no le tenía esa confianza.

"¡No! No puedo abrir la boca más de la cuenta porque me duele la quijada si lo hago, ¡así que no insistas!", demandó Lala a Clarisa firmemente.

Entonces, Clarisa mencionó algo relacionado a las arcaicas costumbres que tenían algunos pueblos en temas culinarios a Lala quedamente, y ella reaccionó molesta, y dijo: "¡Escucha, Clarisa!, efectivamente, en mi cultura ancestral se comían a los insectos vivos, ¡pero yo no! A mí en lo personal no me gusta comer eso".

EL COMANDO

Meditando los hechos de todo lo acontecido en su camino por ese complejo vecindario estelar, Ariadna se preguntó cuánto tiempo quedaba para que el agua primordial que tomó perdiera su efecto, y por ende perdiera ella la memoria; porque, aunque calzaba las zapatillas especiales que Benito le dio, éstas no serían lo suficiente para lo inevitable, si no salía a tiempo de ahí.

De pronto, aterrizó sus pensamientos cuando observó en dirección este; en el horizonte divisó a un comando robusto de soldados que se aproximaba por un camino a la cima del refugio que las estaba protegiendo.

Los observó con detalle. Vestían trajes negros especiales, con casco y guantes súper sofisticados. Los vio a su estilo, como acostumbra, con su típico vistazo de halcón mientras los soldados se movían vía terrestre, a pie, estaban bajando la montaña que estaba justo frente al refugio.

"¡Está bajando un comando de soldados súper nutrido la montaña!, y pronto cruzarán el valle y subirán a este refugio. ¡Vienen directo para acá!", Ariadna anunció a los presentes para que estuvieran preparados para el inevitable acontecimiento que se veía venir.

Cuando vio Ariadna que ese comando se movía súper veloz, y estaba bien organizado, y, además parecían moles imponentes con sus trajes bien equipados, pensó en la posibilidad de la retirada; pero analizó bien el panorama y dedujo que era muy tarde para eso. Ese comando arribaría en pocos minutos y no había tiempo para emprender un escape, dado que estaban ya prácticamente encima. Y, por otro lado, se sintió tranquila, porque pensó que quienes estaban al frente del campamento en el refugio serían quienes por obligación darían la cara al respecto.

En un parpadeo, ese comando de moles apareció en la entrada del campamento hablando con los principales. Ariadna, muda y con el corazón en la mano lo observaba todo desde su cámara. "Tal vez debimos de tratar de ocultarnos en algún punto del bosque antes de que llegaran hasta aquí", pensó ante la presencia abrupta de ese comando en el campamento. "Pero, de cualquier forma, nos hubieran buscado y estaríamos en peligro afuera también, así que, quedarnos aquí con esta gente por el momento fue lo mejor. Ojalá que se llegue a un acuerdo diplomático", rectificó luego de una pausa reflexiva.

En la cámara donde se encontraba Ariadna, estaba también Lala, y algunos otros compañeros, entre ellos una joven, quien por cierto miraba la luz que provocaba el rebote de ésta. Ariadna le siguió la mirada para ver lo que estaba viendo tan atenta, pero cuidó de no ser vista por ella para no ofenderla, por entrometida. La mirada de la joven seguía una luz que entraba por una rendija, semejante a un rayo solar.

Volvió Ariadna a sus pensamientos, y se sacudió con gentileza la cabeza, consideró que si tenía que dejar el refugio por lo que estaba pasando debía de llevarse con ella algunas pertenencias importantes para el viaje. Entonces, observó la cadena –la que le dio la mujer en la actual villa de Ana–, y notó que estaba abrochada, pero estaba abierta, es decir tenía un eslabón abierto. Contemplar esa cadena le recordó a Benito y un sentimiento de nostalgia invadió todo su ser, lo extrañaba al hombre, y deseaba verle algún día. Pensó también en su amigo Justino, prisionero éste en las minas de turmalina sandía, y tuvo la corazonada de que lo vería pronto.

"¡Ay, Justino, mi querido amigo! ¡Espero qué no te hayan molido a palos esos desalmados Morrus!", murmuró con infinita tristeza.

Con el alboroto irrumpiendo en todos lados, Ariadna aterrizó sus pensamientos, y consideró a bien darse prisa para la retirada. Fijó su mirada antes de partir hacia la cámara de enfrente, donde estaban los principales del refugio debatiendo firmes con el comando recién llegado. Dicha cámara era semejante a un escenario de teatro.

De pronto, escuchó su nombre, la llamó el líder del refugio desde esa otra cámara con un grito desesperado: "¡Ariadna, ayuda a tus compañeros! ¡Te necesitamos tus compañeros!".

Inmediato, al escuchar el llamado de auxilio de parte de su gente en misión, Ariadna se preparó para entrar en escena. "¡Me están hablando!", dijo sobresaltada, al mismo tiempo que se levantó de la mesa dejando a Lala con la joven ahí. Se dirigió directo al escenario sin detenerse a pensar en lo que diría en el uso de la palabra ante ese acontecimiento. Solamente llevaba en mente el llamado de auxilio que escuchó de su compañero de misiones especiales, Roque Salvatorre, quien estaba al frente de ese refugio y campamento.

De un brinco y sin vacilar, Ariadna estaba pronta siguiendo los pasos indicados en el escenario. Dio la cara directo al enemigo al plantarse ahí, respondiendo al llamado con el rostro en alto. Con cautela, analizó el movimiento del paso de quienes estaban en el escenario —el campo de batalla—. Afortunadamente, recordaba muy bien los pasos aprendidos en combate, y sabía hacer uso de las herramientas de trabajo — era muy buena en temas de la esgrima—. Con ello en mente, como sólida base, comenzó la batalla. No pasó mucho en notar que el enemigo empezó a colocarse en posición extraña; todos hicieron el mismo extraño movimiento. Ariadna no perdió el tiempo y fijó su mirada chispeante en dicho movimiento, y en seguida descubrió que en realidad se trataba de un código de escape.

Había bastante luz en esa cámara, radiante se veía ese sitio de tanta luz que había en el escenario. Estuvo Ariadna dando batalla sin flaquear por un buen rato. El enemigo desistió pronto, y los pocos que quedaron emprendieron la retirada.

"¿Qué demonios estás haciendo tú aquí?", dijo de pronto Ariadna sorprendidísima a la joven que se aproximaba.

"¡Yo también quiero pelear!", replicó la jovencita.

"¿Dejaste sola a Lala?", preguntó Ariadna con tono incrédulo a la joven —protegida de uno de los compañeros— con quien la encargó.

"¡Debo de ir a buscar a Lala! ¡Ay, Concha de Búfalo!, espero que esté bien y no se haya perdido con tanto alboroto", pensó, no daba crédito que esa jovencita hubiera dejado a Lala sola.

LA ENTREGA DE LALA

Ariadna, Lala y sus dos tutores, llegaron literalmente con la lengua afuera de tanto andar a la entrada de una construcción. Dicha construcción era semejante a una bóveda. Ahí, una persona de notable semblante pálido custodiaba la entrada.

Ariadna recordó que aún no había hecho enlace con Concha de Búfalo; y pensó angustiada que a esas alturas él estaría hecho un manojo de nervios al no poder hacer enlace con ella –por las restricciones existentes impuestas en esos complejos mundos –. El camino fue más largo de lo que ella previno. Pasó una de las líneas del tiempo y no notó lo larga que esa ruta fue.

Se preocupó de no haber hecho contacto con Concha de Búfalo al recordar que tenía ella que regresarse por la misma ruta; entonces, reflexionó todo lo acontecido y percibió el tiempo que había transcurrido. Se inquietó al pensar en su regreso, tenía que regresar tan pronto entregara en la puerta de esa bóveda a ese pequeño grupo de tres. Recordó que traía puestos los zapatos verdes para esa misión, y que no debía quitárselos para que le recordaran la misión por la cual estaba ahí. (Las zapatillas verdes tenían un código que hacía contacto por medio del chip que Osiris le puso en el ombligo, cuando estuvieron en la reunión, antes de que ella descendiera al Valle de la Muerte).

Se lamentó de no tener una respuesta para esos casos, y bromeaba para bajar su tensión. "Ariadna, no tienes que regresar sola, ¿por qué no vienes con nosotros?", sugirieron los tutores de Lala.

"¡Perfecto!", dijo Ariadna, y pensó en la posibilidad de ahorrarse unas cuantas sorpresas que podrían pasar en su camino de regreso.

Estaba olvidándose de las instrucciones previas. Debía ella de regresar por el mismo camino por donde entró.

La bóveda, donde se estaba llevando tal evento, estaba del lado derecho de un camino arbolado, y solamente se podía ver una parte de adentro, era semejante a un túnel; a manera que, solo el hueco en la entrada se distinguía. Los guardias que estaban custodiando la entada, no tuvieron objeción en permitirle la entrada a Ariadna.

"¡Tu identificación, por favor!", dijeron los guardias amablemente.

Fue hasta ese instante que Ariadna recordó que había dejado todo lo que le identificaba como tal. Había dejado todas esas cosas en el nivel anterior donde fue puesta a prueba. "¡No la traigo ahora conmigo!", respondió decepcionada.

"¡No podemos dejar entrar a nadie sin identificación, lo sentimos!", dijeron con lamento los guardias.

"¡No se preocupen, caballeros!", respondió ella con tono comprensivo, liberándolos de cualquier peso de culpa por ello. "¡Lo comprendo perfectamente!, yo solamente he venido a acompañar y dejar hasta aquí a este grupo de tres. En especial, a esta bellísima criatura, quien viene vestida de púrpura y celeste; y porta con ella mi más amplia recomendación para estudiar en la Academia de Ciencias más importante del cosmos. Ya está lista para que llegue a tiempo a su destino, cuando la fiesta del año nuevo esté por llegar", agregó con énfasis.

Ariadna Anunció con dichas palabras la jerarquía de la bella Lala, de acuerdo con la instrucción que llevaba para esa ocasión.

"¡Oh!, pero qué afortunada es esta jovencita que ha sido acompañada por ti hasta aquí, luciendo este impecable vestido celeste con velo púrpura", dijo el agente con una nota clara de admiración.

Capítulo 31 El Límite del Valle

Con la información que le dieron sus compañeros de la zona 22, Ariadna entró a una vieja escuela donde el piso de tierra estaba cuarteado por la aridez de la atmósfera. En ese patio, tuvo contacto con el holograma de su vieja amiga y compañera, aquella entrañable maestra que siempre la ilustraba con sus luces y conocimientos. Ariadna la identificó y la reconoció luego de intercambiar el código correspondiente. La profesora le dio información súper valiosa.

"¡Yo he estado aprovechando el estudio de lenguas arcaicas!", comentó Ariadna para relajarse porque estaba hablando con un holograma. "¡Ay, Concha de Búfalo! ¡Si salgo de aquí completa espero no salir chiflada!", dijo, y se echó a reír como una chiquilla tonta.

Pensó de buena gana en el comentario que posiblemente la profesora le sugeriría: "Toma un pequeño trabajo para practicar la lengua". Eran esas las típicas palabras de siempre de la profesora (un agente secreto en cubierto infiltrada en varios puntos del cosmos).

La instrucción que le dio la profesora fue la carrera girando alrededor del árbol secuoya principal. –Sequoiadendron Giganteum–. Lo ubicaría una vez llegando a esos bosques –bosques de secoyas–, dichos bosques, eran el límite del Valle de la Muerte; la frontera a los otros mundos.

Había caído la noche, y se sintió pequeñísima cuando llegó al imponente bosque. Pensó de buena gana por el tremendo ruido que se escuchaba, que, seguramente los animales nocturnos estaban celebrando su despedida. No tardó mucho en identificar a la secuoya gigante principal, porque éste tenía un pequeño faro amarrado con una soga alrededor. Sin perder un segundo, rápido hizo lo convenido, giró las veces correspondientes alrededor de la secuoya, y salió de ese punto camuflado a velocidad de rayo.

Llevaba en mente la clarísima instrucción que debía de apuntarse en una lista una vez en el lugar indicado, se inquietó al no reconocer nada.

"Aquí debería de estar una pizzería, según la instrucción, ¿dónde está?", se preguntó asustada al notar que estaba oscuro y sin anuncios ese sitio.

De pronto, ya no vio el lugar por donde salió –porque estaba camuflado el punto–. Un guardia entonces apareció en escena, y le señaló la pequeña puerta cuando Ariadna le preguntó por el lugar de referencia –la pizzería–. Entonces, entró nuevamente a esa puerta, e inmediato a ello fue a dar a un edificio, éste tenía diferentes niveles, era semejante a una gruta, es decir, diseñado en esa forma. Ahí, en ese edificio, había mucha actividad, y casi todos los integrantes eran jóvenes.

Notó con asombro, que, en ese lugar había muchos tubos, como pequeñas mangueras de colores que estaban por todos lados, era semejante a un laboratorio para niños, como un lugar divertido, según el gusto de Ariadna. Subió registrando todo a su paso hasta el último piso; en ese punto, era donde estaban esos pequeños tubos o mangueras pequeñas de colores. Pensó en la posibilidad de que se estuviera llevando a cabo algún tipo de estudio con eso.

"No logro entender qué será esto, y por qué nadie ha notado mi presencia todavía", se preguntó con incertidumbre.

A su punto de vista, ese cuadro en general le parecía raro; unos grupos estaban sentados en el piso, otros parados; todos estaban en diferentes puntos entre esas pequeñas mangueras o tubos de colores indiferentes ante su presencia.

Bajó las escaleras para seguir buscando una respuesta, la luz en ese ambiente era amarilla. Fijó su mirada en el polvo de los rincones de las paredes de concreto tratando de buscar alguna cosa que le indicara algo; de pronto escuchó una voz masculina decir: "Allá estarán bien los jóvenes. Por ahora están un tanto idos de la mente, pero se recuperarán pronto, una vez saliendo de aquí. Afortunadamente, no han perdido éstos la memoria completamente".

Ariadna dejó escapar un suspiro de satisfacción, y dedujo ante dicho comentario que estaba en el lugar indicado. Esos jóvenes reclutados ahí habían sido rescatados por razones que ella desconocía.

Se preguntó muchas cosas mientras escudriñaba a ese grupo de jóvenes quienes la miraban con indiferencia.

Sin encontrar una respuesta sensata a sus preguntas, deambuló por un rato más por ese complejo, pero nadie le hablaba. "¡Pero es qué no han notado mi presencia aquí!", dijo desconcertada en tono alto.

"¡Vaya, hasta qué hablaste, jovencita!", dijo un hombre con voz queda.

"¿Y por qué tanto silencio en esta atmósfera?", preguntó Ariadna.

"El ruido no es bueno en estos casos, jovencita, a menos que quieras quedarte aquí, en este valle", respondió el hombre. "¡Supongo qué estás tú también en la lista! ¡Partiremos pronto!" agregó con voz de mando.

Ariadna tenía que seguir las instrucciones que previamente Concha de Búfalo le había dado para ese momento. Ya estaban todos por partir. Debía ella de registrarse al igual que todos ahí, para poder salir con bien, y completa. Estaba junto a todo el grupo, en las orillas del valle, justo en la frontera.

Todos reflejaban en su rostro el entusiasmo por ese próximo viaje. Los jóvenes ya lucían un mejor semblante,

Ariadna se preguntó si algo tuvieron que ver esas pequeñas mangueras de colores con la terapia, porque los jóvenes hasta parecían ser otros.

Pronto estaba la dulce Ariadna en primera fila, lista, en pie y al orden.

Una joven en ese sitio se encargaba del asunto de la partida; dicha joven tenía sobre un mostrador un libro grande. Y cuando llegó el turno de Ariadna al mostrador, con evidente entusiasmo rápido tomó la pluma y escribió su fecha de nacimiento en el libro.

"¡Ese no es tu nombre!", dijo la joven del mostrador.

Ariadna rectificó, y escribió su nombre con tinta púrpura, pero espontáneamente pasó el antebrazo sobre la hoja del libro, y la tinta se movió –a manera que cambió de forma su nombre–. Cuando Ariadna lo notó, con mirada infantil le dijo a la joven: "¡Oh no! ¡Dame la oportunidad de escribirlo otra vez, por favor!".

La joven del mostrador esbozó una cálida sonrisa y le dio nuevamente la tienta. Ariadna se cercioró de marcar bien la primera letra de su nombre, para estar segura de que quedara su nombre inscrito en esa lista. Y, para su sorpresa, pasó lo mismo nuevamente, la tinta se extendió y camufló su nombre ya escrito.

"¡Ay no, otra vez!", pegó Ariadna un grito de sorpresa ante ello.

La joven del mostrador reaccionó un tanto sorprendida ante tal evento, pero con calma, dijo: "¡Oh!, pero ¡qué tenemos aquí..., un faro!".

Ariadna alcanzó a ver en ese instante un cerillo caer cerca de donde estaba la lista con los nombres, en el libro que estaba sobre el escritorio; y súbitamente pensó en las fiestas patrias que solía celebrar en septiembre y julio, porque en la galaxia de los Faros Dorados, donde se ubicaba el planeta Mayo, su amado planeta, se celebraban esas fiestas a lo grande, con pólvora y cañones.

Otra joven se acercó y Ariadna aterrizó sus pensamientos abruptamente.

"No sé qué pasa con la tinta púrpura y tu nombre, es raro, pero algunas veces pasa así", dijo la joven con notable semblante sorprendido.

Ante tal situación, preocupada porque no quería quedarse varada, Ariadna pensó: "¡Tiene que aparecer mi nombre en esta lista! ¿O cómo voy a salir de aquí?".

Concha de Búfalo estaba ausente, Ariadna se sentía incompleta sin su querido y fiel amigo en esas circunstancias.

La joven, con tono amable dijo inmediatamente, como adivinando la preocupación de Ariadna: "¡Pero no te preocupes!, aunque es raro, esto algunas veces pasa; y, en estos casos solamente necesito ponerte este sombrero, porque ellos no saben lo que hay dentro", dijo, y señaló su cabeza, al mismo tiempo que le puso un enorme sombrero negro de terciopelo decorado con una flor.

Extraña escena, porque Ariadna veía eso último como en tercera persona, pero era ella misma, es decir ella participaba con la mente o conciencia, pero, veía el escenario como en tercera persona. Su cabeza estaba trabajando de un modo raro, pero ya estaba aprobada su salida, y eso era lo más importante por el momento.

Todos salieron contentos del sitio.

Estaba autorizado el viaje; una nave lujosa deportiva, y un par de jóvenes que estaban listos también para partir, aparecieron en escena.

"¡Vente con nosotros, Ariadna!", dijeron los jóvenes, invitándola a irse con ellos, pero ella pensó que debía de mantener la distancia por precaución. Y al no reconocer a ese par, los dejó plantados, y de un brinco trepó sobre la máquina deportiva para brincar del otro lado e irse con la gente que estaba en aquella área, a campo abierto, con luz solar.

Pasaron todos, incluyendo a Ariadna por una calle larga de nombre Cantil; tenía informes del punto de ubicación y la hora en que tenía que llegar ahí, según el informante.

Iban andando todos en grupo, y uno de ellos, de nombre Julián, comentó algo sobre una casona cercana a ese punto. "¡Mira, Moisés está en la puerta!", dijo.

Ariadna no le dio importancia por la prisa que llevaba, pero reaccionó y pensó en que no podía pasarse de largo sin saludarlo –era un viejo amigo–. Se regresó y lo abrazó. Él le dijo que esperara un poco, para estar más tiempo con ella, y que luego él la llevaría en su transporte. Ella le respondió que no era posible, por que debía salir caminando o en bicicleta, de acuerdo con la instrucción que tenía.

Luego de semejante carrera desde la calle del Cantil donde se entretuvo Ariadna charlando con su viejo amigo, Moy, llegaron todos donde algo dramático les esperaba.

La joven que lideraba en ese refugio no se despegó de Ariadna ni un segundo. "¡Me duele el estómago!", dijo la jovencita con un claro gesto de dolor en su rostro, y se acostó en el piso.

"¿Por qué? ¡Vi que no comiste casi nada del banquete!", dijo Ariadna a la jovencita, pero ella se retorcía de dolor y no respondió.

Más tarde, Ariadna se sentía un poco confundida, porque no había dormido suficiente, y percibió el olor a peligro en la sombra; pensó que se debía al cansancio acumulado que traía desde que emprendió la primera salida del valle. No sabía cuánto tiempo había transcurrido porque perdió la noción del tiempo abruptamente cuando salió. Notó que el sitio donde se encontraba, luego de semejante carrera desde la calle del Cantil, eran cuartos, semejantes a cámaras de piedra convertidas en refugio.

Después de la cena, la instrucción fue quedarse en ese sitio, y obedeció la orden sin refutar.

Pensó optimista, que, una vez fuera del Valle de la Muerte, Concha de Búfalo no tardaría mucho en hacer contacto con ella, por lo tanto, tenía que guardar la calma y ser paciente.

Llegaron otras jóvenes muy lindas después a reunirse con ella, le comunicaron que la joven del dolor de estómago fue envenenada, e hicieron hincapié que estarían reunidas entre ellas, para tomar el té y hacer la alianza correspondiente con ella.

La reunión se llevó a cabo a puerta cerrada, y nada de lo que se habló ahí podía ser revelado afuera, según lo establecido en ese reino; Ariadna selló sus labios. Repentinamente, la tierra se cimbró, y Ariadna rápidamente fue llevada a otra cámara con la enmienda de protegerla.

"¡Oh, creo que tengo unos kilos de más encima!", expresó en broma al notar que apenas y cabía su cuerpo por el angosto pasillo por donde la empujaban para que pasara a esa otra cámara.

Al frente de la batalla que se desencadenó, se colocaron los valientes soldados. Ariadna pudo observar a través de la grieta desde el punto donde fue llevada que el enemigo buscaba la manera de entrar por ella. Observó muy atenta también al joven que estaba con ella, dentro de esa cámara. Ese soldado destinado a su protección estaba hecho un manojo de nervios por lo que estaba pasando afuera, y, como loco, no dejaba de trabajar, trataba de romper las paredes traseras de esa cámara, y brincaba por todas partes, buscando de alguna manera hacer una salida por ahí. Hasta que encontró el punto indicado, y, con cincel en mano el valiente soldado comenzó a pegarle a la piedra.

Ariadna, serena a pesar de la situación, se asomó por la rendija para cerciorarse si ya podía salir, y vio que los soldados estaban pasando por las de Caín, dando frente al enemigo, quien a toda costa estaba intentando entrar a la cámara por ella. Dedujo entonces, ante el ataque tan directo a su persona, que, los Depredadores del Cosmos no la reconocieron, o de otra manera es que sabían que Concha de Búfalo continuaba sin activarse.

Vio a las claras cómo esos hombres estaban dando una matazón a lo grande en ese pasillo. Y, ante ese trágico evento, le asaltaron nuevamente sus temores y no pudo evitar sentirse nerviosa, pero, por otro lado, la actitud de los soldados que la protegían con su propia vida al frente de esa batalla, le hicieron sentirse muy amada.

Todo eso que pasó por sus ojos y su mente, no le impidió estar ya viendo la manera de escape. Observó admirada la perseverancia del jovencito de aspecto flacucho, quien reflejaba en su rostro un claro gesto de espanto y desesperación mientras trataba de hacer una salida en una de las paredes de esa cámara.

A tiempo logró el flacucho jovencito romper esa pared, y Ariadna salió de esa cámara corriendo.

Una vez afuera, cientos de objetos como la lluvia caían desde lo alto de los cielos. Ariadna tenía instrucciones de tomar uno de esos aparatos para salir de ahí. Eran pequeñas naves, semejantes a drones.

La atmósfera en ese sitio era extraña, era una mañana calurosa, pero el tono en la atmósfera no parecía natural. Y el panorama al ojo desnudo era una lluvia de pequeñas naves descendiendo, y personas esparcidas corriendo con cara de espanto en todas direcciones. Estaba esa área infestada de depredadores.

"¡Debo tomar una de estas cosas, y subir, para eso son!", pensó, al mismo tiempo que tomaba una de esas pequeñas naves.

Se quedó muda de admiración al notar lo bien que estaba hecha esa nave. Era pequeña, unos cuarenta centímetros, aproximadamente; era una nave miniatura perfectamente diseñada. Siguió corriendo con la pequeña nave en sus manos, y echó un vistazo a su memoria para encontrar la forma de activar esa nave y salir de ahí. Recordaba muy bien las instrucciones para esos casos, así que, se aferró a el contenido que traía en las manos. "¡No la soltaré! ¡No debo soltar esto!", se dijo así misma con firmeza.

"¡Concha de Búfalo, amigo mío!, ¿dónde estás? ¿Por qué no has hecho contacto conmigo todavía?", dijo melancólica, pero no recibió respuesta de su amigo.

Se detuvo como por intuición en un punto donde vio algo semejante a una cobija, y pensó en la idea de llevársela. "Es posible que la ocupe en mi camino. ¡No quiero padecer de frío!", dijo bromeando para apaciguar sus nervios.

Recordó el bien que provocaban las medallas especiales a los mundos donde transitaba, dado que eran éstas el instrumento para cobijar al desprotegido. De pronto, una anciana quien pareció adivinar lo que Aridane pensaba, le dijo: "¡Llévatela!", y susurró unas palabras en su oído. Ariadna, ante tal comentario repentino, recordó el lugar donde estaba, y, su posición, y agradeció a todos los presentes y no presentes por haberla siempre protegido; lo agradeció infinitamente.

Una vez que la pequeña nave se activó, la trasportó a un punto donde se reunió con un grupo de gente en la parte alta de una terraza. Entonces, desde ahí se asomó para ver el panorama, y recordó que la anciana de abajo le dijo: "¡Allá a dónde vas es donde las cosas se materializan!".

Desafortunadamente, a Ariadna en ese sitio no le fue muy bien con sus integrantes, porque una vez que la vieron subir por las escaleras y cruzar el pasillo, para subir a un piso más arriba, donde encontraría otra salida –vía ascendente–, se quejó una amargosa mujer.

"Si me permite la señora hacer uso de la palabra", dijo. "Permítanme presentarme, antes que nada. ¡Me llamo Ariadna! ¡Soy hija del rey Mat!, gobernante del planeta Mayo", recalcó su postura, y frotó el anillo de turmalina que portaba con las insignias de su posición.

La amargosa mujer, de nombre Noelia, alegaba que Ariadna había pasado muy cerca de sus hijos, cuando ésta pasó por su pasillo para acceder al siguiente nivel. Y alegaba muy fuerte, a manera casi de imposición a las personas que se desempeñaban como jurado.

"Mi casa está arriba de la suya, y debo pasar por su pasillo, escalera arriba", explicó Ariadna al jurado con mucho tacto. Era la instrucción que tenía, llegado ese momento –vía ascendente.

Luego que todo se aclaró, y, que afortunadamente Ariadna fue reconocida, le permitieron el paso por ahí.

En seguida, un grupo de bellas jóvenes adolescentes vestidas con atuendos holgados blancos llegaron a apoyarla al ver la señal del chip que le puso Osiris en el ombligo. Entraron repentinamente al salón, cuyo interior estaba semi oscuro, Ariadna les hizo hincapié en observar el piso, porque estaba un escalón abajo del nivel. Y entre la oscuridad y ese obstáculo les dio la mano para que pasaran las jóvenes sin peligro a caer.

Después que le informaron a Ariadna que tuviera cuidado porque ese punto de ubicación tenía una corriente desapercibida al planeta Trono –el planeta donde se originó el virus que se extendió en algunas zonas, como la antigua colonia de Ana–, se desplazó como rayo junto con las jóvenes que llegaron a apoyarla. Atravesaron una zona compuesta de cerros polvorientos.

Detuvo Ariadna su marcha de pronto como avisada por un presentimiento, y desde un mejor ángulo, observó que algunas máquinas –naves militares, semejantes a camiones pesados–, estaban siguiendo su ruta, como si ella fuese el guía o la estaban siguiendo a ella. Se preguntó cuál podría ser su interés para con ella.

No tardaron mucho en darles alcance. Las jóvenes inmediatamente se apostaron como buenos guardianes, estaban dispuestas a entrar en el campo de batalla.

"¡Lo qué me faltaba!", dijo Ariadna exaltada al reconocer a Yuyin y a su comando. La estaban cazando, la fueron siguiendo desde que salió del último edificio.

"¿Creíste qué te librarías de mí?", dijo Yuyin, clavándole una mirada asesina.

Pelear estaba por demás, estaba en desventaja en número y armamento, y, aunado a que Concha de Búfalo estaba ausente todavía, consideró necesario proteger de una muerte segura a las jóvenes que la estaban ayudando.

"Las jóvenes no tienen asunto en esta empresa, Yuyin. ¡Te ruego los dejes ir!", dijo Ariadna con tono humilde al comandante.

El comandante entonces con furia abrió un canal y la empujó sin darle tiempo a nada.

Capítulo 32 La Carnada

Sintió Ariadna de pronto un frío inaudito recorrerle la espalda, luego que el comandante Yuyin la obligara a entrar a ese sitio.

Un grupo de mujeres que estaban bañando a un pequeño niño le dirigieron una vaga mirada cuando la vieron llegar. Ariadna se sintió extraña porque olió el peligro en el aire nauseabundo que se respiraba en aquel sitio aún desconocido por ella, y porque le pareció extraño que Concha de Búfalo no se hubiera activado todavía.

Luego de intercambiar un pequeño diálogo entre esas mujeres de aspecto tan extraño como el mismo sitio, éstas condujeron a Ariadna y al pequeño por un llano desolado. El niño temblaba de frío, y Ariadna lo tocó, supervisando su temperatura.

"¡Qué frío está este niño!", exclamó, "¿Es qué no han pensado ustedes que enfriarse mucho puede ser muy peligroso?".

Ni una palabra respondieron esas mujeres, frías como esa atmósfera de nauseabundo olor que se respiraba. Ariadna se imaginó, que, posiblemente el nauseabundo olor se debía a una falta de atención en las cañerías.

Ante la ausencia clara de comunicación, Ariadna abrazó al niño para cubrirlo del frío.

"¡Apúrate!", dijo repentinamente una de las mujeres, "si quieres entregar a este niño también!", agrego.

"¿Qué cosa dicen?", preguntó inquieta, no estaba dispuesta a pasar por las de Caín otra vez, no sin antes terminar su tarea y poner a salvo a Justino y a su grupo, los de la nave, el Pescador 14.

"¿De qué rayos me estás hablando?".

"¡Lo sabrás pronto!", respondió la mujer.

Ariadna se enfocó en la seguridad del niño, y pensó que Concha de Búfalo seguramente no tardaría mucho en activarse y hacer contacto con ella.

Entonces, con la esperanza puesta en su corazón, tomó en sus brazos al pequeño y se puso en marcha sin darle más importancia a tan poca sensibilidad de esas mujeres. Como fuera posible saldría de ese lugar y se llevaría a ese niño. "No me van a detener aquí, y no dejaré al niño con esta gente tan insensible. ¡No, no señor!, yo soy Ariadna, hija del rey Mat, y he nacido para proteger la vida inteligente en los cuatro puntos cardinales de todos los pueblos que conforman el cosmos", pensó súper molesta, ya había pasado por muchas.

"¿Por qué tratan a este niño así?", se preguntó triste.

El niño tiritaba de frío, Ariadna lo cubrió completamente con su cuerpo para darle calor. Se sintió preocupada por él.

"¡Concha de Búfalo, carísimo amigo mío!, espero que ya estés informado dónde me encuentro y puedas sacarme pronto de aquí, ¡con carga extra!", dijo, recobrando su buen sentido del humor, pero no recibió respuesta de su querido y fiel amigo, Concha de Búfalo.

Caminaban cerca de una escalera media derrumbada –supuso Ariadna por el tiempo–, al pasar por ahí, el niño extendió su brazo de manera precipitada y tomó un aro de metal que estaba enganchado a la piedra de un escalón; ello, llamó la atención de Ariadna, y se agachó para tratar de desenganchar el aro de la piedra. Lo jaló, y la piedra quedó descubierta; ahí dentro de ese agujero, había 3 cristales brillantes, y tres cráneos humanos. Esos cristales, eran piedras semejantes a las de los Verunos que estaban en la cámara de la nave hibernando. "Esto no puede ser una casualidad", se cuestionó muchas cosas en ese instante, pero no encontró una respuesta sensata a la lluvia de ideas que bombardearon su mente.

De pronto, vio a unas sombras moverse entre los escombros de lo que parecía un pueblo abandonado, o dejado a medio construir; alcanzó a ver entonces el mismo rostro de aquel hombre misterioso del lago, el día que se encontró con Justino y su grupo, antes de cruzar por el camino de cuatro metros de ancho que los condujo al planeta Platinum.

"¿Qué me está pasando? ¡Debo de estar alucinando, porque me parece ver la misma cara del hombre del lago!", pensó Ariadna notablemente aturdida.

El hombre que se cubrió el rostro de ella aquel día en el lago, estaba ahí. ¿Por qué? ¿Cómo había él podido llegar hasta ahí? ¿La estaba acaso siguiendo? ¿Quién era?

"¡Por favor...!", dejó escapar un grito lastimoso una de las mujeres repentinamente. "Este hallazgo le pertenece a este niño, no permitas que se lo quiten, porque si lo hacen, permanecerá este niño aquí, como todos nosotros", dijo suplicante.

Ariadna se dio cuenta entonces que esa mujer era una esclava, al igual que el pequeño.

"¡Cállate, ignorante!", dijo la otra mujer, y le pegó tremendo puñetazo en la mejilla.

"¡Ariadna, pon atención! ¡Es una trampa! Estás en el planeta Acuamarina. ¡El miserable de Yuyin te ha entregado!, ¡es una trampa!", dijo Concha de Búfalo abruptamente haciendo una leve conexión con ella.

Para no correr el riesgo de que Concha de Búfalo se activara en cualquier momento, y los fulminara, el comandante Yuyin se lavó las manos y la entregó al comandante Morru, quien clamaba por ella debido a la profecía que lo tenía vuelto loco, al grado de haber sido capaz de entregar la mitad del planeta a Yuyin por ella. Los códigos en los cristales se habían activado también en Acuamarina. El comandante Morru estaba vuelto loco desde que los vio; éstos se activaron cuando Ariadna tuvo acceso a los juguetes de los niños del Coral, en el ala oculta de la nave de Verona.

"Sabemos lo que pasó con el niño, Teodoro Johnson", chilló la mujer.

Habían usado a un niño esclavo como carnada, literalmente.

Ariadna estaba aturdida entre las palabras de esa mujer, la sombra del hombre misterioso del lago, y la información que Concha de Búfalo le comunicó. Respiró profundo, controlando sus pensamientos revueltos como todo lo que parecía estar ocurriendo ahí.

Se aproximaron en seguida hombres de aspecto sucio y siniestra mirada. Y, con el corazón casi paralizado, tomó Ariadna al niño y caminó a paso acelerado por entre las calles polvorientas y despobladas de ese pueblo a medio construir. Tenía que ganar tiempo, y esperar a que Concha de Búfalo abriera un canal de enlace; pero, recordó con decepción, que el planeta Acuamarina al estar en una de las zonas vírgenes del cosmos, acceder a sus códigos para sacar a alguien de ahí no era una tarea fácil.

Se topó en el andar con algunos personajes que apenas asomaban la cabeza de sus casas, pero nadie quiso ayudarle. Tuvo que detenerse en un callejón forzada porque ya no había ahí por donde seguir. Salió entonces un hombre de una de las casas con la intención de capturarlos, y Ariadna le advirtió: "¡No te atrevas a tocarnos! Hacerlo no te servirá de nada, ¡creédmelo!".

Pronto, en un parpadeo llegaron más y los rodearon a ambos, a ella y al pequeño esclavo.

El niño lloraba asustado cuando lo arrebataron de sus brazos con brutal fuerza.

"Lo que tú no sabes, jovencita, es que a nosotros no nos interesan ya las cosas simples. ¡A nosotros nos interesan cosas que tú no comprenderías!", dijo con amargura un hombre de infernal mirada.

Concha de Búfalo, en ese momento sumamente vital le envió la señal de alerta. "¡Permanece atenta, Ariadna!, no descuides la guardia, estoy trabajando para sacarte de ahí en cualquier momento", dijo con tono alarmante.

Ariadna peleó valiente hasta casi quedar sin aliento, lamentablemente, el enemigo logró sus intenciones y se la llevaron a una casa; ahí la entregaron a un par de hombres. Luego apareció en escena uno hombre más, éste se acercó a ella mirándole fijamente, escudriñándola de tal manera que Ariadna se sintió casi desnuda ante ese ser —a quien percibió sumamente malévolo— y se sintió molesta por tal atrevimiento.

Entonces, con el valor que le caracterizaba a la digna hija del rey Mat, ella escudriñó a ese hombre de la misma forma que él lo hacía, pero más profundo aún; porque ella sí le penetró hasta sus mismísimas memorias arcaicas —mismas que le quemaban sus entrañas—. Frente a frente permaneció Ariadna sin quitarle los ojos de encima, y firme y valiente le dijo: "La amargura que tu alma tiene no se cura tomando por la fuerza el amor que no tienes, ¡y tú estás consciente de lo que te hablo hasta la médula!".

Dichas palabras, fueron como una espada filosa directo a la garganta para ese individuo. Reaccionó con tal furia, que, parecían sus encolerizados ojos estallar en cualquier momento.

"¡Yo sé que tú sabes muy bien quién soy yo!", dijo Ariadna sin temor al comandante Morru, y agregó. "¡Sabrás también entonces que no puedes detenerme aquí por mucho tiempo!, ¿verdad?", y sostuvo la mirada encolerizada del Morru con firmeza.

Concha de Búfalo, le había enviado ya todo el historial de aquel ser corrompido por el fantasma de la ambición; vivía preso de sí mismo en un mundo a medias, como él mismo lo era. Tenía mucho conocimiento, ciertamente, pues era descendiente de los Morrus –una raza de un planeta ya desaparecido–. Fueron éstos muy avanzados en su tiempo. Sus conocimientos en ciencia y tecnología sobrepasaron a muchos planetas de su galaxia, pero fueron invadidos por el fantasma de la ambición, y se fueron destruyendo entre ellos mismos, dividiéndose en grupos. Luego comenzaron su invasión en otros planetas más débiles, hasta que finalmente acabaron siendo expulsados de ese vecindario galáctico, y fueron enviados a un planeta que estuvo siendo monitoreado; pero su líder, ancestro del actual Morru, logró escapar con su gente, y hasta el momento no se había sabido nada de ellos. No figuraban en la lista de los Planetas Unidos del Cosmos (PUC).

Ariadna continuaba recibiendo de Concha de Búfalo información de aquel Morru, y él parecía advertirlo; su cólera ya pasaba un límite. Su rostro comenzó a deformarse como un animal rabioso fuera de sí.

"¡Sé quién eres tú!", dijo Ariadna nuevamente, "y de nada te sirve ese aro que has colocado sobre tu cabeza, te estoy viendo claramente, y lo sabes. Tu sombra ha estado acechándome desde que llegué al lago. ¡Pero tú sabes bien quién es mi padre! ¡Tú sabes quién es él!", dijo Ariadna al Morru, y su voz vibró tanto, que todo ahí se percibió por un instante como detenido.

"¡Sí, sí lo sé! ¡Y también sé quién eres tú! ¡Y no permitiré que me arrebates mi reino!", dejó salir un grito furioso el comandante Morru al mismo tiempo que introducía su bruta mano en el estómago de Ariadna.

Ariadna se dobló en el instante mismo, y experimentó un dolor tan fuerte como indescriptible. Sintió cómo le era arrancada una parte de sus entrañas. Y sintió la presencia de su padre, el rey Mat, acompañándole en su terrible agonía. Ya no pudo pronunciar palabra alguna; rememoró su estancia en el museo tienda de Platinum, las frutas y verduras en los pasillos de éste, y los jaguares, ciervos y aves exóticas disecados que colgaban en sus paredes. La risa de los niños, y la mirada dulce de su padre que decía valor Ariadna, valor; el infinito amor que él tenía por ella fue lo último que pasó por su mente antes de quedarse completamente quieta.

Como loco por el acto tan miserable que había cometido, el comandante Morru se llevó las manos a su rostro y desgarró su piel lloriqueando atormentado; sus lágrimas rodaban como ácido en su desgarrada piel.

Gimiendo con amargo dolor, la tomó en sus brazos y la colocó en una mesa de mármol rosado, besó con suavidad sus labios y se retiró murmurando: "¿Por qué ha de ser esto así? Porqué tomar algo tan bello y puro de esta forma, ¿por qué?".

Murmuraba ese hombre con semejantes sollozos que hacían estremecer hasta las mismas paredes.

Concha de Búfalo abrazó a Ariadna con la misma ternura como lo hacía su padre, pero ella solamente podía contemplar ese cuadro ya desde otro ángulo. Estaba su materia muriendo, y ella lo sabía, por eso es por lo que estaba tan quieta. Sintió mucha tristeza al ver aquel dolor que tanto martirizaba a esos seres, quienes se apresuraban a vestirla con ropa larga de lino blanco –semejante a una novia.

Un extrañísimo cuadro estaba contemplando Ariadna.

Instantes después, llegó a la escena una mujer muy hermosa, vestía ropas exóticas y portaba un sombrero con muchas plumas de colorido chillón. Se aproximó con prisa y extrajo algo del cuerpo de Ariadna, semejante a un líquido transparente. Lo mezcló con una sustancia extraña, pero éste se separó al instante de dicha sustancia. Volvió a intentarlo varias veces más, y ocurrió lo mismo. Y, ante lo acontecido, entre asombro y espanto, dijo la mujer con voz quebrada: "¡No se mezcla, se separa!".

Con la angustia del torcedor de la conciencia reflejada en sus miserables rostros, la condujeron a otra área del salón, ahí la metieron a una tina de porcelana de cuatro patas. La tina estaba llena con un tipo de agua gelatinosa de tono azulado. Ahí la dejaron por largo rato. Concha de Búfalo no se separó de ella ni por un instante; su suerte era la suya hasta el final. Así era cómo funcionaba la lealtad de Concha de Búfalo, otorgado no por derecho de casta, sino por haberlo ganado ella en el campo de batalla.

Minutos después, se acercó el comandante Morru con el aro en la cabeza gimiendo dolorosamente, y, afligido contempló el rostro de la bella Ariadna, el cual estaba tan quieto, y con una mirada tan dulce, que sus ojos parecían chispas de estrellas danzando en una cálida noche invernal.

El comandante, despedazado de dolor la contemplaba hecho un mar de lágrimas. Luego besó con ternura nuevamente sus labios, y se acercó a su pecho y le lloró tanto, que sus lágrimas parecían rebosar la tina de agua.

Capítulo 33 Luz en la Oscuridad

Aquellos personajes, como encantados por lo acontecido continuaron llenando la estancia con esa agua gelatinosa azulada, y pronto toda esa estancia se llenó de esa agua que comenzó a correr como ríos por todas partes. Parecía esa estancia una enorme alberca de agua azul.

"¡No he querido hacerte daño, Ariadna! No ha sido esa mi intención verdadera. Es que nosotros habíamos perdido esa sensibilidad que provoca el llanto, ¡y ahora siento amor y puedo llorar! ¡Siento amor y puedo llorar!", dijo el comandante Morru con verdadera sinceridad; y continuó llorando como un chiquillo en el pecho de su madre por un largo rato.

Ariadna, quien lo contemplaba todo, sintió una profunda nostalgia ante ese cuadro.

"¡Pobres seres que olvidaron su humanidad!; olvidaron tan sublime sentimiento", pensó con tristeza.

Todos en esa estancia lloraban ante el cuerpo vestido de novia de una Ariadna que estaba y no estaba ahí, porque Concha de Búfalo ya se había activado y la transportaba al Valle de los Guadas –lugar que sólo un Concha de Búfalo conocía.

EL VALLE DE LOS GUADAS

Amanecía y los rayos del sol comenzaban a asomarse acariciando el campo de un trigal.

Caminaba Ariadna contenta al lado de Concha de Búfalo sintiendo el fresco del amanecer rozar sus mejillas.

"¿Te sientes mejor, Ariadna?", preguntó Concha de Búfalo, y agregó sin esperar respuesta. "¡Ya todo pasó!", continuó hablando. "¡Estamos ya a salvo, fuera de peligro! Y pronto recibiremos las coordenadas que necesitamos para regresar a casa, hemos estado mucho tiempo esta vez fuera de Mayo, nuestro planeta. Tu padre, el rey Mat estuvo muy preocupado por ti, ¡temía haberte perdido en esta misión, Ariadna! ¡Esta vez sí que estuvimos a un punto de perderte!".

"Sabes bien, que, justo es ese punto del que hablas por el que estamos aquí, mi querido amigo, Concha de Búfalo", dijo Ariadna suspirando con nostalgia.

"¡E inviolable!", remarcó Concha de Búfalo con autoridad.

"Bueno, será mejor por el momento tomarnos unos días de descanso para recuperarnos de tantos inquietudes y sustos por los que hemos pasado en esta vuelta por el cosmos", dijo Ariadna satisfecha.

"¡Dime, Concha de Búfalo! ¿Tienes ya el registro completo de lo que pasó en el planeta Acuamarina?", preguntó.

"¡Está ya registrado todo! Circula toda esa información en distintos puntos del cosmos, Ariadna, no te preocupes por ello más", respondió Concha de Búfalo satisfecho.

El llanto sincero del comandante Morru se escuchó hasta en los más profundos rincones del infinito. Y los esclavos, fueron liberados desde el momento en que esa raza volvió a sentir amor. Recordaron lo bueno que era llorar, y por amor al mismo amor reconocieron su error. Esa raza estaría ya reconstruyéndose a sí misma; y sí que tenían un trabajo arduo por hacer.

Rememoró Ariadna lo que mencionaron los señores de Platinum. Ese planeta era un puente, un túnel de gran importancia para la creación o reconstrucción de planetas de suma importancia para la historia del cosmos.

Tenía sentido todo, así era el orden que le daba sentido al cosmos.

Concha de Búfalo, ante el claro entendimiento de Ariadna solamente le guiñó el ojo en completa complicidad por sus viajes de aventura.

Al día siguiente, ya estaba más relajada y cargada de entusiasmo. Estaba desayunando al aire libre con un grupo pequeño de compañeros, quienes estaban ahí recuperándose al igual que ella. Compartieron y comieron panes con miel muy sabrosa que las abejas producían en gran cantidad en el Valle de los Guadas.

El grupo de viajeros, quienes ya estaban por partir, se sintieron verdaderamente alagados porque Ariadna estaba ahí, en la mesa, compartiendo el vino, el pan y la sal con ellos.

"Es tu fama, Ariadna, la que ha trascendido fronteras. Se habla de la hija del rey Mat por todos lados. ¡Tan bella criatura es por fuera, pero inigualable es su hermosura por dentro!, dicen por ahí", dijo con notable orgullo uno de sus compañeros.

"A los Morrus no los había podido encontrar nadie, porque eran una raza prácticamente desaparecida; algunos incluso pensaban que eran solamente fantasmas ya, pero cuando se escuchó su llanto estremecedor haciendo eco en todo el cosmos, es que se supo que no todo estaba perdido con esa gente", contó otro del grupo con asombro

"¡Es ese nuestro deber, amigos!", dijo Ariadna con humildad.

"¡Por ello es por lo que estamos aquí! ¡Y por ello es justo que nos hemos hecho dignos de portar a un Concha de Búfalo!", remarcó. "Y nuestra mayor recompensa, es el saber que con nuestro trabajo desarrollado en misión es que la música puede seguir tocando. Y ya que estamos hablando de música, amigos, permítanme tocar para ustedes una melodía de las favoritas de mi tío Burton, ese viejo inolvidable que echo tanto de menos. ¡Y no solamente cuando pienso en hamburguesas!", dijo, y rio a carcajadas contagiando a todos con la alegría que le caracterizaba a la dulce hija del rey Mat.

Después de que se escuchó el llanto sincero del comandante Morru, Justino fue liberado al igual que todos los esclavos de las minas. Justino siendo responsable él de conducir a la gente del Pescador 14, continuó su trayecto hacia el Estandarte Neutral para encontrarse con su nave. Los Verunos, luego que Lala sacó a toda su gente del Valle de la Muerte recuperaron su nave, el Caminante SV200621. Todos ellos abordaron la nave con dirección a la galaxia del Coral, siguiendo la ruta del mapa que dejaron los niños del Coral. Su misión allá sería la reconstrucción del planeta Coral. El comandante Miguel Ángel no saldría del Valle de la Muerte en mucho tiempo. Y a Yuyin tal parece que se lo tragó la tierra, porque desapareció.

FIN

Biografía

Á ngela Taylor nació en México una noche de invierno cuando las campanas de la medianoche anunciaron el inicio del año nuevo. Es madre, esposa, abuela y un eterno aprendiz, le gusta investigar y aprender cosas nuevas. Su lema, "siempre hay algo que aprender". Es alegre y divertida. Le encanta la naturaleza, es muy activa y ama explorar y caminar en las montañas. Aprecia la belleza que hay en el desierto, y se maravilla con sus flores y colorido cuando llega la primavera. Es romántica, soñadora y autentica. Es librepensadora y busca su propio camino. Cree en la ciencia, en el progreso y en el hombre –el ser humano–. Estudió literatura y escritura en el Southwestern College (SWC), en San Diego CA. Actualmente está escribiendo porque siente el llamado desde su interior de hacerlo.

En el otoño del 2015 comencé a escribir esta novela. Había estado escribiendo por años un diario nocturno sobre mis sueños. Pueden imaginarse, un día ya tenía docenas de éstos regados en mi escritorio. Con todo ese material en mis manos pensé aquel día: "¡Voy a escribir un libro de Ciencia Ficción y Aventura!".

El primer año formé el esqueleto –la idea– de lo que quería representar en mi libro, pero fue hasta la primavera del 2020 que dediqué el cien por ciento de mi tiempo en esta novela, cuando la pandemia del COVID golpeó al planeta entero y las clases presenciales del colegio se suspendieron. Entonces me enfoqué en mi trabajo, en lo que yo quería crear, y con el material existente de mis diarios nocturnos y el uso de mi imaginación comenzó esta aventura y nació Concha de Búfalo. El personaje principal de esta novela es la dulce Ariadna, una valiente jovencita con virtudes excepcionales, quien, junto a su inseparable y fiel amigo, Concha de Búfalo, debe emprender misiones de suma vitalidad al progreso de los pueblos que conforman el cosmos.

www.ingramcontent.com/pod-product-compliance
Lightning Source LLC
Chambersburg PA
CBHW070904260626
47162CB00007B/2556